EINE LADY FÜR BOUDREAUX

DIE LIGA DER SCHURKEN

LAUREN SMITH

Übersetzt von
CORINNA VEXBORG

ISBN: 978-1-960374-05-9 (E-Book-Ausgabe)

ISBN: 978-1-960374-06-6 (Druckausgabe)

PROLOG

E ngland, *Oktober 1806*

DER HEULENDE WIND, DER GEGEN DIE FENSTERSCHEIBEN schlug, war fast so laut wie das Wehklagen der jungen Frau im Bett. Ihr Körper krümmte vor Schmerzen, und sie schrie auf, als eine Hebamme zwei Hände auf ihren geschwollenen Bauch drückte.

»Drücken Sie ein bisschen fester, Mylady«, drängte Lucy, die Hebamme.

Die Frau im Bett sank zurück in die Kissen. »Ich kann nicht.«

»Das können Sie, Albina. Das können Sie.« Lucy wusste, dass sie nicht so vertraut mit der Frau sein sollte, aber sie hatte Albina auf die Welt gebracht, und nun würde sie Albinas Kind zur Welt bringen. Lucy drückte erneut auf

Albinas Bauch und spürte, wie das Kind endlich in eine bessere Position rutschte.

»*Pressen*, Mylady. Noch einmal pressen!«, ermutigte Lucy.

Albina grub ihre Finger in die Laken. Schweiß bedeckte ihr blasses Gesicht, als sie die Miene noch ein letztes Mal verzog, bevor sie sich entspannte.

Lucy spähte zwischen ihre gespreizten Beine. »Ich sehe schon das Köpfchen, meine Liebe. Sie sind so nah dran. Jetzt noch ein paarmal pressen.«

Albinas Gesichtsausdruck wurde auf einmal so entschlossen, dass Lucy kurzzeitig verblüfft war.

Albina presste mit zusammengebissenen Zähnen, und Lucy beeilte sich, das Kind, als es aus dem Mutterleib glitt, mit einem weißen Tuch aufzufangen. Das Baby war still. Zu still. Sein Gesicht hatte einen beängstigenden Blauton. Lucy gab dem Baby einen Klaps auf den Po, legte es flach auf das Bett und drückte in einem Rhythmus auf seine winzige Brust, um sein Herz zu stimulieren. Sie spreizte sogar seine kleinen Lippen und versuchte, ihm die Luftwege freizumachen, aber ohne Erfolg.

»Es ist ein kleiner Junge«, schniefte Lucy. »Aber ... ich glaube, der Kleine hat es nicht geschafft.« Sie wollte das Baby neben die Mutter auf das Bett legen, keuchte aber auf, als Albina sich plötzlich aufbäumte und erneut presste.

»Noch eines?« Lucy beeilte sich, ein frisches Wickeltuch vorzubereiten, als Albina erneut presste. Bald tauchte ein kleineres Kind auf, das wimmernd und feurig war und wie ein Krieger ums Überleben kämpfte. Die Schreie dieses Babys waren stark und gesund.

»Geht es ihm gut?«, fragte Albina und betrachtete das Baby.

»*Ihr* geht es sehr gut.« In der Tat schrie das kleine Mädchen gewaltig.

Albina griff nach dem stillen Bündel auf dem Bett neben ihr. »Und der Junge?«

Lucys Augen brannten, als sie den Kopf schüttelte. Sie hielt Albina das tote Kind hin.

»Geben Sie ihm einen Namen. Einen starken, stolzen Namen, meine Liebe. Einen voller Liebe, und er wird ihn mit in den Himmel nehmen.«

Albina drückte das Baby an ihre Brust, Tränen liefen ihr über die Wangen, während sie über das kalte Gesicht des Babys streichelte und seine kleinen Finger berührte. So perfekt, und doch schon aus diesem Leben gegangen.

»Andrew. Du bist mein liebster Andrew.« Sie küsste das Kind auf die Stirn und erlaubte Lucy dann, es in einen vorbereiteten Korb zu legen, bis es beerdigt werden konnte.

»Und dieses hier?« Sie drückte das kleine Mädchen, das immer noch weinte, in die Arme ihrer Mutter. »Geben Sie ihr auch einen Namen.«

Albina blickte auf das Mädchen hinab, mit so viel Liebe und Kummer in Gesicht, dass es Lucy das Herz brach.

»Philippa. Meine kleine Philippa.« Albinas Kopf fiel zurück in die Kissen. »Oh Lucy, ich bin so müde. Kümmere du dich um die beiden, bitte.« Albina hielt das Baby hoch, und Lucy nahm ihr Philippa schnell ab, bevor Albinas Arme auf das Bett fielen. Schweiß stand auf der Stirn der frischgebackenen Mutter, und ihre blasse Haut bereitete Lucy große Sorgen. Viele zarte Frauen überlebten eine Geburt nicht, und Albinas Geburt war doppelt schwierig gewesen.

Lucy zuckte zusammen, als die Schlafzimmertür

aufflog. Im Schein des Feuers starrte Cornelius Selkirk, der Earl of Monmouth, sie und das Baby an.

»Und? Wie geht es meinem Sohn?«, forderte er und warf nur einen kurzen Blick auf seine kranke Frau.

Lucy nickte in Richtung des stillen Stubenwagens. »Tot, Mylord.«

»Tot?« Sein harter Blick wanderte zwischen dem Stubenwagen und dem sich windenden Baby in Lucys Armen hin und her. »Es waren zwei? Was ist mit dem da?« Er zeigte auf Philippa, die aufgehört hatte zu weinen und beim Klang der wütenden Männerstimme im Raum ganz still geworden war.

»Mylord, das ist Ihre Tochter Philippa.« Lucy wollte ihm das Baby nicht anbieten. Sie wusste es besser. Monmouth war so jähzornig, wie sie es noch nie bei einem Mann gesehen hatte.

»Verflucht! Welchen Nutzen hat ein Mann für eine Tochter? Ich brauchte einen Sohn!« Er wandte sich an Albina, die nun weiß wie Alabaster war.

»Es tut mir leid, Mylord. Ihr Sohn hat nie geatmet.« Lucy versuchte, seine Wut von Albina fernzuhalten.

Monmouth zeigte anklagend mit einem Finger auf Philippa, die sich sicher in Lucys Arme schmiegte. »Und trotzdem lebt diese kleine Göre?«

»Das tut sie. Ein tapferes und gesundes Baby. Sie sollten stolz auf sie sein.«

Monmouths Gesicht nahm eine erschreckende rötliche Färbung an. »Ich soll stolz darauf sein, eine weitere nutzlose Frau unter meinem Dach zu haben?« Er drehte sich wieder zu Albina. »Bei Gott, Frau, du hast in deiner einzigen Pflicht versagt. Ich werde das nicht hinnehmen. Das werde ich nicht!«

Als seine Frau nicht antwortete, stürzte er zum Bett und schüttelte sie heftig an den Schultern. Aber Albina lag still, ihre Augen waren glasig und blicklos. Eine Blutlache zwischen ihren Schenkeln breitete sich immer noch langsam und dickflüssig aus. Sie war verblutet.

Lucys Herz zerbrach in ihrer Brust. Albina war tot. Aber vielleicht war es auf seine eigene schreckliche Art und Weise eine Wohltat. Der brutale Lord Monmouth hatte sie nie verdient, und auch nicht das Kind, das sie immer noch in ihren Armen hielt. Immerhin konnte man sagen, dass er, als ihm klar wurde, was mit ihr geschehen war, ein anderes Gefühl als Wut empfand, wenn auch nur für einen Moment.

»Tot ... Meine Frau und mein Sohn sind beide tot.« Mit kalter Wut starrte er die kleine Philippa an. »Und *diese* Kreatur ist schuld.« Sein Blick wanderte zu dem Feuer, das im Kamin loderte, dann durch den dunklen Raum. Lucy konnte sehen, wie eine Reihe von mörderischen Gedanken in schneller Folge über sein Gesicht zogen.

Als er sich ihr wieder zuwandte, stotterte ihr Herz vor Angst vor dem, was er tun könnte.

»Der Müller im Dorf. Du hast seinem Sohn auf die Welt geholfen, nicht wahr?«, forderte Monmouth.

»Ja, vor zwei Tagen.« Die Geburt war einfach gewesen. Dem Müller, Mr. Wilson, und seiner Frau war ein kräftiger Junge geboren worden. Ohne dass es zu Komplikationen gekommen war. Beth war gesund und munter wie ihr Kind.

»Du wirst ihnen heute Abend eine Nachricht überbringen. Ich werde zehntausend Pfund für ihren Sohn bezahlen. Und du gibst ihnen dafür diese Göre.«

»Aber, Mylord, sie ist Ihre Tochter ...«

»Tu es, oder ich schwöre, dass ich das Kind ins Feuer

werfen werde.« Monmouth stand so bedrohlich vor ihr, dass Lucy keinen Zweifel daran hatte, dass er seine grausame Drohung wahr machen würde.

»Worauf wartest du noch?«, zischte er.

Lucy, die das Mädchen immer noch in ihren Armen hielt, verließ den Raum. Innerhalb weniger Minuten saß sie in Monmouths Kutsche, die sie zum zwei Meilen entfernten Häuschen des Müllers brachte. Die Nacht war bitterkalt, mit bösartiger Kälte, die noch vor dem Morgengrauen so manchem das Leben rauben würde. Glücklicherweise hatte sich der Sturm, der eine halbe Stunde zuvor noch gewütet hatte, verzogen, und als sie das Haus des Müllers erreichten, war der Nachthimmel wolkenlos.

»Danke, Joseph«, sagte Lucy dem Kutscher. »Bitte warte hier auf mich.« Sie klopfte kräftig an die Tür des Müllers. Nach einigen Augenblicken antwortete ein erschöpft wirkender junger Mann.

»Ja?« fragte Wilson. Er erkannte Lucy, und seine Augen weiteten sich beim Anblick des Monmouth-Wappens, das auf die schwarzen Wagentüren hinter ihr gemalt und im Mondlicht gut zu sehen war.

»Darf ich bitte reinkommen, Mr. Wilson?«, fragte Lucy.

»Ja, natürlich.« Wilson trat zurück und ließ sie ins Haus gehen. Philippa, die fest unter ihrem Mantel steckte, gab nun einen miauenden Laut von sich und Wilson schreckte auf.

»Haben Sie da ein Baby?« Er blickte auf Philippa hinunter.

»Ja«, sagte Lucy leise.

Beth kam die schmale Leiter herunter, die in den zweiten Stock der Hütte führte.

»Beth, du solltest wieder ins Bett gehen«, schimpfte

Lucy sanft.

»Mir geht's gut, Lucy.« Beth lächelte und zog ihren Morgenmantel zu, als sie sich zu ihrem Mann gesellte.

»Was soll das jetzt alles?«, fragte Wilson.

Sie versuchte, sich zu beruhigen. Ihre Hände wollten nicht aufhören zu zittern. Alles, was sie sehen konnte, war der Gesichtsausdruck des Grafen, als er drohte, Philippa ins Feuer zu werfen. »Ich bin in einer sehr dringenden Mission hierher gekommen. Die Gräfin von Monmouth ist heute Nacht bei der Geburt von Zwillingen gestorben. Der erste, der Sohn, war eine Totgeburt. Die zweite.« Sie wiegte Philippa in ihren Armen. »Hat überlebt, ist aber ein Mädchen. Der Graf weiß, dass du einen Sohn zur Welt gebracht hast. Er hat ein Angebot für euch beide. Ich bitte euch, darüber nachzudenken, um des Kindes in meinen Armen willen.«

»Was für ein Angebot?« Wilson und seine Frau tauschten besorgte Blicke aus.

»Zehntausend Pfund, wenn ihr ihm euren Sohn überlasst, damit er ihn wie seinen eigenen aufzieht.«

»Was? Nein!« Wilson schüttelte den Kopf.

»Warten Sie!« Lucy hielt seinen Arm fest. »Bitte, hören Sie zu. Er wird dieses kleine Mädchen ermorden. Aber wenn er einen Jungen hätte, der das verlorene Kind ersetzen könnte, würde sie verschont bleiben. Denken Sie bitte nach. Ihr Sohn könnte in einem schönen Haus aufwachsen, ein Graf werden und nie im Leben hungern oder frieren müssen. Und im Gegenzug würden Sie dieses Kind als Ihr eigenes aufziehen und ein kleines Vermögen zum Leben haben. Ihr könntet als Familie ein neues Leben in London beginnen und alles haben, was euer Herz begehrt.« Sie zog die Decke von Philippas Gesicht zurück.

»Sie ist so schön. Die Tochter eines Grafen, die Enkelin eines Herzogs.«

Wilson und Beth starrten schweigend auf Philippa hinab.

»Ich will mein Baby nicht weggeben. Er ist mein kleiner Roddy«, murmelte Beth.

»Was wäre, wenn seine Lordschaft dich zu seiner Amme machen ließe?« Lucy hoffte, dass sie den Grafen zumindest *davon* überzeugen konnte, denn das Kind würde eine Milchquelle brauchen.

»Ich ...« Beth sah Philippa wieder an. »Er würde sie wirklich töten? Dieses süße Ding?« Sie streckte ihre Arme aus, ein Mutterinstinkt, gegen den sie sich nicht wehren konnte. Lucy reichte ihr das Baby.

»Er würde.«

»Woher sollen wir wissen, dass unser Junge bei ihm sicher ist?«, fragte Wilson.

»Ich habe jahrelang in dem Haus gearbeitet. Monmouth würde seinem Sohn treu ergeben sein, aber in einer Tochter sieht er keinen Wert, sondern nur eine Last. Sie ist in großer Gefahr.«

»Oh, sieh mal, Mason. Sie ist hungrig.« Beth hatte Philippa an der Spitze ihres Zeigefingers saugen lassen, und Philippa klammerte sich verzweifelt daran, ihr kleiner rosiger Mund suchte nach Milch.

»Beth ...« Wilson schaute hin und her angesichts der Situation, in die er geraten war. »Er ist unser Junge.«

Beth schniefte. »Ich weiß, aber stell dir vor, was für ein großartiges Leben er haben könnte. Oder etwa nicht, Lucy?«

»Ja, ein wirklich großartiges Leben.«

»Wir lassen uns nicht kaufen, nicht einmal von einem

Mann wie Monmouth«, sagte Mason leise. »Er kann uns nicht einfach zwingen, unser Kind aufzugeben.«

»Mason, wir können nicht zulassen, dass er *dieses* Kind tötet.« Beth hielt Philippa nun schützend im Arm.

Wilson seufzte und ließ die Schultern hängen. »Also gut. Wir sind einverstanden, aber Beth muss Roddy ihre Milch geben, und wir müssen den Jungen einmal im Jahr sehen dürfen.«

Das, so wusste Lucy, würde ein hartes Geschäft werden. Aber sie würde einen Weg finden, um Philippas willen.

»Bringt mir den Jungen, und ich bringe ihn zurück ins Haus zu seiner Lordschaft.«

Wilson stieg die Treppe hinauf und kam mit einem kleinen, sich windenden Bündel zurück. Der Mann hielt seinen Sohn einen langen Moment lang im Arm, und Beth beugte sich hinunter, um die Stirn des Jungen zu küssen.

»Wir lieben dich, Roddy. Das wird sich nie ändern. Bitte verzeih uns, was wir getan haben, aber du wirst in Sicherheit sein, und man wird sich um dich kümmern.« Beth strich ihm über die Wangen, ließ die Schultern hängen und drückte die kleine Philippa fester an sich.

»Vielen Dank, Mr. Wilson. Beth, du hast heute Abend ein wertvolles Leben gerettet. Dafür wirst du belohnt werden.«

Lucy verließ das Haus und trug das Bündel mit dem kleinen Jungen in die wartende Kutsche. Sie blickte nur einmal zurück und sah das Gesicht des Müllers und seiner Frau mit ihrer neuen Tochter in der Tür stehen.

Zwei Leben, die aus ihrem rechtmäßigen Platz im Leben gerissen worden waren, aber vielleicht würde es tatsächlich das Beste für beide sein. Lucy würde alles in ihrer Macht Stehende tun, um dies zu gewährleisten.

KAPITEL 1

L*ondon, Oktober 1826 - Zwanzig Jahre später*

»ER SIEHT MIR ÜBERHAUPT NICHT ÄHNLICH«, GRUMMELTE der Herzog von St. Albans.

Beauregard Boudreaux musterte den älteren Mann, der neben ihm im hinteren Teil des überfüllten Ballsaals stand.

»Wer, Euer Gnaden?«, fragte Beau.

»Roderick, mein Enkel.« St. Albans zeigte auf einen blonden jungen Mann, der mit einem hübschen Mädchen tanzte. Beau blickte zwischen den beiden Männern hin und her, auf der Suche nach auch nur einer Spur von Ähnlichkeit. Roderick hatte ein freundliches Gesicht und helle braune Augen, aber er hatte keinerlei Ähnlichkeit mit dem Herzog. St. Albans war zwar fünfundsechzig Jahre alt, aber immer noch ein gesunder Mann mit dunkelbraunem

Haar und den klarsten grauen Augen, die Beau je gesehen hatte.

»Vielleicht gerät er mehr nach der Familie des Vaters?« Beau musterte den jungen Mann erneut, während der seine hübsche Partnerin herumwirbelte.

»Der Graf von Monmouth? Nein, er hat eine ähnliche Färbung wie ich.« St. Albans verschränkte die Arme vor der Brust, ein seltsamer Ausdruck vertiefte die Falten um seine Augen und seinen Mund. »Mein Kind, seine Frau, war auch nicht so hell. Sie geriet nach mir.«

»Er scheint ein guter Junge zu sein, Euer Gnaden.«

»Oh, ja. Er ist ein entzückender Junge. Er hat einen guten Kopf auf seinen Schultern, aber ich wünschte ...« St. Albans setzte seinen Gedanken nicht fort. Stattdessen drehte er sich um, um den Ballsaal zu verlassen, wobei ihm ein Blick des Bedauerns anhaftete, der so offen war, dass Beau sich gezwungen sah, ihm zu folgen.

St. Albans hatte Beau praktisch aufgezogen. Als kleiner Junge hatte Beau seinen Vater in Frankreich verloren, und er und seine Mutter waren zu ihrer Familie nach England zurückgekehrt, in ein kleines Herrenhaus in der Nähe des Anwesens von St. Albans. Als er sechzehn geworden war, hatte er begonnen, über die niedrige steinerne Mauer zwischen den beiden Anwesen zu klettern und die Gärten von St. Albans zu durchqueren, bis hinunter zum See, wo er den Herzog zum ersten Mal traf.

Jetzt, im Alter von sechsunddreißig Jahren, empfand er den Herzog als Freund und als Ersatzvater. Zu sehen, wie der Herzog von der Vergangenheit geplagt wurde, beunruhigte auch Beau.

St. Albans ging die Bildergalerie seines Hauses entlang, weg von seinem Ballsaal, und hielt vor einer Reihe von

Gemälden inne. Ein Bediensteter ging hinter Beau und St. Albans her und zündete die Lampen um sie herum an, bevor er sich diskret zurückzog.

Beau legte eine Hand auf die Schulter von St. Albans. »Euer Gnaden? Geht es Ihnen gut?« Der ältere Mann sah ihn mit einem traurigen Lächeln im Gesicht an.

»Es tut mir leid, mein Junge. Ich bin heute Abend keine gute Gesellschaft. Ich hätte diesen verdammten Ball nie veranstalten dürfen. Ich hatte geglaubt, es würde mich ablenken.« Die Falten um seine Augen und seinen Mund vertieften sich, als er zu den Porträts um ihn herum aufblickte.

»Sie ablenken?« Beau war sich nicht sicher, ob er den Worten seines Freundes folgen konnte.

»Ja.« St. Albans drehte den Siegelring seiner Familie an seinem kleinen Finger, während er zu einem Porträt in der Ecke der Galerie hinaufstarrte.

»Es ist der Jahrestag des Todes meiner lieben Albina. Ihre Mutter, Gott hab sie selig, starb, als Albina erst sechs Jahre alt war, und Albina wurde meine ganze Welt. Dann habe ich auch sie verloren.«

»Albina ist vor zwanzig Jahren gestorben?« Beau hatte St. Albans nur ein Jahr nach dem Tod des einzigen Kindes des Herzogs kennengelernt.

»Vielleicht tut mir deshalb das Herz weh, wenn ich Roderick ansehe. Ich wünsche mir nicht so sehr, *mich* in ihm zu erkennen, sondern *sie*.« Er deutete mit zitternder Hand auf das Gemälde in der Ecke.

Beau stockte der Atem beim Anblick der in Öl gemalten Figur. Die schönste Frau, die er je gesehen hatte, saß auf einem Sofa, ein Buch im Schoß und das Kinn in die Hand gestützt, während sie sich auf die Armlehne des

Sofas stützte. Ihre blasse Haut schien im Mondlicht wie Alabaster zu leuchten. Dunkle Augenbrauen wölbten sich über einem Paar amüsierter, grauer Augen und einem sinnlichen Mund, der zum Küssen und zu geistreichen Bemerkungen einlud. Die fließende Seide ihres Kleides war so perfekt gemalt, dass Beau, vielleicht halb im Traum, glaubte, er könne die Seide berühren und nicht nur eine bemalte Leinwand.

»Sie war schön, nicht wahr?«, St. Albans.

»Mehr als schön«, stimmte Beau zu. Als einer der begehrtesten Junggesellen Londons hatte er die besten Mätressen, die ein Mann haben konnte, aber alle verblassten im Vergleich zu dieser Vision. Ihr wunderschönes Gesicht hätte Helena von Troja vor Neid erblassen lassen.

»Du hättest sie gemocht, Beau.« St. Albans grinste, obwohl seine Augen noch immer von tiefer Trauer überschattet waren.

»Ich kann mir vorstellen, dass ich das getan hätte, Euer Gnaden.«

»Sie war klug und amüsant. So voller Herz. Und der Teufel Monmouth hat sie nach Gretna Green entführt. Sie glaubte, ihn zu lieben, erfuhr aber zu spät, dass er sie nur wegen ihres Aussehens und ihrer Herkunft wollte. Sie war nicht irgendein verdammtes Vieh bei Tattersall's. Sie war mein Kind.«

Beau spürte, dass sein alter Freund mit schmerzhaften Dämonen aus der Vergangenheit kämpfte, und er wusste nicht, wie er helfen sollte.

»Er hat Sie doch nicht daran gehindert, Ihren Enkel zu sehen, oder?«

St. Albans schüttelte den Kopf. »Er lässt mich den

Jungen sehen, aber ich dachte, selbst nach all den Jahren würde ich irgendwann endlich einen kleinen Teil von ihr in ihm sehen, aber das tue ich nicht. Ich werde alt, Beau, und an diesem Punkt im Leben eines Mannes möchte er einen Teil von sich selbst weiterleben sehen. Ich fürchte, das werde ich nicht haben.«

»Es tut mir leid, Euer Gnaden. Warum gehen wir nicht zurück zum Ball?«

»Geh nur, mein Junge. Es wird Zeit, dass du mit ein paar jungen Damen tanzt, nicht wahr?«

Beau wollte ihm nicht sagen, dass er heute Abend keine Lust hatte, mit einer der jungen Debütantinnen zu tanzen. Die taufrische Hoffnung in ihren Augen und ihre stolzen Mütter zu sehen, die darauf hofften, ihn in die Mausefalle des Pfarrers zu locken. Nein, das wollte er sicher nicht. Es war nichts weiter als eine schmerzhaft künstliche und unaufrichtige Scharade, die unschuldige Mädchen verletzen würde, wenn sie das böse Erwachen erlebten, dass er sie niemals heiraten würde. Aber er konnte er St. Albans nicht gestehen. Er wusste genau, dass der Herzog wollte, dass er sich niederlassen und heiraten würde.

»Wenn Sie sich für die Nacht zurückziehen wollen, werde ich das auch tun.«

St. Albans schien seine schlechte Laune etwas zu vertreiben und wandte sich an Beau. »Gehst du zu deiner Geliebten?«

»Vielleicht«, überlegte Beau.

»Wie heißt die neueste?«, St. Albans mit leichter Missbilligung im Ton.

»Daniela.«

»Daniela? Ist sie eine Opernsängerin? Eine Tänzerin?«

»Die hier ist eine Opernsängerin. Letztes Jahr war sie der Star in Italien.«

St. Albans straffte die Schultern. »Nun gut. Ich komme wieder mit runter zum Ball, aber du wirst tanzen. Hast du verstanden? Fünf Tänze.«

»Zwei«, erwiderte Beau.

»Drei, oder ich finde heute Abend eine Braut für dich«, warnte der Herzog. Beau wusste, dass diese besondere Drohung sehr wohl in der Macht von St. Albans stand.

»Drei also, Euer Gnaden«, räumte er ein.

St. Albans legte Beau eine Hand auf die Schulter. »Komm jetzt. Du weißt, dass es mich amüsiert, wenn dir all diese Frauen zu Füßen fallen. Du bist viel zu gut aussehend, um heute Abend nicht wenigstens ein paar kleine Frauen in Ohnmacht fallen zu lassen.«

Mit einem gequälten Seufzer folgte Beau St. Albans zurück in den Ballsaal, aber er konnte die Frau auf dem Porträt nicht vergessen. Ihr amüsiertes Lächeln war so, als hätte der Maler sie in einem Moment der heimlichen Freude über einen Scherz ertappt. Sie sah aus wie eine Frau, die für die Liebe lebte.

Aber die Liebe war ein Narrenspiel, ein Spiel für junge Männer mit Blumensträußen und junge Frauen, die nicht wussten, was das Leben für sie bereithielt. Beau hatte schon vor langer Zeit beschlossen, dass er keine Frau durch den Tod verlieren würde. So lebte er in einer Junggesellenwohnung und hielt sich eine Geliebte in einer kleinen Suite von Zimmern. Er würde das so lange tun, wie ein Mann es konnte, aber er würde sich niemals verlieben. Er wollte niemals den Schmerz ertragen, der den Herzog von St. Albans so offensichtlich noch nach zwanzig Jahren verfolgte, noch wollte er jemals einer Frau diesen Schmerz zufügen, wenn er wie sein Vater sterben und sie allein zurücklassen würde.

Beau entdeckte einen Freund, Ashton Lennox, und seine schottische Frau Rosalind im Ballsaal. Vielleicht könnte er Rosalind für einen der versprochenen Tänze entführen.

Ashton nickte ihm zur Begrüßung zu. Beau machte einen Schritt in ihre Richtung, stieß dabei aber beinahe mit einer voluminösen Matrone zusammen, die sich plötzlich vor ihm materialisiert hatte. Sie trug einen farbenfrohen Turban, der mit einer großen Straußenfeder geschmückt war, und schwenkte einen Fächer mit noch mehr Federn vor ihrem Gesicht. St. Albans stand an Beaus Ellenbogen und drängte ihn so, dass er nicht um die Frau herumkommen konnte.

St. Albans räusperte sich. »Beauregard, darf ich Ihnen Mrs. Hamlin vorstellen? Mrs. Hamlin, das hier ist Beauregard Boudreaux. Sein Vater war ein französischer Marquis.«

»Französische Aristokratie? Oh *bonjour*, Mr. Boudreaux.« Sie knickste, senkte den Kopf und ließ zu, dass die lange Straußenfeder auf ihrem Kopf die Vorderseite von Beaus flaschengrüner Weste streichelte.

»*Bonsoir*, Madame«, korrigierte er sanft. Die Frau errötete und winkte einem schüchternen kleinen Wesen über ihre Schulter hinweg zu.

»Priscilla, komm her und lerne Mr. Boudreaux.« Sie winkte der jungen Frau energisch zu, sich zu ihnen zu gesellen.

Beau blieb geduldig, obwohl er nichts lieber wollte, als um sein Leben zu rennen. Er hatte schon zu viele solcher Einführungen erlebt, und sie erinnerten ihn immer daran, warum er solche Angelegenheiten hasste.

»Das ist Mr. Boudreaux.« Mrs. Hamlin stellte Beau ihre Tochter vor. Sie schien kaum achtzehn Jahre alt zu sein, mit frischem Gesicht, attraktiv und ein wenig schüchtern. Das blassrosa Musselin-Kleid, das sie trug, war bezaubernd und verstärkte die Röte auf den Wangen des Mädchens.

»Es ist mir ein Vergnügen.« Er verbeugte sich respektvoll über Priscillas zitternde Hand. »Ich hoffe, für den nächsten Tanz ist noch Platz auf Ihrer Karte?«

Das Mädchen schaffte es irgendwie, erschrocken zu nicken.

»Gut. Sollen wir?« Er führte sie auf die Tanzfläche, warf aber zum Abschied noch einen Blick auf St. Albans, der Vergeltung versprach. Der Herzog lächelte nur.

Sobald Beau in der Mitte der Tanzfläche stand, begann er mit seiner nervösen Partnerin zu sprechen.

»Miss Hamlin, jetzt ist der Zeitpunkt gekommen, an dem sich Paare unterhalten. Möchten Sie sich mit mir unterhalten?«

»Ich ... Ja«, antwortete sie.

»Ausgezeichnet, wollen wir über das Wetter sprechen? Oder vielleicht etwas Interessanteres?« Beau zwinkerte dem Mädchen zu, als sie beim Tanzen aneinander vorbeigingen.

Priscilla errötete, aber als sie sich wieder zu ihm umdrehte, lächelte sie und ließ sich auf den Moment ein.

»Etwas Interessantes?«, fragte sie. »Was meinen Sie damit?«

»Nun, wie wäre es damit. Sagen Sie mir, von welchem dieser jungen Böcke würden Sie gerne bemerkt werden? Wir können es schaffen, ihre Aufmerksamkeit zu erregen, wenn Sie mitspielen würden, meine Liebe.« Er würde dem Mädchen einen Gefallen tun. Immerhin war sie süß und hatte eindeutig Angst vor einem erfahrenen Wüstling wie ihm.

»Welchen Bock würde ich ...? Oh, Himmel.« Sie biss sich auf die Lippe und warf dann einen Blick auf den jungen goldhaarigen Viscount Rodrick Selkirk, St. Albans' liebenswürdigen Enkel. Der junge Mann tanzte ein paar Paare weiter. Es war nur eine Frage der Zeit, bis er und Selkirk ihre Partnerinnen kurz tauschen würden.

»Nun gut. Sehen Sie zu und lernen Sie, Miss Hamlin.«

»Cilla, bitte«, sagte das Mädchen schüchtern.

»Nicht Prissy?«, neckte er.

Ihre braunen Augen blitzten auf. »Sicherlich nicht. Ich verachte schon meinen Taufnamen, und dieser Spitzname ist nicht besser.«

»Na dann, Cilla. Wir werden beginnen. Sagen Sie mir, was Sie gern tun, wenn Sie nicht mit Wüstlingen tanzen. Etwas, das Ihre Mutter zum Riechsalz greifen ließe.«

Cilla lachte entzückt über seine Neckerei. »Reiten, natürlich. Ich mag Hindernisreiten, und mein Wallach ist einer der besten Springer in London.«

»Tatsächlich? Ich würde sehr gerne sehen, wie Sie einen Gentleman in dieser Hinsicht beschämen. Viel zu viele Männer meinen, sie wüssten, wie man über eine Hecke hinwegsetzt.« Er wirbelte sie herum, und ihre Hände verschränkten sich, als sie sich neben den anderen Tanzpartnern drehten.

»Ich nehme an, Sie lesen, besticken Kissen, singen, all das auch?«

Daraufhin schüttelte Cilla den Kopf. »Ich lese gerne, aber für die anderen Dinge habe ich weder die Zeit noch die Geduld.«

Ihre Ehrlichkeit begeisterte Beau. Die meisten Frauen

würden es nicht wagen, zuzugeben, dass sie diese weiblichen Talente nicht beherrschten.

»Mein Vater lässt mich mit auf die Jagd gehen, wenn wir kleine Hauspartys veranstalten.«

»Sind Sie ein Meisterschütze?«, stichelte Beau, aber das Mädchen nickte aufgeregt.

»Das bin ich in der Tat!«

»Meine liebe Miss Hamlin, Sie haben mich wirklich neugierig gemacht. Und jetzt schauen Sie mal zu.« Er tauschte den Platz mit Selkirk und tanzte einen Moment mit der anderen jungen Lady, bevor er und Selkirk sich gegenseitig umkreisten.

»Verdammt, ich bin ein Glückspilz. Miss Hamlin ist eine höchst reizvolle Partnerin.« Der andere Mann warf einen Blick auf Priscilla, die Selkirk kühn, aber kurz ansah und dann den Blick abwandte, wobei ihr Gesicht noch immer in voller Blüte stand.

»Sie ist hübsch«, überlegte Selkirk, der jetzt etwas von Miss Hamlin abgelenkt war.

»Das Mädchen ist nicht nur hübsch, sie ist auch einzigartig, kein frivoles Stück Musselin, wie Sie sehen. Sie ist eine ausgezeichnete Reiterin, eine Expertin für Hürdenrennen, und ihr Vater nimmt sie mit auf die Jagd. Eine Meisterschützin, sagt er. Wäre es nicht schön, eine Frau zu haben, die einen Mann wirklich unterhalten und ihn bei seinen Unternehmungen begleiten kann?«

Selkirks Augen leuchteten. »In der Tat, das wäre es! Ich hätte nicht gedacht, dass eine Frau Spaß am Reiten oder an Jagdgesellschaften hat. Was für eine neuartige Erfahrung.« Der junge Mann starrte Cilla jetzt mit einer Intensität an, die Beau innerlich zum Kichern brachte.

»Ein kluger Mann würde sie sich schnappen, bevor es

jemand anderes tut«, sagte Beau, bevor er sich wieder Miss Hamlin anschloss, um den Tanz zu beenden.

»So. Er beobachtet uns«, informierte Beau seine Partnerin. »Und jetzt lächeln Sie mich an, als ob Sie gerade mein Herz erobert hätten.«

Miss Hamlin hob ihr Kinn und schenkte ihm ein überraschend strahlendes Lächeln. Als der Tanz endete, verbeugte sich Selkirk respektvoll vor seiner Partnerin, bevor er sich Miss Hamlin zuwandte.

»Darf ich um eine Vorstellung bitten?«, fragte er.

Beau nickte. »Natürlich. Lord Selkirk, das ist Miss Priscilla Hamlin.«

»Sehr angenehm.« Selkirks offenes, ehrliches Gesicht verbarg nichts, als er Priscilla eifrig ansah. »Haben Sie noch ein paar Tänze frei?«

»Das habe ich, Lord Selkirk.«

Und einfach so entschwand Beau mit einem selbstgefälligen Lächeln. Er musste nur noch zwei weitere Tänze ertragen, um seinen Freund zu besänftigen, aber er hatte vor, es so geschickt anzustellen, dass keine Frau heute Abend mit Heiratsabsichten von ihm weggehen würde. Er würde keine Herzen brechen, wenn er es verhindern könnte.

Eine Liaison war jedoch etwas anderes. Er grinste ein paar lüsterne junge Witwen an, die ihn vom Rand der Tanzfläche aus beobachteten. Vielleicht war der heutige Abend vielversprechender, als er erwartet hatte.

THOMAS WINTHROP, SIEBTER HERZOG VON ST. ALBANS, sah zu, wie sein junger Schützling Beauregard Boudreaux mühelos über die Tanzfläche schwebte. Die whiskeyfarbenen Augen des Jungen, sein dunkles Haar und seine gut aussehenden Gesichtszüge hatten ihn zum Highlight vieler junger Frauen gemacht, aber es war klar, dass keine sein Herz gewinnen konnte.

»Mein lieber Junge ...« St. Albans murmelte gedankenverloren vor sich hin. »Die Ehe ist das, was du brauchst, die Ehe mit einer guten Frau.« Doch das war leichter gesagt als getan. Er wusste nur zu gut, dass Beau nie vorhatte zu heiraten. Der Junge war mit den Jahren von dieser Vorstellung immer entsetzter geworden. Das war nicht ganz überraschend, wenn man bedachte, dass er seinen Vater verloren hatte und seine Mutter ihre Heimat und ihr Leben in Frankreich aufgeben musste, um nach England zu kommen. Die arme Frau hatte nie wieder geheiratet, und der Junge war mit wenigen Freunden aufgewachsen. Doch irgendwie war der Junge an Thomas' Tür gelandet.

Thomas war zu jenem Zeitpunkt in seiner eigenen Trauer gefangen gewesen, da er erst kurz zuvor seine einzige Tochter verloren hatte. Er hatte sich gewünscht, der Junge würde ihn in Ruhe lassen, aber Beau hatte andere Vorstellungen gehabt. Er hüpfte immer wieder über die Mauer zwischen ihren beiden Anwesen, fand Thomas und löcherte ihn mit Fragen oder setzte sich manchmal einfach neben ihn an den See. Trotz Thomas' Wunsch, in Ruhe gelassen zu werden, hatte sich eine unwahrscheinliche Freundschaft entwickelt, und Beau war für Thomas wie ein Sohn geworden. Jetzt wünschte sich Thomas nur noch, dass der Junge glücklich verheiratet wäre, sesshaft würde und ein Haus voller Ersatz-Enkelkinder hätte, die Thomas jeden Tag besuchen könnten.

Mrs. Hamlin schlich sich neben Thomas. »Ich habe mit

einigen Ihrer Gäste gesprochen, Euer Gnaden. Ist es wahr, was man über Mr. Boudreaux?«

»Ist was wahr, Madame?«

»Dass er ein Meister der Verführung ist. Ein Wüstling der schlimmsten Sorte, der mit der Hälfte der talentiertesten Sängerinnen Europas geschlafen hat?«

Thomas dachte einen langen Moment über seine Antwort nach und lächelte dann. »Ja, das ist wohl wahr.«

Mrs. Hamlin keuchte entsetzt auf. »Gütiger Himmel! Und er tanzt mit meinem Kind!«

»Seien Sie unbesorgt, Mrs. Hamlin. Sehen Sie, ich glaube, er hat Ihrem lieben Kind tatsächlich geholfen.«

»Geholfen?« Mrs. Hamlin zitterte, während sie den Ballsaal mit kritischem Blick musterte.

»Ist das nicht Ihr Enkel, der mit meiner Prissy spricht?«

»So ist es ... so ist es.«

Kluger Junge, dachte Thomas. Irgendwie hatte Beau während des Tanzes die Aufmerksamkeit des jungen Roddy von seiner eigenen Partnerin auf Miss Hamlin gelenkt. Das gab Beau die Möglichkeit zu fliehen, sobald der Tanz zu Ende war. Beau warf Thomas einen selbstzufriedenen Blick zu, doch dieser hob zwei Finger und sagte: »Noch zwei.«

Beau verdrehte die Augen und ergriff die Hand des nächstbesten Mauerblümchens. Ja, natürlich. Mauerblümchen und Wüstlinge passten schlicht nicht zusammen. Vor jemandem wie Beau dürfte sie sich fürchten: ein großer, selbstbewusster Mann in den besten Jahren, kein dummer Junge, der noch tanzen lernt.

Als die beiden verbleibenden Tänze beendet waren, sah Beau Thomas vom anderen Ende des Raumes her an und verbeugte sich leicht.

»Frechdachs«, murmelte Thomas, konnte sich aber ein

Kichern nicht verkneifen. »Ich werde einen Weg finden, dich in diesem Jahr zu verkuppeln, merk dir meine Worte. Es ist höchste Zeit, dass du dir eine Frau nimmst.«

Die Frage war nur, wie würde er die glückliche Frau finden, die Beau Boudreaux' perfekte Partnerin sein würde?

KAPITEL 2

Philippa Wilson strich die frische Bettwäsche des großen Himmelbetts glatt und seufzte. Es gab nichts Schrecklicheres als langweilige Arbeit. Und in Anbetracht der Tatsache, dass Philippa mit ihren zwanzig Jahren in der langweiligen, eintönigen Position eines Dienstmädchens im oberen Stockwerk gefangen war, schien das Leben in diesem Moment ziemlich unerträglich.

»Beeil dich, Pippa«, flüsterte Ruth, ihre Freundin und Kollegin, während sie mit einem Staubtuch über den Kaminsims strich.

Philippa starrte auf einen Stapel von Büchern auf dem Nachttisch. Wenn sie nur einen Blick auf sie werfen könnte ... ihr Herr und ihre Herrin hätten sicher nichts dagegen.

»Ich will nur einen Blick, Ruth. Warte einen Moment.« Sie griff nach dem nächstgelegenen Buch, aber Ruth stürzte herbei und versperrte ihr den Weg, indem sie ihre Arme ausstreckte, um Philippa daran zu hindern, den Tisch zu berühren.

»Das darfst du nicht. Wir dürfen uns nicht aufspielen.«

»Aufspielen? Es ist ein Buch. Ich ziehe nicht ihre Kleidung an oder benutze ihr Tafelsilber!«, argumentierte Philippa.

»So würden sie es nicht sehen.« Ruths verzweifeltes Stöhnen brachte Philippa in Verlegenheit. Ihr ganzes Leben lang hatte sie sich nach etwas *mehr* gesehnt. Mehr Wissen, mehr Erfahrungen, mehr Leidenschaft für das Leben. Das Leben als Bedienstete war erstickend. Doch das war die Position, in die sie hineingeboren und in der sie aufgewachsen war. Ihre Eltern besaßen ein kleines Textilgeschäft in der Bond Street; es hatte seine guten und schlechten Jahre, aber nie gut genug. Deshalb hatte sie mit achtzehn Jahren eine Stelle als Dienstmädchen im Haus von Lord Lennox angenommen. Der gut aussehende Baron und seine Frau waren eine wunderbare Familie, für die man arbeiten konnte. Doch schon nach zwei Jahren fühlte sich Philippa von einem Leben im Dienst erdrückt.

»Komm schon, Pippa. Wir müssen vor dem Abendessen noch andere Räume fertigstellen.«

Philippa ließ die Schultern sinken, als sie Ruth aus dem Schlafgemach folgte. So wollte sie ihren Tag auf keinen Fall verbringen. Ruth ging zügig den Flur entlang und trug ein Bündel gebrauchter Wäsche. Philippa verweilte wie so oft im oberen Korridor und tat für einen kurzen Moment so, als sei sie eine feine Dame, die darauf wartete, dass ein Abenteuer an ihre Tür klopfte. Sie schloss die Augen und lächelte, als sie sich vorstellte, wie ein schneidiger Fremder an die Tür kam, um sie zu entführen.

Das Klopfen an der Tür riss sie aus ihrem Tagtraum, sodass sie sich ein wenig duckte.

Der Butler, Mr. Beaton, öffnete die Tür. »Kann ich Ihnen helfen, Sir?«

»Lord Monmouth möchte Lord Lennox sprechen«, sagte der Mann. »Ich habe einen Termin.« Seine kratzige Stimme hatte etwas an sich, das ihr einen Schauer der Abscheu über den Rücken jagte. Ihr Herz begann zu rasen mit einer Urangst, die sie nicht erklären konnte.

»Bitte, treten Sie ein, Mylord. Ich werde mit seiner Lordschaft sprechen.«

»Danke.« Der Mann, der sich als Lord Monmouth vorgestellt hatte, trat ein, und die Tür wurde hinter ihm geschlossen. Er war hochgewachsen, vielleicht Anfang fünfzig, und war vielleicht einmal attraktiv gewesen, aber sein Gesicht war so hart, dass sein gutes Aussehen mit der Zeit verwelkt war. Aus irgendeinem seltsamen Grund konnte Philippa nicht aufhören, ihn anzustarren. Sie hatte ihn noch nie zuvor gesehen, da war sie sich sicher, doch irgendetwas an ihm lockte sie in den offenen Korridor am oberen Ende der Treppe. Der Mann nahm seinen Hut ab und schaute sich um, wobei sich seine grimmige Miene weiter verdüsterte. Er trug einen feinen schwarzen Mantel und eine silberne Weste aus teurer Seide.

Lord Monmouth. Sie kannte den Titel. Er war ein Earl. Sie war nicht überrascht, ihn hier zu sehen. Lord Lennox gab die besten Geschäftsempfehlungen in London, und selbst Herzöge suchten bei dem Baron Hilfe. Zweifellos war dieser Mann aus demselben Grund gekommen.

Philippa schlich näher, blieb am oberen Ende der Treppe stehen und stützte eine Hand auf das Geländer. Als wäre er sich plötzlich bewusst, dass er beobachtet wurde, wandte sich der Blick des Mannes die Treppe hinauf und richtete sich auf sie. Ihr stockte der Atem, als sich seine

Augen auf die Größe von Lady Lennox' feinen blau-weiß gemusterten Porzellantellern vergrößerten.

Der Mann keuchte, sein Gesicht wurde bleich. »Nein, du kannst nicht ... nicht hier sein. Das ist nicht möglich.«

Plötzlich eilte er die Treppe herauf. Philippa erstarrte wie angewurzelt, als er sich auf sie stürzte. Die Angst kochte in ihr hoch und machte das Atmen unmöglich.

Lord Monmouth packte sie am Hals. Philippa versuchte zu schreien, aber der Laut wurde zu einem Keuchen erstickt. Er drückte sie gegen die nächstgelegene Wand, seine große Hand drückte schmerzhaft zu.

»Du kannst nicht hier sein!«, zischte er, seine Augen waren wild und seine Lippen zu einem bösartigen Knurren verzogen.

Philippa krallte sich an seinem Handgelenk fest und grub ihre Nägel in seine Haut, während sie wie ein Fisch außerhalb des Wassers nach Luft schnappte. Aber es war sinnlos ... Schatten sammelten sich am Rande ihres Blickfeldes, wie Sensenmänner, die darauf warteten, ihre Seele in einem schrecklichen Alptraum einzufangen. Es dauerte einige lange Sekunden, bis ihre Hände zu schwer zum Heben waren. Sie sanken zu ihren Seiten herab, als sich alles in Nichts auflöste.

Ein entfernter Schrei, der wie aus einem tiefen See zu hören war, erreichte ihre Ohren, bevor sie zu Boden fiel.

Als ihre Vision zurückkehrte, sah sie Lord Lennox, der einen wütenden Monmouth auf die Beine zerrte. Sie stritten sich, aber sie konnte die Worte nicht verstehen, weil sie ein anhaltendes und schmerzhaftes Klingeln in den Ohren hatte. Dann stieß Monmouth Lennox hart von sich und floh außerhalb ihres Sichtfeldes die Treppe hinunter. Philippa schloss wieder die Augen und öffnete sie erst, als sie jemanden ihren Namen rufen hörte. Lord Lennox eilte zu ihr zurück.

Er rief nach seiner Frau und dem Butler, bevor er sich vor ihr niederkniete. »Pippa, geht es dir gut?« Er strich ihr das Haar aus dem Gesicht, und als sie sich immer noch nicht bewegen oder sprechen konnte, hob er sie auf und trug sie in den Salon am anderen Ende des Korridors, wo er sie auf das Sofa setzte.

Lord Lennox' strahlend blaue Augen suchten ihr Gesicht ab. »Pippa, was ist passiert? Warum hat Lord Monmouth dir wehgetan?«

Die Frau von Lord Lennox, Rosalind, erschien in der Tür, Mr. Beaton direkt hinter ihr. »Ash? Was ist passiert?«, Die dunkelhaarige Dame des Hauses eilte an Ashtons Seite und keuchte, als sie Philippas Zustand sah.

»Lieber Gott! Pippa, geht es dir gut?«

Philippa wollte vor Scham sterben. Sie hatte im Haus ihres Herrn einen Aufruhr verursacht und würde sicher ohne ein Zeugnis hinausgeworfen werden. Sie rieb sich die Kehle.

»Gib ihr eine Minute, Rosalind. Lord Monmouth hätte das arme Mädchen fast umgebracht.« Ashton hob ihr Kinn sanft mit seinen Fingern an und untersuchte ihren Hals. Er schürzte die Lippen und wandte sich an Mr. Beaton. »Beaton, holen Sie den Arzt. Ihre Verletzungen könnten schwerwiegend sein.«

Sie rieb sich die Kehle. Tränen brannten in ihren Augen, als sie versuchte zu sprechen. »Ich schwöre, Mylord ... ich habe nichts getan ... Lord Monmouth ... hat gesagt, ich darf nicht hier sein.« Fand er, dass sie nicht so sichtbar hätte stehen sollen, wo doch die meisten Bediensteten darauf ausgebildet wurden, sich nicht sehen zu lassen?

Aber niemand würde aus einem solchen Grund so die Fassung verlieren. Doch was hätte er sonst meinen können?

Rosalind kniete neben ihrem Mann und tätschelte Philippas Knie. »Es ist alles in Ordnung.«

»Mylady, es tut mir schrecklich leid ...« Philippa blinzelte die Tränen weg, die ihr über die Wangen liefen.

»Du brauchst dich nicht zu entschuldigen«, sagte Ashton in sanftem, aber bestimmtem Ton. »Ich lasse nicht zu, dass Gäste in mein Haus kommen und mein Personal angreifen. Daran ist allein Lord Monmouth schuld.«

»Was hat er zu dir gesagt?«, fragte Rosalind. »Was waren seine genauen Worte?«

Philippa schloss kurz die Augen, um den schrecklichen Moment noch einmal zu erleben.

»Er sagte ... Nein ... Du darfst nicht hier sein. Nicht möglich ... Ich fürchte, das ist jetzt alles ein bisschen verworren.«

Rosalind legte ihren Kopf schief. »So etwas Seltsames kann man nicht einfach dahersagen. Du kennst Lord Monmouth nicht, oder?«

Philippa schüttelte den Kopf, zuckte aber zusammen, als ein neuer Schmerz die zarten Muskeln ihres Halses und ihrer Kehle durchzuckte.

»Ruh dich jetzt erst einmal aus«, sagte Lord Lennox. »Der Arzt wird bald hier sein.« Er ging hinaus, während Rosalind Philippa half, die weiße Kappe von ihrem Haar zu nehmen und die obersten Knöpfe ihres Kleides zu öffnen, damit der Arzt Zugang zu ihrem Hals hatte.

»Bitte schickt mich nicht weg, Mylady«, krächzte Philippa.

Rosalind hob eine Augenbraue, und bei ihren nächsten

Worten klang ihr schottischer Akzent sehr besorgt. »Sei jetzt still. Rede nicht solchen Unsinn. Du bist ein geschätztes Mitglied dieses Haushaltes, und es ist mir egal, welchen Grund oder welche Ausrede Lord Monmouth vorbringt, er kann nicht einfach so Hand an jemanden legen. Es ist seine Schuld, nicht deine.«

Philippa wollte Rosalind umarmen, aber es gab unsichtbare Grenzen zwischen einem Dienstmädchen und ihrer Herrin.

»Tut es sehr weh?«, fragte Rosalind.

»Ja«, flüsterte Philippa. »Ich glaube, er wollte mich umbringen, aber ich habe keine Ahnung, warum.«

»Ash wird es herausfinden. Er wird Monmouth nicht davonkommen lassen, ohne sich dafür zu verantworten, sein Titel hin oder her.«

Lord Lennox räusperte sich in der Tür. »Dr. Montgomery ist hier, Pippa.«

Ein junger Arzt, der nicht älter als dreißig sein konnte, betrat den Raum. Der Mann lächelte Philippa freundlich an, und sein hübsches Gesicht hellte sich auf, als er sie ansah. Philippa errötete vor Scham. Sie kannte die Wirkung, die sie oft auf Männer hatte. Das war eines der schwierigsten Probleme bei der Suche nach einem Arbeitsplatz in einem anständigen Haus. Viele Damen in London würden kein Mädchen einstellen, das zu hübsch war, geschweige denn eines mit »unvergleichlicher Schönheit«, wie eine Matrone einmal zu ihr gesagt hatte. Sie erinnerte sich, wie die Frau nach der kleinen Messingglocke auf dem Tisch neben ihr gegriffen und sie geläutet hatte.

»Es ist nichts Persönliches, meine Liebe, aber ich kann nicht zulassen, dass mein Neffe dich sieht. Er ist kurz davor, die Tochter eines Grafen zu heiraten. Ein Blick auf dich könnte meine sorgfältig ausgearbeiteten Pläne zerstören.«

Das war weder das erste noch das letzte Haus gewesen, das ihr eine Stelle verweigert hatte. Aus ähnlichen Gründen wagte sie es nicht, sich auf Stellen in Junggesellenhaushalten zu bewerben, wo es keinen Schutz vor den Annäherungsversuchen eines Arbeitgebers gäbe. Sie hatte das Glück gehabt, ein Haus wie Lennox House zu finden, wo ihr Herr so sehr in seine Frau verliebt war, dass er kein Interesse an anderen Frauen hatte.

»Möchtest du, dass ich bei dir bleibe, Pippa?«, fragte Rosalind, als der Arzt sich neben sie auf das Sofa setzte.

»Ja, bitte.« Sie war dankbar für Rosalinds Anwesenheit. Nicht, dass sie dem Arzt nicht vertraute, sie fühlte sich einfach sicherer, wenn sie nicht allein war. Der Arzt untersuchte ihre Kehle. Seine Hände waren warm, als er verschiedene Stellen an ihrem Hals drückte und fragte, wo es weh tat. Jedes Mal, wenn ein Funken Schmerz aufflammte, nickte sie.

»Nun, es sieht so aus, als hätten Sie einen Schaden an Ihrer Kehle erlitten. Das wird eine Weile weh tun, denke ich.« Er betrachtete ihr Gesicht. »Ihre Augen werden ein paar Tage lang rot sein; Strangulation hat diesen unglücklichen Effekt. Möglicherweise haben Sie noch länger Probleme beim Schlucken oder Sprechen. Trinken Sie viel warme Brühe und heißen Tee. Nichts Bitteres. Süßen Sie Ihren Tee mit Honig.«

»Danke, Doktor.« Sie griff nach oben, um ihre Kleid zuzuknöpfen.

Der Arzt lächelte sanft. »Wenn Sie meine Dienste benötigen, Miss Wilson, müssen Sie nur nach mir schicken.« Sein ernster Blick löste in ihr ein Gefühl von Schuld aus. Er war weder der erste noch der letzte Mann, der ihr ein solches Angebot machte, aber anders als bei vielen anderen Männern spürte sie, dass er es gut meinte und wirklich an ihr interessiert war.

Ich könnte einen Mann wie ihn heiraten, wenn ich wollte. Aber sie wollte mehr im Leben, als nur die Frau eines Mannes zu sein. Nicht einen reichen Ehemann oder ein schönes Haus, nein. Sie wollte Leidenschaft und Abenteuer - zwei Dinge, die Frauen aus allen Gesellschaftsschichten nie haben konnten. Warum konnten Frauen nicht mehr vom Leben haben, auf das sie sich freuen könnten?

»Danke, Doktor. Mr. Beaton wird Sie hinausbegleiten.« Rosalind begleitete ihn zur Tür und kehrte zu Philippa zurück, wobei ihre Augen noch immer von Sorge erfüllt waren. »Warum besorgen wir dir nicht einen Tee und schicken dich früh ins Bett?«

»Es tut mir so leid, Mylady. Ich kann immer noch arbeiten, das verspreche ich Ihnen«, röchelte sie, als sie sich vom Sofa erhob und ihrer Herrin in den Flur folgte.

»Darüber brauchst du dir im Moment keine Gedanken zu machen.« Rosalind tätschelte ihr sanft den Arm.

Ruth wartete vor dem Salon auf sie. Sie knickste vor ihrer Herrin.

»Ah, Ruth«, sagte Rosalind. »Lass dir und Pippa einen Tee mit Honig auf euer Zimmer bringen. Sie soll den Tee trinken und früh ins Bett gehen. Alles, was ihr heute Abend noch nicht erledigt habt, könnt ihr morgen nachholen.«

»Ja, Herrin.« Ruth legte ihren Arm um Pippa, und sie machten sich auf den Weg zu den Dienstbotenzimmern ein Stockwerk höher.

Das Zimmer, das Philippa und Ruth teilten, war klein

und gemütlich, mit zwei schmalen Betten an gegenüberliegenden Wänden. Leuchtend rote Wolldecken bedeckten ihre Federkernmatratzen. Ruth hatte ein Händchen fürs Stricken und Sticken, wodurch sich der Raum wärmer und einladender anfühlte als eine durchschnittliche Dienstbotenkammer.

Auf Philippas Seite des Zimmers waren Artikel aus der Morning Post an die Wände geheftet, die von verschiedenen Abenteuern in Amerika oder Europa berichteten. Lord Lennox gestattete dem Personal immer, abends die Zeitung zu lesen, nachdem er selbst damit fertig war, und Mr. Beaton hatte Philippa die Erlaubnis gegeben, die Artikel, die ihr gefielen, auszuschneiden und mit in ihr Zimmer zu nehmen. Sie sorgten für ein spannendes Gemälde, das sie jeden Abend wieder lesen wollte.

»Ich kann nicht glauben, dass dieser Mann dich einfach so angegriffen hat. Es tut mir so leid, dass ich nicht da war, um zu helfen! Geht es dir wirklich gut?«

Philippa knöpfte ihr Kleid auf und wechselte mit Hilfe ihrer Freundin in ihr Nachthemd. »Ich verstehe einfach nicht, warum er das getan hat. Ich habe nur dagestanden.«

»Gentlemen sind seltsame Geschöpfe und manchmal gefährlich. Wenigstens war seine Lordschaft da, um dich zu retten.«

»In der Tat.« Philippa wollte nicht daran denken, was passiert wäre, wenn Lord Lennox nicht ins Foyer gekommen wäre. Sie könnte tot sein, erwürgt von einem Mann, dem sie noch nie zuvor begegnet war, ohne ersichtlichen Grund.

»Und jetzt ruh dich aus. Ich bringe den Tee gleich hoch«, sagte Ruth, deren Gesicht noch immer vor Sorge angespannt war.

»Danke.« Philippa fühlte sich in diesem Moment ziemlich nutzlos, eine Last für die Menschen um sie herum. Sie kletterte in ihr Bett und zog die Wolldecken über ihren Körper.

Als Ruth weg war, kramte sie ein kleines Täschchen unter ihrer Matratze hervor. Darin lag eine schmale Halskette mit einem Saphir-Anhänger. Es war ein Geschenk ihrer Mutter gewesen, als sie sechzehn Jahre alt wurde. Sie hatte keine Ahnung, wie ihre Eltern es sich hatten leisten können. Sie strich mit der Daumenkuppe über den Saphir, bevor sie ihn in den Samtbeutel zurücklegte und ihn wieder unter die Matratze schob.

Tränen tränkten ihr Kopfkissen, als sie sich in ihre Decken vergrub und versuchte, die Welt um sich herum auszublenden, wenn auch nur für ein paar Stunden.

CORNELIUS SELKIRK, DER EARL OF MONMOUTH, versteckte sich in den Stallungen zwei Häuser von Lennox' Haus entfernt. Sein Herz raste noch immer, und das Blut rauschte noch immer in seinen Ohren. Der heutige Abend hatte sich zu einer Katastrophe entwickelt. Alles, was er gewollt hatte, war ein Treffen mit Lennox wegen einiger Investitionen. Stattdessen war er hineingegangen und hatte gesehen, wie sein Verhängnis vom oberen Ende der Treppe auf ihn herabblickte.

Dieses Verhängnis kam in Form eines zwanzigjährigen Mädchens in einem schwarzen Dienstmädchenkleid. Obwohl ihr Haar bedeckt war, hätte er sie nicht verwechseln können. Sie war die wiedergeborene Albina. Er wusste, dass das Mädchen irgendwo in England war, denn er hatte das Kind ja leben lassen, aber er hatte das Schweigen des Müllers und seiner Frau und ihren Umzug von seinem Landsitz bezahlt. Er hatte sie sich in einer Provinzstadt vorgestellt, wo sie ihrem Beruf nachgingen, nicht in London. Was hatte die Kleine also in London zu suchen, wo jeder sie sehen konnte und feststellte, dass sie genau wie Albina aussah? Allein ihr Anblick hätte ihn an Ort und Stelle fast umgebracht. Einen Moment lang hatte er geglaubt, er sähe einen Geist.

Wenn jemand, der sich an seine verstorbene Frau erinnerte, das Mädchen gesehen hätte, hätte derjenige sofort erkannt, dass sie eine Selkirk war. Sein Junge Roddy würde dann als sein Erbe angefochten werden, und das konnte sich Cornelius nicht leisten. Hätte er sich heute Abend nicht so töricht verhalten, wäre sie vielleicht unbemerkt geblieben, aber jetzt hatte er die Aufmerksamkeit auf sie gelenkt und damit alles gefährdet, worauf er hingearbeitet hatte.

Er konnte nicht zulassen, dass ein entfernter Cousin sein Anwesen erbte, nicht nach allem, was er für dessen Aufbau geopfert hatte. Eine Wiederverheiratung war nicht in Frage gekommen. Der Arzt hatte gesagt, seine Durchblutung sei nicht stark genug, um einen Zustand der Erregung zu erreichen, und er würde wahrscheinlich nie wieder mit einer Frau schlafen können. Das war für ihn nicht von Bedeutung. Sein Verlangen, mit Frauen zu schlafen, war schon vor Jahren erloschen. Doch er hatte sich keine Sorgen gemacht. Er hatte Roddy. Aber das Mädchen heute Abend zu sehen ... all seine alten Ängste kamen wieder hoch. Er hatte mit Wut reagiert und erkannte jetzt, wie leichtsinnig es gewesen war, zu versuchen, das Mädchen in Lennox' Haus zu töten. Lennox würde nicht zulassen, dass diese Sache auf sich beruhte, und das bedeutete, dass er alles tun würde, um herauszufinden, was das Mädchen so besonders machte.

Jetzt würde sie sterben müssen. Es führte kein Weg daran vorbei. Sie war eine Belastung, die er sich nicht leisten konnte. Es stand zu viel auf dem Spiel.

Cornelius entspannte sich, als er merkte, dass ihn niemand verfolgte. Er verließ die Stallungen und ging zur nächstgelegenen Ecke der Half-Moon Street, um eine vorbeifahrende Droschke anzuhalten.

»Wohin?«, fragte der Fahrer.

»Das Clubhaus in der Bennett Street.« Er lehnte sich in der Kutsche zurück. Die Frage war, wie man das Mädchen entfernen könnte, ohne weiteren Verdacht zu erregen. Es gab einen Mann, auf den er sich verlassen konnte, und in einer Nacht wie dieser war das Clubhaus der Ort, an dem er ihn normalerweise finden würde.

Als die Kutsche in der Bennett Street hielt, bezahlte Cornelius den Fahrer und ging zu der auffälligen roten Tür, die den Eingang zur Spielhölle markierte. Er betrat das Stadthaus, in dem lautes Lachen und aufgeregtes Geschrei zu hören waren. Lakaien eilten durch den Korridor und die Treppe hinauf, um Getränke, Nachrichten und Geld zwischen den Kunden zu transportieren. Cornelius ergriff den Arm eines vorbeigehenden Dieners.

»Ist Lord Sommers heute Abend hier?«

»Ja, Sir. Er spielt oben an den Hazard-Tischen. Erste Tür rechts.« Der Lakai eilte davon, und Cornelius ging die Treppe hinauf.

Alistair Sommers saß an einem Hazard-Tisch, hinter ihm eine dralle Frau, die ihm Dinge ins Ohr flüsterte, die den jungen Bock zum Lächeln brachten. Alistair war erst neunundzwanzig, aber der Viscount hatte einen Ruf, der erfahrenere Wüstlinge vor ihm zurückschrecken ließ.

Männer wie Sommers waren nie auf Bällen anzutreffen. Wenn sie doch einmal hingingen, dann nur, um jede Frau zu kompromittieren, an der sie vorbeikamen. Aber Alistair war eine weitaus größere Bedrohung, als nur den Ruf junger Frauen auf Bällen zu ruinieren. Er gehörte zu einem Höllenfeuer-Club namens Devil's Own, in dem die Männer sündige Handlungen nicht nur spielten, sondern auch begingen. Dank ihnen starben Männer unter mysteriösen Umständen, aber die Bow Street Runners waren ratlos, wie sie die Verbrechen mit den Mitgliedern des Clubs in Verbindung bringen sollten.

»Lord Sommers«, sagte Cornelius. Er setzte sich auf einen freien Platz, nachdem ein betrunkener junger Mann eine große Summe Geld am Tisch verloren hatte und gegangen war.

»Ahh, Monmouth. Ich bin überrascht, Sie hier zu sehen.« Alistair machte sich nicht einmal die Mühe, Cornelius anzuschauen. Er war auf das Spiel konzentriert.

»Ich habe etwas, das Sie interessieren könnte. Für den richtigen Preis, hoffe ich.«

»Sie wissen, dass ich nicht für Vergnügen bezahle.« Alistair klang gelangweilt.

Cornelius versuchte, sich zu zügeln. »Sie missverstehen mich, Lord Sommers. *Ich* würde *Sie* bezahlen. Ich muss eine kleine Angelegenheit regeln.«

Alistair wandte seinen Blick vom Spiel ab und war neugierig geworden. »Oh? Nichts Unbedeutendes, nehme ich an.«

»Ich glaube, es wird Sie sehr interessieren, aber ich kann hier nicht darüber sprechen.«

»Nun gut. Dieses Spiel hat sein Feuer für mich verloren.« Er sammelte seine Gewinne ein und schob die Frau beiseite, als er aufstand.

»Am Ende des Ganges gibt es ein privates Zimmer«, sagte Alistair. Cornelius folgte ihm in ein Schlafgemach.

»Nun denn, um was geht es?«, fragte Alistair.

Cornelius lächelte. »Eine Frau. Sie muss beseitigt werden. Sie können mit ihr machen, was Sie wollen, aber danach muss sie entsorgt werden.«

Alistair verschränkte die Arme vor der Brust. »Welche Frau, und warum?«

»Sie ist eine Bedrohung für mein Anwesen, jemand, der das Erbe meines Sohnes ruinieren würde. Das ist alles, was ich zu diesem Thema sagen werde.«

»Das scheint kaum eine Herausforderung zu sein. Was an dieser Frau sollte mich in Versuchung führen?«

»Sie ist nicht irgendeine Frau. Sie hat das Gesicht und den Körper von Helena von Troja mit glänzendem schwarzen Haar. Sie wissen um die Schönheit meiner verstorbenen Frau?«

Alistair war jetzt viel interessierter. »Die Menschen sprechen immer noch ehrfürchtig von ihr, obwohl sie schon seit zwanzig Jahren tot ist.«

»Diese Frau ist ihr Ebenbild.« Cornelius fühlte sich seltsam selbstgefällig angesichts der Schönheit des Mädchens, obwohl er in diesem Moment einen Mord an ihr plante.

Alistairs Augenbraue hob sich. »Verwandtschaft?«

»Sind Sie interessiert?«

»Wenn sie so schön ist, wie Sie sagen, dann ja. Aber warum wünschen Sie ihr den Tod? Warum wird sie nicht einfach entführt und irgendwo versteckt? Eine schöne Frau ist für die meisten Männer ein wertvolles Gut.«

»Leider ist es gerade ihre Schönheit, die sie verurteilt. Selbst wenn wir sie verstecken, könnte das nicht ausreichen.«

Alistairs braune Augen blitzten mit bösartigem Verständnis. »Dann bin ich noch mehr interessiert. Wo ist sie?«

»Sie arbeitet im Haus von Lord Lennox als Dienstmädchen im ersten Stock.«

»Ein Dienstmädchen? Und trotzdem ist sie eine Bedrohung?«

»Ich werde es nicht weiter erklären. Es ist einfach etwas, das getan werden muss.«

»Lennox' Haushalt ist engmaschig und loyal. Es wird unmöglich sein, mich hineinzuschmuggeln, um das Mädchen zu schnappen.« Alistair strich sich über das Kinn und begann, auf und ab zu laufen. »Aber Dienstmädchen machen Besorgungen. Vorausgesetzt, es muss nicht heute Abend sein, werde ich warten, bis sie das Haus verlässt, und sie dann ergreifen.«

»Ausgezeichnet.« Cornelius entspannte sich. »Sobald Sie sie haben, gebe Sie mir Bescheid, und ich zahle Ihnen tausend Pfund. Die Hälfte, wenn sie in Ihrem Besitz ist, der Rest, wenn sie tot ist.«

»Das ist nicht viel für einen Mord«, überlegte Alistair.

»Nachdem Sie sie gesehen haben, werden Sie *mich* für die Zeit bezahlen wollen, die Sie mit ihr verbracht haben.«

Alistair gluckste. »Keine Frau ist so schön. Aber wir haben eine Abmachung.«

»Gut.« Cornelius verließ den Raum und die Spielhölle. Je weniger Leute ihn hier sahen, desto besser. Er hatte sogar die Absicht, direkt nach Hause zu fahren und Roddy mit aufs Land zu nehmen, um den Verdacht von ihnen beiden fernzuhalten, falls Lord Sommers mit der Leiche des Mädchens erwischt werden sollte.

Es gab einen kurzen Moment, in dem er sich schuldig fühlte, weil er seine eigene Tochter zum Tode verurteilt hatte, aber wenn man alles in Betracht zog, stand sie, wie ihre Mutter, nur dem im Wege, was wirklich wichtig war.

KAPITEL 3

Philippa fühlte sich in den nächsten zwei Tagen wie eine Gefangene. Ihre Stimme hatte sich erholt, aber die blauen Flecken an ihrem Hals waren immer noch sichtbar. Die hässlichen violetten Flecken bildeten zwei dunkle Ringe um ihren Hals. Lady Lennox hatte nicht gewollt, dass sie ihren Dienst wieder aufnahm, bevor sie sich dazu in der Lage fühlte, aber nachdem sie drei Tage lang ruhig in ihrem Bett gelegen hatte, musste Philippa etwas tun. Also zog sie trotz Ruths Protesten ihre schwarze Uniform an, band ihr Haar mit ihrer Dienstmädchenhaube zusammen und half ihrer Freundin beim Putzen der oberen Räume.

Am frühen Abend fühlte sie sich ein bisschen mehr wie früher und saß mit einem der Lakaien, Roger, in der Küche, während er ein Paar der Reitstiefel von Lord Lennox polierte. Der Kammerdiener Seiner Lordschaft hatte den Abend frei.

»Seine Lordschaft war endlich der Meinung, dass es

sicher war, das Haus zu verlassen«, sagte Roger, während er ein Tuch in den Topf mit schwarzer Schuhcreme tauchte.

»Was?«, Philippas Hände, die gerade damit beschäftigt waren, Stoffservietten zusammenzulegen, hielten inne. »Hatte er Angst, zu gehen?«

»Angst, dich allein im Haus zu lassen. Lennox ist besorgt, dass Lord Monmouth zurückkehren könnte. Der Mann ist verschwunden, wie es scheint. Vermutlich aus Schuldgefühlen, aber man fragt sich das schon. Er und Lady Lennox haben das Haus in den letzten zwei Tagen nicht mehr verlassen. Lennox wollte hier sein, falls Monmouth dich holen kommt.«

»Das scheint kaum wahrscheinlich, oder?« Sie unprovoziert anzugreifen, war die eine Sache, aber sie danach weiter zu verfolgen?

Roger war einen Moment lang still. »Du warst damals noch nicht hier, aber vor fünf Jahren war der Haushalt einer ähnlichen Gefahr ausgesetzt.« Er runzelte die Stirn.

Sie wusste, wovon Roger sprach, hatte sich aber noch nie getraut, nach Einzelheiten zu fragen. »Was ist passiert?«

»Ein Mann namens Hugo Waverley führte einen Privat-krieg gegen seine Lordschaft und deren Freunde. Einen Krieg, der sie fast das Leben gekostet hätte. Das waren dunkle und gefährliche Tage. Es gab sogar einen Attentäter in unserer Mitte. Ein Mörder hat in diesem Haus neben uns gearbeitet.«

»Großer Gott!« Philippa keuchte.

Roger schürzte die Lippen und polierte einen langen Kratzer an einem der hohen schwarzen Stiefel, aber sein Gesicht wirkte abwesend. »Der Mann war von Waverly angeheuert worden, um Lord Lennox zu töten.«

»Aber offensichtlich hat er das nicht geschafft.«

»Nein, hat er nicht. Trotz Sir Hugos gut durchdachten Plänen setzten sich seine Lordschaft und seine Freunde durch. Als Sir Hugo starb, war die Bedrohung verschwunden. Wir hatten in den letzten Jahren einen guten Frieden, aber Lord Lennox hat jetzt denselben besorgten Blick. Er mag es nicht, nicht zu wissen, woher eine Bedrohung kommen könnte oder wann sie das nächste Mal zuschlagen könnte.«

Schuldgefühle nagten an Philippa. Wenn sie nur wüsste, warum Lord Monmouth versucht hatte, sie zu töten, dann könnte Lord Lennox die Angelegenheit vielleicht friedlich regeln. Doch Monmouth war verschwunden, und in der Stadt ging das Gerücht um, er und sein Sohn seien zu ihrem Anwesen zwei Tagesritte von London entfernt aufgebrochen.

»Ich wünschte ... ich wünschte nur, ich wüsste, was ich getan habe, um Lord Monmouth zu verärgern.« Sie griff nach einer weiteren Serviette, faltete sie langsam und legte sie beiseite.

Roger lächelte sie plötzlich an. »Vielleicht hat er einen Blick auf dich geworfen, sich verliebt und das Wissen, dass er dich nicht haben kann, hat ihn verrückt gemacht. Er wäre nicht der erste.«

»Sei doch nicht albern. Männer verhalten sich in meiner Gegenwart nicht so. *Du* tust es auch nicht«, sagte sie.

»Das liegt daran, dass mir die Damen weder den Kopf noch das Herz verdrehen«, antwortete er, ohne näher darauf einzugehen. Es war gefährlich, so etwas zuzugeben, aber Philippa urteilte nicht über solche Dinge. Von einem

Menschen zu verlangen, sein Herz zu kontrollieren, war so sinnlos wie der Versuch, das Wetter zu kontrollieren.

»Ich will nicht so schön sein, dass ich die Männer verrückt mache. Außerdem kam der Wahnsinn in Monmouths Augen nicht von Lust, das versichere ich dir.« Sie setzte sich wieder auf ihren Stuhl, eine dunkle Wolke legte sich um ihre Schultern. Sie wollte nicht schön sein. Das führte nur dazu, dass Männer sie begehrten und andere Frauen sie verachteten.

»Du bist es und du kannst es nicht ändern, also solltest du dich nicht beunruhigen lassen.«

»Leichter gesagt als getan, Roger.«

Mr. Beaton betrat die Küche und entdeckte Roger. »Ah, da bist du ja. Ich habe etwas für dich, das du erledigen musst.«

»Ja, Mr. Beaton?«, Roger stellte die Stiefel auf den Tisch und stand auf. Philippa erhob sich ebenfalls.

»Seine Lordschaft ist heute Abend in Fives Court zu einem Boxkampf. Er möchte eine Nachricht an Lord Sheridan bei Berkeleys übermitteln lassen. Du kannst die Kutsche nehmen.«

»Darf ich mitgehen, Mr. Beaton?«, fragte Philippa. »Ich würde natürlich in der Kutsche bleiben.« Sie würde aus keinem Grund in den Gentlemen's Club gelassen werden, aber darum ging es nicht. Wenn sie aus dem Stadthaus herauskäme, und sei es auch nur für eine kurze Zeit, würde sie sich wieder normal fühlen.

Der ernste Butler dachte unschlüssig über ihre Bitte nach. »Seine Lordschaft war besorgt, dich allein zu wissen.«

»Aber Roger und Mr. Lauder wären doch dabei.« Lennox' Kutscher war ein kräftiger Mann in den Vierzigern, der sich in einem Kampf durchaus behaupten konnte. Roger hatte ihr letztes Weihnachten bei einem Glas Sherry erzählt, dass Lauder früher in den Untergrundboxringen gekämpft hatte. Dort hatte ihn Lord Lennox gefunden und ihm eine Stelle angeboten.

»Ich würde sie im Auge behalten, Mr. Beaton«, versprach Roger. Er zupfte an seiner blau-schwarz gestreiften Weste, stolz wie alle Diener hier, die Uniform des Hauses Lennox zu tragen.

»Nun gut, aber seid bitte beide vorsichtig. Seine Lordschaft ist immer noch besorgt wegen Lord Monmouth.«

»Natürlich, Mr. Beaton.« Roger wies mit einer Geste den Weg nach draußen. »Sollen wir?«

Philippa hüpfte fast vor Aufregung, als sie die Treppe hinaufgingen, um darauf zu warten, dass Mr. Lauder die Kutsche herumbrachte. Sie und Roger stiegen in die braunschwarze Kutsche und machten es sich auf der Fahrt nach Berkeleys bequem.

»Du bist mein Lieblingslakai«, sagte sie fröhlich zu Roger. Während der Fahrt schaute sie aus dem Fenster und beobachtete, wie sich der Staub über den Londoner Straßen legte.

Der Abend war in tiefe Gold- und Violetttöne getaucht und färbte die Strukturen der schönen Stadthäuser. Philippa liebte das nächtliche London; es war eine wunderschöne Stadt, in der die Straßenlaternen leuchteten und die Kerzen in den Fenstern das Leben der Menschen in den Häusern wie Schattenpuppen beleuchteten.

Als sie ein Kind gewesen war, hatte ihr Vater einen Vorhang neben ihr Bett gehängt, und ihre Mutter hatte eine Kerze dahinter gehalten. Er benutzte Papierausschnitte auf

Stöcken und spielte ihr lustige Geschichten vor. Sie liebte es, ihrer Mutter nach jeder Aufführung beim Singen zuzuhören. Sie hatte keine anderen Geschwister gehabt, und ihre Eltern hatten sie zu ihrer ganzen Welt gemacht.

Philippa biss sich auf die Lippe, ein plötzliches Heimweh überkam sie. Sie hatte sie nicht mehr oft gesehen, seit sie hier arbeitete. Ein Besuch bei ihren Eltern war längst überfällig.

Roger stieß sie mit einem seiner Füße an. »Alles in Ordnung bei dir, Pippa?«

Sie zwang sich zu einem kleinen Lächeln, das sie aber nicht wirklich spürte. »Ja, ich glaube, ich vermisse einfach meine Eltern. Es ist Monate her, dass ich sie gesehen habe.«

»Das ist der schwierigste Teil, wenn man als Dienstbote arbeitet. Ich wurde mit vierzehn Jahren Lakai, und ich gebe zu, nur dir gegenüber, dass ich in den ersten Monaten, in denen ich von zu Hause weg war, die eine oder andere Träne vergossen habe.«

»Ich bin seit fast zwei Jahren hier. Ich sollte mich nicht mehr so fühlen, oder?«, fragte sie.

Rogers braune Augen wurden weicher. »Man ist nie zu alt, um seine Familie zu vermissen, vor allem, wenn man aus einem liebevollen Elternhaus kommt.« Philippa betrachtete seine attraktiven Gesichtszüge, die vielen Besuchern des Hauses Lennox so gut gefielen. Doch er würde immer allein sein. Mehr denn je war sie dankbar, Roger als Freund zu haben.

Sie streckte die Hand aus und tätschelte sein Knie, was dem Lakaien ein sanftes Lächeln entlockte. »Das ist wahr. So hatte ich das noch nicht gesehen.« Als sie am Berkeley

Square anhielten, spähte sie erneut durch die Vorhänge der Kutsche.

»Bleib hier. Ich brauche nur einen Moment.« Roger nahm den versiegelten Brief aus seiner Tasche und ging in den Gentleman's Club.

Philippa beobachtete den Eingang eine Minute lang und schaute dann aus dem Fenster auf der anderen Seite, um die Leute auf dem Platz zu beobachten.

Ein weißes, entsetzlich erschreckendes Gesicht füllte plötzlich den Fensterrahmen aus. Sie keuchte auf und fiel zurück, als sie hörte, wie Mr. Lauder schrie.

»He! Geh da weg, du Schurke!«

Das Gesicht verschwand, und im nächsten Moment wurde die Kutschentür weit aufgerissen. Ein Mann stürzte herein und griff mit beiden Händen nach ihr. Sie strampelte und schrie auf, als er seine Finger um ihren Knöchel schlang. Sie verpasste dem Unmenschen einen kräftigen Tritt ins Gesicht, der ihn auf den Boden schleuderte.

»Mr. Lauder! Hilfe!«, rief sie, als sie die Tür hinter sich öffnete. Der Mann, den sie getreten hatte, taumelte zurück in die Kutsche. Es gelang ihr, auf der gegenüberliegenden Seite zu entkommen, aber dort fand sie keine Freiheit. Stattdessen fiel sie direkt in die Arme eines zweiten Mannes, dessen Lächeln so grausam war wie sein Gesicht schön.

Ein Schrei kam ihr noch über die Lippen, ehe sich die Hand des Mannes grob über ihren Mund legte. Philippa wütete und kämpfte und biss dabei in die behandschuhte Hand des Mannes. Als er sie fallen ließ, versuchte sie wegzulaufen, aber ein brutaler Griff an ihrem Arm drehte sie zurück, so dass sie ihm gegenüberstand. Das letzte, was sie sah, war die Faust des Mannes, die direkt auf ihr Gesicht zuflog.

BEAU SASS IN EINEM BEQUEMEN ALTEN SESSEL AM KAMIN, in der einen Hand ein Glas Brandy. Er studierte die bernsteinfarbene Flüssigkeit und grübelte über die Ereignisse der Nacht. Ein paar Stunden zuvor hatte er Daniela besucht und ihr ein hübsches Set aus Diamanten sowie die Urkunde für ein malerisches kleines Stadthaus überreicht, das er für sie gekauft hatte. Sie würde für den Rest ihres Lebens ein schönes Zuhause haben. Dann hatte er ihr gesagt, dass es an der Zeit sei, getrennte Wege zu gehen. Sie war traurig über die Nachricht gewesen, ebenso wie er. Mit einem letzten keuschen Kuss zum Abschied war er gegangen. Daniela war mehr als eine Geliebte gewesen, sie war eine Freundin gewesen. Als sie sich trennten, hatte sie ihm mit einem bittersüßen Lächeln ins Gesicht geschaut.

»Du hast dich verändert, mein Lieber. Du brauchst mehr, als ich dir geben kann, ja?«

Er hatte ihr nicht zustimmen wollen, aber etwas hatte sich in ihm verändert. Seitdem er auf jenem Ball mit St. Albans gesprochen hatte, hatte er das Gefühl, für immer gefangen zu sein, wenn er nicht sein Leben in den Griff bekam. Aber wohin sollte dieses Leben ihn führen? Er wusste es nicht.

Er wusste nur, dass etwas nach ihm rief und verlangte, dass er diese Lebensweise beendete, ohne dass er sagen konnte, warum. Dennoch hatte er noch nie seine Instinkte ignoriert.

Jetzt war er allein in seinem Club, trank und war in

beunruhigende Gedanken versunken. Er konnte das Gemälde der Tochter von St. Albans nicht aus dem Kopf bekommen. Jedes Mal, wenn er die Augen schloss, sah er den blitzenden grauen Blick der Frau, die dunklen, glänzenden Wellen ihres Haares und ihr beinahe anrüchiges Lächeln, das einem Mann unendliche Freuden des Körpers und auch des Geistes versprach. Aber diese Frau war tot Es war kein Wunder, dass St. Albans auch zwei Jahrzehnte später noch von Trauer heimgesucht wurde. Seine Tochter musste unvergleichlich gewesen sein.

»So sieht jemand aus, der ein ziemliches Freitagsgesicht hat.« Eine Stimme riss Beau aus seinen Gedanken. Er warf einen Blick auf den Mann, der sich auf dem Stuhl neben ihm niedergelassen hatte.

»Guten Abend, Sheridan«, sagte er zur Begrüßung und wandte sich wieder dem Feuer zu. Cedric Sheridan war nur ein Jahr älter als Beau; sie hatten zusammen in Cambridge studiert. Der Viscount war auch einer der engen Freunde von Ashton Lennox. Er war ein fröhlicher Mensch, der Pferderennen und jeden Sport im Freien liebte, dem ein Mann nachgehen konnte. Es war schwer, keine gute Laune zu haben, wenn Sheridan in der Nähe war.

»Ash sagte, du willst eine Schifffahrtsgesellschaft mit Sitz in New Orleans auf dem amerikanischen Kontinent kaufen?«

Das Gespräch über Geschäfte war eine willkommene Ablenkung. »Ja, Lennox hat ein ziemliches Händchen dafür, solche Dinge zu kaufen und zu betreiben, und ich wollte mich ihm bei diesem Unterfangen anschließen. Er hat mir eine fünfzigprozentige Partnerschaft für drei Jahre angeboten und die Möglichkeit, ihn zu achtzig Prozent des

Marktwerts der Anteile auszukaufen. Ein ziemlich gutes Geschäft, würde ich sagen.«

»In der Tat«, grinste Sheridan. »Er wünscht sich, mehr zu Hause zu sein, jetzt, wo die Kinder da sind. Die Überquerung des Atlantiks ist nicht so einfach, wenn die Familie ins Spiel kommt. Weiß Gott, Anne würde mich umbringen, wenn ich sie so lange mit den Zwillingen allein ließe. Diese kleinen Teufel führen den Haushalt.« Sheridans begeistertes Lächeln verriet Beau, dass die *kleinen Teufel* sehr beliebt waren.

Beau nickte, obwohl er nicht zustimmte. Da er weder eine Frau noch eigene Kinder hatte, konnte er sich nur schwer vorstellen, in einer Beziehung zu leben. Die Aussicht, nach Amerika zu reisen, erschien ihm sogar ziemlich aufregend. Er sehnte sich nach einem Abenteuer wie diesem. Vielleicht war dies die Veränderung, die er gesucht hatte.

»Ash trägt schon zu viel auf seinen Schultern«, sagte Sheridan, während er mit einem Stock mit Silberknauf spielte. »Der arme Kerl hat sein Haus seit drei Tagen nicht mehr verlassen.«

»Wegen seiner Frau und seiner Kinder?« Beau schauderte bei dem Gedanken, dass die täglichen Aktivitäten eines Mannes durch die häusliche Sphäre so eingeschränkt sein könnten.

»Guter Gott, nein. Er macht sich Sorgen um eines seiner Dienstmädchen im Obergeschoss.«

»Sein Dienstmädchen? Sheridan, ich kann dir gerade nicht folgen.«

Sheridan kicherte, aber das Lachen verlor sich in dem fast leeren Salon.

»Ich bin ziemlich indirekt, nicht wahr? Ich nehme an,

ich hatte das Thema schon so lange im Kopf, dass ich annahm, jeder hätte inzwischen davon gehört. Jemand hat eines seiner Dienstmädchen im Obergeschoss angegriffen. Sie wäre fast gestorben.«

»Was?«, Beau setzte sich auf und vergaß seinen Brandy, als er das Glas auf den Tisch zwischen ihnen stellte. »Wer?«

»Lord Monmouth. Kennst du ihn?« Sheridan beugte sich vor und sprach in gedämpftem Ton.

»Vom Hörensagen, aber wir sind einander nie vorgestellt worden. Obwohl ich mit dem Schwiegervater von Lord Monmouth, dem Herzog von St. Albans, gut befreundet bin.«

»Netter Kerl, St. Albans. Schade, dass Monmouth alles andere als das ist.«

Er rutschte in seinem Stuhl nach vorne. »Was hat Monmouth getan?«

Sheridan schaute sich im Raum um und flüsterte dann: »Er kam zu einem Termin, um über das Geschäftliche zu sprechen. Ash war im Abendzimmer, als er Schreie hörte. Er rannte in den Korridor und fand Monmouth mit beiden Händen um den Hals einer jungen Frau, als er versuchte, sie zu erwürgen. Ash verpasste ihm einen kräftigen Schlag, und Monmouth ließ das Mädchen los, doch während Ash sich um sie kümmerte, entkam Monmouth. Das arme Mädchen hat kaum noch geatmet.«

»Großer Gott«, murmelte Beau.

»Ash hat das Gefühl, dass es seine Schuld ist, aber er kann sich nicht erklären, warum Monmouth das Mädchen verletzen wollte. Das Mädchen hat auch keine Ahnung. Bis er das Rätsel gelöst hat, ist er also zu Hause geblieben, mit der sprichwörtlichen Pistole im Anschlag, falls Lord Monmouth zurückkehrt.«

»Das scheint nicht sehr wahrscheinlich zu sein, oder?«

Sheridan zuckte mit den Schultern. »Es hängt davon ab, was Monmouths Motive waren. Wir haben gelernt, in solchen Situationen mit dem Schlimmsten zu rechnen.«

Die Zimmertür öffnete sich, und ein Mann in der Livree von Lennox stand in der Tür, einen Brief in den behandschuhten Händen.

»Verzeihen Sie die Unterbrechung. Ich habe einen Brief für Lord Sheridan von Lord Lennox.«

Sheridans Brauen hoben sich. »Wenn man vom Teufel spricht.« Er stand auf, als der Lakai ihm den Brief überreichte. Sheridan brach das Siegel auf, wurde aber unterbrochen, als unten im Eingangsbereich des Clubs ein Tumult entstand.

»Hilfe! Ein Mann ist verletzt worden!«, rief jemand.

Sheridan steckte den Brief in seine Weste und eilte aus dem Zimmer. Beau folgte ihm, und die beiden spähten über den Rand des Treppengeländers.

»Was ist passiert?«, verlangte Beau zu erfahren.

»Die Lennox-Kutsche. Eine Bande von Raufbolden stürzte sich auf sie. Der Fahrer wurde verletzt.«

»Was?«, Lennox' Lakai erbleichte und stürzte die Treppe hinunter, fast rücksichtslos in seiner Verzweiflung, die Kutsche draußen zu erreichen.

»Komm schon«, sagte Beau zu Sheridan, als sie beide hinter ihm herliefen. Vor dem Club hatte sich eine kleine Menschenmenge versammelt, die meisten der Herren hielten noch immer Zigarren in der Hand und schauten verwirrt zu.

»Was, zum Teufel, ist passiert?«, forderte Freddy Poncenby zu wissen. Der dandyhafte Gentleman sah aus, als wolle er in militärischer Manier aufmarschieren, was angesichts seiner rosa-weiß gestreiften Hose und seiner hellrosa Weste lächerlich war.

»Genau das wollen wir herausfinden, Poncenby«, sagte Sheridan.

Der Lakai kniete auf dem Bürgersteig neben dem Fahrer. »Mr. Lauder!« Der Mann mittleren Alters fasste sich an die Stirn. Blut tropfte zwischen seinen Fingerspitzen hindurch.

»Sie haben sie mitgenommen, Roger. Sie haben sie mitgenommen, bevor ich sie aufhalten konnte. Einer der Bastarde schlug mich mit einem Kosch. Ich konnte nicht einmal einen Schlag austeilen.«

»Alles in Ordnung, Lauder«, antwortete Roger, aber der aschfahle Gesichtsausdruck des Mannes ließ Beau befürchten, dass etwas sehr Ernstes und Schreckliches geschehen war.

»Wen haben sie entführt?« Beau trat dicht an ihn heran, und Sheridan stand hinter ihm mit einem finsteren Blick auf seinem sonst so freundlichen Gesicht.

»Miss Wilson.« sagte der Lakai. »Großer Gott, wir hätten sie nie aus dem Haus lassen sollen.« Das Gesicht des jungen Mannes war von Wut gezeichnet, als er auf die dunklen Straßen blickte. Weder eine andere Kutsche noch eine junge Frau waren zu sehen.

»Wer ist Miss Wilson?«, fragte Sheridan den Lakaien.

»Ein Dienstmädchen in Lord Lennox' Haus.«

»Moment mal, aber nicht *das* Dienstmädchen?«, fragte Beau. »Das, das von Lord Monmouth angegriffen wurde?«

Roger nickte. »Es ist meine Schuld. Ich hätte sie nie aus dem Haus lassen dürfen.« Der junge Mann riss sich an den Haaren.

»Ruhig, Junge.« Beau legte Roger eine Hand auf die

Schulter und sah zum Fahrer. »War Monmouth unter den Angreifern?«

»Da war kein Lord Monmouth«, murmelte der Fahrer, während er sein blutverschmiertes Gesicht zu Beau, Sheridan und Roger hob.

»Sind Sie sicher, Mr. Lauder?«, fragte Roger.

»Ganz sicher. Es war ein großer, blassgesichtiger Mann mit einer langen Narbe auf der Stirn und einem anderen Kerl ... der war zu hübsch. Den habe ich erkannt. Es war Lord Sommers.«

»Sommers. Sind Sie sicher?« Beau verkrampfte sich bei der Erwähnung des Namens des gefährlichen jungen Schurken, eines Namens, der halb London in Angst und Schrecken versetzte und die andere Hälfte in Wut versetzte. Ob es sich um ein Duell bei Trunkenheit oder eine erzwungene Verführung handelte, er tat, was er wollte, ohne sich um die Folgen zu kümmern. Und es half auch nicht, dass er über das Geld und die Mittel verfügte, um solche Ergebnisse mit erschreckender Regelmäßigkeit unter den Teppich kehren zu lassen.

»Er war es«, bestätigte Lauder. »Ich habe den Kerl schon öfter beim Boxen gesehen.«

»Mein Gott.« Beau knurrte. »Was will er von ihr?«

»Nichts Gutes, so viel ist sicher.« Sheridan sah Roger nachdenklich an. »Warum war sie überhaupt hier?«

»Mr. Beaton hat entschieden, dass sie mit mir in der Kutsche mitfahren darf«, sagte der Diener. »Sie fühlte sich ein bisschen daneben, nachdem sie die letzten drei Tage zu Hause bleiben musste, und Monmouth ist ja angeblich nicht in der Stadt.«

Sheridan sah nun zu Beau. Sein Blick war grimmig.

»Bequem, nicht wahr? Sommers muss das Haus beobachtet haben. Ich muss sofort zu Ash gehen.«

»Aber das Mädchen«, sagte Beau. »Jemand muss ihr nachgehen.«

»Wir wissen nicht, wo er sie hingebracht haben könnte. Wir müssen eine Liste von Sommers' bekannten Aufenthaltsorten erstellen und uns auf die Suche machen.«

»Dafür haben wir keine Zeit«, sagte Beau. »Ich habe eine Vermutung, wo er hingehen könnte.«

»Wo?«

»Ein altes Anwesen am Stadtrand von London. Die alte Abtei von Castleton. Es gehört seiner Familie.« Beau war schon einmal dort gewesen, vor Jahren, als er dummerweise geglaubt hatte, es könnte amüsant sein, dem Devil's Own Hellfire Club beizutreten. Es war ganz und gar nicht das gewesen, was er erwartet hatte.

»Und du bist sicher, dass er da ist?«

»Wenn ich mich irre, kannst du ja mit Lennox sein Stadthaus hier in London durchsuchen. Und nehmt gleich ein paar Bow-Street-Läufer mit.« Normalerweise konnte ein Mann nicht einfach das Haus eines anderen Mannes nach Beweisen durchsuchen, vor allem nicht, wenn es sich um einen Aristokraten handelte, aber mit Hilfe der Bow Street könnten Sheridan und Lennox Glück haben, ins Haus zu gelangen.

Sheridan packte Beau am Arm, noch während er nach seinem Wagen rief. Er reichte ihm seinen Stock. »Du wirst eine Waffe brauchen. Dreh das Ding gegen den Uhrzeigersinn und dann einfach ziehen.«

Beau drehte den silbernen Knauf und zog daran, wobei eine silberne Klinge zum Vorschein kam.

»Danke, Sheridan.« Beau nickte ihm zu und wartete darauf, dass sein Stallknecht sein Pferd heranführte.

Er versuchte, nicht an den Vorsprung zu denken, den Lord Sommers hatte, oder daran, was der dem Mädchen antun könnte, bevor Beau sie erreichen konnte.

Beau hielt den Stock fest in der Hand und fragte sich, was Sommers mit Lennox' Dienstmädchen wollte. Die beiden Männer waren weder Feinde, noch waren sie Freunde. Worin bestand also der Zusammenhang? Vielleicht hatte es nichts mit Lennox zu tun. Was, wenn es im Auftrag von Lord Monmouth geschah, während der nicht in der Stadt war? Oder hatte er vielleicht vor, ein Lösegeld für sie zu erpressen, von Monmouth oder von Lennox? Nein, das schien unwahrscheinlich. Aber wenn der Kerl die Frau in die Abtei gebracht hatte, wie er befürchtete, könnte er beabsichtigen, sie für eine »Devil's Own«-Zeremonie zu benutzen.

Gott helfe dem Mädchen, wenn das der Fall wäre. London hatte im Laufe der Jahrhunderte viele Höllenfeuerclubs kommen und gehen sehen. Die meisten taten nur so, als ob sie den Teufel verehrten, und waren in Wirklichkeit Vorwände für betrunkene Gelage mit willigen Frauen, die die Mitglieder unterhielten. Aber das Devil's Own war anders.

Bei dem einzigen Mal, an dem Beau dort anwesend gewesen war, hatte Sommers ein armes Mädchen entführt und auf dem alten Steinaltar in der Abtei gefesselt. Seine Absicht war gewesen, sie vor allen anderen Männern zu nehmen, aber Beau hatte damit geprahlt, dass nur ein echter Mann eine Frau nehmen könne, wenn er sturzbetrunken sei. Sommers Ego hatte der Herausforderung nicht widerstehen können. Er und die anderen Männer hatten sich völlig betrunken, und während sie sich abgelenkt waren, hatte Beau das Mädchen von ihren Fesseln befreit und sie nach Hause gebracht.

Aber das Beunruhigendste war, wie scharf das Zeremonienmesser gewesen war, mit dem er sie befreit hatte. Er war nie wieder dorthin gegangen, und Beau fragte sich manchmal immer noch, ob Sommers in jener Nacht nach der Vergewaltigung aufgehört hätte oder ob er weitaus schlimmere Pläne mit dem armen Mädchen gehabt hatte.

KAPITEL 4

Philippa wachte benommen und mit einem pochenden Schmerz in ihrem Kopf auf. Sie wunderte sich über den Kontrast zwischen ihrem Schmerz und dem beruhigenden Gefühl von etwas Daunenartigem unter ihr. Sie öffnete die Augen und stellte fest, dass sie in einem Bett lag. Ihre Augen gewöhnten sich langsam an das schummrige Licht. Im Kamin an der gegenüberliegenden Wand loderte ein warmes, kräftiges Feuer, dessen Wärme sie von der anderen Seite des Raumes erreichte.

Es handelte sich nicht um ein Zimmer im Stadthaus von Lord Lennox. Nichts kam ihr bekannt vor, weder das große, verschnörkelte Mahagonibett mit seinen vier massiven Pfosten, noch der weiße Marmorkamin, noch die verzierte Kommode und der Waschtisch. Sie streckte die Hand aus, um die Haube auf ihrem Kopf zu berühren, aber sie fand nur offene Locken. Sie zuckte zusammen. Ihr Mund tat weh wie der Teufel selbst. Sie schob sich an den Rand des Bettes und zerknitterte dabei die dunkelrote

Samtdecke. Sie fiel fast hinaus, als sie ihre Füße auf den Boden setzte. Auf der Kommode stand ein kleiner Spiegel, und sie durchquerte das Zimmer, um ihn zu erreichen.

Beim Anblick ihrer selbst im Spiegel entfuhr ihr ein Keuchen. An ihrem Kiefer bildete sich ein blauer Fleck, der sich deutlich von ihrer blassen Haut abhob. Sie berührte die wunde Stelle, und ihr Kopf fühlte sich immer noch an, als hätte man ihn mit Wolle vollgestopft. Teile einer Erinnerung kamen zurück und blitzten schmerzhaft hinter ihren Augen auf. Ein Mann hatte sie geschlagen. Jemand hatte sie vor dem Berkeley-Club aus der Kutsche gezerrt. Doch der Mann, der sie angegriffen hatte, war nicht der Earl of Monmouth gewesen.

Die Schlafzimmertür öffnete sich, und sie drehte sich zu dem Eindringling um. Angst und Wut kochten in ihr hoch, als sie das dunkle, gut aussehende Gesicht des Mannes erkannte, der sie geschlagen hatte. Die Haare in ihrem Nacken sträubten sich warnend.

»Mein Gott. Er hat nicht gelogen.« Die Lippen des Mannes öffneten sich vor Ehrfurcht. »Du *bist* exquisit. Selbst in diesem schrecklichen Dienstmädchenkleid siehst du umwerfend aus.« Er betrat das Schlafgemach. Ein hauchdünnes weißes Peignoir war über einen seiner Arme drapiert, und er legte es auf dem Bett ab.

Philippa blieb wie erstarrt in der Nähe der Kommode stehen, ihre Augen huschten zwischen dem Bett und dem Mann hin und her. Er trug eine teuer aussehende Hose und eine feine rote Seidenweste. Er musste ein Gentleman sein, zumindest dem Namen nach, aber da war etwas an ihm, ein unsichtbarer Schatten, der ihn zu umgeben schien und bei dessen Anblick sich ihr Körper anspannte. Wer auch immer er war, er war gefährlich.

»Verzeiht mir, ich war nachlässig.« Seine Stimme war sanft, aber nicht auf eine charmante Art. Es war die Art von Stimme, die eine Frau warnte, dass sie leiden würde, wenn sie nicht nach seiner Pfeife tanzte. »Ich war zu sehr von deiner Schönheit überwältigt. Mein Name ist Alistair Sommers. Du kannst mich Alistair nennen, wenn du willst.« Er starrte sie erwartungsvoll an.

Philippa stand wie angewurzelt, aber das seltsam ruhige Auftreten des Mannes ließ ihre Angst in eine noch größere Wut umschlagen. Sie behielt die Fassung, obwohl sie sich nichts sehnlicher wünschte, als das Porzellanwaschbecken neben ihr zu ergreifen und es dem Mann an den Kopf zu schleudern. Das würde ihr nicht helfen. Sie musste ruhig bleiben, die Rolle spielen, die er von ihr sehen wollte, bis sie seine Absichten verstand oder eine Möglichkeit zur Flucht fand. Ihre Entschlossenheit gab ihr die Kraft, ihm zu antworten, obwohl ihre Stimme mehr schwankte, als ihr lieb war.

»Ich ... ich bin Philippa Wilson.«

»Es ist mir eine Freude, Sie kennenzulernen, Miss Wilson. Bitte, zieh dieses Kleid an. Du wirst heute Abend als mein Gast zum Essen kommen.«

»Danke«, antwortete sie, kaum mehr als ein Flüstern, während sie den Kopf senkte. Alistair setzte ein triumphierendes Grinsen auf. Er nahm an, dass er sie zum Gehorsam überredet hatte, aber er würde sich noch wundern, wenn er es wagte, zu glauben, dass er heute Nacht mit ihr schlafen würde.

Er warf ihr einen langen und allzu vertraulichen Blick zu, bevor er nach draußen trat und die Schlafzimmertür schloss. Philippa wartete, bis sie seine Schritte auf dem Flur verklingen hörte, bevor sie zu den Fenstern schlich und versuchte, sie zu öffnen. Die Fensterbank rührte sich nicht, und sie knurrte frustriert. Es war zu dunkel, um viel zu sehen, aber sie erkannte zumindest, dass sie sich mindestens ein Stockwerk über dem Boden befand.

Als Nächstes untersuchte sie alle Wände, in der Hoffnung, eine versteckte Tür oder etwas anderes zu finden, das eine Fluchtmöglichkeit bieten könnte. Als sie keine fand, schaute sie zum Bett, wo das teure Seidenpeignoir lag. Ihr blieb nichts anderes übrig, als sich umzuziehen und mit ihm zum Essen zu gehen.

Schweren Herzens knöpfte sie ihr Kleid auf und wechselte in das Peignoir. Sie behielt ihr Korsett unter dem Kleid an, aber sie fühlte sich trotzdem schrecklich entblößt, weil sie ein so intimes Kleidungsstück trug. Sie versuchte zu überlegen, wie sie fliehen könnte und ob sie ihm vielleicht entkommen könnte, wenn sie besser wüsste, wo sie sich befand. Sie straffte die Schultern und strich sich das Haar aus dem Gesicht. Als sie den Raum verließ, wartete Alistair am anderen Ende des Ganges auf sie.

»Ahh«, sagte er, als er sie entdeckte. »Ich wollte dich gerade abholen.«

Philippa kämmte sich mit den Fingern durch die zerzausten Locken, als er ihr im Korridor entgegenkam. Er blieb vor ihr stehen, seine Augen weit aufgerissen und glänzend vor offener Anerkennung.

»Du siehst …« Er rang nach Worten, aber sie hatte sie alle schon einmal gehört: exquisit, atemberaubend, bemerkenswert, schön. Nichts, was er sagen könnte, würde sie dazu bringen, ihn zu mögen.

»Sie erwähnten das Abendessen?«, bemerkte sie. Alistairs unerwünschte Aufmerksamkeit verursachte ihr Übelkeit, und sie hatte wenig Appetit, aber sie musste Zeit gewinnen und mehr vom Haus sehen, um eine Gelegenheit zur Flucht zu finden.

»Natürlich, hier entlang.« Er bot ihr seinen Arm an, und sie nahm ihn, obwohl das Letzte, was sie wollte, war, einen Mann zu berühren, der sie geschlagen hatte. Vor der verschnörkelten Treppe, die sie hinabstiegen, befand sich ein großes Buntglasfenster. Dieser Ort war von eindringlicher Schönheit, und doch war er ein Gefängnis.

»Werden Sie mir auch sagen, warum Sie mich geschlagen haben, Alistair?«, stellte sie die Frage und streichelte seinen Namen in einer Weise, von der sie hoffte, dass er sie als schmeichelhaft empfinden würde.

»Das tut mir leid«, erwiderte er, aber sie hörte keinen einzigen Ton der Aufrichtigkeit in seiner Stimme. »Ich wurde angeheuert, um dich von Lord Lennox wegzuholen. Du bist viel zu schön, um nur als Dienstmädchen für ihn zu arbeiten. Wie ich ihn kenne, beachtet er dich überhaupt nicht, oder?« Alistair lächelte sie an, als wäre sie ein Kind, das man ignoriert hatte. Er hätte sich nicht mehr über ihren Charakter irren können.

»Lord Lennox ist glücklich verheiratet und Vater von zwei Kindern.«

Alistair schnaubte. »Gibt es ein schlimmeres Schicksal als Bräute und Kinder?«

Seine Frage schien keine Antwort zu erfordern, also antwortete sie nicht.

Am Eingang zu einem großen, holzgetäfelten Speisesaal hielt er inne. »Da wären wir.«

»Und wo genau ist *hier*, Alistair?«

»Castleton Abbey. Eine meiner vielen Besitzungen«, sagte Alistair stolz. »Ein bisschen spukschlossmäßig, nehme ich an, aber das macht es ja so amüsant.«

»Amüsant?« Sie setzte sich auf den Platz, den er ihr anbot, und er schob ihren Stuhl an die Tischkante. Dann strichen seine Finger über ihr dunkles Haar, und sie hörte, wie er tief einatmete, als ob seine Selbstbeherrschung auf die Probe gestellt würde. Philippa hielt ihren eigenen Atem tief in ihrer Brust, bis er in ihren Lungen brannte.

»Was weißt du über Lord Monmouth?«, fragte Alistair leise.

»Lord Monmouth?« Das war's also. Er und Monmouth waren irgendwie miteinander verbunden.

»Ja. Siehst du, er war nämlich derjenige, der mich beauftragt hat, dich aus Lennox' Obhut herauszuholen.« Alistair winkte einen der Lakaien herbei. Der Mann schenkte zwei Gläser eines dunklen Rotweins ein und hielt sie ihm hin. Sie nahm ihr Glas entgegen und wartete, bis Alistair selbst einen Schluck genommen hatte. Erst dann nahm sie einen kleinen Schluck.

Beim Gewicht seiner stummen Aufmerksamkeit zog sich ihr Magen zusammen. Ihre Kehle tat immer noch weh, aber die blauen Flecken auf ihrer Haut hatten begonnen, gelb zu werden. Sie konnte sich nicht vorstellen, wie sie auf diesen Mann wirkte, so geschlagen und zerschunden, wie sie war. Jetzt hatte sie einen frischen Bluterguss am Kiefer. Sie berührte die Stelle und tat ihr Bestes, um jammernd zu schauen, als sie seinem fesselnden Blick begegnete.

»Wenn du still mitgekommen wärst, hätte ich das nicht tun müssen«, mahnte er, als sei sie schuld an dem, was passiert war.

Philippa behielt ihre Selbstbeherrschung fest im Griff. Die Abwälzung der Schuld auf sie sagte ihr alles, was sie über den Charakter dieses Mannes wissen musste. Tu, was man dir sagt. Wehre dich nicht. Erhebe niemals deine Stimme. Gehorche. Sei leise. Solange sie denken konnte, hatte Philippa sich gegen die Sanftmut gewehrt, die ihr die Gesellschaft aufzwang. Ein Leben in einem Käfig, ein Leben zum Vergnügen eines anderen ... Das war grundlegend falsch. Verwerflich. Aber sie würde ihren Atem nicht verschwenden, um das diesem Mann zu erklären.

Ein zweiter Lakai brachte zwei flache Schalen mit Lauchsuppe. Philippa aß schweigend und ließ ihren Blick langsam durch den Raum schweifen. Die Lakaien standen in den Ecken. Einer hatte eine lange Narbe in seinem Gesicht. Er war einer der anderen Männer gewesen, die sie aus der Kutsche entführt hatten. Als er sah, dass sie in seine Richtung schaute, schenkte er ihr ein kaltes Lächeln, das ihr eine Gänsehaut bereitete.

Sie versuchte, ihre derzeitige Situation zu beurteilen. Sie war in Castleton Abbey, also nicht in der Stadt London. Jede Flucht müsste geschickt und zeitlich gut geplant sein. Wenn es ihr gelang, zu entkommen, nur um dann meilenweit von Nahrung und Unterkunft entfernt zu sein, könnte sie immer noch Probleme bekommen. Solange sie nicht genau wusste, wo sie sich befand, konnte sie keinen Ausbruch in die Freiheit riskieren.

»Du bist also nicht mit Lord Monmouth bekannt?«, fragte Alistair.

»Nein, bin ich nicht.« Sie war mit ihrer Suppe fertig, und ein Teller mit Wachteln und Kartoffeln wurde vor sie hingestellt. Sie achtete darauf, jetzt gut zu essen, falls er beschließen sollte, ihr später das Essen vorzuenthalten.

»Nun, er scheint dich zu kennen. Er glaubt, dass du eine Bedrohung für sein Anwesen und das Erbe seines Sohnes bist. Kennst du seinen Sohn, Roderick Selkirk?«

Wieder schüttelte Philippa den Kopf. Vor heute Abend hatte sie noch nie etwas von Roderick gehört.

»Interessant. Alles, was er mir über dich erzählte, war, dass du angeblich aussiehst wie seine verstorbene Frau, von der es heißt, sie sei die schönste Frau in England gewesen. Das war vor zwanzig Jahren. Ich gebe zu, dass ich diese Behauptung für zweifelhaft halte, obwohl ich dieser Lady nie begegnet bin. Ich war noch ein kleiner Junge, als sie starb, und Porträts werden immer gemacht, um zu schmeicheln.« Alistair rührte sein Essen nicht an; er war zu sehr damit beschäftigt, zu versuchen, das Rätsel ihrer Verbindung zu Monmouth zu durchschauen.

»Wer sind deine Eltern?«

»Mason und Beth Wilson.«

»Ihr Beruf?«, fragte Alistair.

»Mein Vater war Müller, als er jünger war, aber nachdem ich geboren wurde, zogen sie nach London und eröffneten ein Textilgeschäft.«

»Du bist ihr leibliches Kind?«

»Was? Natürlich, das bin ich.« Sie starrte ihn an: Worauf wollte der Mann hinaus? »Ich habe sogar die Hebamme getroffen, die mich entbunden hat.«

»Ist das so? Wie interessant. Ich frage mich, warum du dann angeblich so aussiehst wie die Frau von Lord Monmouth?«

»Warum sollte ich wie die Frau von Lord Monmouth aussehen?« Das ergab doch gar keinen Sinn. Sie hatte keine Verbindung zu dem Grafen oder seiner verstorbenen Frau.

»Das ist es, was ich nicht weiß, aber zu gern wissen will.« Alistair drehte sein Weinglas am Stiel und betrachtete sie mit einem grüblerischen, faszinierten Gesichtsausdruck, bei dem sich ihr der Magen vor Nervosität zusammenzog. Im Mittelpunkt der Aufmerksamkeit dieses Mannes zu stehen, war keine gute Sache.

»Er will, dass ich dich töte. Das heißt, nachdem ich mit unserer gemeinsamen Zeit zufrieden bin.« Er gab diese Erklärung ab, als befänden sie sich inmitten einer fröhlichen Gartenparty.

Die Angst erfüllte Philippa wie schwerer Sand. Sie drückte auf ihre Lunge, bis ihr schwindelig wurde. Sie stützte ihre Hände auf dem Tisch ab, um nicht in Ohnmacht zu fallen. Er sollte beenden, was Lord Monmouth begonnen hatte. Aber warum? Weil sie seiner verstorbenen Frau ähnelte? Was für ein Verbrechen war das?

»Aber vielleicht lasse ich dich am Leben. Das wäre dir doch sicher lieber, oder?«

Sie nickte schwach. Das Abendessen, das sie gegessen hatte, grummelte bedrohlich in ihrem Bauch. Das Letzte, was sie wollte, war, sich vor diesem Mann zu übergeben. Das würde sie noch verletzlicher erscheinen lassen, als sie ohnehin schon war.

»Bitte, Alistair, ich habe Lord Monmouth nichts angetan. Oder Ihnen. Bitte lassen Sie mich gehen. Ich werde niemandem erzählen, was passiert ist ...«

Alistair schnaubte. »Dafür ist es viel zu spät. Jetzt, wo ich dich gesehen habe, glaube ich die Gerüchte über die verstorbene Frau des Grafen. Es tut mir leid, meine Liebe, aber ich *muss* dich haben.« Er schob seinen Stuhl zurück und stand auf.

Das war es also. Sie hatte keine Möglichkeit mehr, ihn aufzuhalten. Als er um den Tisch herumtrat, erhob sie sich von ihrem Stuhl und ließ ihre Serviette über ihr Messer fallen. Ihre Finger glitten um den Griff, als sie sich gegen den Tisch lehnte.

»Mylord, Sie müssen das nicht tun. Ich bin sicher, dass jede Dame in London einen so gut aussehenden Mann wie Sie begehren würde.«

»Die meisten tun das, aber ich will nur dich und niemanden sonst.« Seine gut aussehenden aristokratischen Züge hätten in ganz England die Herzen gebrochen, doch sie waren mit einem gemeinen Hunger behaftet, der Schmerz versprach.

Philippa wartete, bis er gerade in Reichweite war, bevor sie zuschlug. Sie holte mit dem Messer aus und schnitt ihm quer über die Wange ins Gesicht. Alistair brüllte vor Wut auf und entriss ihr das Messer, aber sie wartete nicht auf seine Vergeltung. Sie drehte sich um und floh zu den offenen Türen, die zur großen Halle führten. Es war ihre einzige Hoffnung auf Freiheit, und sie war so nah dran an …

Einer der Lakaien stellte ihr ein Bein, als sie an ihm vorbeirannte. Ihr Körper schlug mit einem dumpfen Schlag auf den kalten Steinboden auf.

»Gut gemacht, Sampson«, lobte Alistair.

Philippa rollte sich herum und rappelte sich auf, als Alistair mit einem Taschentuch an der Wange auf sie zukam. Blut befleckte sein weißes, teures Halstuch.

»Zum Glück für dich mag ich meine Frauen temperamentvoll«, knurrte er.

Bumm! Beim Geräusch einer zukrachenden Tür vor ihnen drehten sowohl sie als auch Alistair sich herum. Im Mondlicht zeichnete sich ein Mann vor der Haustür ab, keine zwanzig Meter entfernt. Sein Körper bebte, als wäre er gerannt oder bereit für einen Kampf Alistair hob das Messer, das er Philippa abgenommen hatte.

»Ist das eine Art, einen alten Freund zu begrüßen, Sommers?« Die tiefe Stimme des Mannes hallte im Speisesaal wider.

»Wer sind Sie? Treten Sie ins Licht!«, forderte Alistair.

Der Mann ging dort hinüber, wo die goldenen Lampen ihn beleuchteten. Philippa blieb das Herz stehen. Der attraktivste Mann, den sie je gesehen hatte, stand vor ihr, mit whiskeyfarbenen Augen und dunklem Haar wie Schokolade. Er war größer als Alistair und hatte den harten, muskulösen Körper eines Mannes in den besten Jahren und nicht den geschmeidigen Körper von Alistair, der noch in seinen Zwanzigern war. Philippa war von diesem Fremden so fasziniert, wie sie es noch nie in ihrem Leben gewesen war.

Der Mann lächelte, sein arroganter Gesichtsausdruck wirkte seltsam charmant. »Es ist lange her, Sommers.«

»Boudreaux? Was, zum Teufel, machst du hier?«

Der Mann namens Boudreaux kam tiefer ins Foyer herein. »Haben wir heute Abend nicht ein Treffen der Teufelsbrüder?«

»Du wurdest aus dem Orden verbannt, wenn du dich nicht selbst daran erinnerst.« Alistair hielt das geschliffene Messer drohend in der Hand. »Und jetzt verschwinde von hier.«

»Jetzt sei doch nicht so. Ich möchte nicht verpassen, was du für den Abend an Unterhaltung organisiert hast.« Boudreaux schüttelte den Kopf, ein schiefes Lächeln umspielte seine Lippen.

Philippa starrte ihn an, ihre Hoffnung auf Rettung schwand. Wenn er hier war, um zuzusehen …

»Du hast mir das letzte Mädchen zu deinem eigenen Vergnügen gestohlen. Das wirst du nicht wieder tun.«

Philippa schluckte schwer. Dieser Mann hatte Alistair eine Frau gestohlen? War er noch grausamer?

»Und ich fürchte, das werde ich doch wieder tun.« Boudreaux drehte langsam den silbernen Knauf seines Stocks und zog daran, wodurch eine schlanke, aber tödliche Klinge zum Vorschein kam.

»Miss Wilson, stehen Sie bitte auf, wenn Sie können, und kommen Sie zu mir.« Er winkte einladend mit einer Hand. Philippa starrte ihn an. Woher kannte er ihren Namen? Als sie sich nicht rührte, schenkte Boudreaux ihr ein sanftes Lächeln.

»Ihr Freund Roger schickt mich. Mr. Lauder ist in Ordnung, aber sie machen sich beide Sorgen um Sie.«

»Roger hat Sie geschickt?« Sie wollte aufstehen, aber einer der Lakaien hinter ihr trat in ihre Richtung.

»Immer mit der Ruhe, mein Guter«, warnte Boudreaux den Diener. »Noch einen Schritt weiter, und ich werde nach meiner Pistole greifen. Ich versichere dir, dass dir das Ergebnis nicht gefallen wird, wenn ich das tue.«

Der Lakai erstarrte.

»Nun, Miss Wilson, wenn ich bitten darf.« Wieder winkte Boudreaux ihr mit der Hand zu. Diesmal eilte sie von Alistair weg und duckte sich hinter Boudreaux. Sein muskulöser Körper fühlte sich wie ein undurchdringlicher Schild an. Sie hatte noch nie daran gedacht, dass ein Mann ihr ein Gefühl der Sicherheit geben könnte, und doch war sie hier und wünschte sich sehnlichst, dass dieser geheimnisvolle Retter sie in Sicherheit bringen würde.

»Ich wünschte, ich könnte sagen, dass es ein Vergnügen war, Sommers, aber ich fürchte, das wäre eine Lüge. Die Dame und ich werden jetzt gehen.«

Die beiden begannen einen vorsichtigen Rückzug zur

Tür. Boudreaux konzentrierte sich weiterhin auf Alistair und seine beiden Lakaien.

»Können Sie reiten, Miss Wilson?«, fragte er sie kaum hörbar.

»Ja«, sagte sie nur so laut, dass er es hören konnte. Sie war nur ein- oder zweimal in ihrem Leben geritten, aber sie würde es verdammt noch mal wieder tun und oben bleiben, wenn es bedeutete, diesem Albtraum zu entkommen.

»Ich habe ein Pferd, das unten an der Treppe auf uns wartet. Wenn ich sage, *laufen Sie*, dann gehen Sie zu ihm und steigen auf. Ich werde direkt hinter Ihnen sein. Verstehen Sie?«

Philippa zitterte, ihre Nerven lagen blank, als sie die Schwelle des alten Klostertores passierten. »Ja.«

»*Jetzt!*«, zischte Boudreaux.

Philippa rannte auf zitternden Beinen auf ein herrisches schwarzes Pferd zu. Sie griff nach den Zügeln und schwang sich in den Sattel. Das Tier tanzte unruhig unter seinem unbekannten Reiter. Philippa streichelte seinen Hals, um ihn zu beruhigen, und blickte zurück zur Tür. Boudreaux lief nun auf sie zu, den Stock unter einen Arm geklemmt. Er hob seinen Fuß in den Steigbügel und schwang sich hinter sie. Sein großer Körper umschloss ihren, als er ihr die Zügel aus den Händen riss und dem Pferd in die Flanken trat.

»*Heya!*«, rief er, und das Pferd begann zu galoppieren. Philippa schloss die Augen und hörte hinter sich Verfolgungsschreie.

Knall! Sie verschluckte einen Schrei, als eine Pistole abgefeuert wurde. Sie blickte zurück und sah Alistair hinter ihnen auf der Straße stehen, die Pistole noch immer auf sie gerichtet.

»Er schießt auf uns!«, rief sie über die donnernden Hufschläge des Pferdes hinweg.

»Ja, das tut er«, knurrte Boudreaux Seine tiefe Stimme klang so rasend, dass es sie erschreckte.

Boudreaux hielt das Pferd mindestens zwei Meilen lang in einem wilden Galopp, bevor es sich wie von selbst zu einem Trab verlangsamte. Sein Griff um ihre Taille lockerte sich, und sie spürte, wie die Spannung in seinem Körper langsam nachließ.

»Wir sollten in der Nähe eines Gasthauses sein. Es gibt eines, nicht allzu weit die Straße hinunter«, sagte er.

»Aber warum sollten wir hier anhalten? Wir müssen zurück nach London.«

»Wir müssen anhalten, weil ...« Die Stimme von Boudreaux wurde atemlos. »Ich bin angeschossen worden.«

KAPITEL 5

Boudreaux schloss die Augen und versuchte, den Schmerz, der sich in seiner Schulter ausbreitete, zu vergessen.

»Sie wurden angeschossen?« Miss Wilson schnappte nach Luft.

»Ja, Miss Wilson. Bitte bleiben Sie ruhig. Wir werden ...« Er holte tief Luft. »Das Gasthaus ... und der Wirt kann einen ... Arzt herbeirufen.«

Es wurde immer schwieriger, den Schmerz zu ignorieren. Ein langsames Taubheitsgefühl, dick wie Marmelade, kroch seine Arme hinunter. Innerhalb weniger Minuten war er nicht mehr in der Lage, die Zügel zu halten. Die Lederriemen begannen, durch seine sich lockernden Finger zu gleiten.

»Nehmen ... Die Zügel«, sagte er zu dem Mädchen, bevor er gegen sie sackte. Ein süßer, weiblicher Duft stieg ihm in die Nase, als er fast auf ihr zusammenbrach.

»Mr. Boudreaux?« wimmerte sie und drückte sich gegen ihn.

Er wollte sich entschuldigen; sie war so ein zerbrechliches kleines Ding. Zu klein, um sein Gewicht zu tragen.

»Ich kann nicht das Pferd und auch Sie halten. Bitte versuchen Sie, wach zu bleiben.« Sie kniff ihn in den Oberschenkel, aber er wollte nichts weiter, als die Augen zu schließen und sich auszuruhen. Die Welt um ihn herum drehte sich, und er schlug im Gras am Straßenrand auf. Ein neuer Schmerz durchzuckte seinen Körper und belebte ihn kurz.

»Mr. Boudreaux!« Er spürte, wie er auf den Rücken gerollt wurde, und blickte zu ihrem Gesicht auf. Guter Gott, ihr Gesicht. Die Frau war schön ... so schön ... und sie war ein Geist. Ein Geist, der ihn von einem Ölgemälde her verfolgte, das in der Galerie des Duke of St. Albans hing.

»Albina ...«

»Philippa«, sagte das Mädchen. »Mein Name ist Philippa. Bitte stehen Sie auf, Mr. Boudreaux.«

»Philippa?« Er mochte den Klang dieses Namens auf seiner Zunge, obwohl er plötzlich zu müde zum Sprechen war.

»Bitte ...«, flehte das Mädchen. Ihr dunkles Haar, vom Mondlicht beschienen, fiel wie schwarzes Wasser um ihr Gesicht. Er versuchte erfolglos, seine Hand zu heben, um die wogenden Wellen zu berühren.

»Schöner Geist ...«, sagte er und wurde prompt ohnmächtig.

Als er aufwachte, fand er sich in einem Bett liegend wieder. In der Nähe knisterte ein Feuer, und ein Mann mit Brille blickte auf ihn herab.

»Oh, gut, da sind Sie also wieder zu sich gekommen.« Der ältere Mann lächelte. »Das verheißt Gutes. Mrs.

Boudreaux, bitte kommen Sie hierher. Sie dürfen ihn jetzt sehen.«

»Mrs. Boudreaux?« murmelte er, seine Zunge war dick und geschwollen.

Philippa erschien neben ihm. Ihr Gesicht war voller Sorge. »Boudreaux, geht es dir gut? Der Arzt hat die Kugel entfernt und die Wunde genäht. Sie steckte nicht zu tief in deiner Schulter.«

»Durstig«, murmelte er. »Wasser bitte.«

Philippa verschwand aus seinem Blickfeld, und er hörte das Geräusch von Wasser, das in einen Becher gegossen wurde.

»Nun, Mrs. Boudreaux, Ihr Mann wird wieder gesund, wenn er sich ausruht. Am besten mieten Sie eine Droschke, die Sie nach Hause bringt, sobald er es arrangieren kann. Aber vielleicht muss er ein oder zwei Tage auf dem Rücken liegen.«

»Ja, Dr. Hensley. Ich danke Ihnen für alles, was Sie getan haben. Philippa folgte dem Arzt zur Tür und schloss sie hinter ihm. Dann sah sie ihn an, ihre grauen Augen waren so voller Sorge, dass er sich geradezu dafür schämte, angeschossen worden zu sein.

»Es tut mir so leid, Mr. Boudreaux. Ich musste dem Gastwirt sagen, dass wir verheiratet sind. Ich hatte Angst, dass er uns sonst nicht geholfen hätte.« Sie setzte sich auf die Bettkante neben seiner Hüfte, und er wurde sich plötzlich der Tatsache bewusst, dass er nackt war, zumindest von der Brust aufwärts. Ihr Blick glitt über ihn, und ihre helle Haut errötete stark. Wäre er in besserer Verfassung gewesen, wäre er versucht gewesen, sie zu verführen, aber im Moment fühlte er sich wie der aufgewärmte Tod.

»Bitte beruhigen Sie sich, Miss Wilson.«

»Philippa«, korrigierte sie ihn und begegnete seinem Blick. »Nach allem, was Sie für mich getan haben, sollten Sie wenigstens meinen Vornamen benutzen.«

»Philippa«, sagte er. Er spürte, wie die Schwäche ihn wieder in den Schlaf trieb. »Und Sie sollten mich Beau nennen.«

»Beau. Abgekürzt von Beauregard?«, fragte sie.

Er summte einen müden Ton der Zustimmung und schloss die Augen.

»Möchten Sie trotzdem das Wasser?« Er zwang sich, die Augen wieder zu öffnen, und nickte. Sie beugte sich vor und drückte ihm den Becher an die Lippen. Er trank ein paar Schlucke und legte seinen Kopf zurück.

»Der Arzt hat Ihnen ein bisschen Laudanum gegeben«, sagte sie. »Es tut mir leid, wenn Sie müde sind. Am besten, Sie schlafen. Ich werde auf Sie aufpassen.«

Er wollte wach bleiben, mit ihr reden, um herauszufinden, warum sie aussah wie eine Frau, die seit zwanzig Jahren tot war, aber das Laudanum war ein mächtiger Meister, und bald erlag er ihm.

Das letzte Gefühl, dessen er sich bewusst war, war der sanfte Druck von Händen auf seiner Stirn, die ihm eine Haarsträhne aus den Augen strichen. Es war ein wunderbares Gefühl, auf diese Weise berührt zu werden, und zwar eher aus Sorge als aus dem Bedürfnis heraus, körperliche Zuwendung zu beweisen.

Es war die Berührung eines Freundes ...

PHILIPPA SAH ZU, WIE IHR MYSTERIÖSER RETTER SEINEN Kampf gegen den Schlaf verlor. Sie strich ihm mit den

Fingern über die Stirn, weil sie nicht widerstehen konnte, ihn jetzt zu berühren. Er war wahrscheinlich der schönste Mann, den sie je gesehen hatte. Die Tatsache, dass er teilweise nackt war, war auch nicht unbemerkt geblieben. Der Arzt und der Gastwirt Mr. Craddock hatten Beau die Weste und das Hemd ausgezogen, damit die Wunde behandelt werden konnte.

Nachdem Beau vom Pferd gefallen war, war sie zu dem Gasthaus am Ende der Straße geeilt, wie Beau ihr gesagt hatte. Sie hatte den Gastwirt darüber informiert, dass ihr Mann von einem Wegelagerer angeschossen worden war. Er hatte einen Wagen genommen und sie begleitet, um Beau zu holen, und war dann zum Arzt geritten.

Sie hatte in verzweifelter Sorge zugesehen, wie der Arzt die Kugel mit einer Zange herauszog, dann die Wunde mit Alkohol säuberte und mit einem Dutzend kleiner Stiche zunähte. Bei diesem Anblick hatte sich ihr der Magen umgedreht, aber sie hatte Beaus Hand festgehalten und gehofft, dass er ihre beruhigende Berührung spüren konnte, auch wenn seine Sinne vom Laudanum benebelt waren. Sie hoffte, dass er sich von seiner Verletzung gut erholen würde.

»Wir haben bisher Glück gehabt«, sagte sie und sah immer noch auf ihre Hände und ihren Beschützer hinunter. Es schien in jenem Moment alles so langsam zu passieren, aber jetzt wurde ihr klar, wie schnell es wirklich gegangen war.

Sie war zu müde, um zu schlafen. Die Angst, dass Alistair nach ihnen suchen würde, hielt sie hellwach. Für den Fall, dass er sie finden würde, hatte sie Beaus Schwertstock griffbereit an das Bett gelehnt. Sie würde nicht zulassen, dass dieser schreckliche Mann einem von ihnen beiden etwas antun würde. Wenn das bedeutete, die ganze Nacht wach zu bleiben, dann war es eben so.

Das war natürlich leichter gesagt als getan. Philippa war erschöpft, und ihr Gesicht schmerzte noch immer an der Stelle, an der Alistair sie geschlagen hatte. Der Arzt hatte sich um ihre Verletzungen gekümmert und ihr auch etwas Laudanum angeboten, was sie abgelehnt hatte. Als sie ihm angeboten hatte, einen Weg zu finden, seine Dienste zu bezahlen, hatte der Arzt ihr die Hand getätschelt, warm gelächelt und geantwortet: »Sie haben mich daran erinnert, dass es in der Welt noch Schönheit gibt.«

Sie hatte überrascht geblinzelt und war rot geworden, weil sie annahm, dass er ihr Aussehen meinte, wie es alle Männer taten, aber dann hatte der Arzt gesagt: »Schönheit geht über die Haut hinaus. Sie kommt von innen. Ich habe gesehen, wie mutig Sie sind, wie stark und mitfühlend. Es hat mich daran erinnert, dass die Welt immer noch Momente des Lichts in sich birgt.«

Als Philippa nun in dem dunklen Schlafgemach saß, zerrte die Erschöpfung an ihr. Doch trotz ihrer Müdigkeit ging ihr diese Wendung der Ereignisse noch einmal durch den Kopf.

Der Angriff von Monmouth. Die Entführung durch Alistair. Die Anspielung auf die Beteiligung von Lord Monmouth. Alles wegen dem, was sie war ... und doch wusste sie immer noch nicht, *wer* sie für diese Männer war. Offenbar sah sie aus wie Monmouths verstorbene Frau, aber warum war das so wichtig? Sie war nur ein Dienstmädchen, mit wunderbaren Eltern, die ein Textilgeschäft in der Bond Street betrieben. Sie war nichts Besonderes, ganz gleich, wem sie ähnelte.

Sie sah zu Beau hinunter, der schlafend im Bett lag.

Sein Gesicht war gezeichnet, als wäre das Land der Träume, in dem er sich gerade aufhielt, ein dunkles Land. Der tragische Gedanke, was seine melancholischen Gedanken sein könnten, verstärkte nur seine Anziehungskraft.

Sie erinnerte sich an das sardonische Lächeln, das er Alistair zugeworfen hatte, als er ins Licht getreten war. Er hatte ausgesehen, als ob nichts sein selbstbewusstes Auftreten erschüttern könnte. Er hatte sich trotz der Gefahr, in der er sich befand, mit solcher Anmut bewegt. Sie hatte sich bei ihm auf eine Weise sicher gefühlt, wie sie es sonst nur bei dem Diener, Roger, oder ihrem Vater getan hatte.

Doch dies war keine brüderliche oder väterliche Zuneigung, die sie für Beau empfand. Stattdessen spürte sie, wie etwas anderes in ihr zum Leben erwachte. Sie hatte sich Sorgen gemacht, dass ihr Herz und vielleicht sogar ihr Körper all die Jahre aus Eis gewesen waren. Doch in der Nähe dieses Mannes zu sein, ihn verletzt zu sehen, weil er ihr das Leben gerettet hatte ... Etwas in ihr brannte heftig.

»Papa ...« Beau begann sich unruhig zu bewegen und sprach in einem gedämpften Wimmern. »Papa, bitte nicht ...« Seine Bewegungen waren noch immer lethargisch vom Laudanum.

»Bitte, Papa ... geh nicht.« Beaus Stimme klang jung, als wäre er ein flehendes Kind.

Philippa streckte die Hand aus, um ihm das Haar aus der Stirn zu streichen. Seine Augen weiteten sich, und er griff plötzlich nach ihrem Handgelenk.

»Es ist in Ordnung, Mr. Boudreaux. Ich bin's, Philippa. Sie sind in Sicherheit.« Sie hoffte, dass er sie verstehen und in ihren Worten einen gewissen Trost finden würde. Die

Sorgenfalten um seinen Mund wurden weicher, und er entspannte sich, aber er ließ ihr Handgelenk nicht los. Nach einem Moment führte er ihre Hand an seine Lippen und küsste sie. Etwas hallte tief in ihr wider, als würde sie seinen Namen in einer Höhle rufen. Irgendwie fand dieser Fremde seinen Weg in ihre Seele, obwohl sie nur seinen Namen kannte.

Schließlich ließ er ihr Handgelenk los, und seine Gesichtszüge entspannten sich, als er wieder in tiefen Schlaf fiel. Philippa hielt weiter Wache, doch anstatt sich um die Gefahren zu sorgen, die draußen auf sie lauerten, fürchtete sie sich vor den Gefahren, die direkt neben ihr lauerten. Das Leben dieses Mannes, Beau Boudreaux, hatte sich mit ihrem verflochten, und sie wusste nicht, wohin dieser Weg sie führen würde.

BEAU VERSUCHTE, DIE ALBTRÄUME VON JENER verhängnisvollen Nacht in Paris zu vertreiben. Wie er seinen Vater angefleht hatte, nicht zu gehen, bei ihm und seiner Mutter zu bleiben. Aber sein Vater, der das gleiche dunkle Haar und die gleichen whiskeyfarbenen Augen wie Beau gehabt hatte, hatte ihm in sanftem Ton erklärt, dass man manchmal für das Richtige eintreten müsse, selbst im Angesicht derer, die jemanden enthaupten würden, nur weil er seine Meinung äußerte. Sein Vater hatte ihn fest umarmt, und sein kräftiger Körper hatte den jungen Beau festgehalten, während er ihm Worte der Liebe zuflüsterte, bevor er ihn losließ, seine Mutter ein letztes Mal küsste und in die Dunkelheit ritt.

Sie hatten die ganze Nacht auf seine Rückkehr gewartet. Als der Morgen graute, wurde die Totenstille in ihrem Landhaus nur von einem Reiter durchbrochen, der einen Brief in der vertrauten Handschrift seines Vaters mitbrachte.

Mein Beau, wie habe ich dich geliebt. Aber jetzt bin ich tot. Bring deine Mutter zu ihrer Familie nach England. Kehre nicht hierher zurück. Dieses Land hat seine Seele verloren. Es blutet jeden Tag mit dem Blut Unschuldiger, vergossen von denen, die auf den Thronen der Heuchelei sitzen. Es ist kein Ort mehr für Männer mit edlen Herzen.

Die letzten Worte waren in offensichtlicher Eile hingekritzelt worden, und Tintentropfen verschmierten den unteren Rand der Seite. Beau hatte zu dem jungen Mann aufgeschaut, der die Nachricht überbracht hatte.

»Dein Vater wurde von einem Erschießungskommando erschossen. Die Gendarmen haben erlaubt, dass dieser Brief an dich zugestellt wird«, hatte der Mann gesagt. »Ich bedaure deinen Verlust.« Er klopfte dem jungen Beau auf die Schulter, bevor er sich wieder auf sein Pferd schwang und in das anbrechende Sonnenlicht ritt.

Als er den durch Laudanum hervorgerufenen Schlaf zu überwinden begann, erinnerte er sich langsam daran, was passiert war und warum er Schmerzen hatte. Er hatte Miss Wilson gerettet, Philippa. Er war angeschossen worden. Er war am Straßenrand ohnmächtig geworden. Es hatte einen Arzt gegeben.

Er versuchte, sich aufzusetzen, aber seine Brust fühlte sich wie Blei an. Er sah eine Frau in einem weißen Peignoir, deren dunkles Haar sich über seine nackte Brust ergoss. Philippa. Sie lag schlafend neben ihm, Lord Sheridans Schwert aus dem Stock gezogen und locker in einer ihrer Hände gehalten.

Guter Gott, sie war so schön wie die Frau auf dem Gemälde in der Galerie von St. Albans. Sie sah genauso aus wie Albina. Wie war das möglich?

Nach ein paar Minuten löste sich Beau von Philippa und rutschte vom Bett. Sein Rücken tat höllisch weh, aber wenigstens konnte er sich bewegen. Er zog sein weißes Hemd an, wobei die frischen Nähte schmerzten. Dann schlüpfte er in seine Stiefel und verließ den Raum. Er ging die Treppe hinunter und lächelte ein wenig, als er eine Frau singen hörte.

»Ach! Da sind Sie ja, mein Junge. Sie sollten aber im Bett sein.« Die rundliche Schottin versuchte, ihn wieder die Treppe hinauf zu scheuchen.

»Bitte, kann ich etwas zu essen für meine Frau und mich haben?« Er versuchte, nicht zu lachen, als er vorgab, eine Frau zu haben. Natürlich wäre er ein Glückspilz, wenn eine Frau wie Philippa in seinem Bett auf ihn warten würde.

»Natürlich. Sie dürften ja am Verhungern sein.« Die Frau des Gastwirts wuselte in der Küche herum. »Mein Name ist Mrs. Craddock, falls Sie sich nicht mehr erinnern, wegen Ihrer Verletzungen und so.«

»Vielen Dank für Ihre Hilfe, Mrs. Craddock.«

Sie strahlte Beau an und kniff ihn in die Wange, als wäre er ein Junge und nicht ein erwachsener Mann von sechsunddreißig Jahren.

»Nun, wir konnten Sie ja nicht einfach da draußen liegen lassen, falls diese Rüpel zurückkommen würden. Mrs. Boudreaux hat uns von Ihrem Kampf gegen die Wegelagerer erzählt und davon, wie sie Ihnen all Ihr Hab und Gut gestohlen haben.«

Welche anderen Geschichten hatte seine süße kleine

»Ehefrau« über ihre Lebensumstände gesponnen? Und doch musste er zugeben, dass es besser war, als zu versuchen, die Wahrheit zu erklären.

»Äh, ja. Es war ziemlich schrecklich, aber ich hatte Geld in meinen Kleidern versteckt. Ich zahle Ihnen und Mr. Craddock gern für die Zimmer und das Essen sowie den Arzt.«

»Aber Sie brauchen den Arzt nicht zu bezahlen, Junge. Er warf einen Blick auf Ihre Frau und sagte, er brauche keine Bezahlung, er wolle nur ihr schönes Gesicht sehen.«

»Oh?« Beau wünschte, er wäre wach gewesen, um das zu hören.

»Jetzt werden Sie mal nicht eifersüchtig. Der Arzt ist alt genug, um ihr Großvater zu sein. Er schätzte lediglich ihr süßes Herz, sagte er.«

»Hmm ...« Beau antwortete nicht, sondern nahm dankbar das Tablett mit dem Essen von Mrs. Craddock entgegen. Es tat weh, das Tablett zu tragen, aber er war kein Mann, der Schwäche zeigte, wenn er es vermeiden konnte. Als er in ihr Schlafgemach zurückkehrte, fand er Philippa mit dem Gesicht nach unten auf dem Bett ausgestreckt vor, wie sie nach allen vier Ecken der dick gestopften Matratze griff. Was für ein reizvolles Bild weiblicher Kurven mit wilden Wellen aus dunklem Haar. Er stellte das Tablett ab, um das sterbende Feuer zu schüren und ein paar weitere Holzscheite hinzuzufügen.

Das Geräusch weckte Philippa auf. Sie richtete sich ruckartig auf und schwang das Kurzschwert von Sheridans Stock. Sie keuchte auf, als sie ihn sah.

»Mr. Boudreaux, aber Sie sollten im Bett sein.« Sie legte das Schwert weg und eilte zu ihm, um die restlichen Holzscheite auf das Feuer zu legen, dann begleitete sie ihn zurück ins Bett, wobei sie ihre eleganten Hände um seinen Bizeps schlang.

»Ich mag es sehr, wenn Sie mich berühren. Vielleicht sollte ich weiter aus dem Bett fliehen.« Er gluckste.

Sie warf ihm einen wütenden Blick zu, aber es war kein Feuer in ihrem Blick. »Bitte, ruhen Sie sich aus. Der Arzt sagte ...«

»Oh, zur Hölle mit dem verdammten Doktor. Sobald die Morgendämmerung einsetzt, müssen wir eine Kutsche mieten und Sie zu Lennox' Haus zurückbringen. Er wird sich große Sorgen machen.«

»Ich bin sicher, dass ich dort nicht länger willkommen sein werde.« Sie sagte es so leise, dass er es fast nicht gehört hätte.

»Was meinen Sie damit?«

Sie drückte gegen seinen Bauch. »Legen Sie sich wieder ins Bett, dann erzähle ich es Ihnen.«

»Erpressung? Sie *sind* ein schlaues Frauenzimmer.« Aber er tat, was sie verlangte, und ließ sich auf das Bett fallen.

Philippa zog ihm die Decke bis zum Kinn hoch, aber er schob sie wieder bis zur Taille zurück, teils weil ihm warm genug war, teils weil er es genoss, diese Frau erröten zu sehen. Nachdem er Mätressen gehabt hatte, die es verstanden, so zu tun, als seien sie durch ihre Erregung peinlich berührt, erkannte er Schauspielereien, wenn er sie sah, und Philippa war keine Schauspielerin. Das gefiel ihm. Sie war in vielerlei Hinsicht offen, und daran war er nicht gewöhnt.

»Nun, ich bin im Bett.« Er gestikulierte in Richtung der Decken, wollte sie wieder necken, aber als sie aufblickte, um das Tablett mit dem Essen zu richten und ihm einen Teller zuzubereiten, sah er ihre Verzweiflung.

»Das ist jetzt das zweite Mal, dass ich Lord Lennox

einen Skandal beschert habe. Er muss mich hinauswerfen. Ein Dienstmädchen im Obergeschoss ist so viel Mühe nicht wert.«

»Ich glaube, Sie unterschätzen Lord Lennox' Charakter«, sagte Beau.

»Aber er muss an die Sicherheit seiner Frau und seiner Kinder denken. Ich kann nicht in ihrem Haus sein, wenn auch weiterhin Männer versuchen, mich zu töten.«

»Warten Sie, *Männer?* Wollen Sie damit sagen, dass Lord Sommers auch vorhatte, Sie zu töten?«

»Ja.« Plötzlich wurde ihr bewusst, was für ein freizügiges Kleidungsstück sie im Moment trug, und sie zog schnell eine der Decken vom Bett, um sich darin einzuwickeln. »Ich dachte, er wollte sich mir nur aufdrängen, doch dann gab er zu, dass Monmouth ihn angeheuert hat, um mich zu töten.« Sie zitterte und schlang ihre Arme fester um sich. »Natürlich wollte er *mich vorher haben.*«

Der Gedanke widerte Beau an, aber der zweite Teil verwirrte ihn noch mehr. »Ich frage mich, was Monmouth dazu gebracht hat, einen Mann anzuheuern. Warum Sie?« Er bedeutete ihr, sich neben ihn zu setzen, aber sie zögerte. »Kommen Sie her und setzen Sie sich.« Er tätschelte das Bett neben sich, das sie besorgt betrachtete. »Ich werde Ihnen nichts antun, Philippa. Bitte.«

Er hielt eine Hand mit der Handfläche nach oben. Sie legte ihre Hand in seine, und er drückte sie sanft, während sie sich neben ihn setzte.

»Hat Sommers gesagt, warum Monmouth Ihren Tod will?«

Philippa biss sich auf die Lippe. »Nein, ich habe versucht, ihn dazu zu bringen, es mir zu sagen, aber nach dem, was er gesagt hat, denke ich, dass vielleicht nicht einmal er den Grund für Lord Monmouths Wunsch nach meinem Tod kennt. Er stellte mir Fragen über meine Eltern, über meine Geburt.«

»Ihre Geburt? Das hat einiges an Aufsehen erregt. Wir müssen der Sache auf den Grund gehen.«

Philippa starrte ihn verwirrt an. »Wir?«

»Natürlich. Ich kann Sie ja wohl nicht ungeschützt durch London laufen lassen. Nein, wir müssen herausfinden, worum es hier geht.«

»Wie sollen wir das machen?«, fragte sie.

»Wir müssen zuerst mit Lennox sprechen. Aber darum werden wir uns in ein paar Stunden kümmern.«

Sie verließ das Bett und kam mit seinem Essen zurück. Nach ein paar Löffeln Eintopf hielt er inne, als er bemerkte, dass sie sich nicht selbst einen Teller zubereitet hatte, sondern nur am Bett stand und ihm beim Essen zusah.

»Warum essen Sie nicht?«, fragte er.

»Oh, das könnte ich nicht. Das wäre nicht richtig.« Als sie dieses Mal rot wurde, hasste er sich selbst.

»Philippa, bitte, essen Sie. Solange ich Ihnen helfe, werde ich Sie so behandeln, wie ich *alle* Frauen behandle. Als eine Dame. Dass man im Dienst ist, bedeutet nicht, dass man weniger Respekt verdient.«

»Die meisten scheinen nicht so zu denken.« Aber sie holte sich selbst einen Teller mit Essen, ohne weiter zu diskutieren.

Nachdem sie beide gegessen hatten, klopfte er wieder auf das Bett. »Und Sie brauchen Ruhe, genau wie ich. Hier ist reichlich Platz. Ich verspreche, dass Ihre Tugend hier sicher ist. Ich konnte kaum dieses Tablett die Treppe hochtragen.«

Er ließ sich zurück in die Kissen sinken und schloss die Augen. Einige Minuten später spürte er, wie sich das Bett senkte, als sie sich neben ihn legte. Er wartete noch eine Minute, bevor er die Decke vorsichtig höher über sie zog.

Aber er schlief nicht sofort wieder ein. Er war zu besorgt. Wie konnte eine außergewöhnlich schöne Dienerin Lord Monmouths fatales Interesse wecken, so dass er bereit war, jemand anderen zu engagieren, um zu beenden, was er begonnen hatte?

ALISTAIR SOMMERS KLETTERTE AUS SEINER KUTSCHE UND ging die Stufen zum Stadthaus von Lord Monmouth hinauf. In einem Reflex berührte er das Pflaster auf der Wunde in seinem Gesicht und zuckte zusammen. Es war noch eine Stunde bis zum Morgengrauen, aber was er zu sagen hatte, konnte nicht warten.

Ein erschöpfter Butler öffnete die Tür. »Kann ich Ihnen helfen?«

»Sagen Sie Lord Monmouth, dass Lord Sommers hier ist. Es ist eine Angelegenheit von großer Dringlichkeit.«

»Es tut mir leid, Mylord. Seine Lordschaft und sein Sohn sind zu ihrem Anwesen auf dem Lande aufgebrochen.«

Alistair fluchte. Er hatte keine Ahnung, wo Monmouths Landsitz lag. »Könnten Sie die Adresse für mich aufschreiben?«

»Einen Moment.« Der Butler verschwand wieder in dem dunklen Haus. Einige Minuten später kehrte er zurück und drückte Alistair ein Stück Papier in die Hand.

Alistair kehrte zu seiner Kutsche zurück, seine

Gedanken rasten. Er musste Monmouth persönlich aufsuchen, aber nicht heute. Er musste einen Arzt aufsuchen und sein Gesicht versorgen lassen.

Die hübsche Schlampe hatte sein Gesicht ruiniert, und sie würde dafür teuer bezahlen. Aber zuerst würde er Lord Monmouth dazu bringen, ihm zu erklären, was das Mädchen wirklich für ihn bedeutete. Er hatte in dieser Angelegenheit ohnehin schon weit mehr bezahlt, als er erwartet hatte.

Was das Mädchen betraf, so war sein Mann Lewis in diesem Moment schon dabei, seine üblichen Kontakte zu nutzen und zu versuchen, sie in London zu finden. Wenn er eine Gelegenheit bekam, würde er sie packen und festhalten, bis Alistair zurückkäme.

Er war noch nicht fertig mit dem Mädchen, oh nein. Er *wollte* sie, und er würde sie bekommen, so oder so. Dieser Gedanke zauberte ein kaltes Lächeln auf sein Gesicht.

KAPITEL 6

Am Vormittag hatte Philippa gegessen und sich von der lieben Mrs. Craddock ein schlecht sitzendes Kleid geliehen. Mr. Boudreaux hatte sich eines von Mr. Craddocks Hemden geliehen und hatte eine Kutsche gemietet, um sie nach London zurückzubringen.

Sie folgte ihm zu der wartenden Kutsche, zuckte aber zusammen, als er ihr die Hand reichte, um ihr hineinzuhelfen. Ihre Wangen erwärmten sich, und ihr Herz schlug heftig; es fühlte sich so unangemessen an, auf diese Weise behandelt zu werden. Sie schüttelte den Kopf und murmelte ein Dankeschön, während sie sich sanft, aber bestimmt an ihm vorbeidrängte und in die Kutsche kletterte.

Sie saßen sich auf den gegenüberliegenden Bänken der Kutsche gegenüber, und es herrschte eine seltsame Spannung zwischen ihnen. Sie hatte die Nacht in seinem Bett verbracht, und obwohl nichts passiert war, fühlte sie sich verändert.

Als sie aufgewacht war, war ihr Körper um den seinen

geschlungen gewesen, ihre Gliedmaßen waren in einer stillen Intimität verschränkt, die sie nie zuvor gekannt hatte. Seit sie von zu Hause weggegangen war, hatte sie sich immer so allein gefühlt, doch als sie eine Stunde nach Sonnenaufgang aufgewacht war, war alles anders gewesen. Sie hatte eine wilde, unerklärliche Verbindung zu diesem Mann. Das erregte und ängstigte sie zugleich.

»Mr. Boudreaux ...«, begann sie unsicher. Das Wollkleid, das sie sich geliehen hatte, hing schlaff an ihr herab, und sie fühlte sich sehr unwohl darin. Es war nicht damenhaft, in seinem Leben herumzuschnüffeln, ganz zu schweigen davon, dass es sich für ein Dienstmädchen noch weniger gehörte, aber sie wollte diesen Fremden, der ihr das Leben gerettet hatte, unbedingt besser verstehen.

»Nur Beau, bitte.« Seine tiefe Stimme erinnerte sie an fernen Donner und das Versprechen von Sommerblitzen. Sie liebte das Gefühl, dass sein Bariton in ihr auslöste, selbst wenn er nur eine Handvoll Worte sprach.

»Beau, als Sie letzte Nacht geschlafen haben, glaubte ich, Sie würden träumen.«

Sein Gesicht verfinsterte sich und schloss sie von allem aus, was sie gehofft hatte, dass er ihr zeigen würde. »Menschen träumen nachts. Das ist nichts Ungewöhnliches.« Sein Ton war zwar nicht bissig, aber sie fühlte sich trotzdem von ihm gestochen.

»Ja, aber Sie haben nach Ihrem Vater gerufen. Was ist mit ihm passiert?«

Die spielerische, sardonische Seite von Beau war nun verschwunden. Seine Lippen verzogen sich zu einer harten Linie, und sie dachte einen Moment lang, er würde nichts sagen. Der Mann war selbst in seiner finsteren Missbilligung noch viel zu gut aussehend, als dass sie sich wohlfühlen konnte. Sie wollte sich gerade für ihre Unangemessenheit entschuldigen, als er antwortete.

»Er ist schon vor langer Zeit gestorben.« Dieser eine Satz warnte sie, dass sie eine unsichtbare Grenze überschritten hatte und ihn nicht weiter zu diesem Thema befragen sollte.

Sie überlegte sich, was sie Lord und Lady Lennox sagen würde, wenn sie nach Hause käme, vorausgesetzt, es wäre noch ihr Zuhause. So freundlich sie auch waren, es fiel ihr schwer, sich selbst nicht als mehr Ärger zu betrachten, als sie im Moment wert war.

Wenn sie hinausgeworfen würde, müsste sie in den Laden ihrer Eltern zurückkehren, bis sie eine neue Stelle gefunden hätte. Ihre Eltern konnten sie im Laden anstellen, aber sie wollte raus und die Welt sehen, so viel sie konnte. Ein Dienstmädchen im oberen Stockwerk zu sein, war zwar nicht gerade ihr Traum, aber so nah wie möglich an einem größeren Leben, selbst wenn es nur kurze Blicke auf gut aussehende Männer und schöne Frauen in glitzernden Kleidern waren, die durch die halb geschlossenen Ballsaaltüren wirbelten.

»Philippa, es tut mir leid. Ich war vorhin unfreundlich zu Ihnen«, sagte Boudreaux. Sie sah ihn an und sah nur Aufrichtigkeit in seinem Blick.

»Sie müssen sich nicht entschuldigen, Sir.«

»Das tue ich. Ein Gentleman sollte niemals so mit einer Dame sprechen, wie ich es getan habe.« Er schaute auf seine Hände in seinem Schoß, wo sie einen seiner Handschuhe verdrehten. »Der Verlust meines Vaters war schmerzhaft. Ich war noch ein Junge, als die französische Gendarmerie ihn erschießen ließ.«

Sie hasste es, den Schmerz in seinen Augen zu sehen,

aber sie musste mehr wissen. »Warum haben sie ihn erschossen?«

Beaus Augen hoben sich, und für einen Moment war er der verletzliche Junge, der in seinen Träumen gesprochen hatte. Ihr Herz füllte sich mit Kummer.

»Er sprach sich gegen die Gewalt in Paris aus, nur drei Jahre nach dem Terror, als die Straßen rot vor Blut waren. Und er war ein Aristokrat. Sie sahen seinen Reichtum und seine Privilegien als Übel an und töteten ihn, um ihm sein Haus und sein Geld zu nehmen. Meine Mutter und ich sind zu ihren Verwandten nach England geflohen, bevor sie auch uns holten.«

»Es tut mir so leid, Beau.« Ohne darüber nachzudenken, griff sie quer durch die Kutsche, um seine Hände zu nehmen.

Seine Lippen verzogen sich. »Das ist schon in Ordnung. Ich bin ein erwachsener Mann, und das ist alles Vergangenheit.«

Sie wollte ihm zustimmen, aber wenn sie ehrlich war, schien die Vergangenheit nie so weit weg zu sein. Sie war sich nicht sicher, warum, aber manchmal träumte sie von einem dunklen Raum und einer Frau, die ihren Namen flüsterte, einem Schluchzen, das sich in der Kehle der Frau festsetzte, und einer wütenden, tiefen Stimme, die Worte knurrte, an die sie sich nicht erinnern konnte. Es schien immer ein kleines bisschen unerreichbar zu sein. Ein einzigartiges, dunkles, aber prägendes Bild aus einer Erinnerung.

Der Wagen rollte aus. Der Lakai kam ihnen entgegen, als Beau die Tür öffnete. In diesem Moment erkannte sie den Diener als einen ihrer Freunde, Clement.

»Pippa!«, rief er aus, wurde aber still und starr, als er

Beau erblickte und beiden beim Aussteigen half, bevor er die Kutschentür schloss.

Clement beugte sich vor und flüsterte, als sie an ihm vorbeiging. »Geht es dir gut?«

»Ja, ich erzähle dir alles später«, flüsterte sie zurück, während sie Beau die Treppe zum Stadthaus hinauf und in den Eingangsbereich des Lennox-Hauses folgte. Mr. Beaton war da, um sie zu begrüßen.

»Bitte kommen Sie herein, Mr. Boudreaux. Wir sind so erleichtert, Sie zu sehen.« Sein Blick wanderte zu Philippa. Er sah aus, als wolle er noch etwas sagen, behielt aber die Fassung und nickte ihr nur einmal zu.

»Ist Lord Lennox zu Hause? Wie Sie sehen können, hatte ich Erfolg bei der Suche nach Miss Wilson.«

Mr. Beaton blickte zur Treppe. »Ich glaube, er ist bereits informiert.«

»Boudreaux, Gott sei Dank!« Ashton Lennox schritt die Treppe herunter und kam ihnen entgegen.

Philippa senkte den Kopf und wartete darauf, für den ganzen Ärger, den sie verursacht hatte, gezüchtigt zu werden. Die Stiefel von Lord Lennox tauchten in ihrem Blickfeld auf, und eine Hand hob ihr Kinn an, so dass sie gezwungen war, zu ihrem Arbeitgeber aufzusehen. Was sie sah, machte sie fassungslos. Es gab keine Wut, keine Enttäuschung, nur Erleichterung und Freude.

»Philippa, wir haben uns alle solche Sorgen um dich gemacht. Wir sind froh, dass du wieder da bist. Bitte geh in die Küche und lass dir einen heißen Tee geben, während ich mit Mr. Boudreaux spreche.«

»Sie wollen nicht, dass ich meine Sachen packe, Mylord?«

»Packen?«, fragte Lennox. »Ich fürchte, ich verstehe das nicht.«

»Sie hat Angst, dass Sie ihr die Stelle kündigen«, sagte Beau mit Humor. »Ich habe ihr gesagt, dass das nicht passieren wird.«

»Gott, nein, Philippa. Wie kommst du darauf? Deine Position hier bleibt die deine.«

Tränen verschwammen in Philippas Augen. Sie hatte solche Angst gehabt, dass sie ihre Freunde und die Menschen, die sie als Familie betrachtete, verlieren würde, aber sie war in Sicherheit. Lord Lennox würde sie nicht wegschicken. Obwohl die Familie Lennox immer nur nett zu ihr gewesen war, wusste sie, dass ein Skandal schlimm genug wäre, um selbst die nettesten Familien dazu zu bringen, eine Dienerin wegzuschicken.

»Du hast sicher viel durchgemacht«, sagte Lord Lennox. »Warum holst du dir nicht auch etwas zu essen? Morgen kannst du dann wieder an die Arbeit gehen.«

»Danke, Mylord.« Sie eilte in die Küche, wo sie mit Ruth zusammenstieß.

»Pippa!«, quietschte ihre Freundin und umarmte sie. »Ich habe gehört, dass man dich gefunden hat! Was ist passiert? Geht es dir gut? Roger ist furchtbar aufgeregt. Komm und setz dich. Mrs. Murphy wird den Kessel aufsetzen.«

Sie gingen in die Küche, wo Mrs. Murphy damit beschäftigt war, das Mittagessen für die Herrschaften herzurichten. In den Küchen war es warm, und die Luft war voll von köstlichen Düften, die Philippa daran erinnerten, wie hungrig sie war.

»Pippa, Liebes. Gott sei Dank bist du wieder da.« Die stämmige, fröhlich dreinblickende Köchin ließ den Eintopf für einen Moment stehen und umarmte Philippa. Als sie Philippas Gesicht in die Hände nahm, starrte sie sie tief an.

»Geht es dir gut, Schatz? Du hast am ganzen Körper blaue Flecken. Roger sagte, ein Mann habe dich gepackt. Und das am helllichten Tag! Wir befürchteten ... nun ja ...« Sie beendete den Satz nicht.

Sie beeilte sich, ihren Freunden zu versichern, dass es ihr gut gehe. »Mr. Boudreaux, ein Freund seiner Lordschaft, half mir bei der Flucht vor meinen Entführern.«

»Was? Oh je, wir sollten lieber die ganze Geschichte hören.«

BEAU FOLGTE ASHTON IN SEIN ARBEITSZIMMER, WO Cedric Sheridan saß und wartete. Beau reichte dem Viscount seinen Stock.

»Danke, Sheridan. Das Ding hat sich als sehr nützlich erwiesen.«

Sheridan nahm den Stock entgegen. »Freut mich zu hören. Wie geht es dem Dienstmädchen?«

»Sie ist durch den Wind.« Beau ließ sich auf dem Sitz neben Sheridan nieder. »Sommers hat sie in die Abbey gebracht, wie ich vermutet habe. Ich bin gerade noch rechtzeitig gekommen; er wollte sich ihr aufdrängen.«

»Mein Gott«, murmelte Sheridan.

»Bastard«, sagte Ashton in einem dunklen und tödlichen Ton. »Ich bin immer wieder erstaunt, dass der Kerl noch lebt.«

»Leider hat der Name des Mannes Gewicht, und ich dachte, dass ich in Anbetracht unserer unterschiedlichen gesellschaftlichen Stellung einen Gleichrangigen nicht ermorden sollte, so sehr ich auch versucht war, es zu tun.«

»Ich bezweifle, dass ich deine Selbstbeherrschung gehabt hätte«, sagte Ashton.

»Glaube mir, auch meine Beherrschung wurde auf die Probe gestellt. Sommers hat Glück, dass ich von seinen Plänen erst erfuhr, nachdem ich mit dem Mädchen entkommen war.«

»Seine vollständigen Pläne?« Sheridans braune Augen weiteten sich.

»Er wollte sie töten. Lord Monmouth beauftragte ihn, sie zu entführen und zu beseitigen.« Das brachte Beaus Blut wieder in Wallung.

»Schon wieder Monmouth? Was zum Teufel ist hier los?«, wollte Sheridan wissen.

»Wo ist Sommers jetzt?«, fragte Ashton.

»Nicht sicher. Er schoss mir in den verdammten Rücken, als wir von der Abbey wegritten.«

»Großer Gott, Mann«, keuchte Ashton. »Geht es dir gut?«

»Gut genug, obwohl ich in nächster Zeit nichts Schwereres als Sheridans Stock heben werde. Deshalb konnten wir gestern Abend nicht zurückkehren. Philippa kann man nur loben. Sie lief zu einem nahe gelegenen Gasthaus und holte Hilfe. Ein Arzt aus dem Ort entfernte die Kugel und nähte mich zusammen. Durch das Laudanum konnte ich bis zum späten Vormittag nicht reiten, also haben wir im Gasthaus übernachtet.«

Sheridan pfiff leise. »Gut gemacht, Boudreaux. Das Mädchen hatte Glück, dich zu haben.«

»Ich hatte Glück, dass ich sie hatte.« Er schwieg einen

Moment, ein Dutzend Gedanken über Philippa quälten ihn. »Lennox, wo hast du dieses Mädchen gefunden?«

»Sie gefunden?«, wiederholte Ashton.

»Um sie als Dienstmädchen zu beschäftigen. Wie hast du sie gefunden?«

»Der übliche Weg. Ein Beitrag in der Zeitung. Rosalind hat sich mit ihr unterhalten. Wenn ich mich recht erinnere, hatte sie keine Referenzen, aber ihre Eltern betreiben ein Textilgeschäft in der Bond Street. Rosalind kannte den Laden und beschloss, es mit dem Mädchen zu versuchen. Als ich sie sah, habe ich, glaube ich, verstanden, warum sie keine andere Stelle gefunden hatte.«

Beau nickte. »Sie ist atemberaubend. Ein wahrer Diamant des ersten Wassers. Ich bin mir sicher, dass die meisten Frauen viel zu besorgt über die umherschweifenden Augen ihrer Ehemänner wären, um sie einzustellen.«

»Ganz genau. Deshalb haben wir sie eingestellt. Rosalind wird immer meine alleinige Liebe und Aufmerksamkeit haben, und ich nutze mein Personal nie aus.«

Lennox verengte seine Augen leicht auf Beau. »Du hast eine ganze Nacht allein mit meinem Dienstmädchen verbracht. Sollen wir eine Diskussion führen, Boudreaux?« Es war keine Drohung, nicht wirklich.

»Ich gebe zu, dass sie die schönste Frau ist, die ich je gesehen habe, aber ich habe meine Begierden nicht ausgelebt. Ich bin kein Mistkerl. Außerdem war ich zu sehr mit Laudanum und einer Kugel in meinem Rücken beschäftigt.«

Lennox brach in ein Lächeln aus. »In Ordnung. Aber wenn du körperlich dazu in der Lage gewesen wärest, hättest du …?«

Beau zuckte mit den Schultern. »Wenn die Dame wollen würde, dass ich mit ihr ins Bett gehe, würde ich das tun, aber sie müsste sich über ihre Absichten im Klaren sein. Frauen in Dienstverhältnissen fühlen sich oft gezwungen, die Annäherungsversuche der Herren zu akzeptieren.« Dann fügte er lächelnd hinzu: »Außerdem ist es mir lieber, wenn die Frauen zu mir kommen.« Alle seine Mätressen hatten ihm zuerst nachgestellt, sogar die Opernsängerinnen oder Balletttänzerinnen. Allerdings war er versucht, seine Regel für Philippa zu brechen.

»Du bist wohl einer der wenigen Männer in London, denen ich sie anvertrauen kann.«

»Wie bitte?« Beau gefiel das nachdenkliche Funkeln in Lennox' Augen nicht.

»Monmouth hat eindeutig ein Interesse an ihr, und wenn wir sie schützen wollen, müssen wir wissen, woher dieses Interesse rührt. Ich werde nicht zulassen, dass eine unschuldige Frau ermordet wird.« Lennox erklärte dies in einem tiefen und gefährlichen Ton.

»Du willst also das Dienstmädchen in die Residenz eines berüchtigten Junggesellen schicken?« Sheridan gluckste. »Nur du, Ash. *Nur* du kannst sowas in Erwägung ziehen.«

»Ich bin mir nicht sicher, ob es klug ist, sie zu mir zu schicken«, antwortete Beau. »Außerdem brauche ich kein weiteres Dienstmädchen im Obergeschoss. Was soll ich mit ihr machen?«

Lennox lehnte sich gegen die Kante seines großen Rosenholzschreibtisches und verschränkte die Arme. »Sie wird nicht dein Dienstmädchen sein. Sie wird dein Mündel sein. Die Tochter eines alten Freundes vom Lande, der verstorben ist. Jetzt ist sie auf seinen letzten Wunsch hin zu dir gezogen. Du wirst sie zu Bällen, Abendessen und in die Oper mitnehmen. Geh mit ihr so offen und öffentlich wie möglich. um.«

Beau blinzelte. »Du willst sie als *Köder* benutzen?« Er hatte schon gewusst, dass Lennox rücksichtslos sein konnte, aber eine unschuldige Frau als Köder zu benutzen, war mehr, als er sich von ihm hätte vorstellen können.

»Du hast sie bisher hervorragend beschützt. Du könntest das auch noch ein paar Wochen lang tun. Indem wir sie in der Öffentlichkeit halten, verringern wir die Wahrscheinlichkeit eines weiteren Anschlags. Du solltest auch jedes Gefühl von Routine vermeiden. Geh nicht zweimal mit ihr in dieselbe Oper oder zu denselben Freunden zum Essen, wenn es sich vermeiden lässt.«

Die Wunde in Beaus Rücken begann zu pochen und seine Schulter zu schmerzen, als wollte sie ihn daran erinnern, wie gefährlich es war, Philippa zu schützen. »Darf ich dich daran erinnern, dass sie an ihrem ersten Tag, als sie dein Haus verließ, in aller Öffentlichkeit entführt wurde?«

»Du wirst mir vertrauen müssen«, sagte Lennox. »Hier ist eine subtile Gedankenarbeit im Spiel. Genau aus den von dir genannten Gründen wird sich Monmouth einen weiteren Angriff zweimal überlegen. Er wird vermuten, dass es sich um eine Falle handelt, und seine Zeit damit verbringen, sich über deine Motive Gedanken zu machen. Warum sie so öffentlich zur Schau stellen? Warum sollte sie ihren Namen ändern? Wenn es eine Falle ist, warum dann solche Vorsichtsmaßnahmen gegen die Routine treffen? Das wird ihn aus dem Gleichgewicht bringen, und er wird nicht wissen, was Sheridan und ich hinter seinem Rücken tun.«

Es klang vernünftig, aber Beau war nicht überzeugt. Es

erschien ihm auch leichtsinnig.

»Bitte, Boudreaux«, sagte Lennox etwas leiser. »Ich würde ihre Sicherheit niemand anderem anvertrauen.«

Beau spürte das Gewicht der hoffnungsvollen Blicke von Lennox und Sheridan. »Verdammte Scheiße, ich soll den Vormund der schönsten Frau Londons spielen?«

Beide kicherten. »Ich glaube, wir sind uns nicht einig, wer eigentlich die Schönste ist. Hast du in letzter Zeit unsere Frauen gesehen?« Sheridan schmunzelte.

»Die schönste unverheiratete Frau also«, ergänzte Beau mit einem Lachen. »Glaubst du wirklich, London würde mich als Anstandsdame akzeptieren? Wenn ich nicht aufpasse, könnte ich vor einem Traualtar enden.«

»Blödsinn, Mann. Wir werden dich in der Gesellschaft unterstützen, deine Geschichte bestätigen und deine Vormundschaft befürworten. Wir müssen diese Maskerade nur lange genug spielen, um Monmouth, oder wen auch immer er beauftragt hat, herauszulocken.« Ashton wartete erwartungsvoll auf die Antwort von Beau.

Schließlich lenkte Beau ein. »Nun gut. Aber es ist zu lange her, dass ich Kindermädchen gespielt habe. Mein armes Personal hatte schon lange keine Frau mehr im Haus. Sie werden in heller Aufregung sein.« Er musste auch entscheiden, wie er mit St. Albans umgehen sollte, wenn der das Mädchen sah und die Ähnlichkeit mit seiner verstorbenen Tochter bemerkte.

Lennox lachte nur wieder. »Dein Personal kommt schon zurecht, Boudreaux. *Du* wirst es schaffen. Lass dich doch von einer hübschen Frau nicht nervös machen. Es ist einfacher, mit ihnen ein Haus zu teilen, als man denkt.«

Beau bezweifelte das sehr. Es gab einen Grund dafür, dass er seine Geliebten immer in kleinen Liebesnestern abseits seiner eigenen Residenz unterbrachte. Er mochte es, Raum zum Atmen zu haben.

»Eine Woche«, warnte Beau. »Viel mehr kann ich nicht versprechen.«

»Das sagt der eingefleischte Junggeselle«, scherzte Sheridan.

Beau warf ihm einen bösen Blick zu. »*Eine* Woche.«

»Eine Woche«, stimmte Lennox zu. »Noch länger, und ich fürchte, Monmouth wird wieder zuschlagen. Wenn wir bis dahin nicht die Wahrheit erfahren haben, werde ich einen anderen Weg finden, sie zu schützen.

»Hat sich jemand erkundigt, ob Miss Wilson mit einer solchen Vereinbarung überhaupt einverstanden ist?«, fragte Sheridan.

»Sie braucht vielleicht etwas Überzeugungsarbeit«, gab Lennox zu. »Aber ich glaube, sie wird es tun. Ich möchte sie jedoch nicht zu sehr erschrecken. Wir dürfen ihr die Gefahr nicht bewusst machen, noch nicht.«

»Aber du *musst* sie warnen. Ich kann sie nicht schützen, wenn sie die Risiken nicht kennt. Sie muss zumindest einen Teil davon erfahren«, betonte Beau.

»Cedric, lass Mr. Beaton Philippa herbringen.«

Sheridan verließ den Raum und ließ Beau mit Ashton allein.

»Ich werde Geld für sie zur Verfügung stellen. Sie wird Kleider und Schmuck brauchen und ein Pferd zum Reiten.«

Beau hielt eine Hand hoch. »Wenn sie mein Mündel sein soll, ob echt oder vorgetäuscht, werde ich für sie bezahlen. Ich muss öffentlich sichtbar für sie sorgen.«

»Nun gut, aber lass mich dir das Geld zurückzahlen.«

»Wenn du darauf bestehst, aber ich versichere dir, dass

das nicht nötig ist.« Beau konnte sich seltsamerweise nicht mit dem Gedanken anfreunden, dafür bezahlt zu werden, dass er den Schutz und die Fürsorge für eine Dame übernommen hatte.

Die Tür zum Arbeitszimmer öffnete sich, und Sheridan ließ Philippa eintreten. Sie trug immer noch das schlecht sitzende Kleid von Mrs. Craddock, der Gastwirtin, und ihr Gesicht war von Angst gezeichnet.

»Mylord?« Sie sah zu Lennox, der auf den Platz neben Beau deutete.

»Bitte setz dich, Pippa. Ich würde dir gerne einen Plan vorschlagen.«

Philippa setzte sich gehorsam neben Beau.

»Pippa, wärst du bereit, mir zu helfen, Lord Monmouth aufzuhalten?«

Philippa sah verwirrt zwischen Beau, Lennox und Sheridan hin und her. »Ihn aufhalten? Wie? Er ist ein Earl.«

»Niemand steht über dem Gesetz«, sagte Beau. »Aber ja, die traurige Realität ist, dass es unter den Angehörigen des Adels einige gibt, bei denen man unanfechtbare Beweise braucht, um sie der Gerechtigkeit zuzuführen.«

»Lord Monmouth ist ein solcher Mann«, fügte Lennox hinzu. »Zweifellos fühlt er sich vor Konsequenzen sicher, solange er sich von jeglichen direkten Aktionen fernhält. Wir müssen verstehen, warum er dir wehtun will, damit wir ihn entlarven können.«

Beau lehnte sich näher zu ihr. »Aber dafür brauchen wir Ihre Mitarbeit.«

Philippa konzentrierte sich jetzt ganz auf ihn, und das brachte sein Blut in den Adern zum Summen.

»Meine Mitarbeit? Inwiefern?« Sie hielt ihren Blick auf ihn gerichtet, als ob ihr Vertrauen in ihn stärker wäre als in die anderen, was angesichts der Art und Weise, wie sie sich kennengelernt hatten, auch zu erwarten gewesen war.

»Wir brauchen Sie als öffentliche Person. Jemand, den Monmouth sehen wird, eine Frau, die zu Bällen, Dinners und dergleichen eingeladen wird.«

Philippa verkrampfte sich, ihre Hände ballten sich in ihren Röcken. »Aber wird er nicht wieder versuchen, mich anzugreifen?«

»Nicht direkt, nein«, sagte Lennox. »Sein erster Angriff erfolgte in der Hitze des Gefechts. Er weiß jetzt, dass das ein Fehler war. Hätte er dich getötet, hätte das Konsequenzen gehabt. Selbst für ihn.«

»Deshalb hat er später Sommers engagiert«, fügte Beau hinzu. »Aber Lord Lennox ist der Meinung, dass allein die Tatsache, dass Sie sich als Zielscheibe exponieren, Sie eine Zeit lang schützen könnte.«

Philippa runzelte die Stirn. »Weil er glauben wird, dass es eine Falle ist?«

»Ganz genau«, sagte Ashton. »Und trotzdem werden wir da sein, um dich zu beschützen.«

Philippa sah Beau an. »Werden Sie auch da sein?«

Er nickte. »Wir sind der Meinung, dass Sie zu mir in mein Stadthaus ziehen sollten. Wir werden allen erzählen, dass Sie mein Mündel sind, die Tochter eines älteren Freundes vom Lande. Ich habe den Auftrag, mich ein Jahr lang um Sie zu kümmern, bis Sie einundzwanzig sind.«

Ihre blitzgrauen Augen musterten ihn. »Mit Ihnen zusammenleben? Alleine?« Das Zögern war da, wie er erwartet hatte, aber sie hatte noch nicht protestiert.

»Philippa«, sagte er leise. »Sie können mir doch vertrauen, oder nicht?«

Sie überlegte einen Moment und nickte dann.

»Ich habe Ihre Sicherheit versprochen. Notfalls auch unter Einsatz meines Lebens.«

Sie löste ihren klammerartigen Griff um ihre Röcke. »Wann soll das geschehen?«

»Jetzt, gleich heute.« Beau schaute Ashton zur Bestätigung an.

»Nimm alles mit, was du brauchst. Meine Kutsche wird dich zu Boudreaux' Haus in Mayfair bringen. Wir werden uns eine tiefere Geschichte für dich ausdenken, aber für den Moment darfst du Miss Wilson heißen und dich mit deinem eigenen Vornamen vorstellen.«

»Und danach ... darf ich zurückkommen und Ihnen weiter zu Diensten sein?«, fragte Philippa.

»Natürlich«, versprach er.

Das letzte bisschen Spannung in Philippa schien sich zu lösen.

»Dann geh. Pack deine Sachen zusammen und komm wieder herunter, sobald du damit fertig bist«, sagte Lennox.

Philippa verließ den Raum.

»Nun, das lief besser als erwartet«, sagte Sheridan. »Ich denke, die meisten Frauen würden zögern, unter solchen Umständen mit einem Junggesellen zusammenzuleben.«

»Philippa ist nicht wie die meisten Frauen«, sagte Beau. »Sie ist mutiger als alle anderen, die ich kenne.«

Lennox und Sheridan tauschten einen wissenden Blick aus, bevor Sheridan Beau eine Hand auf die Schulter legte. »So, mein Freund, fängt es an.«

»So fängt was an?«, fragte Beau.

Sheridans braune Augen funkelten schelmisch. »Warum die Überraschung verderben?«

Beau starrte seine beiden Freunde einfach nur an. Was zum Teufel wollten sie damit sagen?

KAPITEL 7

»Pippa?«, fragte Roger, als Philippa nach dem Treffen mit Lord Lennox ihr Zimmer betrat. Sowohl er als auch Ruth warteten ängstlich an ihrem Bett, mit großen Augen und zusammengepressten Mündern. »Pippa, darfst du bleiben?«

»Ja ... Aber seine Lordschaft braucht auch meine Hilfe.«

»Deine Hilfe, inwiefern?«, fragte Ruth.

»Sie wollen Lord Monmouth entlarven. Sie glauben, dass ich ihnen helfen kann, ihn in der Öffentlichkeit hervorzulocken.«

»Wie?« Rogers Gesicht war vor Sorge angespannt.

»Sie wollen, dass ich bei Mr. Boudreaux einziehe und mich als sein Mündel ausgebe, die Tochter eines alten Freundes vom Lande.«

»Boudreaux? Der große dunkelhaarige Mann, der dich gerettet hat?«

»Ja, der mit den dunklen, intensiven Augen.« Gott, sie liebte diese whiskeyfarbenen Augen, die Art, wie sie ihr immer ein Gefühl von Wärme und Sicherheit vermittelten, auch wenn seine Lippen dunkle, gefährliche und sündige Vergnügungen versprachen.

»Fühlst du dich bei ihm sicher?«, fragte Ruth. Ihre Finger spielten mit dem Saum ihrer weißen Schürze. »Ich habe gehört, dass er ein bisschen ein Wüstling ist.«

»Er hätte mich ausnutzen können, nachdem er mich gerettet hatte, aber das hat er nicht getan. Lord Lennox traut ihm.« Sie holte einen kleinen Stoffbeutel neben ihrem Bett hervor, der groß genug war, um ein paar Unterkleider und eines ihrer besseren Kleider darin mitzunehmen. Sie holte auch ihre Tasche mit der Halskette, die sie von ihrer Mutter bekommen hatte. Alles andere konnte hier bleiben, bis sie zurückkam.

Ruth umarmte sie fest. »Oh, aber sei bitte vorsichtig.« Als sie sie gehen ließ, nahm Roger ihren Platz ein.

»Denk daran, ein Knie in die Leiste, wenn er irgendetwas versucht«, sagte er und machte die Aktion zur Demonstration einmal vor.

»Roger!«, rief Ruth entrüstet aus.

»Was? Das ist ein guter Rat«, antwortete er, ohne sich zu schämen.

»Ich danke Ihnen. Ich werde euch eine Nachricht schicken, sobald ich mich eingelebt habe.«

»Gut.« Ruth umarmte sie noch einmal, und sie folgten ihr zurück nach unten ins Foyer.

Philippa erstarrte beim Anblick von Lord Lennox, Lord Sheridan, Lady Lennox und den beiden Lennox-Kindern, die am Fuß der großen Treppe auf sie warteten. Beau war auch da und hielt sich am Rande der kleinen Menschenmenge auf.

»Sei vorsichtig, Pippa«, sagte Lady Lennox.

»Ja, sei vorsichtig«, antwortete Malcolm, der Älteste,

feierlich. Er war erst vier Jahre alt, aber er mochte Philippa ebenso wie seine jüngere Schwester Rose sehr.

Rose winkte mit einer pummeligen Hand und vergrub ihr Gesicht in den blauen Samtröcken ihrer Mutter. »Tschüss, tschüss.«

»Auf Wiedersehen, meine lieben Kleinen«, sagte Philippa zu den beiden Kindern, bevor sie sich Lennox und Sheridan zuwandte. »Ich hoffe, ich werde nicht lange weg sein.«

»Das hoffe ich auch. Wir werden über dich wachen«, versprach Lennox, und Sheridan nickte dazu.

»Danke, Mylords.« Sie ging an ihnen vorbei und stellte sich vor Beau Boudreaux. Seine warmen Augen durchbohrten sie, als er sie ansah.

»Haben Sie alles, was Sie brauchen?« Die Frage war sanft, voller Zärtlichkeit und Sorge.

»Ja, ich glaube schon.« Sie wollte ihm sagen, dass sie Angst hatte, Angst davor, ihre geschützte und berechenbare Welt hinter sich zu lassen, aber die Worte blieben ihr im Hals stecken. Sie folgte ihm zu der schwarz und hellbraun gestrichenen Kutsche, die das Wappen der Familie Lennox trug. Beau reichte ihr eine Hand, um ihr hineinzuhelfen. Sie zögerte zunächst, dann nahm sie seine Hand an und kletterte hinein. Er ließ sich ihr gegenüber nieder.

»Mr. Boudreaux«, sagte sie.

»Beau«, korrigierte er.

»Beau, was wird von mir erwartet, während wir versuchen, Lord Monmouth zu entlarven?«

»Sie werden sich wie eine Dame aus gutem Hause kleiden und verhalten, wie jemand aus einer aristokratischen Familie. Wir möchten, dass er Sie so oft wie möglich in der Öffentlichkeit sieht. Wenn er Sie als Bedrohung für das Erbe seines Sohnes ansieht, dann werden wir ihm allen Grund dazu geben. Sobald er erkennt, was passiert, wird er sich gezwungen fühlen, zu handeln. Und doch, so Lennox, wird die Art unserer öffentlichen Zurschaustellung seine Hand zurückhalten und ihn mit Zweifeln erfüllen. Während er sich auf Sie konzentriert, können wir vielleicht herausfinden, was seine wahren Beweggründe sind.«

»Was ist, wenn ... Was ist, wenn er mich einfach nicht mag, oder wenn er keine Bediensteten mag? Es könnte sein, dass ich ihn einfach irgendwie verärgert habe.«

Beau schob einen der Kutschenvorhänge zurück, so dass sein Gesicht, das ein Grinsen zu verbergen suchte, vom Licht getroffen wurde. »Ich weiß nicht, welche Geschichten Sie gehört haben, aber Grafen oder andere Mitglieder des Adels erwürgen junge Frauen nicht ohne Grund.«

»Aber sie könnten es«, antwortete sie leise, und ihre Nerven kamen zurück. »Ich habe über solche Morde in der Morning Post gelesen.«

»Das sind die Taten von Verrückten. Monmouth ist, soweit ich weiß, kein Verrückter.«

»Wie können Sie sicher sein?«

Das Grinsen in seinem Gesicht verblasste. »Ich glaube, das kann ich tatsächlich nicht. Manchmal ist dieser Wahnsinn nur vorübergehend oder kommt in einem Anfall von Leidenschaft zum Vorschein. Die Tatsache, dass Sie seiner verstorbenen Frau ähneln ... Ich frage mich, ob er sie vielleicht getötet hat und nun glaubt, Sie würden ihn verfolgen und ihn an seine Schuld erinnern.«

Philippas Blick fiel auf den Boden. »Es fällt mir immer noch schwer zu glauben, dass ich ihr ähnlich bin.«

»Glauben Sie es. Ich habe es mit meinen eigenen Augen

gesehen. Sie war die Tochter des Herzogs von St. Albans, einem Mann, den ich als meinen Ersatzvater betrachte. Sie starb bei der Geburt, als sie Monmouth einen Sohn schenkte. Ein paar Tage bevor Sie und ich einander kennenlernten, zeigte mir mein Freund ihr Porträt. Sie sehen aus wie der lebende Geist von Albina.« Er beugte sich vor, ihre Atemzüge vermischten sich in der stillen Kutsche. »Es gibt einen Grund, der für Monmouth von Bedeutung ist, und wir müssen herausfinden, warum, sonst werden Sie nie sicher sein.«

Philippa fühlte sich plötzlich sehr klein und verängstigt. »Aber ich bin nicht wichtig. Ich bin ein Niemand ...«

Beau drehte sich um und sah sie verwirrt an. »Was für eine seltsame Aussage. Niemand ist ein Niemand, Philippa.«

»Sogar die Dienstmädchen im Obergeschoss?« Sie versuchte, verspielt zu klingen, aber ihr Herz bebte immer noch vor frischer Angst, weil sie wusste, dass ein Mann sie aus unerfindlichen Gründen töten wollte.

»*Vor allem* die Dienstmädchen der oberen Stockwerke«, sagte Beau mit diesem trägen, selbstsicheren Lächeln. »Männer wie Monmouth sind in meinen Augen weit weniger bedeutsam. Der Charakter bestimmt den Wert, nicht der Status.« Beau hatte eine entspannte Selbstsicherheit, die sie beruhigte und ihr das Gefühl gab, beschützt zu werden, obwohl er ein erfahrener Wüstling war, der sechzehn Jahre älter war als sie. Der Altersunterschied zwischen ihnen fühlte sich in mancher Hinsicht wie ein ganzes Leben an. Er war weltgewandt, sie hatte mit ihren Eltern ein behütetes Leben geführt und führte nun ein Leben im Dienst.

»Philippa, wenn Sie nicht zu müde sind, sollten wir

einkaufen gehen. Als mein Mündel werden Sie neue Kleidung brauchen.« Er wedelte mit der Hand in Richtung des verbeulten Kleides von Mrs. Craddock, das an ihrem viel zierlicheren Körper wie ein Sack herunterhing.

Philippa hielt ihre kleine Stofftasche hoch, damit er sie sehen konnte. »Ich habe mein bestes Sonntagskleid eingepackt.«

»Haben Sie das? Also, mal sehen.« Beau beugte sich vor, während sie einen Teil des dunkelblauen Musselin-Kleides aus ihrer Tasche zog.

»Ah, ja. Das ist ein wunderschönes Kleid. Aber ich fürchte, Sie brauchen mindestens zwei Dutzend mehr.«

»*Mindestens?*«

»Abendkleider, Opernkleider und natürlich ein Reitkleid. Mehrere Ballkleider. Tageskleider, Abendkleider, Kleider, um im Park zu wandeln ...« Er brach ab.

Der Gedanke an so viele wunderbare Kleider ließ sie aufschrecken, doch dann überkam sie die Wahrheit ihrer Situation in einer schrecklichen, eisigen Realität. Sie hatte nicht das Geld für solche Kleidung. Sie schluckte schwer und gestand Beau ihr Problem mit seinem Plan.

»Dafür habe ich kein Geld, Mr. Boudreaux.«

»Beau«, korrigierte er noch einmal. »Während dieser Scharade werden Sie mein Gast sein. Lennox und ich sind übereingekommen, dass es nur gerecht ist, dass wir Ihre notwendigen Ausgaben übernehmen. In der Rolle einer Lady des *ton* haben Sie hohe Ansprüche an Ihre Garderobe. Ich bin gerne bereit, Ihnen die benötigten Gegenstände zu besorgen.«

Philippa ließ sich auf den gepolsterten Sitz der Kutsche zurückfallen. »Um Himmels willen ...«

»Also, was meinen Sie? Fühlen Sie sich der Aufgabe

gewachsen, mein Geld für schöne Kleider auszugeben, vielleicht sogar für ein paar Juwelen?«

»Oh, aber ich habe eine Halskette.« Sie kramte noch einmal in ihrer Tasche und fand ein kleines Samttäschchen. Sie leerte den Inhalt auf ihre Handfläche. Die Saphir-Halskette schimmerte in ihrer Hand.

»Sind die aus Glas?«, fragte er.

»Nein ... es sind echte Saphire. Es war ein Geschenk meiner Eltern, als ich sechzehn wurde.«

»Ein schönes Geschenk. Lennox sagte, dass Ihre Eltern ein Textilgeschäft betreiben, stimmt das?«

Sie steckte die Halskette zurück in den Beutel und legte ihn in ihre Stofftasche zurück. »Ja, in der Bond Street.«

»Nun, wir sollten die Halskette sicher aufbewahren. Ich würde es hassen, wenn Sie etwas so Persönliches verlieren würden. Ich werde Ihnen andere Juwelen kaufen, die Sie in der Öffentlichkeit tragen können.«

Philippa konnte immer noch nicht glauben, was er da sagte. Es war wie ein fantastischer Traum.

»Also einkaufen? Oder möchten Sie lieber nach Hause fahren und sich ausruhen?«

»Ich könnte wohl ein bisschen einkaufen gehen«, räumte sie ein. Obwohl sie sich eigentlich am liebsten in einem Bett zusammengerollt und zwei Tage durchgeschlafen hätte. Beau öffnete die Tür der Kutsche und wies den Fahrer an, zur Oxford Street zu fahren.

Philippa war schon öfters in der Oxford Street gewesen, meist um Besorgungen für Lady Lennox zu machen. Jetzt war sie hier allein mit einem gut aussehenden Herrn. Als Beau sie aus der Kutsche begleitete, spürte sie die Augen von einem Dutzend Männern und Frauen auf sich gerichtet. Das übergroße Wollkleid, das sie trug, war plötzlich zu groß und steif. Sie neigte beschämt den Kopf.

»Ich muss für diese Leute wie eine Bettlerin aussehen.«

Beau zog ihren Arm in seine Armbeuge. »Kopf hoch, Philippa. Sie haben nichts, für das Sie sich schämen müssten.« Sie konnte seinen warmen, dunklen, verlockenden Duft riechen, der sie letzte Nacht, als sie in seinen Armen eingeschlafen war, beruhigt und erregt hatte.

Sie tat, was er ihr befahl, hob den Kopf und blickte die Straße hinunter. In Dutzenden von Schaufenstern wurden die Waren von Seidenhändlern, Hutmachern, Korsettmachern, Tuchmachern und Kurzwarenhändlern angeboten.

Er nickte einem nahe gelegenen Modistengeschäft zu, das ein schwarz-goldenes Schild mit der Aufschrift *Harper, Howell and Co.* trug. »Sollen wir hier anfangen?«

Sie erkannte den Namen. Das war eine der besten Schneidereien in London. »Wenn Sie das für das Beste halten.« Sie hatte keine Ahnung, wo sie anfangen sollte. Sie hatte Lady Lennox' Modezeitungen durchgeblättert, wann immer ihre Ladyschaft mit ihnen fertig war, aber Philippa wusste nicht viel über die aktuelle Mode.

Beau begleitete sie in den hell erleuchteten Laden. Das Sonnenlicht fiel durch die Erkerfenster und beleuchtete die Rollen aus teurer Seide und Samt. In einer Glasvitrine befanden sich kunstvoll bestickte oder mit Juwelen besetzte Handtäschchen. Auf einem runden Tisch waren Ziegenlederhandschuhe in verschiedenen Farben ausgestellt, und in der Mitte befand sich ein Trio von fein gewebten Hauben.

Philippa berührte im Reflex ihr Haar, der hastig frisierte Dutt fühlte sich unordentlich an und brachte sie nur noch mehr in Verlegenheit.

»Kann ich Ihnen helfen?« Eine junge Frau in einem dunkelblauen Brokatkleid kam auf sie zu. Ihr Blick schweifte kurz über Philippa, bevor er auf Beau fiel.

»Mr. Boudreaux! Was für eine schöne Überraschung.« Das Lächeln der Frau war warm und offen für Beau. Philippa fragte sich, ob die Frau sich einbildete, in ihn verliebt zu sein.

»Jessica«, begrüßte er sie. »Wie geht es Ihnen?«

»Wunderbar. Was führt Sie hierher?« Sie schaute Philippa neugierig an. Philippa wandte den Blick ab, immer noch verunsichert über ihr Aussehen.

»Ich habe die Verantwortung für ein neues Mündel. Das ist Miss Philippa Wilson. Sie ist die Tochter eines alten Freundes von mir, der kürzlich verstorben ist. Da ich für Miss Wilson verantwortlich sein werde, bis sie nächstes Jahr volljährig wird, brauchen wir eine neue Garderobe, die sie auf die üblichen Bälle und Partys vorbereiten soll.«

»Ja, natürlich. Kommen Sie hier entlang, meine Liebe. Ich hoffe, Sie hängen nicht zu sehr an diesem hier.« Jessica zupfte an einer der losen Falten des Rocks von Mrs. Craddocks Kleid.

»Nein, aber ich muss es behalten, damit ich es einer Freundin zurückgeben kann.«

»Kein Problem, Miss Wilson. Sehen wir uns einige der Kleider an, die ich gerade auf der Stange habe. Sobald Sie etwas Passenderes zum sofortigen Anziehen haben, möchte ich Ihnen eine komplette Garderobe zusammenstellen.«

Philippa drehte sich der Kopf, als sie der jungen Schneiderin in ein kleines Ankleidezimmer folgte. Jessica half ihr beim Entkleiden. Es war ihr sehr unangenehm, auf der anderen Seite der Behandlung zu stehen.

»Sie werden ein Korsett brauchen. Ich kann Ihnen ein Geschäft empfehlen, das nur ein paar Häuser entfernt ist.« Jessica schürzte die Lippen und strich sich eine verirrte Strähne blonden Haares aus dem Gesicht, während sie Philippa musterte.

»Was ist es?« fragte Philippa.

»Nichts ... Sie sind sehr hübsch.« Jessica klang nachdenklich. »Wir müssen uns nicht einmal mit Kosmetika herumschlagen. Ihr Teint ist klar, Ihre Gesichtszüge sind perfekt.« Sie tippte sich ans Kinn. »Bemerkenswert, wirklich. Die meisten Farben werden Ihnen gut stehen, außer vielleicht Gelb. Darin sieht kaum jemand gut aus.« Sie kippte Philippas Kinn nach oben. »Graue Augen ... Wie Diamanten in einem stillen See. Ich weiß genau das Richtige.« Sie verließ das Ankleidezimmer.

Philippa stand still und zitterte leicht, nachdem sie so lange in dem Wollkleid eingepackt gewesen war. Als die Schneiderin zurückkam, hatte sie sich mehrere Kleider über die Schulter geworfen. »Probieren wir ein paar davon an und schauen, ob eines passt.«

Es stellte sich heraus, dass sie alle passten. Eines war ein Reitkleid in Bischofsblau mit weißem Spitzenbesatz an der Jacke, ein Abendkleid in Kapuzinerdunkelorange, das im Licht und im Schatten die Farbe zu wechseln schien. Zwei Tageskleider, eines in einem dunklen spanischen Grün und das andere in einem zarten Weidengrün. Und dann war da noch ein karminrotes Opernkleid, bei dessen Anblick Philippa errötete. Das letzte Kleid war jedoch eines, das die Schneiderin zum Staunen brachte.

»Dieses Abendkleid ist ein besonderes Stück. Ich habe es vor ein paar Wochen entworfen, aber die Kundin hat es sich anders überlegt, also habe ich es zu den anderen auf die Stange gehängt.«

Mit Jessicas Hilfe probierte sie das Kleid an. Es war eine silbrige Farbe, die Nakara genannt wurde und, wie Jessica erklärte, einer Perle oder dem Inneren einer Muschel ähnelte.

»Nun denn ...« Die Schneiderin drehte Philippa so, dass sie dem Spiegel im Ankleidezimmer gegenüberstand.

Philippa schnappte nach Luft und stellte verblüfft fest, dass es eine Fremde war, die sie aus dem Glas anstarrte. Das perlmuttfarbene Kleid ließ ihre Augen leuchten, als würden sie das Mondlicht einfangen. Ihre Kurven wurden hervorgehoben, aber nicht zur Schau gestellt. Zum ersten Mal in ihrem Leben schämte sie sich nicht für ihre Schönheit.

Was würde Beau denken, wenn er sie so sähe? Ein Hauch von Sehnsucht durchfuhr sie, und sie schloss kurz die Augen und stellte sich vor, was er wohl tun würde ... Dass er sie in den Arm nehmen, ihr süße Worte ins Ohr flüstern würde. Dass eine so gekleidete Frau die Aufmerksamkeit eines Mannes wie ihm verdienen könnte. In ihrem Bauch wurde es warm, und sie legte eine Hand darauf, ihr Gesicht erhitzte sich, als sie von ihrem Spiegelbild wegschaute.

»Mr. Boudreaux wird dieses schöne Kleid sehen und er wird sehen, dass die Trägerin noch schöner ist«, sagte Jessica mit einem zufriedenen Lächeln. »Aber wir werden es ihn noch nicht sehen lassen. Stecken wir Sie vorerst wieder in das dunkelgrüne Kleid, während wir Ihre Garderobe vervollständigen.«

Fünfzehn Minuten später verließ Philippa das Ankleidezimmer. Beau lehnte mit dem Rücken an der Wand, während in der Ecke ihm gegenüber ein Trio junger Damen flüsterte und kicherte. Beau beobachtete sie mit einem amüsierten Lächeln auf den Lippen, aber er machte keine Anstalten, mit ihnen zu sprechen.

Eifersucht stachelte sie, und sie warf den drei Frauen einen Blick zu, bevor sie zu Beau ging. Er konzentrierte sich auf sie, und die träge Belustigung verschwand. Seine Lippen öffneten sich, und er stieß sich mit weit geöffnetem Mund von der Wand ab. Beau traf sie auf halbem Weg in der Mitte des Ladens.

»Nun, Jess hat fantastische Arbeit geleistet.« Er hob ihr Kinn an und betrachtete ihr Gesicht. Dann wanderten seine Augen an ihrem Körper hinunter, und Philippas Schoß krampfte sich zusammen, als sie erkannte, mit welch deutlichem Interesse er sie studierte. »*Fantastische* Arbeit«, wiederholte er.

Bei ihm bist du sicher, erinnerte sie sich. Aber sie konnte nicht umhin, sich zu fragen, ob sie vielleicht nicht bei ihm sicher sein wollte. Manche Risiken könnten sich lohnen.

»Wir hatten ziemlich viel Erfolg mit unseren Konfektionskleidern«, sagte Jessica. »Ich habe ihre Maße und würde ihr jetzt gerne eine Garderobe zusammenstellen, wenn Sie sich ein paar Modetafeln ansehen möchten?«

Beau ließ schließlich doch Philippas Kinn los. »Ja, danke.«

Jessica verscheuchte das kichernde Mädchentrio so, wie man Tauben im Park verscheuchen würde. Sie flatterten unter erneutem Kichern und Flüstern davon, um sich dann in der Nähe der Auslage mit den Samthandschuhen zu versammeln. Jessica öffnete mehrere Bücher auf dem Tisch, die Beau und Philippa begutachten konnten.

»Noch vor dem Abendessen wird sich das mit Miss Wilson in ganz London herumsprechen«, warnte Jessica Beau und warf den jungen Damen einen Blick zu.

»Davon gehe ich aus.« Es schien ihn nicht zu stören, was Philippa ein wenig beruhigte. Schließlich war das doch der Plan, oder nicht? Beau zog eine Zeitschrift mit Modetafeln zu ihr herüber. »Philippa, sieh dir diese Kleider an.«

»Ich weiß ehrlich gesagt nicht, was ich brauche«, gab sie zu. »Ich vertraue darauf, dass Sie die notwendigen Dinge bestellen.«

Beau runzelte die Stirn. »Du solltest versuchen, das hier zu genießen. Die meisten Damen tun das.« Seine braunen, ocker- oder honigfarbenen Augen lenkten sie von einer sofortigen Erwiderung ab.

»Mr. Boudreaux ... Darf ich ein neues Kleid für Mrs. Craddock kaufen? Ich werde Ihnen die Kosten dafür erstatten.« Es war ihr wichtiger, das Kleid der Frau des Gastwirts zurückzugeben und ein Geschenk mitzuschicken, da der Gastwirt und seine Frau so hilfreich gewesen waren. Beaus Gesichtsausdruck wurde weicher, und er lächelte wieder. Die feinen Linien um seine Augen zeigten ihr, dass er oft lächelte.

»Das ist eine ausgezeichnete Idee. Jess, bitte verwenden Sie die Maße des Kleides, das Philippa mitgebracht hat, um ein neues Kleid zu entwerfen. Ein schönes Tageskleid reicht aus. Schicken Sie es zusammen mit dem alten Kleid an diese Adresse.« Beau nahm ein Blatt Papier und einen Stift und kritzelte die Adresse der Craddocks auf.

»Ich werde dafür sorgen, dass es erledigt wird. Miss Wilson, warum sehen Sie sich nicht ein paar Handschuhe und Stiefel an? Mr. Boudreaux und ich werden uns um Ihre Garderobe kümmern.«

Erleichtert ließ Philippa die Stapel von Zeitschriften liegen. All die Farben, Stoffe und Schnitte ließen einen schmerzhaften Puls hinter ihren Augen schlagen. Sie schlenderte durch den Laden, begutachtete die fein gefiederten Fächer, fuhr mit den Fingern über die seidig grauen Straußenfedern.

Nach einem Moment bemerkte sie, dass die drei Mädchen näher gekommen waren und sich an sie heranschlichen, während sie sich im Laden umsah.

»Entschuldigen Sie«, fragte eines der Mädchen. Sie war größer als die anderen, hatte blassblondes Haar und blaue Augen. Eine seltene Schönheit. Ihre beiden Begleiterinnen waren ebenso hübsch.

»Ja?« antwortete Philippa.

»Sind Sie die neue Mätresse von Mr. Boudreaux?«

»Wie bitte?« Philippa keuchte. »Das bin ich ganz sicher nicht.« Philippa konnte nicht glauben, dass das Mädchen sie das gefragt hatte. Es war unangemessen, so etwas wissen zu wollen.

»Ich wollte Sie nicht beleidigen!« Die arglosen Augen des Mädchens waren viel zu groß und unschuldig, um echt zu sein.

»Aber wenn Sie nicht seine Geliebte sind ...«, fragte eines der beiden anderen Mädchen leise flüsternd. »Warum sind Sie dann hier allein mit ihm, während er Ihnen eine ganze Garderobe kauft?«

Philippa betrachtete das Mädchen stirnrunzelnd, als sie sich an die Einzelheiten ihrer Geschichte erinnerte.

»Ich bin sein neues Mündel. Da mein Vater vor kurzem verstorben ist und ich keine anderen lebenden Verwandten hatte, wurde ich zu Mr. Boudreaux für ein Jahr geschickt.«

»Sie dürften aber zu alt sein, um noch zu debütieren«,

sagte das dritte Mädchen. »Mit Mr. Boudreaux als Anstandswauwau und in Ihrem Alter haben Sie leider keine Chance.«

»Chance auf was?«, wollte Philippa wissen.

»Einen Ehemann zu finden, natürlich.« Das erste Mädchen lachte auf. »Was sollten wir sonst meinen?«

»Oh, ich habe keine Lust zu heiraten«, antwortete Philippa zum Entsetzen der anderen Damen.

»Aber ... das ist ...«, stammelte eines der Mädchen. Sie schaute so verblüfft, dass Philippa fast gelacht hätte.

»Was gibt es sonst noch? Eine Heirat ist unerlässlich«, antwortete ein anderes der Mädchen. Alle drei schienen ziemlich verwirrt zu sein.

»Sie dürfte dann wohl ein großes Erbe antreten«, flüsterte eine den anderen zu.

»Nein, das dürfte ich nicht, aber die Ehe ist bei weitem nicht die einzige Option für eine Dame«, sagte Philippa mit einem unerwarteten Anflug von Zuversicht. »Es gibt eine ganze Menge für Frauen, wenn man weiß, wo man suchen muss. Ich denke, ich werde nach Amerika oder vielleicht zu den Westindischen Inseln reisen. Vielleicht werde ich auf einem Piratenschiff anheuern.« Anhand des Erstaunens in ihren Gesichtern wusste sie, dass sie mit ihren Neckereien zu weit gegangen war.

»Meine Damen, wir sollten gehen. Es ist nicht angebracht, sich mit jemandem zu umgeben, der so ...« Das verantwortliche Mädchen machte sich nicht die Mühe, zu Ende zu sprechen. Die drei zogen an ihr vorbei, die Nasen in die Luft gestreckt, als könnten sie ihren Anblick nicht ertragen.

Beau und Jessica sahen sie weggehen und kamen zu ihr zurück.

»Du hast die Küken verjagt, was?«, stichelte Beau.

»Ich nehme an, das habe ich.« Es war ihr jetzt ein wenig peinlich. So hätte sie sich nicht mit ihnen unterhalten sollen. Es könnte ein schlechtes Licht auf Beau werfen.

»Was um Himmels willen hast du ihnen denn gesagt? Ich würde es gerne wissen, damit ich es nutzen kann, wenn ich einmal von ihrem kichernden Unsinn befreit werden möchte.«

»Ich ...« Philippa wollte nicht wiederholen, was sie gesagt hatte.

»Komm schon, du kannst es mir sagen.« Beaus warme, honigbraune Augen verführten sie.

»Oh, wenn Sie es genau wissen wollen, ich habe ihnen gesagt, dass ich niemals heiraten will und dass ich in die Karibik fliehen und auf einem Piratenschiff anheuern möchte. Ich glaube, diese Idee hat ihnen überhaupt nicht gefallen.«

Beau lachte, und das Lächeln, das sich in seinen Augenwinkeln abzeichnete, ließ ihren Körper vor weiblichem Bewusstsein vibrieren.

»Ein Piratenschiff? Himmel, du bist eine Freude«, murmelte er, bevor er sich Jessica zuwandte. »Bitte lassen Sie alles einpacken und in ein paar Stunden in mein Stadthaus liefern.«

»Natürlich, Mr. Boudreaux.« Jessica zwinkerte ihr freundlich zu. Philippa war sich nicht sicher, was sie von der Freundlichkeit der Modistin halten sollte. Sie hatte erwartet, dass es der Frau missfallen würde, einem einfachen Dienstmädchen Kleider zu schneidern, aber Jessica wusste ja nicht, dass sie nur ein Dienstmädchen war. Vielleicht lag es daran.

»Nun, für heute haben wir genug getan.« Beau setzte seinen Zylinder auf. »Meinst du nicht auch?«

Philippa nickte, begierig darauf, die Straße und die Geschäfte zu verlassen.

»Dann bringe ich dich nach Hause.«

Er begleitete sie zur Kutsche und half ihr hinein. Sie fragte sich, welche Gefahr noch auf sie lauerte. Die Scharade hatte gerade erst begonnen, und so sehr sie Lord Lennox auch vertraute, war sie nun schon zweimal verletzt worden. Ehrlich gesagt, sah sie keine Möglichkeit, dass ein Mann sie beschützen könnte.

KAPITEL 8

Beau begleitete seinen erschöpften Schützling die Treppe seines Stadthauses in Pall Mall hinauf. Er schaute sich dabei beiläufig nach Kutschen um, die sich in der Nähe aufhielten, oder nach Männern, die ihn aus den Ecken der Stallungen beobachteten, aber dafür war es noch zu früh. Er vermutete, dass es mindestens einen Tag dauern würde, bis sich die Nachricht verbreitete und Monmouths Verdacht geweckt wurde.

Die Pall Mall bestand aus stattlichen Adelshäusern, aber wenn man nach Osten reiste, stolperte man bald in die Slums von London. Die Verarmten waren ein allgegenwärtiges Gespenst, das an den Rändern der privilegierten Viertel der Stadt herumspukte. Die meisten Mitglieder des *ton* taten so, als würden sie es nicht bemerken, aber Beau schaffte das selten, und wenn es möglich war, bot er den hungrigen Familien, denen er begegnete, Münzen an.

»Willkommen zurück, Sir.« Sein Butler, Rees Stoddard, nahm mit einem warmen Lächeln den Hut von Beau entgegen.

»Danke, Stoddard. Ist Mrs. Gronow hier? Ich muss mit Ihnen beiden sprechen.«

Stoddard, ein großer, schlanker Mann in den Vierzigern, nickte. »Ich werde sie in Ihr Arbeitszimmer bringen.«

»Ja, das wäre gut. Oh, und Stoddard, das ist Miss Wilson.«

»Miss.« Stoddard verbeugte sich und verschwand dann in Richtung der Dienstbotentreppe.

»Was soll ich tun?«, fragte Philippa. Jede Silbe, die sie sprach, war von Müdigkeit gezeichnet.

»Bleiben Sie zunächst an meiner Seite. Sobald ich mit dem Personal gesprochen habe, lasse ich Sie zu Ihren Gemächern führen.« Er bot ihr seinen Arm an, und sie lehnte sich ein wenig stärker darauf, als er sie in sein Arbeitszimmer führte.

Sie zeigte auf das dunkelblaue Samtsofa in einer Ecke des Raumes. »Darf ich mich setzen?«

»Natürlich. Denken Sie daran, dass Sie eine Lady sind, solange Sie hier sind. Sie brauchen solche Fragen nicht zu stellen. Sie können sich jederzeit aus der Küche etwas zu essen und zu trinken bringen lassen, und Sie brauchen nicht darüber nachzudenken, ob Sie sich ein Bad bestellen wollen oder nicht.«

»Danke, Beau.« Sie gähnte und sackte fast in der kleinen Couch zusammen.

Er setzte sich an seinen Schreibtisch und las einige Briefe durch, die Stoddard für ihn vorbereitet hatte. Es klopfte leise an der Tür, und sein Butler und seine Haushälterin traten ein.

»Sir«, grüßte Stoddard. Neben ihm stand Mrs. Gronow, eine Frau in den Fünfzigern, und wartete auf seine Anweisungen. Die beiden führten den Haushalt von Beau, seit dieser volljährig geworden war. Er wusste, dass er ihnen vertrauen konnte. Er nickte Stoddard zu, der die Tür schloss, damit sie ungestört sein konnten.

»Sie wissen, dass ich nichts von albernem Mantel- und Degen-Unsinn halte, aber es scheint, als befänden wir uns ohne mein Zutun in einer solchen Situation.«

»Oh?« Stoddards Augen ließen Beaus Gesicht nicht los, aber er wusste ganz genau, dass ihr neuer Gast von zentraler Bedeutung für das war, worüber er sprach.

Beau gestikulierte zu Philippa. »Das ist Miss Philippa Wilson. Ihre Eltern besitzen ein Textilgeschäft in der Bond Street, und arbeitet als Dienstmädchen bei Lord Lennox.«

»Es ist mir ein Vergnügen, Sie kennenzulernen«, sagte Philippa und neigte respektvoll den Kopf. Es zeugte von dem Respekt, den sein Butler und seine Haushälterin ihm entgegenbrachten, dass sie darauf warteten, dass er seine Erklärung fortsetzte, ohne sich gegenseitig besorgte Blicke zuzuwerfen.

»Aus unbekannten Gründen wurde Miss Wilson in Lennox' Haus angegriffen. Ein paar Tage später wurde sie von einem anderen Mann vor dem Berkeley's Club entführt. Ich war zum selben Zeitpunkt vor Ort und konnte sie retten. Aber der Grund für diese Angriffe bleibt ein Rätsel. Lord Lennox und ich haben beschlossen, dass es in Miss Wilsons bestem Interesse ist, wenn sie für eine Weile bei mir wohnt. Sie wird sich als mein Mündel Philippa Wilson ausgeben, eine junge Frau vom Lande. Wir werden sagen, dass ihr Vater gestorben ist und sie zu mir geschickt wurde, damit ich mich für das nächste Jahr um sie kümmere, bis sie einundzwanzig wird.«

»Ich verstehe.« Mrs. Gronow strich sich die Haare glatt, während sie Philippa genauer, aber nicht unfreundlich betrachtete. »Sie wird eine neue Garderobe brauchen, wenn sie nicht schon eine hat.«

»Das haben wir bereits in die Wege geleitet. Die meisten Kleider werden heute Nachmittag geliefert.«

»Louisa wird als Zofe zu Ihnen passen, denke ich«, Mrs. Gronow an Philippa gewandt hinzu.

»Gut, gut«, antwortete Beau. »Nur Sie beide dürfen wissen, wer sie wirklich ist. Sagen Sie dem übrigen Personal nur, dass sie mein Mündel ist. Ich muss Sie beide bitten, vorsichtig zu sein. Geben Sie nichts an die anderen im Haus weiter, wenn Sie nicht wissen, dass man ihnen vertrauen kann. Miss Wilsons Leben ist in Gefahr, bis wir herausgefunden haben, warum man es auf sie abgesehen hat.«

»Sir, wenn ich fragen darf, wer waren die Männer, die die früheren Anschläge verübt haben?«, fragte Stoddard.

»Der Earl of Monmouth und Viscount Sommers. Soweit ich erfahren habe, wurde Sommers von Monmouth beauftragt, sie zu entführen und zu ermorden, nachdem Monmouths Versuch gescheitert war.«

»Gütiger Himmel!« Mrs. Gronow hielt sich den Mund zu, als sie Philippa ansah. »Armes Kind. Sie müssen in einem ziemlichen Zustand sein!«

»Ich danke Ihnen. Aber mir geht es gut«, flüsterte Philippa, deren Gesicht vor Kummer gerötet war. Der Bluterguss an ihrem Hals war immer noch in schwachen, eindringlichen, gelben Streifen sichtbar, und ihr Kiefer wies immer noch einen rötlichen Fleck auf, wo Sommers sie geschlagen hatte.

»Sie ist ziemlich müde«, fügte Beau hinzu. »Sie hat mir das Leben gerettet, nachdem Sommers mir in den Rücken geschossen hatte.«

»Meine Güte!«, rief Stoddard aus.

»Er hat mich zuerst gerettet!«, fügte Philippa hastig hinzu, als sei ihre mutige Tat eine Art Fauxpas gewesen, der erklärt werden musste.

»Sie wurden angeschossen?« Mrs. Gronow umklammerte ihren Busen. »Wir müssen einen Arzt holen.«

Beau hätte fast gelacht, aber das hätte seine Haushälterin nur verärgert. »Nun beruhigen Sie sich, Mrs. Gronow. Man hat sich bereits um mich gekümmert. Wie Sie sich sicher denken können, war die Wunde nur geringfügig. Sie haben es nicht einmal bemerkt, als ich zurückkam.«

Stoddards Augen schärften sich. »Ihre Schulter?«

»Ja. Genauer gesagt, hinten.« Er zog seinen Mantel aus und zuckte dabei nur ein wenig zusammen, obwohl er in Wahrheit wie ein verwundeter Bär brüllen wollte. »Sehen Sie?« Er bewegte den verletzten Arm, und seine Diener beobachteten ihn mit Sorge.

»Also ...«, fuhr Mrs. Gronow fort. »Miss Wilson soll hier als Ihr Mündel bleiben?«

»Ja. Ich habe vor, sie in die Gesellschaft einzuführen. Wir müssen sie sichtbar und öffentlich machen, damit Monmouth und Sommers ihre ganze Aufmerksamkeit auf sie richten.«

»Ist das nicht gefährlich, Sir?«, erkundigte sich Stoddard.

»Ja, aber Lennox ist der Meinung, dass es sie aufhorchen lassen wird, wenn wir sie so offen präsentieren. Sie werden vermuten, dass es sich um eine Falle handelt, und dennoch keine andere Wahl haben, als sie ständig im Auge zu behalten. Doch je länger wir dieses Spiel spielen, desto wahrscheinlicher wird es, dass sie Maßnahmen ergreifen werden. Wenn wir Monmouths Motive nicht innerhalb einer Woche erfahren haben, müssen wir sie möglicherweise erneut in Sicherheit bringen. Miss Wilson darf dieses Haus niemals ohne Begleitung verlassen.«

»Natürlich, Sir«, antwortete Stoddard und straffte die Schultern.

»Nun, Miss Gronow, ich denke, wir sollten Miss Wilson in ihre neuen Gemächer bringen.«

»Ich würde sie gerne selbst hinaufbringen, wenn Sie sich ausruhen möchten«, antwortete Mrs. Gronow.

»Nein, das ist schon in Ordnung. Es macht mir nichts aus. Sie ist ja schließlich mein Gast.«

»Ihr Mündel, Sir«, erinnerte Stoddard.

»Ganz recht.« Er trat hinter seinem Schreibtisch hervor, und Philippa schloss sich ihm an. Als sie die Treppe hinaufstiegen, beobachtete er, wie sich Philippas Augen weiteten, als sie Boudreaux Hall in seiner ganzen Pracht sah. Viele wohlhabende junge Männer hatten Junggesellenwohnungen, in denen sie nachts schliefen, während sie in der Stadt zechten. Aber Beau war Mitte dreißig, sesshaft, und sein Geschmack in Sachen Kunst und Architektur war klar definiert.

Die Bewunderung, die er auf Philippas Gesicht sah, war erfreulich. Seine Architektur war palladianisch mit korinthischen Säulen aus warmem, sandfarbenem italienischen Marmor. Anstelle von Wandteppichen, hatte er große Gemälde mit antiken Landschaften oder Szenen aus der römischen Mythologie in kunstvollen vergoldeten Rahmen aufhängen lassen. Jedes Stück hier hatte eine Bedeutung für ihn. Philippa schaute in seine Richtung, unausgesprochene Fragen in ihren Augen. Dafür würde später noch Zeit sein.

»Miss Wilson, das ist Ihr Zimmer. Der Meister nennt

es das Leda-Zimmer.« Mrs. Gronow öffnete die Tür und ließ sie allein, nachdem Beau ihr kurz zugenickt hatte.

Philippa ging vor ihnen in das feminin eingerichtete Schlafgemach. »Das Leda-Zimmer?«

Er hatte die Regel, niemals Geliebte hierher zu bringen, aber er konnte nicht in einem Stadthaus leben, das nicht mindestens eine feminine Schlafkammer bereithielt, für den Fall, dass er es sich einmal anders überlegte.

Das Bett war ein Himmelbett mit Löwentatzen an den Füßen der vier Pfosten. Die beiden Stühle am Kamin und die Liege am Fußende des Bettes hatten alle eine ausgeprägte Leierform in der Rückenlehne und den Stützen. Alle Stücke waren aus Palisanderholz gefertigt, das elegant mit der schweren Vergoldung der einzelnen Möbelstücke harmonierte. Über dem Kopfende des Bettes hing ein großes Gemälde, das eine schöne Frau in einer hellblauen Tunika zeigte. Ein weißer Schwan schmiegte sich an sie, sein Kopf ruhte an ihrer Brust, die Augen des Vogels waren halb geschlossen, während die Frau über sein schneeweißes Gefieder strich.

»Leda und der Schwan.« Philippa drehte sich zu ihm um, ihre Wangen röteten sich. »Das ist Zeus, ja?«

»Ja.« Zeus war nach Beaus Meinung alles andere als eine bewundernswerte Figur, aber er musste zugeben, dass die Geschichte eines Gottes, der eine so verletzliche sterbliche Gestalt annahm, um mit der Frau zusammen zu sein, nach der er sich sehnte, faszinierend war. Niemand hatte je über Geschichten nachgedacht, in denen Götter für einen Sterblichen ein Opfer bringen oder ein Risiko eingehen. Ein Teil von Beau fragte sich immer, was es bedeutete, einen Menschen so sehr zu lieben, dass man alles für ihn riskieren würde. Die

Vorstellung erschreckte ihn ebenso sehr, wie sie ihn fesselte.

»Das Bild ist sehr schön«, sagte Philippa.

»Sie kennen die Geschichte?«

»Ja. Als ich klein war, las mir meine Mutter Mythologie vor. Sie bestand darauf, dass ich eine Ausbildung erhalten sollte, die weit über das hinausging, was sie selbst gelernt hatte. Sie engagierte sogar einen Tutor für einige der Naturwissenschaften und Mathematik. Ich kann mir nicht vorstellen, wie sie sich diese Stunden leisten konnte.«

»Eltern können Erstaunliches leisten, wenn sie es für ihre Kinder tun«, sagte er.

Seine Mutter hatte alles in ihrer Macht Stehende getan, um ihn glücklich und gesund aufwachsen zu lassen, aber sie war gestorben, als er achtzehn Jahre alt gewesen war. Wenn sie und der Herzog von St. Albans nicht gewesen wären, wäre er nie der Mann geworden, der er heute war.

Philippa biss sich auf die Unterlippe. Ihr dunkles Haar fiel ihr in lockeren Wellen über die Schultern. Beau griff nach oben und strich mit dem Fingerrücken über die Locken. Sie zitterte, als sie schnell einatmete.

Er zog seine Hand zurück. »Es tut mir leid.« Aber ihr Blick begegnete dem seinen, und er sah darin keine Angst, nur Verlangen. Nach allem, was ihr widerfahren war, hatte er nicht erwartet, dass sie so auf ihn reagieren würde. Doch der Blick in diesen blitzsilbernen Augen sagte ihm, dass sie nicht wie andere Frauen war, die er kannte. Sie war auf ihre eigene Art und Weise wild. Wie eine tapfere Löwin.

»Nein ... Es ist nur, dass ...«, Philippa berührte ihr Haar dort, wo kurz zuvor noch seine Hand gewesen war.

»Nur was?« Er drängte näher heran und wollte wissen, was diese dunkelhaarige Löwin sagen würde.

»*Sie*. Bei Ihnen fühle ich mich so seltsam. Halb schwindlig, halb aufgeregt. Kein Mann hat mich jemals so fühlen lassen. Ich gestehe, dass ich nicht weiß, was ich tun soll.«

»Sie brauchen nichts zu tun. Sie sind in diesem Haus sicher, und ich habe keine Erwartungen. Sie müssen nur ...«

Er vergaß sofort, was er hatte sagen wollen, denn sie griff nach seinem Halstuch und zog seinen Kopf zu sich, um seine Lippen mit den ihren zu bedecken.

Beau erschrak über das Verlangen, das wie ein Inferno über ihn hereinbrach. Er wollte sie festhalten und nie wieder loslassen, für immer von ihren Lippen trinken. Aber er konnte sich nicht bewegen. Ein letzter vernünftiger Teil von ihm grub unsichtbare Finger in seine ausgefranste Selbstbeherrschung. Ihre Lippen waren weich, und er stöhnte, als seine Hand ihre Taille umfasste. Sie fühlte sich so klein an in seinem Griff, so zart, und er spürte, wie sich in ihm ein Beschützerinstinkt aufbaute, der Wunsch, sie vor der Welt und allem, was ihr schaden könnte, zu schützen. Ihr Atem vermischte sich in dem halbdunklen Raum, und er war überwältigt von der stillen Intimität des knisternden Feuers im Kamin und dem Gefühl ihres zitternden Körpers an seinem, während die Hitze ihrer gemeinsamen Leidenschaft wuchs.

Ihre sanften Lippen lösten sich von ihm, und sie drehte sich weg, wobei sie ein Dutzend dummer Entschuldigungen vorbrachte. Und alles, was er tun konnte, war, dazustehen und töricht davon zu träumen, wohin dieser Kuss hätte führen können, und von der mächtigen Magie, die in Philippa gefangen zu sein schien. Die Magie, die er fürchtete zu verfolgen, geschweige denn, daran zu glauben.

»Es tut mir schrecklich leid, Mr. Boudreaux ... Ich ...

Ich habe keine Entschuldigung. Ich war nicht ich selbst ... ich ... dachte ... ich weiß nicht, was ich dachte ...«

Er ergriff ihren Arm und drehte sie zurück in seine Umarmung. Sie keuchte auf, als sie mit ihm zusammenstieß. Ihre Handflächen legten sich auf seine Brust, während er sie festhielt.

»Man sollte sich nie für einen so süßen Kuss entschuldigen«, sagte er so sanft wie möglich.

»Niemals?«

»Niemals.« Er senkte den Kopf und flüsterte.

»Aber es ist unangemessen, wenn ich ...«

»Unangemessen? Vielleicht. Aber es sind schwierige Zeiten für Sie, und solche Belastungen finden seltsame Wege, sich zu manifestieren. Aufgestaut würde es zweifellos schädlich sein.«

»Aber ich bin nur ein Dienstmädchen, und Sie ...«

»Unsinn. Erlösung ist gesund, und ich bin mehr als bereit, dem nachzukommen, wenn es vernünftig ist.« Dann fügte er mit einem verführerischen Schnurren hinzu. »Aber sei gewarnt: Jedes Mal, wenn du mir einen Kuss stiehlst, werde ich dir auch einen Kuss stehlen. Es sei denn, du willst, dass ich dich loslasse?«

»Ein gestohlener Kuss«, flüsterte sie zustimmend zurück. Das war alles, was er brauchte. Er hielt sie fest in seinen Armen, eine Hand erkundete die Vertiefung ihres Rückens, das grüne Satinkleid war glatt unter seinen wandernden Fingern. Philippa schmiegte sich an ihn und schlang ihre Arme um seinen Hals, als er ihren Mund mit einer Dringlichkeit beanspruchte, die sie verblüffte.

Es war, als hätte er noch nie eine Frau geküsst, als wäre dieser Geschmack von exquisiter Leidenschaft sein allererstes Mal gewesen. Er befürchtete, dass er davon betrunken werden würde. Er leckte über den Saum ihrer Lippen und sie öffnete sich für ihn. Als er mit seiner Zunge über ihre strich, wurde sie in seinen Armen noch viel weicher. Es schien, als hätte der Kuss die gleiche Wirkung auf sie gehabt, und eine herrlich unkontrollierbare Kraft durchströmte sie beide. Er spürte, dass die bloße Berührung von ihr ihn in Flammen aufgehen lassen würde, dass ihr Anblick oder ihr Duft ihn vor Verlangen bewusstlos machen würde.

Ich sollte diesen Raum verlassen ... aber ich kann nicht. Dieser Gedanke wurde bald von anderen, unendlich viel schöneren Gedanken verdrängt. Er ließ seinen Kuss weicher werden, ließ seinen Mund flüsternd über den ihren tanzen, und es ließ ihn bis in die Seele erschauern. Seine Gedanken waren voller Träume, wie er sie zum Bett tragen und sie bis auf die Haut ausziehen und jeden Zentimeter mit Küssen bedecken würde.

Sie war alles, woran er denken, worauf er sich konzentrieren konnte. Außerhalb dieses Raumes gab es nichts. Nichts über diesen Kuss hinaus. Er überließ sich ihr, dem Gefühl ihrer Hände in seinem Haar. Ihr Mund knabberte an seinen Lippen, während sie sich selbst beibrachte, ihn auf ein Dutzend verschiedene Arten zu küssen.

Ich bin gestorben ... dachte er. *Ich bin gestorben, und dies ist ein geheimer Ort im Himmel, den sie mit mir teilt.*

»*Die Liebe ist ein immer brennendes Feuer, ein Blick in den Himmel. Sie zu verlieren, bedeutet zu sterben ...*« Die Worte seines Vaters kamen ihm nach all den Jahrzehnten wieder in den Sinn, eine eindringliche Erinnerung an die zerstörerische Kraft der Liebe.

Und einfach so ... drängte sich das Gesicht seines Vaters in die Süße. Der feierliche Blick des gebrochenen

Herzens, als sein Vater seinem Schicksal entgegenging. Die Schluchzer seiner Mutter, als sie seinen letzten Brief las. Die Qualen in den Augen von St. Albans, als der von seiner verstorbenen Tochter sprach.

Sie zu verlieren, bedeutet, zu sterben ...

All diese Leben wurden durch die Liebe verloren oder zerstört.

Beau wich ruckartig von Philippa zurück. Ihre Arme sanken an ihre Seiten, während sie keuchte und ihre Augen hell leuchteten.

»Das ... das sollte ausreichen. Meinen Sie nicht auch?« Er versuchte, so zu tun, als habe er ihr einfach nur helfen wollen, ihre Ängste abzubauen. »Ich ... sollte gehen.«

Er floh geradezu aus dem Zimmer, aber es war zu spät. Niemals würde er Philippas Geschmack oder die Art und Weise vergessen, wie sie auf seinen Kuss reagiert hatte. Er konnte fast die Glocken hören, deren Läuten seinen Untergang ankündigte. Jeder schwere *Bong* schrie: »Lauf ... Lauf ...« Aber er fürchtete, dass er nicht entkommen würde, was immer das Schicksal für ihn bereithielt, und das machte ihm am meisten Angst.

PHILIPPA HOB IHRE FINGERSPITZEN AN DIE LIPPEN UND kämpfte mit den Tränen. Was hatte sie getan? Sie war eine Närrin gewesen. Ein dummes Mädchen. Sie hatte Trost gesucht und sich an Beaus Brust geworfen, nur um seine Arme um sich zu spüren, und dann hatte sie ihn geküsst.

Doch als er ihren Kuss erwiderte, wurde ihr ihre schwere Fehleinschätzung bewusst. Was er getan hatte, was er ihr in diesem zweiten Kuss *gezeigt* hatte, war mit nichts zu vergleichen, was sie sich je erträumt hatte. Es war nicht der Kuss eines Mannes, der versuchte, ihr zu nehmen, was sie nicht geben wollte. Es war auch kein trockener, keuscher Kuss eines Vaters oder Freundes. Sie hatte *ihn*, sein Herz und seine Seele in diesen wenigen Augenblicken gespürt, und sie spürte, dass er ihr diesen Teil von ihm zeigen wollte.

Als er aus dem Zimmer floh, versuchte sie, wieder zu Atem zu kommen, und warf ihr offenes Haar über eine Schulter zurück, während das Zittern in ihr endlich nachließ.

Es war klar, dass ihr Kuss ihn verstört hatte. Er könnte einer der Männer sein, die es vorzogen, sich nicht mit ihren Dienstmädchen einzulassen. Wenn das der Fall war, wünschte sie sich, sie hätte sich nicht einfach wie eine Idiotin auf ihn gestürzt. Sie konnte keine Erwartungen an ihn haben. Er war ein Gentleman, der Sohn eines französischen Marquis.

Und ich bin nur das Dienstmädchen von oben, das er als Gefallen für meinen Herrn gerettet hat.

Es war das erste Mal, dass sie etwas *mehr* gekostet hatte, etwas, von dem sie nie gedacht hatte, dass sie es wollte, und nun würde sie es nie bekommen, zumindest nicht auf eine ehrenhafte Weise.

Philippa ging zum Bett und strich mit den Fingern über die feine saphirblaue Bettdecke. Als sie das Bild von Leda und dem Schwan betrachtete, sah sie etwas von sich selbst in der Frau, die einen verwandelten Gott an ihr Herz drückte. Man konnte dieses unwiderstehliche Fabelwesen nur eine gewisse Zeit lang festhalten, bevor man es loslassen musste. Götter und Sterbliche könnten niemals zusammen sein, genauso wenig wie ein Herr und seine Dienerin.

Sie legte sich zurück auf das Bett und schloss die Augen. In dieser Nacht wurde sie von Träumen geplagt. Träume von einer Frau, die ihren Namen flüsterte, und die wütende, bedrohliche Stimme eines Fremden ... Ein Fremder, der ihr jetzt nur allzu bekannt vorkam.

Lord Monmouth verfolgte sie, sogar im Schlaf.

KAPITEL 9

Beau stand in der Mitte seines Schlafzimmers am Ende des Flurs, an dessen anderem Ende das Zimmer von Philippa lag. Er hielt den Atem an, als er im Geiste die Küsse wiederholte, die niemals hätten geschehen dürfen, die er aber nicht bedauern konnte.

Sein junger Kammerdiener, Freddie, murrte über die Qualität des Hemdes, das er sich von Mr. Craddock geliehen hatte. Doch das Gemurmel des Dieners wurde ignoriert, während Beau mit nacktem Oberkörper aus den Fenstern auf die Gärten hinter seinem Haus starrte. Die Vorstellung, Philippa zu küssen, ging ihm nicht mehr aus dem Kopf. Er hatte den Kuss ermutigt, und die Süße des Ganzen hatte ihn in einen wunderbaren Taumel versetzt. Es war, als hätte er einen Blick in einen endlosen Garten geworfen, und der süße Duft eines ewigen Frühlings erfüllte ihn, bis er von ihren Küssen fast betrunken wurde.

War es jemals so gewesen, eine seiner Geliebten zu küssen? Nein. Warum war diese Frau so anders? Vielleicht waren es ihre grauen Augen, die so rein wie Silber oder so unbeständig wie ein Wintersturm zu sein schienen. Das war ein weiterer Teil des Geheimnisses, das sie umgab. Doch er fürchtete, sie würde ihn mit jedem Kuss tiefer und tiefer ziehen, während er versuchte, diese Geheimnisse zu lüften. Der Zauber, mit dem sie sie umgab, würde nicht mit der Zeit verblassen. Je mehr er Philippa kennen lernte, desto mehr wollte er sie. Er würde niemals genug haben.

»Sir?« schaltete sich Freddie ein.

»Ja?« Er drehte sich zu seinem Diener um, der seine Weste hochhielt und seinen Finger durch das Einschussloch steckte.

»Ich glaube nicht, dass ich das noch retten kann, Sir«, gestand der Diener.

»Das ist in Ordnung, Freddie. Besorg mir einfach eine neue.«

»Natürlich, Sir.« Freddie faltete die zerstörte Weste zusammen und legte sie beiseite, bevor er ein neues Paar Wildlederhosen, ein Hemd und eine blassblaue Satinweste herauslegte.

Nachdem er sich angezogen und seinen Mantel und seine Stiefel angelegt hatte, half Freddie ihm, seine einfache, aber elegante Krawatte zu binden.

»Eine Kugel abbekommen ...«, murmelte Freddie. »Kleidung ruinieren, fremde junge Damen nach Hause bringen ... Was zum Teufel kommt als nächstes?«

Der junge Mann schürzte die Lippen, als er mit einer Bürste über Beaus Mantel strich, und nickte dann, als er mit Beaus Aussehen zufrieden war. Freddies Vater war fast zehn Jahre lang Beaus Kammerdiener gewesen und hatte sich erst kürzlich zur Ruhe gesetzt. Der arme Freddie war zwar genauso engagiert bei der Arbeit wie sein Vater, aber an die Unberechenbarkeit des Junggesellendaseins nicht ganz so gewöhnt.

»Ich nehme an, du bist mit meinen Abenteuern nicht einverstanden, Freddie?« Er konnte nicht widerstehen, den jungen Mann zu necken.

»Sicherlich nicht auf Kosten der Garderobe«, sagte der Kammerdiener barsch. »Soll ich als Nächstes das Blut aus Ihren Westen säubern, nachdem Sie sich duelliert haben?« Letzteres wurde gemurmelt, aber Beau hörte es trotzdem.

»Keine Sorge, Freddie, ich habe mich seit mindestens sechs Monaten nicht mehr duelliert.«

Die Augen des jungen Dieners blitzten auf, und Beau kicherte, als der junge Mann weiter an seinem Mantel herumfummelte.

»Was wird unten geredet?«, fragte Beau.

»Geredet?«

»Ja, über mein Mündel.« Er war neugierig, ob der Rest seines Personals die Geschichte von Stoddard und Gronow gehört hatte.

Der Diener antwortete nicht. Er wandte sich ab und konzentrierte sich darauf, Beaus Sammlung von Schnupfta-bakdosen in einer großen Holzkiste mit Glasdeckel zu sortieren. Beau ging hinüber und drückte den Deckel sanft nach unten, um seinem Kammerdiener die Ablenkung wegzunehmen.

»Freddie ...«

»Es steht mir nicht zu ... Ich glaube nicht, dass Sie das hören wollen, Sir.«

»So schlimm, was?« Beau gluckste. »Nun, raus damit.«

»Sie glauben, dass sie eine Geliebte ist, eine neue Geliebte. Manche sagen, jetzt hätten Sie alle Opernsängerinnen und Balletttänzerinnen durch, und jetzt sind Sie daher auf der Suche nach Frauen auf dem Land.«

»Meine Güte ... das hört sich ja schlimm an.« Beau war hin- und hergerissen zwischen Lachen und Kopfschütteln.

»Ich sehe das aber nicht so«, fuhr Freddie schnell fort. »Das, was sie sagen, meine ich.«

»Ich würde es aber auch nicht gegen dich verwenden, wenn es anders wäre.« Beau klopfte dem jungen Mann auf die Schulter. »Jetzt hol meinen Hut. Ich habe heute Nachmittag einen Besuch zu tätigen.«

Freddie überreichte Beau den Zylinder, als er sein Schlafgemach verließ. Er ging zu Philippas Zimmer und schob die Tür auf. Es war still und dunkel, nur das Feuer im Kamin brannte. Louisa, das Dienstmädchen, das Mrs. Gronow ihr zugewiesen hatte, schien mehr Scheite hinzugefügt zu haben.

Beau überblickte das Zimmer und fand Philippa im Bett, schlafend. Er legte seinen Hut vor der Tür ab, schlich dann schnell ins Zimmer und holte eine Ersatzdecke aus einem hohen Schrank. Er faltete die Decke auseinander und deckte sie damit zu.

»Ich habe versprochen, dich zu beschützen, auch vor mir selbst«, sagte er, zu leise, um sie zu wecken. Er verließ den Raum und nahm seinen Hut, dann teilte er Stoddard sein Ziel mit.

Innerhalb weniger Minuten stand er auf der Schwelle von St. Albans' Zuhause und betätigte den Türklopfer. Er holte tief Luft und hob den Messingring an. Der Butler des Herzogs, Mr. Jarvis, antwortete.

»Ist Seine Gnaden da?«

Der Butler lächelte. »Für Sie, Sir? Immer.« Jarvis trat zurück und ließ Beau ins Innere des palastartigen Hauses eintreten. Beau reichte seinen Hut an den nächsten Lakaien weiter.

»Seine Gnaden ist in der Bibliothek«, informierte ihn der Butler.

»Danke, Jarvis.«

Beau ging die weiße Marmortreppe hinauf und einen langen Korridor hinunter, bis er die weitläufige Bibliothek des Herzogs von St. Albans. Der Herzog saß an einem Lesetisch und hielt ein Glas an ein Auge, während er auf den Text blickte. Er fluchte vor sich hin, griff nach einer Brille und steckte das Monokel zurück in seine Tasche. Dann schob er sich die Brille über die Nase und betrachtete das Buch genauer.

»Euer Gnaden«, sagte Beau leise. Der Herzog blickte auf, und sein konzentriertes Stirnrunzeln löste sich auf.

»Ah, mein Junge, was führt dich hierher?«

»Ich wollte Sie etwas fragen.«

»Frag ruhig, mein Junge. Ich habe nur gelesen. Oder ich versuche es.«

»Etwas, das Sie empfehlen können?«, fragte Beau, während er den Lesetisch betrachtete.

»Keats. Du weißt, wie sehr ich den Kerl liebe.«

Beau wusste das tatsächlich. Als junger Mann hatte er Schwierigkeiten gehabt, den Tod seiner Mutter zu verkraften. St. Albans hatte sich mit ihm an den See gesetzt und Keats' »Ode an die Melancholie« rezitiert, und das hatte ihm eine neue Perspektive auf die Welt um ihn herum gegeben.

> *»But when the melancholy fit shall fall*
> *Sudden from heaven like a weeping cloud,*
> *That fosters the droop-headed flowers all,*
> *And hides the green hill in an April shroud;*

Then glut thy sorrow on a morning rose,
Or on the rainbow of the salt sand-wave,
Or on the wealth of globed peonies.«

Diese Worte hatten Beau etwas Frieden gegeben, als er zum zweiten Mal in seinem Leben von Dunkelheit eingehüllt gewesen war. Er verdankte St. Albans so viel, und hier war er im Begriff, noch mehr Schmerz zu verursachen.

»Ich habe über Albina nachgedacht«, sagte Beau.

Der Herzog schlug sein Buch zu und nahm seine Lesebrille ab. »Albina? Warum?«

»Darf ich ihr Porträt noch einmal sehen?« Beau musste sicher sein, dass er sich die Ähnlichkeit zwischen ihr und Philippa Wilson nicht nur eingebildet hatte.

Der Herzog, der sichtlich neugierig war, führte ihn in die Porträtgalerie. Sie standen schweigend davor. Beaus Herz raste, als er die Details der Frau, die in den Ölfarben gefangen war, aufnahm und sie mit Philippa verglich. Sie könnte ein Zwilling der Frau auf dem Porträt gewesen sein. Die Unterschiede zwischen ihnen waren so gering, dass sie nicht erwähnenswert waren.

»Warum bist du hier?«, fragte der Herzog.

»Um Sie zu sehen«, antwortete Beau.

Der Herzog berührte ihn an der Schulter und lenkte damit Beaus Aufmerksamkeit von dem Gemälde ab.

»Nein, warum bist du *hier*?« St. Albans betonte seine Worte mit einem Nicken in Richtung von Albinas Porträt.

Beau konnte die Augen der toten Frau fast auf sich gerichtet spüren. Ihr Blick aus der Vergangenheit war auf der Leinwand in der Zeit eingefroren, aber nicht weniger kraftvoll als damals, als der Porträtist sie gemalt hatte.

»Am besten ist es, wenn ich nicht darüber spreche. Das Letzte, was ich möchte, ist, Ihnen Schmerzen zu bereiten,

Euer Gnaden«, sagte Beau. »Und ich glaube, dass mein Grund, hierher zu kommen, genau das tun würde.«

Sein alter Freund blickte zwischen ihm und dem Gemälde hin und her. »Hat es etwas mit Albina zu tun?«

»Nicht direkt, aber ja.« Die Ähnlichkeit war unheimlich. Kein Wunder, dass Lord Monmouth so heftig auf den Anblick von Philippa reagiert hatte. Sie war Albinas Spiegelbild.

Der Herzog begegnete seinem Blick mit einer Gelassenheit, die Beau nicht erwartet hatte. »Mein Junge, ich bezweifle, dass irgendjemand etwas tun kann, um meinen Schmerz zu vergrößern.«

»Dann werde ich Ihnen eine Geschichte erzählen«, begann Beau, immer noch unsicher, ob dies das Richtige war.

»Normalerweise bin ich derjenige, der die Geschichten erzählt«, scherzte St. Albans, aber Beau hatte keinen Humor mehr.

»Es beginnt mit einem Dienstmädchen, das eine unerwartete und gefährliche Begegnung mit einem Grafen hatte ...«

Nachdem er St. Albans die Einzelheiten von Philippas Missgeschicken erzählt hatte, strich sich der Herzog über das Kinn. »Mein Schwiegersohn hat also versucht, das arme Mädchen zu erwürgen?«

»Ja.« Beau zwang sich, seinen Blick von Albinas Porträt fernzuhalten.

»Aber du hast keine Ahnung, warum?«

»Nur Theorien, die nicht durch Fakten gestützt werden. Ist es möglich, dass Albinas Tod kein Unfall war? Ich glaube, das Dienstmädchen hat Monmouth vielleicht an Ihre Tochter erinnert.«

»Möglich? Ich nehme es an ... ich bin nicht rechtzeitig gekommen, um sie zu sehen, außer um an der Beerdigung teilzunehmen. Monmouth erlaubte nur eine kurze Zeremonie, und soweit ich weiß, hat niemand die Leiche untersucht. Ich habe nur von ihm gehört, dass sie bei der Geburt verblutet ist.« St. Albans runzelte die Stirn. »Du glaubst, er könnte meine Tochter getötet haben, und dieses Mädchen hat irgendwie Erinnerungen aus der Vergangenheit geweckt?«

Beau nickte. »Es könnte Monmouths unerwarteten Angriff als Verbrechen aus Leidenschaft erklären. Als er dann seinen Fehler erkannte, ließ er die Vernunft walten und beauftragte Sommers, das Mädchen in seine Gewalt zu bringen. Aber ich habe Sommers davon abgehalten, seine Pläne in die Tat umzusetzen. Sommers muss genauso verzweifelt bestrebt sein, sie zu töten, denn er hat mir in den Rücken geschossen, um unsere Flucht zu verhindern.«

»Was?«, St. Albans starrte ihn entsetzt an. »Man hat dich angeschossen?« Sein Blick schweifte über Beau und suchte nach Anzeichen für eine Verletzung. Es amüsierte Beau, dass alle so heftig auf diese Ankündigung reagierten.

»Es ist nur ein Kratzer. Ein Arzt hat mich zusammengeflickt.«

»Kugeln hinterlassen keine *Kratzer*, mein Junge«, St. Albans. »Ich habe mir in Waterloo eine verdammte Kugel im Bein eingehandelt. Zum Glück ließ die sich leicht entfernen, aber ich humpelte fast fünf Jahre lang am Stock, bis ich mich dazu durchringen konnte, ohne fremde Hilfe zu gehen.«

»Ich hatte keine Ahnung, Euer Gnaden.«

»Es gibt vieles über meine Vergangenheit, was du nicht

weißt, aber das ist ein Thema für einen anderen Tag. Was sind also deine Theorien über das Mädchen?«

Beau beruhigte sich, aber vielleicht wäre es besser, wenn er den Schlag schnell ausführte. »Wir wissen nur, dass die Dame eine Bedrohung für Monmouth ist.«

»Aber wie? Ich kann mir nicht vorstellen, dass ein Dienstmädchen, das Cornelius nicht einmal kennt, ihn so verärgert, dass er einen Mordversuch unternimmt.«

»Davon habe ich keine Ahnung, aber das Dienstmädchen sieht genauso aus wie Ihre Tochter.«

»Aber Albina ist ...«

»Ja, tot.« Beau fuhr sich mit einer Hand durchs Haar. »Hatte Ihre verstorbene Frau Verwandte? Vielleicht ist die Lady ja blutsverwandt?«

»Nein. Meine Frau hatte keine anderen noch lebenden Verwandten. Nicht einmal entfernte Cousins. Ich bin immer noch verwirrt. Beau, dieses Mädchen kann doch nicht wirklich wie Albina aussehen, oder?«

»Deshalb bin ich hierher gekommen. Ich musste das Porträt noch einmal sehen. Ich hatte gehofft, dass ich mir die körperliche Ähnlichkeit eingebildet hätte, aber das habe ich nicht.«

St. Albans strich sich über das Kinn. »Hat Cornelius vielleicht ein schlechtes Gewissen?«

»Ich hatte mich etwas Ähnliches gefragt. Ihre Ähnlichkeit mag ein Zufall sein, aber Monmouth könnte gedacht haben, dass es Albinas Geist war, der zurückkam, um ihn heimzusuchen.«

»Angst würde ein solch rücksichtsloses Um-Sich-Schlagen erklären ... doch ich kann mir nur schwer vorstellen, dass der Mensch ein Gewissen hat, das ihn foltert. Ich will dieses Mädchen sofort sehen«, sagte St. Albans.

Beau hatte diese Reaktion erwartet. »Heute Abend, Abendessen bei mir zu Hause. Sie ruht sich heute Nachmittag aus.«

»Ist es angemessen, diese Frau in deinem Haus zu haben? Du bist schließlich Junggeselle ...«

»Lennox und ich haben uns eine Geschichte ausgedacht, um sie zu schützen. Soviel man weiß, ist sie mein Mündel.«

Der Herzog wurde nachdenklich. »Warum hat Lennox sie nicht behalten?«

»Angesichts der Gefahr war es das Beste für sie, mit zu mir zu kommen. Ich habe keine Frau und keine kleinen Kinder, die ich gefährden könnte, sollte Monmouth wieder etwas versuchen.«

»Du kannst sie jederzeit hierher schicken. Ich kann mich um sie kümmern.« Die Hoffnung in St. Albans Stimme verkrampfte Beaus Brust.

»Euer Gnaden, ich möchte Sie damit nicht belasten. Albina ist tot, und diese junge Lady aufzunehmen, würde sie nicht zurückbringen.«

Der Herzog zeigte ihm ein Stirnrunzeln. »Ich bin alt, Beau. Ich habe keine Enkeltöchter. Vielleicht ist diese Frau meine letzte Gelegenheit, jemanden zu verwöhnen. Ich liebe Roddy - Gott sei Dank kommt der Junge nicht nach seinem Vater - aber es ist weit weniger amüsant, einen Jungen zu verwöhnen, als ein Mädchen.«

»Selbst wenn Sie das wollen, kann ich sie nicht aufgeben«, sagte Beau.

St. Albans' Augen verengten sich. »Du interessierst dich für sie. Was ist mit deiner Geliebten? Die Opernsängerin?«

»Bitte, Euer Gnaden. Dies ist nicht der richtige Zeitpunkt, um über solche Dinge zu sprechen. Das Mädchen ist immer noch in Gefahr. Ich muss sie im Auge behalten, bis Lennox und ich Monmouth entlarven können. In der Zwischenzeit werde ich nicht zulassen, dass das Mädchen irgendjemanden außer mir gefährdet.«

Der Herzog legte Beau die Hand auf die Schulter. »Trotzdem würde ich sie heute Abend gerne kennenlernen. Weißt du was? Bring sie doch hierher.«

»Ein Abendessen mit einem Herzog, das könnte die arme Kreatur erschrecken«, überlegte Beau.

»Unsinn. Dein Plan sieht vor, dass sie Kontakte knüpft, nicht wahr? Da kannst du genauso gut mit einer privaten Veranstaltung bei jemandem beginnen, der für dich ein Freund ist, statt mit einer großen Gruppe von völlig Fremden. Außerdem sind Frauen das mutigere Geschlecht. Es ist kein Wunder, dass du noch nicht geheiratet hast, wenn du das noch nicht erkannt hast.« Der Herzog schüttelte mit einem schiefen Lächeln den Kopf. »Jetzt keine Proteste mehr. Bring sie heute Abend um acht Uhr her und lass mich das Kind anschauen.«

»Nun gut. Aber vergessen Sie nicht, dass ich diesen Schmerz von Ihnen fernhalten wollte.«

»Und ich weiß das zu schätzen, aber Schmerz ist ein Teil des Lebens. Ohne Schmerz weiß der Mensch das Vergnügen nicht zu schätzen.«

Beau betrachtete noch einmal Albinas Porträt. Doch dieses Mal sah er keine tote Frau, sondern Philippa, lebendig und lächelnd. Glücklich, in Sicherheit. Angst durchströmte ihn und zerrte an seiner Seele. Keats' Gedicht über Melancholie fiel ihm wieder ein, und er murmelte die Strophe laut vor sich hin.

»She dwells with Beauty—Beauty that must die;
And Joy, whose hand is ever at his lips

Bidding adieu; and aching Pleasure nigh,
Turning to poison while the bee-mouth sips:
Ay, in the very temple of Delight
Veil'd Melancholy has her sovran shrine,
Though seen of none save him whose strenuous tongue
Can burst Joy's grape against his palate fine;
His soul shalt taste the sadness of her might,
And be among her cloudy trophies hung.«

Die Augen des Herzogs leuchteten auf. »Keats hat verstanden. Schmerz, Vergnügen, Hass, Liebe, Trauer, Freude - sie alle sind Teil der gleichen unaussprechlichen Gleichung. Immer wenn ich mich müde fühle und mein Herz kalt ist, lese ich Keats und werde daran erinnert, dass wir alle unsere Reisen haben, manche lang, andere kurz, und dass es an uns liegt, den Höhen und Tiefen zu trotzen, die mit dieser glorreichen Sache namens Leben einhergehen.«

Beau schnürte sich die Kehle zu, als er den älteren Mann ansah, dem so viel Ungesagtes auf den Lippen lag. »Sie sind ein guter Mann, Euer Gnaden.« Das war alles, was er sagen konnte. Schmerz aus der Vergangenheit, Liebe aus der Vergangenheit, all das drohte ihn am weiteren Sprechen zu hindern.

»So wie du, *mein Junge*.« Er betonte die letzten beiden Worte, und diesmal hörte er in ihnen die Liebe eines Vaters. Es tat ihm so weh, wie seit Jahren nicht mehr.

»Und jetzt ab mit dir. Und bring das Mädchen heute Abend zum Essen mit.«

Beau verließ das Haus von St. Albans und fühlte sich verlorener denn je, doch er war nicht allein. Er war hin- und hergerissen zwischen der väterlichen Zuneigung eines älteren Mannes und der aufkeimenden Leidenschaft und dem Vertrauen einer jungen Frau. Die Liebe würde kommen, und er konnte ihr und dem Schmerz, den sie ihm und allen anderen zufügen würde, nicht entkommen. Der gleiche Schmerz, den er seit dem Tod seines Vaters zu vermeiden versucht hatte.

KAPITEL 10

Philippa regte sich, als sie hörte, dass sich jemand im Zimmer bewegte. Sie öffnete die Augen und sah eine kurvige Magd, die sich über den Kamin beugte und ein paar Holzscheite nachlegte. Obwohl es Oktober war, war das Wetter bis in die letzten Wochen warm gewesen. Jetzt begrüßte Philippa die Wärme des Feuers. Sie setzte sich auf, und eine Decke rutschte von ihrem Körper. Sie starrte die Decke verwirrt an. Sie konnte sich nicht daran erinnern, dass sie mit dem Ding über sich eingeschlafen war. Das musste wohl das Dienstmädchen gewesen sein.

»Hallo«, grüßte Philippa.

Das Dienstmädchen wirbelte herum, wobei ihr gelocktes rotes Haar aus der Haube fiel. »Oh! Verzeihung, Miss. Ich wollte Sie nicht wecken.«

»Das ist in Ordnung. Vielen Dank für die Decke.« Sie nahm die Decke und faltete sie zusammen.

»Oh, das war ich nicht, Miss.«

»Oh.« Philippa runzelte leicht die Stirn. Sie fragte sich,

wer es dann getan haben könnte. »Ich bin übrigens Philippa.«

»Louisa, Miss.«

»Freut mich, Sie kennenzulernen, Louisa. Bitte, ich bestehe darauf, dass Sie mich Philippa nennen.« Sie wusste nur zu gut, wie sehr es für Bedienstete üblich war, die korrekte Anrede zu verwenden, und Louisa war gesagt worden, sie sei eine Dame vom Lande. Aber Philippa brauchte dringend eine Freundin, wenn sie das hier durchstehen wollte, also würde sie darauf bestehen, dass das Dienstmädchen lernte, ihren Vornamen zu sagen.

»Philippa«, Louisas sommersprossiges Gesicht errötete noch tiefer.

»Wie spät ist es?«

»Kurz nach sechs Uhr abends.«

»Um Himmels willen! Ich habe den Tag verschlafen!« Philippa kämpfte sich aus der warmen Enge des reich verzierten Bettes.

»Der Master hat mir gesagt, ich soll Sie schlafen lassen. Er hat sich Sorgen um Sie gemacht.« Louisa öffnete einen hohen Rosenholzschrank und begann, die Kleiderkartons auf dem Boden auszupacken.

Philippa erkannte die vorgefertigten Kleider der Modistin. Sie hatte sogar weitergeschlafen, als die Kleidung angekommen war. Dabei hatte sie doch nur ein kurzes Nickerchen machen wollen.

»Möchten Sie vor dem Abendessen mit dem Herzog noch baden?«, fragte Louisa ruhig, während sie arbeitete.

»Der Herzog?« Philippas Stimme klang eine Oktave höher als sonst.

Das Dienstmädchen drehte sich zu ihr um. »Der Herzog von St. Albans. Er und der Master stehen sich sehr nahe. Er ist wie ein zweiter Vater für Mr. Boudreaux. Er hat den Master praktisch als jungen Mann großgezogen, so habe ich gehört.«

Der Herzog von St. Albans. Sie hatte von ihm gehört. Der Herzog war ein guter und freundlicher Mann, und die Familie Lennox mochte ihn sehr.

»Gibt es einen Grund dafür, dass wir mit ihm zu Abend essen sollen?«, fragte Philippa, als Louisa an einer Glockenschnur zog, um die Lakaien zu rufen.

»Nicht, dass ich wüsste. Der Master isst mindestens einmal in der Woche mit ihm zu Abend, wenn er nicht bei seinen ...« Louisa beendete ihren Satz nicht.

»Bei wem?«, fragte Philippa.

»Oh, das sollte ich nicht verraten. Das ist nicht meine Aufgabe.« Das Dienstmädchen versuchte, sich da rauszuwinden.

»Bitte, Louisa«, flehte Philippa.

»Seine ... Geliebte. Obwohl ...« Das Gesicht des Dienstmädchens rötete sich. »Mrs. Gronow sagte zu Mr. Stoddard, dass der Herr sich vor ein paar Tagen von seiner letzten Geliebten getrennt hat.«

War das gewesen, als er sich von ihr entfernt hatte? Sehnte er sich immer noch nach seiner ehemaligen Geliebten?

»Ich weiß nicht, ob es wahr ist. Er ist im Laufe der Jahre mit so vielen zusammen gewesen. Wenn das der Fall ist, ist er wahrscheinlich auf der Suche nach seiner nächsten Frau.« Louisa öffnete die Schlafzimmertür und ließ zwei Lakaien mit Eimern herein. Einer von ihnen stolperte, als er Philippa erblickte. Er war jung, vielleicht so alt wie sie, und sein Gesicht färbte sich tief rötlich.

»Ich bitte um Entschuldigung, Miss. Bitte verzeihen Sie

mir.« Er erholte sich und schüttete das restliche Wasser in die Wanne im Nebenraum, bevor er zurückeilte, um das verschüttete Wasser mit einem Lappen aufzuwischen.

»Kümmern Sie sich nicht um Tobias. Er ist schüchtern gegenüber hübschen Frauen.« Louisa schmunzelte, und Philippa musste ein wenig lachen, als sie Toby anlächelte, was ihn nur wieder stolpern ließ, als er versuchte zu gehen.

Louisa stieß einen amüsierten Seufzer aus. »Oh je, bei diesem Tempo werden sie ewig brauchen, um die Wanne zu füllen.«

Aber in Wirklichkeit dauerte es nur fünfzehn Minuten, bis sie in ein heißes Bad sank. Die große Kupferwanne hatte eine hohe Rückenlehne, die ihren Kopf um einige Zentimeter überragte. Sie hatte noch nie so gebadet. Sie und Ruth teilten sich eine flache Wanne und konnten bestenfalls ein lauwarmes Bad nehmen. Es war einfach zu schwierig, heißes Wasser zu bekommen, wenn die Lakaien keine Zeit hatten, ihnen zu helfen. Jetzt lehnte sie sich zurück und stöhnte fast vor Vergnügen, als das Wasser ihre müden, schmerzenden Glieder erwärmte.

»Seifen und Parfums?«, bot Louisa an.

Philippa akzeptierte alles und fühlte sich ein wenig schuldig, denn sie wusste, dass sie sich nicht so etwas gönnen sollte. Sie fühlte sich wie eine Betrügerin. Aber es war so schön, nach all der Zeit als Bedienstete, die sich um andere kümmerte, auch einmal umsorgt zu werden.

Nachdem sie gewaschen war und sich frisch fühlte, trocknete sie sich ab und beobachtete Louisa beim Sortieren ihrer Kleider.

»Wie wäre es mit dem hier? Es würde mit Ihren Augen und Ihrer Farbe umwerfend aussehen.« Sie zeigte das silberne Abendkleid, das Jessica ihr verkauft hatte.

»Ja, wenn Sie meinen«, antwortete sie.

»Das tue ich. Und dazu sollten Sie diese hier tragen.« Louisa zeigte ein Paar silberne Hausschuhe, die mit stilisierten Blitzen bestickt waren. Eine weitere kluge Entscheidung, die Jessica getroffen hatte.

»Die wären perfekt«, stimmte Philippa zu.

Als es fast viertel vor acht war, hatte Louisa Philippa in das seidene Satinkleid und die silbernen Pantoffeln gesteckt. Ihr Haar war zu einer lockeren griechischen Frisur hochgesteckt worden, und obwohl Locken im Gesicht in Mode waren, hatte Louisa gesagt, eine solche Frisur würde Philippas natürliche Schönheit verderben.

Als Philippa sich im Spiegel betrachtete, stand eine Frau vor ihr, die sie nicht erkannte. Ein seltsamer Puls aus Erregung und Furcht schoss durch sie hindurch. Es fühlte sich an, als ob jemand auf ihr Grab getreten wäre. Das unheimliche Gefühl verflog erst, als sie sich vom Spiegel abwandte und sich auf Louisas Anweisungen konzentrierte, wie man sich verhalten sollte, wenn man sich in Gegenwart eines Herzogs befand.

»Denken Sie daran, es ist *Euer Gnaden*.«

»Ja«, wiederholte sie und erinnerte sich an die Zeit vor Jahren, als sie die richtige Anrede gelernt hatte. Sie war jedoch erleichtert, dass Louisa geahnt hatte, dass ihr das Wissen fehlte, das die meisten Damen über Dinge wie Sitzordnung und Gesprächsthemen haben würden. Offensichtlich gab es für Frauen nur sehr wenige Dinge, über die sie mit Männern diskutieren konnten. Das Wetter und der gesellschaftliche Klatsch - welch langweilige Themen!

Als sie sich bereit fühlte, ging sie den Korridor hinunter und hielt am oberen Ende der Treppe inne. Sollte das wirklich passieren? Sollte sie wirklich als Dame verkleidet an einem Abendessen im Hause des Herzogs teilnehmen?

Beau und Mr. Stoddard standen im Foyer unter ihr. Sie beobachtete sie einen Moment lang unbeobachtet. Der Butler hörte Beau aufmerksam zu. Sie unterhielten sich leise, doch plötzlich sagte Stoddard etwas, woraufhin Beau in Gelächter ausbrach. Es erhellte sein Gesicht, und für einen Moment vergaß Philippa zu atmen.

Sie erinnerte sich an seine Lippen auf ihren, spürte noch einmal, wie sie ihren Körper und ihre Seele eroberten. Sein Anblick betörte sie, aber er versetzte sie auch in Angst und Schrecken. Aufgrund ihres Aussehens lebte sie ihr Leben in Angst davor, was Männer von ihr wollten und was sie tun würden, um es zu bekommen. Sie hatte noch nie darüber nachgedacht, was sie im Gegenzug für einen Mann wie Beau empfinden würde.

Stoddard bemerkte sie und räusperte sich. Er machte Beau auf sich aufmerksam und zuckte mit dem Kopf in ihre Richtung. Als Beau sie ansah, erblasste sein Gesicht schnell.

»*Geist* ...« Das Wort schien zu hallen, als sie die Treppe zu ihm hinunterstieg. Er erholte sich schnell, griff nach seinem Halstuch und zerrte leicht daran.

»Du siehst ...«, aber er konnte seinen Gedanken nicht zu Ende führen.

»Exquisit?«, bot Stoddard direkt hinter Beau an.

»Ja ... Exquisit scheint das einzige Wort zu sein, das einem einfällt, aber irgendwie scheint es nicht genug zu sein.« Er wirbelte mit einem Finger. »Dreh dich um, lass mich sehen.«

Sie nahm ihre Röcke in eine Hand und drehte sich in einem langsamen Kreis.

Beau nickte. »Ja ... Ja, Jessica hat das gut gemacht ... Du siehst ...« Er fing sich, und das, was er gerade hatte sagen wollen, blieb ungesagt. »Gut, dann holen wir dir einen Mantel, und dann gehen wir. Ich nehme an, es macht dir nichts aus, zu Fuß zu gehen? Es ist gleich am anderen Ende der Straße.«

»Überhaupt nicht«, versicherte sie ihm. Ehrlich gesagt, wäre sie quer durch die Stadt gelaufen, wenn er sie darum gebeten hätte. Sie liebte es, im Freien zu sein und sich zu bewegen. Sie hatte während ihrer Dienstzeit nur so wenige Gelegenheiten gehabt.

Stoddard ließ einen Lakaien ihren neuen Mantel holen, einen schönen dunkelblauen Samt mit weißem Hermelinbesatz. Sie legte den Mantel an, aber ohne die Kapuze hochzuschlagen, während sie Beau zur Tür folgte.

Die Nacht war kalt, aber nicht unerträglich. Es war die perfekte Temperatur, um den Wunsch zu wecken, sich zügiger zu bewegen. Sie hielt ihre Hände in ihrem Hermelinmuff, während sie mit Beau Schritt hielt, der trotz seiner langen, schlanken Beine seine Schritte deutlich kürzer machte und dennoch natürlich wirkte. Er musste oft mit Frauen unterwegs gewesen sein, um eine solche Fähigkeit zu perfektionieren. Louisas Bemerkungen über seine Geliebten kamen ihr wieder in den Sinn, und sie runzelte die Stirn.

»Was bedrückt dich?«, mischte Beau sich in ihre Gedanken ein.

»Ach, das ist nichts.«

»Du musst nicht immer die Tür vor mir verschließen, Philippa. Ich hoffe, du vergisst das nicht.«

»Die Tür schließen? Wie meinen Sie das?«

Er atmete müde aus. »Zu deinen Gedanken. Du schließt mich aus, aber das ist nicht nötig.«

»Oh ...« Sie hatte das nicht vorgehabt, aber seit sie in den Dienst eingetreten war, hatte sie sich angewöhnt, ihren eigenen Rat zu befolgen. Nicht jeder mochte ein hübsches Mädchen. In der Vergangenheit hatten andere Bedienstete ihre Gefühle verletzt, wenn sie es gewagt hatte, ihre Gedanken zu äußern. Es war einfach sicherer, den Mund nicht zu öffnen, solange es nicht nötig war. Im Haus von Lord Lennox war es anders. Sie wurde dort viel mehr willkommen geheißen, als sie jemals hätte erwarten können.

»Ich bin mir nicht sicher, ob Sie meine Gedanken hören wollen«, antwortete sie schließlich.

»Ich werde nicht verärgert sein, wenn du ehrlich zu mir bist. Wir werden eine Zeit lang zusammen sein, und ich möchte, dass du dich in meiner Nähe wohl fühlst.«

Philippa bezweifelte das, aber sie ging das Risiko trotzdem ein. »Ich habe über Ihre Geliebten nachgedacht. Sie halten so mühelos mit mir Schritt. Das dürften Sie wohl gelernt haben, wann immer Sie mit ihnen unterwegs waren.«

»Ahh«, kicherte Beau. »Sie haben also von meinem tadellosen Charakter gehört?«

»Oh! Ich habe es nicht böse gemeint.« Panik verkürzte ihren Atem.

»Das war ein Scherz. Ich hatte im Laufe der Jahre mehrere Geliebte. Aber ich habe jetzt keine. Fühlst du dich dann wohler?«

Philippa sah ihn nicht an. »Ich habe nie gesagt, dass ich mich unwohl fühle.« Sie ließ ihren Blick über die mondbeschienenen Häuser schweifen.

»Was beunruhigt dich dann?«

»*Nichts*«, sagte sie fest und ließ ihn damit wissen, dass sie nicht die Absicht hatte, weiter über dieses Thema zu sprechen.

»Nun gut. Wir sind da.« Sie erreichten eines der größeren Häuser in der Pall Mall Street und gingen die Treppe hinauf. Als sie ankamen, wurde ihnen die Tür geöffnet.

»Guten Abend, Jarvis«, begrüßte Beau den Mann, der ihnen gegenüberstand.

»Bitte kommen Sie herein, Mr. Boudreaux. Miss Wilson.« Es war klar, dass sogar der Butler des Herzogs Beau verehrte. Der Mann strahlte, als ließe er einen alten Freund ins Haus.

»Seine Gnaden freut sich auf das Abendessen. Er hat über kaum etwas anderes gesprochen, seit Sie heute Nachmittag gegangen sind«, sagte Jarvis.

Beaus ernste Miene hellte sich auf. »Das ist gut zu hören. Ich war besorgt, dass ich ihn mit schlechter Laune zurückgelassen habe.«

Philippa gab ihren Mantel und ihren Muff ab, bevor sie Beaus angebotenen Arm annahm, der sie tiefer in das schöne Haus führte. Während das Haus von Beau warm war und einen Hauch von Italien und Griechenland verströmte, war dieses palastartige Haus mit weißem Marmor und alten englischen Wandteppichen eher zurückhaltend. Dieser Ort wirkte geheimnisvoller als Beaus Haus, das mit seinem Reichtum an exotischen Abenteuern lockte. Philippa fragte sich, wie der Herzog wohl war. Würde er sein Zuhause in Stil und Art und Weise widerspiegeln, wie Beau es so deutlich tat?

»Seine Gnaden ist im Salon«, sagte Jarvis.

»Danke.« Beau führte sie durch einen mit Porträts gesäumten Korridor. Sie spürte, wie sich sein Körper anspannte, aber er sagte nichts, bis sie in einen anderen Korridor eintraten. Sie hielt ihren Blick auf den Boden gerichtet, und auch in ihr entstand eine unerwartete Spannung.

»Der Herzog ist ein freundlicher Mann. Hab keine Angst vor ihm.«

Philippa nickte, aber sie war immer noch nervös. Beau führte sie in den Salon, wo sie eine Gestalt vor dem Kamin stehen sah, die sich mit einer Hand gegen den hohen Sims stützte.

»Euer Gnaden«, kündigte Beau sie beide an.

Der Herzog von St. Albans schaute in ihre Richtung, und Philippa stockte der Atem zwischen ihren Lungen und ihren Lippen. Der Mann vor ihr ... sie war sich sicher, dass sie einander nie begegnet waren, und doch war es, als würde sie ihn kennen. Die silbergrauen Augen des Herzogs spiegelten die ihren wider, und die Art, wie er sie anstarrte, ließ ihre Lippen erzittern. Wie konnte ein völlig Fremder eine solche Wirkung auf sie haben?

»Euer Gnaden, erlauben Sie mir, Ihnen Miss Philippa Wilson vorzustellen.« Beau musste sie zerren, damit sich ihre Füße vom Boden lösten.

Sie machte einen Knicks, und ihre Hände zitterten. »Euer Gnaden.«

Der Herzog winkte sie näher heran. »Kommen Sie her, Miss Wilson. Kommen Sie näher zum Licht. Meine Augen sind nicht mehr das, was sie einmal waren.«

Sie ließ Beaus Arm los und ging auf St. Albans zu, bis sie neben dem warmen, knisternden Feuer stand. Die silbernen Augen des Herzogs wanderten langsam über ihr

Gesicht, sein Ausdruck war ernst, vielleicht sogar verwirrt. Er schien etwas in ihren Gesichtszügen zu suchen, aber sie wusste nicht, was das hätte sein können.

»Mein Gott, Beau, sie ist ...« Er stockte, und seine Stimme wurde von unerklärlichen Emotionen rau. Reagierte er auf ihre Schönheit, wie andere Männer es taten? Nein. In seinen Augen war keine Lust zu erkennen. Das Verlangen war da, aber nicht von der amourösen Art. Es war mehr wie *Verwunderung*. Ein Bedürfnis zu verstehen, was seine Augen aufnahmen.

»Ich habe es Ihnen gesagt, Euer Gnaden.« Beau schenkte Philippa ein kleines Lächeln der Ermutigung.

»Das hast du, aber ich habe dir nicht geglaubt.«

»Verzeihung, aber wovon reden Sie?« Philippa mischte sich in das Gespräch ein.

Der Herzog sah sie an. Seine Augen waren auf eine Weise sanft, die ihr Herz zum Stillstand brachte.

»Du siehst genauso aus wie meine Tochter.«

»Ihre Tochter? Sie meinen ...?« Sie sah zu Beau. »Monmouths Frau?«

Beau nickte.

»Ja«, sagte St. Albans mit Gift in seiner Stimme. »Dieser Schurke hat mir den besten Teil meines Lebens genommen. Sie hatte etwas Besseres verdient.«

Der Schock machte sie sprachlos. Sie warf Beau einen Blick zu und suchte dort stumm nach Antworten.

»Vielleicht sollten wir es ihr zeigen«, schlug Beau vor.

»In der Tat.« Der Herzog hielt ihr den Arm hin, und sie nahm ihn an, immer noch völlig erstaunt.

Sie brachten sie in die Porträtgalerie. Beide Männer blieben in einer abgedunkelten Ecke stehen.

»Bringt das Licht«, rief der Herzog. Ein Lakai brachte

ihnen einen Leuchter. Der Herzog hielt die Kerze in die Höhe und wies mit einer Geste auf ein Gemälde.

Philippa konnte ihr überraschtes Aufkeuchen kaum unterdrücken, als sie die auf einem Sofa liegende Gestalt auf dem Porträt erblickte - niemand anderes als sie selbst. Doch sie wusste, dass sie noch nie in ihrem Leben für ein solches Porträt posiert hatte. Die Frau auf dem Gemälde trug ein silbernes Kleid, hatte lachende graue Augen und ein verschmitztes Lächeln. Sie war eine alterslose Schönheit, die über ihre Gesichtszüge hinausging. Es war klar, wer auch immer diese Frau war, sie war so voller Feuer und Leben, wie Philippa es noch nie gespürt hatte. Das war also die Frau von Lord Monmouth ... St. Albans' Tochter.

»Der Geist ...« Sie erinnerte sich an Beaus schmerzverzerrtes Flüstern, als er auf dem Boden gelegen hatte, nachdem der Schuss ihn getroffen hatte.

Wie ist das möglich?

»Sie war Ihre Tochter?«

»Ihr Name war Albina.« Der Herzog tätschelte Philippa sanft den Arm. »Sie starb diesen Monat vor zwanzig Jahren.«

Albina, ihr Spiegelbild, eingefangen in Öl und Leinwand, war schon so lange tot, wie Philippa selbst gelebt hatte. Eine Gänsehaut kribbelte auf ihren Armen, und die feinen Härchen in ihrem Nacken stellten sich auf.

»Haben ... Haben Sie sie gekannt, Beau?« Philippa fragte sich, ob ihre Küsse ihn vielleicht deshalb verzweifelt gemacht hatten. Hatte er diese lebhafte Frau gekannt und geliebt? War sie selbst vielleicht wie eine schmerzhafte Erinnerung, die Salz in seine alten Wunden streute?

»Nein, sie starb in dem Jahr, bevor ich Lord St. Albans kennenlernte.«

Philippa starrte wie gebannt auf ihr Spiegelbild. Dann sah sie, dass die Augen des Herzogs auf sie gerichtet waren.

»Sie starb bei der Geburt, als sie meinen Enkel zur Welt brachte.«

»Philippa, deshalb glaube ich, dass Monmouth versucht, dir zu schaden. Du erinnerst ihn an seine verstorbene Frau.« Beau beobachtete sie mit besorgten Augen.

Sie kämpfte gegen das Klingeln in ihren Ohren an. »Aber ... ich bin nicht seine Frau. Warum sollte er sich an mir vergreifen, wenn ich keine Verbindung zu ihr habe?«

»Wir glauben, dass es eine Verbindung geben muss. Es ist möglich, dass ihr Tod nicht so unschuldig war und dass Monmouth vielleicht die Schuld an ihrem Tod auf seinen Schultern trägt. Dich zu sehen, könnte ihn mit seinen Schuldgefühlen in den Wahnsinn getrieben haben«, antwortete Beau, während er ihr eine Hand auf den Rücken legte, um sie zu stützen. Seine Berührung versetzte sie in wilde Erregungszustände. Aber diese Hand beruhigte sie auch, weil sie wusste, dass er an ihrer Seite war.

»Wir sind alle in diese Angelegenheit verstrickt, Miss Wilson«, sagte der Herzog. »Ich empfinde Liebe für meinen Enkel, aber keine für seinen Vater. Es würde mir etwas Frieden geben, wenn er für das, was er dir angetan hat, bestraft würde, denn es gab keine Gerechtigkeit, als er mir mein einziges geliebtes Kind wegnahm.«

»Ich wünschte, er hätte mich nie gesehen, ich wäre meinen Pflichten nachgekommen und wäre Ruth in jener Nacht in die Dienstbotenstube gefolgt.« Philippa spürte, wie ihr schwindelig wurde. Sie hatte früher nie zu Ohnmachtsanfällen geneigt, und jetzt war sie in Ohnmacht gefallen, mit pochenden Kopfschmerzen hinter den Augen. Es war jetzt alles so überwältigend, so real. Die Beweise für das, was man ihr gesagt, sie aber nie wirklich geglaubt hatte, starrten sie durch die Zeit zurück.

Beaus Hand in ihrem Rücken wurde fester, während er gleichzeitig einen Arm um ihre Taille legte. »Philippa?«

»Ich glaube, ich muss mich hinsetzen«, sagte sie schließlich.

»Ja, natürlich.« Beau und der Herzog brachten sie ins Esszimmer, wo sie fast auf dem Stuhl zusammenbrach, den St. Albans für sie heranzog.

»Lass mich dir etwas Wasser holen.«

»Würdest du dich besser fühlen, wenn du etwas essen würdest? Du hast den ganzen Tag noch nichts gegessen«, erinnerte Beau sie. Der Herzog schenkte ihr ein Glas ein, dann winkte er den Lakaien, die ihnen das Abendessen brachten.

Philippa aß mit Erleichterung. St. Albans nutzte die Gelegenheit, um ihr einige Ratschläge zu geben, wie sie ihre Fassade bei künftigen Verabredungen aufrechterhalten konnte, und Beau erzählte St. Albans mehr über ihre Vergangenheit.

»Deine Eltern heißen die Wilsons?«

Sie nickte. »Ja, sie besitzen ein Textilgeschäft in der Bond Street.«

»Aber du arbeitest als Dienstmädchen? Nicht in ihrem Laden?« Der Herzog schien davon fasziniert zu sein. Niemand sonst hatte ihre Entscheidung jemals wirklich in Frage gestellt.

»Ich liebe meine Eltern sehr, aber ich hielt es für wichtig, mir meinen Platz zu verdienen und etwas über mich selbst zu lernen, während ich auf mich selbst gestellt bin. Ich wollte eine Stelle in einem Geschäft, aber niemand wollte mich einstellen.«

»Warum in aller Welt nicht, mein Kind?« Die Augenbrauen des Herzogs hoben sich, und er lehnte sich in seinem Stuhl vor.

»Mein Aussehen, Euer Gnaden. Ich war zu hübsch. Zu viel Ablenkung lenkt die Aufmerksamkeit der Männer auf die falsche Art und Weise ab.«

»Was?«, Beau lachte. »Das ist lächerlich.«

»Ist es nicht.« Sie warf Beau einen Blick zu. »Stellen Sie sich vor, Sie gehen mit Ihrer Frau einkaufen und sie sieht eine Verkäuferin, die viel schöner ist als sie. Sie könnten in Versuchung geraten, ihr Aufmerksamkeit zu schenken, und Ihre Frau wäre verärgert. Ladenbesitzer sind nicht dumm. Die Zufriedenheit der Kunden ist ihr oberstes Anliegen.«

»Oh ...« Beau errötete ein wenig. »So hatte ich das noch nicht gesehen.«

Philippa starrte auf ihren leeren Teller, als ein Lakai begann, den Tisch abzuräumen. Sie griff nach einer losen Haarsträhne, die aus der Frisur gerutscht war, die Louisa für sie gemacht hatte. Sie wickelte die Locke um einen Finger und zog daran, so dass sie sich straffte. Wenn sie sich genug anstrengte, würde eine lockere Locke zurückbleiben, die gegen ihre Wange kitzelte. Ihre Mutter hatte versucht, ihr das abzugewöhnen, was ihr aber nie ganz gelungen war. Sie blickte auf und sah, dass der Herzog sie mit einem unergründlichen Blick beobachtete.

»Ich wünschte, Sie hätten meine Tochter kennengelernt, Miss Wilson. Ich glaube, es hätte sie gefreut, die verblüffenden Ähnlichkeiten zwischen Ihnen beiden zu sehen.«

»Ich wünschte auch, ich hätte sie kennengelernt«, stimmte Philippa zu. Andere Frauen hätten sich vielleicht von der Vorstellung bedroht gefühlt, so sehr wie eine

Gräfin auszusehen, aber Philippa fand das faszinierend. Gab es noch andere, die mit einem Spiegelbild in England unterwegs waren? Würde sie einen anderen Beau sehen, wenn sie die Pall Mall Street entlangging?

»Nun, was sind deine Pläne, mein Junge?«, St. Albans. »Wie willst du ihn auf euch aufmerksam machen, ohne eine offizielle Einladung auszusprechen?«

»Lady Essex veranstaltet morgen Abend einen Ball. Ich kenne Ihre Gnaden gut, und ich glaube, ich habe keinen Zweifel daran, dass ich eine Einladung für mein neues Mündel bekommen kann.«

»Ich werde ebenfalls teilnehmen. Essex und seine Frau sind reizend, und es wäre schön, sie zu sehen. Außerdem kann ich so ein wachsames Auge auf deinen neuen Schützling haben.«

Der Herzog lächelte Philippa an, und die Zärtlichkeit in seinen Augen ließ ihr das Herz aufgehen. Wenn Beau von diesem wunderbaren und freundlichen Mann gelernt hatte, wie man sich als Gentleman zu verhalten hatte, war es kein Wunder, dass er so charmant war.

Nach dem Essen wünschten Beau und Philippa dem Herzog eine gute Nacht, aber als sie sich umdrehte, um das Haus des Herzogs zu verlassen, brach sie mit dem Anstand, warf ihre Arme um den älteren Mann und umarmte ihn heftig. Er erschrak einen Moment, bevor er die Umarmung erwiderte.

»Ruhen Sie sich heute Nacht gut aus, meine Liebe«, sagte der Herzog und ließ sie gehen.

Sie biss sich auf die Lippe und ging zu Beau auf den Gehweg.

»Ich nehme an, du mochtest ihn?«, fragte Beau.

»Sehr sogar. Er ist ein wunderbar freundlicher Mann. Ich verstehe, warum Sie ihn bewundern.«

Beau grinste jungenhaft. »Er ist wie ein Vater für mich. Ich verdanke ihm viel.«

Sie gingen in geselligem Schweigen durch die Dunkelheit und traten alle paar Meter durch Lichtpfützen, während sie unter den hohen Öllampen der Pall Mall hindurchgingen.

»Gehen wir morgen wirklich auf einen Ball?«

»Ja. Ich fürchte ja. Du musst hübsche Kleider, Juwelen und die Aufmerksamkeit der reichsten Männer Londons ertragen.«

»Klingt furchtbar«, murmelte sie.

Beau lachte. Das Geräusch hallte auf der fast leeren Straße wider.

Ein Anflug von Verlegenheit ließ sie ganz heiß werden. »Was?«,

»Du überraschst mich immer wieder, das ist alles. Die meisten Frauen wären begeistert, an deiner Stelle zu sein.«

Sie schnaubte. »Männer, die so verzweifelt nach dir gieren, dass du dich unsicher fühlst? Dass andere Frauen deine Anwesenheit verschmähen, weil sie glauben, du würdest ihre Männer verführen?«

»Hmm«, brummte Beau leise. »Es tut mir leid, Philippa. Das klingt in der Tat furchtbar. Sobald wir die Pläne von Monmouth aufgedeckt haben, kannst du in die Anonymität zurückkehren, wenn du das willst.«

Philippa wünschte sich das nicht, aber sie wünschte sich, dass sie etwas anderes tun könnte, etwas *mehr* mit ihrem Leben anfangen könnte. Das Zusammensein mit Beau hatte andere Sehnsüchte in ihr geweckt, vor denen sie

Angst hatte. Aber sie würde stark sein und all das überleben. Sogar Beau.

ALISTAIR SOMMERS STARRTE AUF DAS GEBÄUDE DES ALTEN Landsitzes des Earl of Monmouth. Er sagte seinen Kutschern, sie sollten auf ihn warten, als er an die Tür klopfte. Angesichts der späten Stunde dauerte es ein paar Minuten, bis jemand an die Tür ging. Er wurde in einen Salon geführt, wo er vor dem Kamin auf und ab lief. Als Cornelius einige Zeit später den Raum betrat, war Sommers' Gemütszustand angespannt.

»Was machen Sie hier?«, forderte Cornelius mit einem leisen Knurren zu erfahren.

»Ich bin hier, um Ihnen zu sagen, dass das verfluchte Küken entkommen ist. Ich hatte sie in der Hand, nur damit ein anderer sie mir stahl.«

Cornelius' Gesicht erbleichte. »Was? Wer?«

»Ein Narr namens Beauregard Boudreaux.«

Es schien, als ob Monmouth den Namen kannte. »Boudreaux? Aber er und St. Albans stehen einander nahe. Wenn er das Mädchen hat, könnte er ...« Cornelius hielt inne, als ob er wüsste, dass er bereits zu viel verraten hatte.

»Sie schulden mir Antworten, Monmouth.« Alistair starrte Cornelius an. »Wer ist diese Frau für Sie? Das uneheliche Kind Ihrer Frau? Eine Frau kann nicht erben. Warum sollte sie wichtig sein?«

»Albina war nie mit einem anderen Mann zusammen. Weder sie noch ich haben außerehelich Kinder gezeugt.« Cornelius schnaufte.

Alistair stürzte sich auf ihn. Cornelius wollte zurückweichen, aber Alistair packte ihn an der Kehle und drückte fest zu.

»Rede, oder ich töte dich auf der Stelle!« Alistair hatte die Nase voll von den Spielchen des Mannes. Er zog es vor, das Sagen zu haben, alle Spieler und die Regeln zu kennen, um zu betrügen und zu gewinnen. Wenn das bedeutete, dass er drohte, einen Grafen zu töten, dann war das weit weniger als viele Sünden, die er zuvor mit Freude begangen hatte.

»In Ordnung!« Cornelius schnappte nach Luft. Alistair ließ ihn los. Er stolperte und fluchte und massierte sich den Hals.

»Und?« Alistairs Tonfall war eisig.

»Das Mädchen ist meine Tochter«, sagte Cornelius.

»Ihre Tochter?« Alistair starrte ihn an. »Was macht das schon? Und warum haben Sie sie nicht für sich beansprucht, wenn sie nicht unehelich war?«

»Albina hat Zwillinge geboren, einen Jungen und ein Mädchen. Der Junge war eine Totgeburt. Er hat nie auch nur einen Atemzug auf dieser Erde getan. Philippa ist meine einzige lebende wahre Erbin, und als solche kann sie weder meinen Besitz noch meinen Titel erben.«

»Aber Ihr Sohn, Roderick ...«

»Ist nicht meiner. Nicht durch Blut.« Cornelius wischte sich mit der Hand übers Gesicht.

Alistair konnte ihm nicht mehr folgen. »Und wie ...?«

»Der örtliche Müller und seine Frau bekamen ein paar Tage vor Albina einen Sohn. Ich habe ihnen meine Tochter gegeben und im Gegenzug ihren Sohn genommen.«

»Alles, um Ihren Titel und Ihr Land zu behalten?« Alistair war amüsiert. So eine alberne Scharade.

»Ich habe mein ganzes Leben lang gearbeitet, um mein

Vermögen aufzubauen. Ich sterbe nicht, nur um es an einen dummen Cousin weiterzugeben. Es ist besser, einen Jungen zu haben, den ich großgezogen habe, einen Jungen, den ich liebe.«

»Warum das Mädchen jetzt töten, nach all diesen Jahren?«, fragte Alistair.

»Sie haben sie gesehen ... Sie sieht genauso aus wie ihre Mutter. Ich hätte nie gedacht, dass sie zu Albinas Spiegelbild heranwachsen würde. Als ich sie sah, wusste ich: Wenn der Herzog von St. Albans oder irgendjemand anders, der meine verstorbene Frau kannte, das Mädchen sehen würde, wüssten sie, dass sie meine ist, und Roddys Erbe würde in Frage gestellt werden.«

»Sie würden nicht annehmen, dass Ihre Frau einen Liebhaber hatte?«

»Nein, jeder, der Albina kannte, wusste, dass sie mich liebte und sich nie von meinem Bett entfernt hätte. Der hübschen kleinen Närrin habe ich wirklich etwas bedeutet.«

»Warum sollte man das Mädchen dann am Leben lassen? Warum sie nicht einfach in der Nacht ihrer Geburt töten?«

»Ich habe darüber nachgedacht«, sagte Cornelius leise, und dunkle Schatten huschten über sein Gesicht. »Aber ich dachte, wenn ich sie wegschicke, würde ich sie nie wieder sehen. Ich hatte nicht erwartet, dass sie zu einer Schönheit heranwächst und so sehr nach Albina kommt. Eine solche törichte Annahme hat mich teuer zu stehen gekommen. Dank Ihrer Unfähigkeit, die Ihnen übertragene Aufgabe zu erfüllen, befindet sich das Mädchen inmitten einiger der einflussreichsten Männer und Frauen Londons.« Cornelius sah ihn mit dunklen, angewiderten Augen an. »Wir müssen zurück nach London und die Sache zu Ende bringen.«

»Das ist schon jetzt mehr Ärger, als es wert ist«, warnte Alistair. »Ich verdopple, was Sie mir dafür schulden.«

Cornelius' Gesicht verhärtete sich. »Geld ist nicht mein Problem. Sie können heute Nacht hier bleiben; ich werde ein Zimmer vorbereiten lassen. Morgen werden Sie und ich nach London zurückkehren, nachdem wir uns um einige Dinge gekümmert haben.«

Alistair folgte Cornelius aus dem Salon, aber seine Gedanken waren meilenweit entfernt. Er stellte sich vor, wie Philippa in seinem Bett und Beau Boudreaux gleichzeitig sterbend auf dem Boden liegen würde und hilflos zusehen musste, wie Alistair sie sich nahm. Der Gedanke daran zauberte ein grausames Lächeln auf sein Gesicht.

KAPITEL 11

Beau starrte auf die Juwelen vor ihm. Mr. Preston, einer der renommiertesten Juweliere in der Oxford Street, wartete erwartungsvoll, während Beau die Stücke betrachtete.

»Wir haben die exquisitesten Saphire und die dunkelsten Granate.« Preston holte ein Tablett unter der Glastheke hervor und stellte es Beau vor die Nase.

Beau winkte das Tablett weg. »Perlen, zeigen Sie mir Perlen. Vielleicht eine doppelte Perlenkette und dazu passende Ohrringe. Tränenförmige, wenn Sie welche haben.«

Der Juwelier bemühte sich, auf Beaus Bitte hin einige neue Gegenstände zu besorgen. Während er in seinem Lagerraum war, schaute Beau aus dem Schaufenster. Die Oxford Street war trotz des kalten Spätherbstwindes, der so stark war, dass er an den Mänteln und Röcken der Passanten zerrte, voll mit Einkäufern.

Beau verlor sich in einem angenehmen Tagtraum über Philippa und fragte sich, ob sie eine gute Tänzerin sein würde und worüber sie beim Abendessen sprechen würden. Seine Gedanken wurden unterbrochen, als er einen rothaarigen Mann bemerkte, der ihn durch das Fenster anstarrte.

»Boudreaux!« Der Mann lachte herzlich, betrat den Laden und reichte ihm zur Begrüßung die Hand.

»Rochester, wie geht es dir?« Er grinste Lucian Russell, den Marquess of Rochester, an. »Es ist schon zu lange her.«

»Das kann man wohl sagen. Ich habe von Ashton und Cedric gehört, dass du die Verantwortung für eine kleine Schönheit übernommen hast. Ein Mündel?« Der verwegene Marquess zwinkerte Beau zu, als wären sie in einer Art Geheimclub.

Die Nachricht hatte sich also bereits herumgesprochen. »Nicht freiwillig, aber ja.«

»Beschwere dich nie darüber, dass du dich um eine schöne Frau kümmern musst.«

»Zur Kenntnis genommen«, antwortete Beau mit einem Lächeln. »Was führt dich denn in die Oxford Street?«

»Meine Frau. Ich kaufe für unseren Hochzeitstag ein. Es ist zwar noch ein paar Monate hin, aber ich hielt es für klug, frühzeitig damit zu beginnen. Und dir?«

»Ich kaufe ein bisschen Schmuck für meinen neuen Schützling. Etwas, mit dem man sich bei gesellschaftlichen Anlässen sehen lassen kann.«

»Ahh!« Rochester nickte verständnisvoll.

Preston kam mit einem mit Samt ausgekleideten Tablett mit Perlenschmuck aus den Hinterzimmern zurück. Beau und Rochester betrachteten die von ihm präsentierten Halsketten. Beau entschied sich für einen doppelten Strang, der eine ruhige Eleganz ausstrahlte, und für ein Paar kleine Perlenohrringe. Sie würden perfekt zu Philippa passen. Sie brauchte keine Fülle von Juwelen, sie funkelte bereits mehr als jeder Edelstein, aber er hatte ein seltsames Verlangen, sie zu verwöhnen. Bei früheren Geliebten war diese Art von Einkäufen obligatorisch gewesen, aber jetzt wollte er etwas für Philippa kaufen, einfach weil sie Philippa war.

»Eine gute Wahl, Mr. Boudreaux.« Preston packte die Sachen ein und ließ Beau dann allein, um mit Rochester zu sprechen.

»Kommst du mit deiner Frau auch heute Abend auf den Essex-Ball?«

»Ja, allerdings.«

»Wenn es keine Zumutung ist, könntest du deine Frau für mich bitten, ob sie mein Mündel ein wenig unter ihre Fittiche nehmen kann? Ich nehme an, dass Lennox die Einzelheiten der Situation mitgeteilt hat?«

»Das hat er, und ich bin sicher, Horatia würde sich darüber freuen.«

Beau war nicht überrascht, dass Rochester bereits über Philippa Bescheid wusste. Solange Beau sich erinnern konnte, waren die Lords Sheridan, Rochester, Essex und Lonsdale enge Freunde von Lennox gewesen. Die Londoner Zeitungen nannten sie oft die Liga der Schurken. Während viele diesen Namen als skandalös oder charmant empfanden, wusste Beau es besser. Die Liga war für ihre Feinde gefährlich, aber ein jeder von ihnen hatte ein gutes Herz, und man konnte ihnen vertrauen.

Rochester zeigte auf ein teures, aber elegantes Paar Ohrringe mit Granatbesatz. »Preston, zeigen Sie mir mal die Ohrringe.«

»Ja, Mylord.« Nachdem das Geschäft mit Beau abgeschlossen war, wandte der Juwelier seine Aufmerksamkeit Rochester zu.

»Dann sehen wir uns heute Abend.« Beau nickte seinem Freund zu und sammelte seine Einkäufe ein. Er musste noch ein paar weitere Dinge besorgen. Jessica hatte Hüte, Stiefel und Korsetts bestellt, die er vor seiner Heimkehr für Philippa abholen wollte. Er winkte seinem jungen Lakaien zu, der ihm auf dem Weg zur nächsten Station folgte.

Zwei Stunden später war er mit seinem Stapel von Einkäufen wieder zuhause. Sie hatten noch ein paar Stunden Zeit, bis sie zum Ball aufbrechen mussten, und er dachte, er sollte seine schmerzende Schulter ausruhen. Er konnte spüren, wie die Fäden in seiner Haut zogen. Er würde sie eher früher als später entfernen lassen müssen.

»Sir?« Stoddard empfing ihn an der Tür. »Ist es Ihre Schulter?«

»Ja, oder doch eher mein Rücken«, murmelte Beau. »Die verdammten Fäden ziehen.«

»Warum schaue ich mir das nicht mal an? Mein Vater war Chirurg.«

»Das ist wahrscheinlich das Beste. Ich möchte jetzt noch keinen Arzt behelligen.« Er ging in sein Zimmer, Stoddard auf den Fersen. Beau zog sein Hemd aus und warf es auf sein Bett, damit sein Butler seinen Rücken untersuchen konnte.

»Der Bereich ist ein wenig rot, Sir. Aber es scheint keine Entzündungen zu geben. Ich glaube, Sie heilen gut, und die Nähte sind fest, während sich Ihre Haut wieder zusammenfügt.«

»Es juckt und schmerzt.« Er fühlte sich wie ein Kind, das sich über Kleinigkeiten beschwerte.

»Ich könnte etwas Laudanum holen«, bot Stoddard an.

»Oh nein, damit ist es für eine Weile vorbei. Davon

bekomme ich Albträume.« Er mochte auch nicht, wenn sich sein Gehirn anfühlte, als hätte es jemand mit dicker Wolle vollgestopft.

»Sir!« Philippas besorgter Tonfall schreckte ihn und Stoddard auf. Sie drehten sich zur offenen Tür, wo sie in einem blassgrünen Kleid stand, das wie mit Frost überzogene Jade aussah. »Es tut mir so leid. Ich habe Ihre Stimme gehört und bin gekommen, um Ihnen zu sagen ...« Ihre Augen wanderten an seinem Körper entlang und blieben an seiner nackten Brust hängen.

»Lassen Sie uns für einen Moment allein, Stoddard.« Er nickte seinem Butler zu, der die Augenbrauen hochzog, aber Beaus Anweisungen nicht in Frage stellte.

»Ich ... sollte gehen.« Philippa versuchte, sich zurückzuziehen, aber er bewegte sich schnell, erreichte sie an der Tür und hielt ihren Arm fest.

»Bleib. Ich habe ein Geschenk für dich.« Er zog sie in seine Gemächer, wohl wissend, wie verlockend sie in diesem Moment war. Ihre grauen Augen schienen nun grün zu sein und spiegelten die Farbe des Kleides wider, und ihr Haar war locker zurückgebunden. Er konnte sich vorstellen, wie gut es sich anfühlen würde, seine Finger in diesen seidenen Strähnen zu versenken.

»Beau, ich ...« Aber sie wich nicht zurück. Er reichte ihr die beiden schwarzen Schachteln aus dem Juweliergeschäft. Ihr Blick richtete sich auf die Schachteln, und die Erinnerung an ihren Kuss schien in der Luft zwischen ihnen zu flirren und sie beide zu verhöhnen. Mehr als alles andere wünschte er sich, dass sie die Schachteln öffnete und ihm ein sonniges Grinsen der unschuldigen Freude schenkte, bevor sie ihre Arme um seinen Hals schlang und ihn anflehte, sie ins Bett zu bringen. Aber sie war keine Frau, die mit ihm eine Beziehung auf der Grundlage von Transaktionen führen würde. Stattdessen war sie eine Frau, die ein Geschenk zu schätzen wusste, und ihre Antwort war aus echter Zuneigung zu ihm geboren. Und das verwirrte und erfreute ihn so, dass er nicht wusste, was er tun oder sagen sollte. Er hatte versprochen, seine Begierde im Zaum zu halten, aber in diesem Moment wollte er vergessen, dass er dieses törichte Gelübde jemals abgelegt hatte.

»Mach sie auf«, ermutigte er sie.

Sie zog an den roten Bändern, mit denen die Kartons zusammengebunden waren. Die kleinere Schachtel öffnete sich und enthüllte die schimmernden, opalisierenden Perlenohrringe. Sie starrte in Ehrfurcht.

»Jetzt die andere.« Sein Herz raste. Warum fühlte sich das so anders an als bei den anderen Frauen? Warum war *sie* anders? Warum musste er ihre Freude sehen, musste sie spüren wie die Sonne auf seinem Gesicht nach einem langen Winter?

Philippa öffnete die Schachtel mit der doppelreihigen Perlenkette und keuchte auf.

»Oh nein, Sir, das kann ich nicht. Sie sind viel zu wertvoll.« Sie wollte die Schachteln zurückgeben, aber er schüttelte den Kopf.

»Bitte. Betrachte sie als Geschenk, weil du mein Leben gerettet hast.«

»Aber Sie haben meins zuerst gerettet«, erinnerte sie ihn.

Er lächelte und seufzte. »Verdammt noch mal, Frau, lass mich dir etwas Schönes geben. Ich habe sie gesehen und fand, dass sie deine Schönheit widerspiegeln.«

Ihre Verlegenheit verwandelte sich in offenes Unbehagen, und er erkannte seinen Fehler. »Deine *innere* Schönheit, Schatz.« Er berührte ihr Kinn und erinnerte sich daran, dass er nur halb bekleidet war. Ihr Gesicht war knallrot, wie eine reife Erdbeere.

»Sie kennen mich gar nicht«, sagte sie leise.

»Nein, aber ich lerne. Ich beginne herauszufinden, dass du lieb, aufmerksam, amüsant und mutig bist. Du bist all diese Dinge, Philippa, und ich hatte das Gefühl, dass diese Perlen das widerspiegeln.«

Sie errötete noch mehr, als sie die Perlen an ihren Busen drückte, und ihre Augen blickten ihn mit größter Aufrichtigkeit an. Seine Brust zog sich zusammen. Sie schien so dankbar zu sein, so dankbar und anerkennend. Das demütigte ihn, und in diesem Moment fühlte er sich ihrer völlig unwürdig.

»Danke, Beau.« Sie stellte sich auf die Zehenspitzen und drückte ihre Lippen auf seine. Es durchfuhr ihn ein wildes Verlangen, und als sie einen Schritt zurücktreten wollte, schlang er einen Arm um ihre Taille.

»Ich habe dich davor gewarnt, Küsse zu stehlen«, sagte er.

Lange dunkle Wimpern fächerten sich, als sie in seinen Armen weich wurde. »Ich erinnere mich. Einer für einen.« Dann schlug sie die Wimpern hoch, und er sah einen schelmischen Blick in ihren schönen Augen, der ihn einlud, sie erneut zu küssen.

»Gut«, murmelte er, bevor er ihren Mund mit seinem verschloss. Er war nicht sanft. Er hatte zu sehr darüber fantasiert, wie er seinen nächsten Kuss mit ihr gestalten wollte, um Zärtlichkeit zuzulassen. Er wollte, dass sie wild vor Erregung war, dass sie erregt war und keine Angst vor seiner wilden Leidenschaft hatte.

Er hob sie an der Taille hoch und setzte sie auf das

Bett. Er hob ihre Röcke an und schob ihre Beine weit auseinander, als er zwischen sie trat. Ihre Schenkel waren glatt, und er strich mit den Fingerspitzen über die Außenseiten ihrer Knie. Sie erfreute seinen Mund mit dem Geräusch von Kichern an seinen Lippen. Es war wie Champagner trinken. Sein kleines Mündel war kitzelig. Das gefiel ihm.

»Das war mehr als ein Kuss«, stichelte sie.

»Ich fürchte, man braucht mehrere von meinen, um einen von deinen auszugleichen«, sagte Beau. »Ich hoffe, es macht dir nichts aus.«

Sie ließ ihre Juwelen auf das Bett fallen und schlang ihre Arme um seinen Hals, während er ihre Lippen bis zum Hals küsste. Er konnte das unregelmäßige Schlagen ihres Pulses unter seiner Zunge spüren, während er küsste und leckte und nach neuen erogenen Zonen suchte. Philippa zuckte ein wenig, und er rückte näher, ihre Körper pressten sich eng aneinander.

»Beau ...« Sie sprach seinen Namen in einem Ton, der ihn schmerzhaft hart machte. »Ich will ...« Sie neigte den Kopf, als er ihre Lippen wieder küsste. Er neigte ihr Kinn nach oben.

»Was willst du, mein Schatz?«

»Ich ...« Sie leckte sich über die Lippen. »Ich weiß es nicht.«

Beau wollte sie weiter küssen, aber in diesem Moment kehrten seine Sinne zu ihm zurück.

»Wir sollten uns auf den Ball bei der Familie Essex vorbereiten.« Er trat zurück und zog ihr die Röcke herunter. Sie konnte selbst vom Bett aufstehen, aber er wollte sie weiter berühren, also setzte er sie sanft ab, bevor er ihr die Perlenkette und die Ohrringe reichte.

»Du wirst heute Abend wunderschön aussehen, innen und außen.« Er strich ihr eine lose Haarsträhne aus dem Gesicht, und sie lächelte ihn zögernd an.

»Ich wollte nie, dass das eine Rolle spielt«, sagte sie.

»Das tut es nicht, zumindest nicht äußerlich. Aber du bist mit beidem gesegnet. Dafür muss man sich nicht schämen.« Er zwinkerte ihr zu. »Und wer auch immer dir zu nahe kommt, den schlage ich mit einem Stock weg.«

Darüber musste sie lachen. »Ich werde Sie daran erinnern.« Dann ließ sie ihn allein, um sich für den Ball umzuziehen.

Drei Stunden später wollte Beau genau das tun: jeden Mann mit einem Stock von ihr wegschlagen.

Sheridan gesellte sich zu Beau an den Erfrischungstisch im Ballsaal des Herzogs und der Herzogin von Essex. Ein Lakai schenkte Punsch ein.

Sheridan nahm zwei Gläser und reichte eines an Beau. »Wie kommst du klar?«

»Ist es normal, jeden Mann im Raum zu einem Duell herausfordern zu wollen?«

Sheridan lachte, und das herzhafte Geräusch störte eine Gruppe junger Damen, die in der Nähe tratschten. Sie alle flatterten warnend mit ihren Fächern, aber Cedric beachtete sie nicht.

»Das ist ganz normal, wenn man in eine Frau verliebt ist.«

»Bin ich nicht«, antwortete Beau zu schnell.

»Aber sicher bist du es.« Cedric wurde ernst. »Jeder Mann in diesem Raum weiß das inzwischen. Du knurrst praktisch, wenn ein Mann Miss Wilson zu nahe kommt.«

»Ich will sie nur beschützen.« Seine Augen suchten sie

auf der Tanzfläche. »Jeder Mann hier würde sie ausnutzen, wenn er könnte.«

»Oder sie bitten sie einfach um einen Tanz.«

»So fängt es an, wie du sehr wohl weißt.«

»Alles muss irgendwo beginnen«, sagte Sheridan. »Aber manchmal ist ein Tanz einfach nur ein Tanz.«

Beaus Augen verengten sich, als er sich auf einen jungen Bock konzentrierte, der sich offensichtlich einen Weg zu Philippa bahnen wollte. Er sah, wie Beau ihn anstarrte, und Beau schüttelte langsam den Kopf. Der Mann änderte klugerweise die Richtung.

Aber das Tanzen war natürlich unvermeidlich, und schon bald war Philippa in einen Figurentanz verwickelt, wobei ihre energischen Bewegungen so einwandfrei waren, dass man nie hätte vermuten können, dass sie den Vormittag und den frühen Nachmittag damit verbracht hatte, mit Mrs. Gronow und ein paar Dienstmädchen genau dieselben Bewegungen gerade erst zu lernen. Das kapuzinerbraune Kleid, das sie heute Abend trug, ließ sie wie eine herbstliche heidnische Göttin erstrahlen, während sie unter dem vergoldeten Lampenlicht lachte und herumwirbelte.

»Fordere aber *mich* nicht zum Duell heraus, Boudreaux, aber darf ich fragen, warum du sie nicht einfach heiratest?« Dann nahm Cedric einen Schluck von seinem Punsch, runzelte die Stirn und murmelte, dass er ein wenig Brandy brauche.

»Sei doch nicht albern. Ich bin kein Mann, der heiratet.« Beaus Augen folgten immer noch Philippa und genossen die Art und Weise, wie ihr Lächeln sie von innen heraus erleuchtete.

»Viele Männer haben Dienerinnen geheiratet«, fügte Sheridan hinzu. »Das ist nichts Ungewöhnliches.«

»Das ist es nicht«, antwortete Beau. »Ich will nicht verliebt sein. Diese Art von Schwäche kann ich nicht gebrauchen.«

Sheridan schmunzelte. »Vielleicht muss ich stattdessen *dich* zu einem Duell herausfordern.«

»Ich wollte dich damit nicht beleidigen.«

Sheridans braune Augen vertieften sich verständnisvoll. »Nein, ich verstehe. Niemand will schwach sein, alter Junge, aber wenn man der Liebe ausweicht, wird man nicht stark. Es ist eher das Gegenteil der Fall. Lass dir das von einem sagen, der Erfahrung in solchen Dingen hat.« Er überließ es Beau, zu grübeln und jeden Mann, der Philippa in ein Gespräch verwickelte, dumm anzustarren, nachdem der Tanz beendet war.

Eine zierliche Frau mit kastanienbraunen Haaren und violetten Augen tauchte plötzlich neben ihm auf, wie eine Feenkönigin, die von seinen innersten Gedanken herbeigerufen worden war. Es war die Herzogin von Essex, Emily St. Laurent.

»Guten Abend, Beau«, sagte sie und strahlte ihn an.

»Euer Gnaden.« Er verbeugte sich, kurzzeitig von seiner Wachsamkeit abgelenkt.

»Genießen Sie den Abend?« Sie nickte den Paaren zu, die sich für den nächsten Tanz aufstellten. Ein Menuett, wie Beau anhand der Positionen der Tänzer richtig einschätzte.

»Das tue ich. Ich danke Ihnen, dass Sie die Einladung auf mein Mündel ausgeweitet haben.«

Emily nickte. »Es war mir ein Vergnügen. Man kann sich sehr gut mit ihr unterhalten, wenn man sie erst einmal aus ihrem Schneckenhaus herausgelockt hat. Sie erinnert mich an mich selbst, als ich jung war und mein eigenes Debüt hatte.«

Beau gluckste. »Sie sind noch immer jung, Euer Gnaden.«

»Ich nehme es an, aber nach einer Heirat und Kindern kann man sich sehr alt fühlen. Ich hoffe, dass ich im Alter von vierundzwanzig Jahren bereits weise bin.« Sie kam näher, ihr blassblaues Kleid schimmerte, als sie sich bewegte. Sie sahen den Tänzern eine Zeit lang schweigend zu, bevor Emily wieder sprach.

»Sie hat den ganzen Abend auf Sie gewartet.«

Beau sah die junge Herzogin an. »Wie bitte?«

»Philippa. Sie hat Sie am Ende jedes Tanzes angeschaut und darauf gewartet, dass Sie sie bitten.«

»Sie bitten?«

Emily verdrehte die Augen. »*Tanzen.* Sie möchte, dass Sie sie zum Tanzen auffordern.«

»Nein. Ich glaube nicht, dass ich das tun sollte«, gab er zu bedenken. »Das wäre nicht angemessen.«

»Warum nicht?«, fragte Emily.

»Weil sie mein Mündel ist.«

»Oh, was für ein Unsinn. Ein Tanz ist einfach ein Tanz.« Emily wedelte mit einer Hand. »Sie sind nicht blutsverwandt, und sie ist zwanzig Jahre alt. Sie ist kein dummes Kind. Sie ist eine Frau. Eine Frau, die sich mehr als alles andere wünscht, dass Sie sie um einen Tanz bitten.«

Es war eine so gefährliche Aufforderung, mit der schönsten Frau zu tanzen, die er je gesehen hatte. Das konnte nicht gut ausgehen, aber er bewegte sich trotzdem auf Philippa zu, als das Menuett zu Ende ging. Eine Gruppe von Damen, zumeist die Ehefrauen der Freunde von Lord und Lady Lennox, hatte sich um Philippa versammelt. Sie lächelte fröhlich und lachte, während sie sprach. So entspannt hatte er sie in ihrer kurzen Bekanntschaft noch nie gesehen.

»Still jetzt, meine Damen. Ein Gentleman nähert sich«, warnte Anne Sheridan, Cedrics Frau, spielerisch, und sie hörten alle auf zu lachen, als Beau sie erreichte.

»Guten Abend.« Beau verbeugte sich vor der einschüchternden Gruppe schöner Frauen.

»Guten Abend, Mr. Boudreaux«, antworteten sie gemeinsam, als hätten sie es einstudiert. Wie zum Teufel Frauen so etwas schafften, würde er nie erfahren. Vielleicht übten sie ja derartige Dinge ein, während die Männer nach dem Essen Zigarren rauchten. Das schien eine Möglichkeit zu sein.

»Miss Wilson.« Er räusperte sich nervös. »Würden Sie mir die Ehre des nächsten Tanzes erweisen?«

Philippa hob die winzige Karte an ihrem Handgelenk und betrachtete die Liste der bevorstehenden Tänze. »Das ist ein Walzer?«, fragte sie.

Mein Gott, dachte er, *ein verdammter Walzer*. Das bedeutete, dass er sie in seinen Armen halten und ihren süßen Duft einatmen würde, bis er halb verrückt vor Sehnsucht war. Er erwog, sie stattdessen nach dem nächsten zu fragen.

Stattdessen sagte er: »Ja.«

»Ich würde gerne annehmen.« Sie ergriff seinen Arm, und er entriss sie ihrem schützenden Harem.

Die Musiker in der Ecke des Ballsaals wechselten die Notenblätter mit einem leisen, flatternden Geräusch. Alle Paare, die am nächsten Tanz teilnehmen wollten, nahmen ihre Plätze ein. Beau war sich plötzlich unsicher, als sie auf die Tanzfläche gingen.

»Beau, ich glaube, Sie sollten mich während des Walzers berühren.« Philippas Stimmklang war spielerisch, aber er sah ihre Unsicherheit.

»Richtig, berühren«, murmelte er, während er eine Hand um ihre Taille schob. Seine andere Hand umklammerte eine ihrer Hände.

Ein Walzer war anders als andere Tänze. Es gab keine festen Formationen oder die Teilnahme mit anderen Paaren. Ein Mann und eine Frau drehten sich zueinander und hielten sich von anderen Paaren fern. Sie waren nicht verpflichtet, mit den anderen Tänzern Schritt zu halten, sondern konnten sich in ihrem eigenen privaten Universum drehen. Es war auch nicht nötig, sich mit anderen Tänzern zu unterhalten. Es war, wie eine seiner Mätressen es beschrieben hatte, der persönlichste und romantischste aller Tänze. Die Musik setzte ein, langsam und sanft, und sofort trat Beau Philippa fast auf die Zehen, als er versehentlich versuchte, sich vorwärts zu bewegen, statt zurück.

»Tut mir leid«, murmelte er, und sein Gesicht wurde heiß.

»Sie machen mich ganz nervös«, sagte Philippa leise, aber in ihren Augen lag ein neckisches Glitzern.

Warum fühlte sich dieser Moment so bedeutsam an? Er hatte sich nie fürs Tanzen interessiert, er machte mit, wenn es nötig war, aber das hier fühlte sich nach so viel mehr an. Das Gefühl von Philippas Körper in seinen Armen, der Hauch ihres Duftes, der zwischen ihnen in der Luft schwebte, und die Augen all jener, die nicht tanzten, auf ihnen.

Er atmete tief durch und versuchte, sich zu beruhigen,

als seine Erinnerungen an diverse Tanzschritte in den Vordergrund traten und er begann, das verdammte Ding richtig zu machen.

»Wenn man wirklich tanzt, sind die Schritte mühelos, der Partner perfekt, die Musik endlos.« Eine frühere Geliebte, die einst Tänzerin gewesen war, hatte ihm das einmal gesagt, als sie ihm Geschichten von rauschenden Bällen in Europa erzählte. Sie hatte einmal mit einem russischen Zaren getanzt, während auf einer Terrasse vor dem Winterpalast Schnee fiel. Die Art und Weise, wie sie vom Tanzen sprach, hatte ihn fasziniert, und doch hatte er bis zu diesem Augenblick nie wirklich verstanden, was sie ihm damit hatte sagen wollen.

Wenn man so tanzt, kann die Seele singen.

Er hatte geglaubt, dass seine Seele keine Lieder mehr hatte, dass seine Seele zum Schweigen gebracht worden war, nachdem er zum Waisenkind geworden war. Er betrachtete Philippa und nahm jedes Detail an ihr wahr - ihre elfenbeinfarbene Haut, die zart gewölbten Brauen über den emotionalen silbernen Augen, die blitzschnell und mit stiller Freude aufleuchteten, während sie sich mit ihm im perfekten Schritt bewegte. Alles an diesem Moment stimmte, bis hin zu der eigenwilligen Locke, die sich aus ihrer Frisur gelöst hatte und gegen ihren Hals hüpfte. Beau zog sie näher an sich heran, weil er befürchtete, dass etwas in ihm zerbrechen würde, wenn er sie losließ.

»Philippa ...«

»Ja?« Ihr heiterer Gesichtsausdruck verwandelte sich in einen Ausdruck der Hoffnung.

»Du bist eine wunderbare Tänzerin.« Das war nicht das, was er eigentlich hatte sagen wollen. Er wusste ehrlich gesagt nicht, *was* er ihr sagen wollte.

»Ich danke Ihnen. Sie sind es auch.« Sie schaute weg, und das schnitt ihm ins Herz.

Guter Gott, die Frau hatte etwas mit ihm gemacht, was er nie gewollt hatte.

Als der Tanz zu Ende ging, hielt er sie länger in seiner Nähe, als er sollte, bis er das Gemurmel der Flüsterer hörte, die wie ein Schwarm Stare durch den Ballsaal flogen. Als er schließlich losließ, zitterten seine Hände. Er rieb sie so beiläufig wie möglich aneinander, um es zu verbergen.

»Möchtest du etwas Punsch?«, bot er an, denn er musste jetzt jede Gelegenheit nutzen, um so weit wie möglich von ihr wegzukommen, und sei es nur für einen Moment, um sich zu sammeln.

»Das wäre schön, danke.« Sie stand da und sah geradezu verloren aus. Die ins Haar gesteckten und in ihr Mieder eingenähten Schneeglöckchen ließen sie wie eine zum Tode verurteilte Prinzessin aussehen, der ein Jahrhundert der Einsamkeit in einem Turm bevorsteht. Der Turm, in dem er sie zurückgelassen hatte, weil er Angst davor hatte, ihr weißer Ritter zu sein.

THOMAS WINTHROP, DER HERZOG VON ST. ALBANS, hielt den Atem an, als er Beau und das Dienstmädchen ihren Walzer tanzen sah. Es war völlig klar, dass sie ineinander verliebt waren, aber es war ebenso klar, dass keiner von ihnen sich das eingestehen konnte. Das Dienstmädchen war viel zu unschuldig und der Gentleman viel zu abgestumpft. Doch die Liebe war an diesem Abend aufgeblüht und schlug mit jeder perfekten Drehung, die das Paar tanzte, Wurzeln.

»Du bist erledigt, mein Junge. Und es wird auch Zeit.« Thomas' Herz schlug höher bei dem Gedanken, dass er endlich eine Möglichkeit hatte, seinen Jungen verheiratet und glücklich verliebt zu sehen.

Philippa stand nun allein da, ihr Gesicht eine starre Maske gespielter Freude, als Beau loszog, um Punsch zu holen. Wie albern. Damit stand das Mädchen offen für andere Männer, die weniger Angst vor der Liebe hatten. Doch kein einziger Mann kam. Sie hatten alle gesehen, was er selbst gesehen hatte. Der erfahrene Wüstling Beauregard Boudreaux hatte sich verliebt, und niemand würde es wagen, sich ihm in den Weg zu stellen.

Das Dienstmädchen fing an, mit einer losen Locke ihres Haares zu spielen, wickelte sie immer wieder um ihren Finger, bis das dunkle Haar gestrafft glänzte. Dann ließ sie die Locke los. Thomas' Herz blieb stehen. Albina hatte das auch immer gemacht, wenn sie nervös gewesen war. Er hatte noch nie eine andere Frau gesehen, die es auf diese Weise tat, aber das Dienstmädchen schon.

»Papa ... Freu dich doch für mich.« Die Worte seines Kindes drifteten über zwei Jahrzehnte hinweg zu ihm zurück, wie sie ihn anflehte, ihr zu verzeihen, dass sie nach Gretna Green weggelaufen war.

Wie konnte diese Frau vor ihm jetzt so ein Geist seiner verlorenen Tochter sein? Albina konnte doch kein weiteres Kind bekommen haben, oder?

Thomas erinnerte sich an Albina, wie sie im sechsten Monat schwanger gewesen war und erklärt hatte, dass sie eine Hebamme eingestellt hatte. Wie war ihr Name? Lucy? Ja, das war es. Lucy hatte bei der Geburt anwesend sein sollen. Wenn es irgendwelche Wahrheiten zu enthüllen gäbe, dann hätte Lucy die Antworten. Thomas wartete keine Minute länger, er ließ Philippa und Beau in der Sicherheit des Ballsaals ihrer Freunde zurück und eilte hinaus in die Nacht. Er würde nicht eher ruhen, bis er die Wahrheit über die Nacht erfuhr, in der Albina gestorben war.

KAPITEL 12

Philippa starrte in ein Paar dunkler, unergründlicher Augen. Ihr Herz klopfte vor Aufregung, aber auch ein Hauch von Furcht überschattete alles.

»Und Sie sind ganz sicher, dass er nicht beißen wird?«, fragte sie.

Das massive Pferd direkt vor ihr sagte nichts, was irgendwie schlimmer war als jede Antwort. Das Innere der gemieteten Ställe in der Nähe des Hyde Parks war trotz des Sonnenlichts draußen düster.

»Ruhig, Liebes. Entspann dich einfach in seiner Nähe. Tiere reagieren auf Angst. Wenn du keine Angst hast, hat er auch keinen Grund dazu.« Beau legte von hinten einen Arm um sie. Das Gefühl seines harten Körpers an ihrem Rücken und ihrem Hintern ließ sie erzittern und ihren Schoß zusammenkrampfen.

»Er ist einfach so groß ... Ich bin mir nicht sicher, ob ich das tun sollte.«

»Du bist dazu durchaus in der Lage, das verspreche ich dir. Erinnere dich, du bist mit mir geritten, als wir Lord

Sommers entkamen.« Beau drückte ihre Taille ein wenig zusammen.

»Bei dieser Gelegenheit handelte ich ausschließlich aus dem Instinkt heraus, zu überleben. Ich weiß ehrlich gesagt nicht, wie ich es geschafft hätte, das Pferd allein zu besteigen.«

Beau strich mit seiner Hand über ihre Taille und lenkte sie kurzzeitig von ihren Ängsten ab.

»Du hast einen guten Instinkt. Und jetzt hör auf, uns hinzuhalten. Greif nach oben und streiche mit einem Finger an seiner Nase entlang. Nicht zögern. Pferde können zögerliche Menschen nicht ausstehen.« Er sprach so liebevoll von dem Tier, dass Philippa lächeln musste.

Sie tat ihr Bestes, um ihre Nerven zu beruhigen, und streichelte die Nase des Pferdes. Es war ein schwarzer Wallach mit einem weißen Stern auf der Stirn genau zwischen den Augen. Sie bürstete seine Mähne zurück, um den weißen Stern besser sehen zu können. Das Pferd schnaubte leise und stieß mit der Nase gegen ihren Arm.

»Siehst du? Er hat bereits eine Bindung zu dir aufgebaut.«

Sie streichelte ihn weiter, während Beau um sie herum zur Seite des Pferdes ging. Philippa fühlte sich ziemlich unsicher, obwohl sie in ihrem bischofsblauen Reitkleid ganz wie eine Reiterin aussah. Sie trug sogar einen flotten Hut, der in ihr Haar gesteckt war. Louisa hatte am Morgen, bevor sie und Beau losgefahren waren, gesagt, dass sie sehr schick aussah.

Seit dem Ball war erst eine Woche vergangen, doch zwischen Abendessen, Partys, gesellschaftlichen Besuchen und Nachmittagstee hatte sie das Gefühl, bereits ein ganzes Leben als Lady gelebt zu haben. Es war ein seltsames Gefühl, das sie irgendwie verunsicherte.

Philippa hörte zu, wie Beau in sanftem Ton mit dem Pferd sprach, während er ihm eine Decke und einen Sattel auf den Rücken legte. Sie konnte nicht umhin, mit Beklemmung festzustellen, dass er einen Damensattel vorbereitet hatte.

»Muss ich unbedingt im Damensattel reiten? Die wenigen Male, die ich auf einem Pferd geritten bin, war ich immer rittlings.«

»Eine Lady rittlings auf einem Pferderücken wäre für die Stadt zu viel der falschen Art von Aufmerksamkeit. Auf dem Land kann man natürlich reiten, wie man will.« Er warf ihr einen entschuldigenden Blick zu. »Heute werden wir langsam im Schritttempo unterwegs sein, und ich werde an deiner Seite sein.«

Philippa biss sich auf die Lippe, als Beau den Sattelgurt festzog und den Hals des Pferdes tätschelte. »Er ist bereit für dich.«

Sie sah wieder in die ernsten Augen des Pferdes, das auf seinem Gebiss kaute. »Hat er einen Namen?«

Beau berührte die Nase des Pferdes und kontrollierte dann noch einmal das Zaumzeug. »Albus.«

»Albus?« Philippa rümpfte die Nase. »Für ein Pferd?«

»Auf jeden Fall. Ein edles Geschöpf verdient einen edlen Namen. Albus war der Name meines Großvaters mütterlicherseits. Ich hatte nie die Gelegenheit, ihn kennenzulernen, aber meine Mutter sagte, er sei eine gütige Seele gewesen, die heftig geliebt hat.«

»Oh ...«, Philippas Gesicht erhitzte sich. »Das ist wirklich ein schöner Name.«

Beau warf ihr einen amüsierten Blick zu. »Du schindest wieder Zeit. Komm her.«

Er packte sie an der Taille, und bevor sie protestieren konnte, hatte er sie auf Albus' Rücken gesetzt. Er zeigte ihr, wie sie ihre Beine anordnen musste, um richtig zu sitzen, und reichte ihr dann die Zügel. Beau bestieg einen Grauschimmel namens Lady, ein Pferd, auf dessen Rücken die meisten Männer weiblich aussehen würden, aber nicht Beau. Der Ritt auf der hübschen Grauschimmelstute ließ ihn noch attraktiver und selbstbewusster erscheinen. Er und Lady ritten gut, wie zwei Hälften eines gespaltenen Herzens, die wieder vereint sind.

Sie versuchte, nicht an ihre Angst vor dem Reiten zu denken, und konzentrierte sich stattdessen auf Beau. »Warum reiten Sie auf einer Stute? Die meisten Männer bevorzugen Wallache oder Hengste, nicht wahr?«

Er schnalzte mit der Zunge, und Lady trabte hinaus ins Sonnenlicht, Philippa und Albus dicht hinter ihr. »Ich habe Lady vor einem Mann gerettet, der es genoss, seine Tiere zu schlagen. Ich habe ihn dabei erwischt, wie er sie auspeitschen wollte, nachdem er sie bis zur Erschöpfung geritten hatte.« Er strich mit einer Hand über den Hals der Stute, wo schwache Narben ihr feines graues Fell durchzogen. Sie berührte ihren eigenen Nacken, ihr Herz schlug für das Pferd. Sie waren beide von grausamen Männern missbraucht worden.

»Wie haben Sie das gemacht? Das Eigentum eines Mannes ist in der Regel nichts, was er freiwillig aufgeben würde.«

»In der Tat nicht«, stimmte er zu. »Der Mann wollte mich sie auch nicht kaufen lassen. Also habe ich ihn zu einem Duell herausgefordert. Ich sagte ihm, dass er mich beleidigt hatte, als er mein Angebot ablehnte. Als ich ihm meinen Namen sagte, warf er mir die Zügel zu und stürmte davon.«

»Sie haben also nicht gegen ihn gekämpft?«

»Leider nein. Obwohl ich gerne einen Schuss auf sein schwarzes Herz abgegeben hätte.«

Philippa konnte ihr Keuchen nicht unterdrücken. Warum schien ein gesunder Mann immer auf der Suche nach Schwierigkeiten zu sein und sich mit solcher Leichtigkeit in Gefahr zu begeben? So drückte es zumindest Roger aus, wenn er ihr von Lord Lennox und seinen Freunden erzählte und von der Gefahr, in die sie sich immer wieder begeben hatten, bevor sie verheiratet waren.

»Haben Sie sich schon oft duelliert?«, fragte Philippa und fürchtete sich vor seiner Antwort.

»Gelegentlich. Ich habe die Duelle alle gewonnen, aber ich habe noch nie einen Menschen getötet. Ich vermute, dass der vorherige Besitzer von Lady von meiner diesbezüglichen Vergangenheit wusste, sobald ich meinen Namen preisgegeben hatte.«

Philippa wusste nicht, was sie dazu sagen sollte. Sie war verwirrt von Beau. Er war gefährlich, beschützend, heftig, und doch hatte er auch eine Verletzlichkeit und eine Sanftheit an sich, die immer dann zum Vorschein kam, wenn sie es am wenigsten erwartete. Es schien, als hätte er eine Leidenschaft für die Rettung unglücklicher Kreaturen, egal ob es sich um Pferde oder Dienstmädchen handelte. So oder so, sie stand für immer in seiner Schuld.

»Nun, ich bin froh, dass Sie sie gerettet haben. Das scheint eine besondere Angewohnheit von Ihnen zu sein.«

»Was? Duellieren?«, fragte Beau.

»Die Rettung von Ladys.«

Sein herzhaftes Lachen brachte sie zum Schmunzeln, und er beugte sich vor, um ihr ins Ohr zu flüstern. »Ich denke, ich sollte eine Karriere daraus machen. Die Vorteile sind durchaus lohnenswert.« Er zwinkerte ihr zu, und sie spürte, wie sich ihre Laune verbesserte.

Sie ritten mit ihren Pferden durch den Hyde Park, und Philippa entspannte sich, während Albus ohne großes Zureden dicht an der Seite von Lady blieb. Er war so sanft, wie Beau es ihr versichert hatte.

»Fühlst du dich inzwischen sicherer?«, fragte Beau, als sie einen Teil des Hyde Parks betraten, in dem es mehr Reiter gab. Philippa tat ihr Bestes, um die Rolle der Dame zu spielen, als die sie sich verkleidet hatte. Zwei Herren kamen ihnen zu Pferd entgegen und schauten interessiert zwischen ihr und Beau hin und her.

»Die Leute starren uns an«, sagte sie, als sie und Beau außer Hörweite waren.

»Der Grund dafür bin ich«, sagte Beau. »Es muss ein ziemlicher Schock sein, mich mit einer Dame reiten zu sehen. Jeder weiß, dass ich nie mit unschuldigen Kreaturen wie dir reite.« Er machte sich über sie lustig, aber Philippa fühlte sich durch den Spitznamen trotzdem verlegen.

»So unschuldig bin ich nicht«, brummte sie.

»Das bist du, mein Schatz. Mehr, als du weißt.« Sein Blick traf den ihren einen Moment zu lange, und ihr Herz flatterte, aber sie wollte nicht wegsehen, als die Verbindung zwischen ihnen wuchs. Als er das nächste Mal sprach, war seine Stimme tiefer, leicht heiser, so dass ihr vor Erregung schwindelig wurde.

»Es gibt nichts, wofür man sich entschuldigen müsste, wenn es darum geht, unschuldig zu sein. Ich hoffe, du bleibst noch lange genau so, wie du bist. Das Leben raubt einem diese glorreiche Unschuld viel zu früh.«

Dann wandte er den Blick ab, mit einem Hauch von Melancholie in seinem Tonfall, der ihr Herz zum Rasen brachte und ihr den Atem aus den Lungen presste. Er musste wohl vom Verlust seiner Eltern gesprochen haben.

»Oh, Beau, ich bin ...«

»Mr. Boudreaux!« Eine Frau rief und unterbrach Philippas Gedankengang. Die Frau ritt neben sie und lächelte Beau breit an. Sie hatte keine Anstandsdame dabei, aber ein Trio anderer Damen wartete in einiger Entfernung auf sie, die offensichtlich zu ihrer Reitergruppe gehörten.

Er nickte höflich zur Begrüßung. »Miss Monroe.«

Philippa betrachtete die Frau. Sie hatte dunkles Haar und schwarze Augen, und in ihrem Gesicht, obwohl sie durchaus hübsch war, lag eine subtile Bosheit, die Philippa instinktiv erkannte. Sie hatte in der Vergangenheit schon viel zu oft erlebt, dass jemand ihr genau diesen Blick zuwarf. Sie versuchte, die Frau nicht zu lange anzustarren, um nicht ihre Aufmerksamkeit auf sich zu ziehen. Es war das Beste, sich von solchen Frauen fernzuhalten.

»Miss Monroe, bitte erlauben Sie mir, Ihnen mein Mündel, Miss Wilson, vorzustellen. Philippa, das ist Miss Courtney Monroe.«

»... mir ein Vergnügen«, säuselte Courtney, aber es lag eine subtile Drohung in ihrem Ton.

»Es ist schön, Sie kennenzulernen«, antwortete Philippa.

»Wie kam es, dass ausgerechnet Sie mit einem Mündel belastet wurden? Es muss schrecklich sein, für eine arme Kreatur verantwortlich zu sein.« Courtney tat so, als wäre Philippa gar nicht anwesend.

»Ein Freund vom Lande ist verstorben, und er hat mir seine Tochter geschickt, in der Hoffnung, dass ich auf sie aufpasse, bis sie nächstes Jahr einundzwanzig wird.«

»Furchtbar, einfach furchtbar. Was muss ich tun, um Sie zu retten, mein süßer Beau?«

Beau lachte daraufhin, und das Geräusch versetzte Philippa einen Stich ins Herz. Stimmte er dieser Frau etwa zu? Dass es eine Last war, ihr zu helfen und ihr Leben zu retten?

»So schlimm ist es gar nicht«, antwortete Beau. »Ich habe mich gestern Abend auf dem Ball ziemlich gut amüsiert.«

»Im Haus der Herzogin von Essex? Ja, ich habe gehört, dass Sie ziemlich viel getanzt haben für einen Mann, der das normalerweise vermeidet. Sie sind doch so ein wunderbarer Tänzer. Ich liebe es immer, wenn wir Walzer tanzen.« Courtney schenkte Philippa ein triumphierendes Lächeln, während Beau für einen kurzen Moment auf sein Pferd hinunterblickte.

»Und was ist mit Ihnen, Miss Monroe? Ich habe Sie gestern Abend nicht gesehen«, sagte Beau.

»Oh ...« Courtneys Gesicht errötete leicht, aber ihre Augen waren dunkel vor Wut. »Lady Essex scheint sich nicht mehr für mich zu interessieren. Sie hat es neulich doch tatsächlich gewagt, mich völlig offensichtlich zu ignorieren.«

»Das klingt nicht nach Emily«, sagte Beau mit großen, überraschten Augen.

»Nun, das hat sie. Um ganz ehrlich zu sein, habe ich sie immer für viel zu anmaßend gehalten. Es ist, als hätte sie vergessen, dass sie nicht immer eine Herzogin war. Ich bin die Tochter eines Grafen. Mein Stammbaum macht mich viel wichtiger als sie. Sie vergisst, dass die Herkunft wichtig ist. Nicht wahr, Miss Wilson?«

Der Blick, den Courtney ihr zuwarf, hatte einen ausgesprochen finsteren Charakter, den nur grausame Frauen denen zuwerfen, die sie unter ihren teuren Reitstiefeln zermalmen wollen.

Philippa war wütend. Niemand sollte so über Lady Essex sprechen. Sie war ein wirklich liebenswerter Mensch, und wenn Miss Monroe von ihr ignoriert worden war, dann zweifellos aus gutem Grund. »Da muss ich Ihnen widersprechen, Miss Monroe, und zwar mit allem Respekt. Die Herkunft ist nicht das, was den Charakter eines Menschen ausmacht. Lady Essex ist eine der wunderbarsten Frauen, die ich kenne.«

Courtneys Augen verengten sich. »Nun, ich bin sicher, dass Sie damit Recht haben.« Aber ihr Tonfall verriet, dass sie ihr nicht im Geringsten zustimmte.

»Ich hoffe, dass Sie und Emily die Probleme schon noch lösen werden«, sagte Beau.

»Ich bin mir sicher, dass sie wieder zu sich kommen wird.« Courtney schenkte Beau ein strahlendes Lächeln und ignorierte Philippas Existenz wieder einmal völlig. »Werden Sie also den ganzen Morgen ausreiten?«, fragte Courtney ihn.

»Nein, das ist Philippas erster Ausritt. Wir sind nur für kurze Zeit unterwegs.«

»Also können Sie nicht reiten? Armes Ding. Wie bedauerlich.« Courtneys Lächeln sah eher wie ein Zähnefletschen aus.

Philippa hielt die Zügel fest in der Hand und versuchte, sie nicht allzu finster anzusehen.

»Sie macht sich ganz gut«, sagte Beau stolz, was Philippas Gemüt etwas beruhigte.

»Oh, schauen Sie doch, Beau!« Courtney wies auf zwei Reiter hin, die ihnen entgegenkam. Beau winkte den Männern zu, die Philippa mit offener Neugierde musterten.

»Es dauert nur einen Moment, Philippa.« Er lenkte sein Pferd über den Feldweg, um mit den beiden Herren zu sprechen.

»Beau, warten Sie!«, keuchte sie und zerrte an den Zügeln. Albus schnaubte verärgert und wollte in der Nähe von Lady bleiben.

»Du schaffst das schon. Du machst das gut«, versicherte Beau ihr, bevor er Lady weglenkte und Philippa mit der Schlange allein ließ.

»Du wohnst also mit Beau zusammen?«, fragte Courtney mit einem Hauch von Schärfe in ihrem Ton.

»Ja, auf Wunsch meines Vaters.«

»Und was hast du gesagt, woher du kommst?« Ein listiges Licht in ihren Augen spannte Philippas Nerven an.

»Sussex, eine kleine Stadt in der Nähe von Arundel.« Sie betete, dass diese Frau niemanden aus Arundel kannte.

»Ahh ... das Haus des Herzogs von Norfolk, Arundel. Bist du mit ihm bekannt?«

Philippa wusste es besser, als in diese Falle zu tappen. »Nein.«

»Sollen wir ein Stückchen zusammen reiten? Ich bin sicher, dass Beau uns wieder einholen kann.«

»Ich denke wirklich, wir sollten lieber warten ...«

Zack. Courtney schlug mit der Reitgerte auf Albus' Flanke ein, woraufhin sich das Pferd auf die Hinterbeine stellte und vor Schmerz wieherte.

Philippa schrie auf und fiel fast vom Pferd, als es mit einem dumpfen Aufprall die Vorderbeine wieder auf den Boden setzte. Sie hatte nur den Bruchteil einer Sekunde Zeit, das Gleichgewicht wiederzufinden, bevor Albus den Feldweg hinuntergaloppierte und die anderen Reiter unter panischen Schreien das Weite suchten.

Die nächsten Augenblicke waren ein einziges Chaos, doch Philippa schien es lebhaft zu erleben, so roh und voller Schrecken, dass sie das Geschehen nie vergessen würde.

Albus verließ die Sicherheit des Pfades und bahnte sich einen Weg durch Brombeersträucher und spitze Äste. Aber der Schmerz war zwar heftig, aber nur kurz. Sie konzentrierte sich ausschließlich darauf, auf dem Rücken des Pferdes zu bleiben. Als er sich mit voller Geschwindigkeit einer niedrigen Hecke näherte, senkte Philippa ihren Körper über seinen Hals und versuchte, sich mit ihm zu bewegen.

Albus sprang über die Hecke, und irgendwie schaffte sie es, oben zu bleiben ... bis ein anderer Reiter den Weg des Pferdes kreuzte und es abdrehte. Durch die scharfe Wendung wurden beide zu Boden geworfen. Philippa konnte nicht einmal mehr schreien, bevor das Pferd auf ihr landete.

Ich muss ohnmächtig geworden sein, überlegte Philippa, als sie den Baumkranz über sich betrachtete. Die roten und goldenen Blätter flüsterten wie feine Damen auf einem Ball, das Geschwätz war für sie unhörbar, da sie weit unter ihnen lag ... Ihr Körper schmerzte überall.

Plötzlich starrte ein großes schwarzes Gesicht mit einem weißen Stern auf der Stirn auf sie herab. Albus stupste sie an die Wange und schnaubte leise, was sie für eine pferdeähnliche Entschuldigung hielt.

»Es war nicht deine Schuld«, flüsterte sie, obwohl ihr die Worte in der Brust wehtaten.

»Philippa!« Die entsetzten Schreie von Beau erreichten sie, aber sie war noch zu erschüttert, um sich zu bewegen. Bald erschien Beau in ihrem Blickfeld und kniete sich neben sie. »Mein Gott! Wo tut es weh?«

»Überall ...« Sie blinzelte die Tränen zurück, als er ihr Gesicht umfasste und ihr in die Augen sah. Er sah so verängstigt aus, dass es ihr noch mehr Angst machte. Wie schwer war sie verletzt?

»Beau? Geht es der armen Kreatur gut?« Courtneys Stimme mischte sich in die Erleichterung, die Philippa empfand, mit Beau allein zu sein.

Eine kalte Wut zog wie eine schwarze Wolke in Philippa auf, als sie sich trotz ihrer Schmerzen und ihres Unbehagens aufsetzen wollte. Courtney ritt näher heran, ihr Gesicht ein Ausdruck der Besorgnis.

»Oh je. Sie hätte darauf achten sollen, reiten zu lernen, bevor sie nach London kam.«

»Philippa, vielleicht solltest du dich wieder hinlegen«, schlug Beau vor.

Dafür war es viel zu spät. Philippa stand auf heftig zitternden Beinen, während Courtney von ihrem Pferd abstieg und zu ihnen herüberkam. Philippa riss der Frau die Reitgerte aus der Hand und schwang sie heftig, so dass Courtney einen Schlag auf den Hintern bekam.

»*Wie gefällt dir das?*«, fauchte Philippa. Sie schlug die Frau erneut und hob ihren Arm für einen dritten Schlag, aber Beau schnappte sich die Gerte und warf sie zu Boden.

»Philippa, hör sofort damit auf, hörst du mich?«, brüllte er.

Philippa wich vor ihm zurück, nicht aus Angst, sondern aus Scham. Sie stolperte zurück zu Albus, suchte Trost in der großen, festen Präsenz des Pferdes und vergrub ihr Gesicht in seinem Nacken.

Beau sprach kurz mit Courtney und entschuldigte sich aufrichtig.

»Sie ist eine fiese kleine Schlampe, Beau. Schicken Sie diese Göre zurück aufs Land, wo sie hingehört«, rief Courtney viel zu laut.

Philippa schloss die Augen, frische Tränen brannten in ihrer Nase. Sie hörte, wie Courtney sich davonmachte, wagte aber nicht, sie noch einmal anzusehen. Nach einem Moment spürte sie, dass Beau neben ihr stand.

»Das war schlecht gemacht, Philippa, wirklich schlecht gemacht. Du hast eine andere Dame *geschlagen*«. In Beaus Missbilligung und Enttäuschung mischte sich Wut. »Ich glaube, wir sollten lieber gleich nach Hause zurückkehren.«

Philippa wollte nach Hause zu ihren Eltern gehen. Um sich vor der Demütigung dieses Augenblicks zu verstecken. Beau half ihr zurück auf ihr Pferd. Die Scham wurde nur noch größer, als sie gezwungen war, an Dutzenden von Zuschauern vorbei zu reiten, die ihr verhängnisvolles Abenteuer mitangesehen hatten.

Beau blieb aufrecht und stolz im Sattel sitzen, aber Philippa sackte in sich zusammen, als sie schweigend zurück zu den Ställen am Park ritten. Beau kümmerte sich zuerst um Lady und half ihr dann von Albus herunter.

»Er ist verletzt«, flüsterte sie und deutete auf die Kratzer an seinen Beinen.

Beau sagte kein Wort, während er einen Topf mit Salbe

aus einer Kiste in Albus' Stall holte und sie großzügig auf die Schrammen auftrug.

»Sie hat ihn geschlagen, Beau. Sie schlug ihn mit der Gerte so fest, dass er schrie«, fügte sie hinzu, immer noch mit dieser ruhigen Stimme, die Beau innehalten ließ.

»Sie hat *was* getan?«

»Sie hat gewartet, bis Sie mit Lady weit genug weg waren, damit Sie sie nicht mehr sehen konnten.«

Beau sah sie immer noch nicht an, während er mit seinen Handflächen über Albus' Körper strich.

»Tut mir leid, alter Junge. Das wusste ich nicht. Verzeihst du mir?« Er streichelte das lange Gesicht des Pferdes, woraufhin Albus die Augen halb schloss und seine Haltung so veränderte, dass ein Hinterbein einknickte und er sich entspannte. Dann legte Beau ihm eine Decke auf und sicherte ihn in seiner Box.

Philippa folgte Beau bis zur Tür der Ställe, wo er eine vorbeifahrende Droschke heranwinkte, die sie nach Hause bringen sollte. Sie fuhren schweigend nach Hause, die Luft war voller Spannung. Sie hatte sich noch nie so allein und ... kalt gefühlt, jetzt, wo Beau wütend auf sie war. Sie wollte unbedingt zurück in die Sicherheit ihres Elternhauses oder des Lennox-Hauses und ihrer Dienstboten-Familie. Sie biss sich auf die Lippe und warf einen Blick auf Beau. Er starrte geradeaus auf einen Punkt an der Wand des Wagens. Seine Augen waren leer, als wären seine Gedanken weit weg.

Als sie Boudreaux Hall betraten, eilte Philippa sofort in ihr Zimmer und schloss die Tür.

Sie hatte sich nicht anders verhalten als Beau gegenüber dem Mann, der Lady missbraucht hatte, und doch ertrank sie in Scham. Jede Sekunde dieser Begegnung im Park schloss sich um sie herum und zog sie in düstere Tiefen hinab. Sie lag auf dem Bett, ihr Körper schmerzte noch immer von dem Sturz, jeder Knochen und jedes Stückchen Sehne fühlte sich geprellt und überdehnt an. Aber nichts davon war vergleichbar mit dem enttäuschten Blick, den sie in Beaus Augen gesehen hatte.

Dieser Schmerz würde nie vergehen.

Beau saß allein im Esszimmer und ließ seinen Blick über die Standuhr in der Ecke schweifen. Er war nun schon seit fünf Stunden mit seinen Gedanken allein. Stoddard betrat den Raum und sah erst den Lakaien und dann Beau an.

»Soll ich den ersten Gang bringen lassen, Sir?«, fragte der Butler höflich.

Beau riss sich von seinen Grübeleien los. »Was?«,

»Der erste Gang, Sir. Es sieht nicht so aus, als würde Miss Wilson sich Ihnen anschließen. Mrs. Gronow hat mir gerade mitgeteilt, dass die junge Dame das Abendessen verweigert hat, weil sie sich angeblich nicht wohl fühlt.«

Schuldgefühle nagten von innen an ihm. War er heute im Park zu hart zu ihr gewesen? Wahrscheinlich … Ja. *Definitiv.* Er hatte gesehen, wie Albus über sie hinweggerollt war, und wenn sie nicht aufgestanden wäre und Miss Monroe geschlagen hätte, hätte er befürchtet, dass sie schwer verletzt worden wäre. Diese Gefühle hatten ihn stärker auf ihre Handlungen reagieren lassen, als er beabsichtigt hatte. Und als er von ihren Gründen erfahren hatte …

Ich war zu streng mit ihr.

»Ich glaube, ich werde hochgehen und nach ihr sehen.

Lassen Sie zwei Tabletts vorbereiten und auf ihr Zimmer bringen.« Beau stieß sich vom Tisch ab und ging die Treppe hinauf. Er versuchte, eine Entschuldigungsrede einzustudieren. Er war an diese Art von Gesprächen nicht gewöhnt. Bei einer Geliebten kam eine Entschuldigung immer in Form von Diamanten. Aber er wusste, dass Diamanten für Philippa keine Rolle spielen würden.

Als er ihr Gemach erreichte, klopfte er an und drückte sein Ohr an die Tür. Als er keine Schritte hörte, versuchte er, den Türknauf zu drehen. Er öffnete die Tür. Schlief sie bereits? Das Letzte, was Beau tun wollte, war, sie zu stören, wenn dem so war.

Das Schlafgemach war dunkel, nur das Feuer brannte. Er konnte gerade noch Philippas Gestalt ausmachen, die auf einem Stuhl vor den Flammen zusammengerollt saß. Er betrat den Raum und schloss die Tür hinter sich. Sein Herz schlug hart gegen seine Rippen, als er sich bereit machte, sich zu entschuldigen, aber er zögerte einen Moment, bevor er sich zu ihr ans Feuer setzte.

»Philippa ... Wir sollten darüber sprechen, was heute passiert ist.« Er sah hinunter und sah, dass auf ihren Wangen Tränenspuren schimmerten. Sie wischte sich die Augen, als sie seinem Blick begegnete.

»Du hast mit mir geschimpft wie mit einem Kind. Ich bin kein Kind, Beau«, sagte sie leise, ihre Stimme war heiser und erinnerte ihn schmerzlich daran, dass sie eine erwachsene Frau war. Eine mit einem reinen Herzen, die er schlecht behandelt hatte.

»Du hast Recht. Ich habe dich für dein Temperament gescholten, was ich nicht hätte tun sollen. Gott weiß, ich hätte das Gleiche getan, wenn ich an deiner Stelle gewesen wäre, wenn es ein Mann gewesen wäre, der das getan hätte.«

»Du entschuldigst Miss Monroes Handeln, weil sie eine Frau ist?«

»Sicherlich nicht. Aber ich würde nie die Hand gegen eine Frau erheben, auch nicht gegen eine schreckliche Frau.« Er blickte auf den leeren Stuhl neben ihr. »Darf ich mich setzen?«

»Es ist dein Zuhause. Du kannst tun, was du willst.« Ihre mürrische Antwort brachte ihn aus Gründen, die er sich nicht erklären konnte, zum Lächeln.

»Das ist es. Aber das ist dein Zimmer, solange du hier bist.« Er setzte sich und wollte nach ihrer Hand an der Armlehne greifen, hielt sich aber zurück. Es war noch zu früh.

Philippa setzte ihre Wache fort und starrte in die Flammen. »Bedeutet sie dir etwas? Miss Monroe?«

»Miss Monroe? Himmel, nein«, antwortete er mit einem verwirrten Kichern. »Diese Frau ist eine Klatschtante, und ihr liegen nur ihre eigenen Interessen am Herzen, vorausgesetzt, sie hat ein Herz, was ich mich im Übrigen schon oft gefragt habe.«

»Aber du warst so höflich zu ihr. Sie hat dich Beau genannt und ...«

Beau hob eine Hand, um sie zum Schweigen zu bringen. »Ich bin höflich zu vielen Menschen, die ich nicht mag. Das macht das Leben leichter. Und sie, wie viele Frauen, die mich gerne vor einen Altar locken würden, benutzen meinen Vornamen nach Belieben. Ich könnte kalt sein und sie korrigieren, aber es ist ziemlich amüsant, ein Dutzend Damen in einem Raum zu beobachten, die mich alle Beau nennen, und dann festzustellen, dass auch die anderen Damen dieses Privileg haben. So etwas sät Zwietracht unter den kleinen Klatschbasen.« Er musste lächeln, als er ein Aufflackern von Heiterkeit in Philippas Augen sah.

»Aber ich darf dich Beau nennen. Du bestehst sogar darauf.«

Er wartete, bis sich ihre Blicke trafen, und fühlte sich, verblüfft von der Offenheit zwischen ihnen, gezwungen, ehrlich zu sein. »Weil ich dich *mag*, mein Schatz.«

Philippa schwieg einen weiteren langen Moment. »Es tut mir leid, dass ich dich in Verlegenheit gebracht habe.«

»Das muss es nicht. Sie hat diese Strafe verdient. Ich wünschte nur, die Mehrheit des *ton* hätte dich nicht dabei gesehen.«

»Wegen des Skandals?«

Er gluckste. »Im Gegenteil. Wahrscheinlich bist du bereits für die Hälfte der Londoner Bevölkerung eine Heldin. Miss Monroe hat keine Freunde, nur Feinde und zukünftige Feinde. Ich denke, wenn sich das herumspricht, werden wir Dutzende von Visitenkarten ins Haus geschickt bekommen, die der arme Mr. Stoddard zu sortieren haben wird. Du und ich werden anfangen müssen, Hausbesuche zu akzeptieren. Aber ich frage mich, wie Monmouth dies interpretieren wird und ob diese Aufmerksamkeit ihn dazu ermutigen wird, zu handeln, anstatt zu beobachten, wie wir gehofft hatten.«

»Du bist also nicht böse auf mich?«

Er rieb sich mit der Hand über den Kiefer. »Ich hatte Angst. Als ich gesehen habe, wie Albus gestürzt ist und dich mitgerissen hat ... Philippa ... Ich möchte nie wieder diesen Schrecken spüren, den ich in jenem Moment empfunden habe.« Er beugte sich vor, und diesmal war er mutig genug, ihre Hand zu ergreifen. »Jetzt lass dich mal anschauen. Wo bist du verletzt? Ich kann einen Arzt rufen lassen. Das hätte ich schon vor Stunden tun sollen.« Aber er hatte es nicht getan, weil er gegrübelt hatte. Was für eine sinnlose Übung das doch gewesen war.

»Ich habe nur ein paar Kratzer. Mir geht es gut.«

»Kratzer?« Er zerrte an ihrer Hand, um sie zum Aufstehen zu bewegen. »Wo?« Er untersuchte ihr Gesicht und ihre Arme, sah aber keine Risse im Stoff. Mit einem Erröten deutete sie auf ihre blauen Samtröcke. Erst dann sah er die Risse in dem voluminösen Stoff, die sie vor ihm versteckt hatte.

»Darf ich mal sehen?«

Ihre Augen suchten seine, und er hatte keine Ahnung, was genau sie dort suchte, aber dann nickte sie schließlich.

Beau führte sie zum Bett, wo sie sich auf die Kante setzte. Dann zündete er eine Kerze an und stellte sie in der Nähe auf den Tisch, damit er ihre Verletzungen besser sehen konnte. Er hob ihre Röcke an, und das Reitkleid legte sich um ihre Knie, als er einen Blick auf die Kratzer warf. Sie hatte ihre Stiefel und Strümpfe ausgezogen. Die arme weiße Seide, die mit Blut besudelt war, war über die spanische Wand zum Ankleidezimmer hin drapiert, aber das hatte er bis jetzt nicht bemerkt.

»Tut es weh?«, fragte er.

»Sie brennen ein wenig«, gab sie zu und zuckte zusammen, als er über die Haut oberhalb der Schnitte strich und sie erforschte.

Sein Blut geriet in Wallung, als er versuchte, sich daran zu erinnern, dass er sich um sie kümmern und sie nicht verführen sollte. »Darf ich mich darum kümmern?«

Sie antwortete mit einem leichten Nicken.

Er ging und holte ein Glas Salbe, das er in seinem eigenen Zimmer aufbewahrte. Immer, wenn er sich beim Rasieren verletzte, kam die Salbe zum Einsatz. Als er in das andere Zimmer zurückkehrte, wartete sie auf ihn. Sie hatte ihre Röcke bis über die Mitte der Oberschenkel hochgezogen, blickte aber schüchtern weg, als er sich näherte. Das ließ ihn für einen Moment innehalten, denn er musste sein sofortiges Verlangen nach ihr zurückdrängen.

Reiß dich zusammen, Mann, knurrte er innerlich.

»Das wird helfen, das Brennen zu lindern.« Er hielt die Salbe hoch. »Spreize deine Beine ein wenig weiter.«

Er trat näher heran, schraubte das Glas auf und tauchte einen Zeigefinger in die cremige Substanz. Sie holte scharf Luft, als er mit dem Finger über einen der tieferen Kratzer strich.

Sie hatte so viel durchgemacht, und er hatte sie dafür belohnt, indem er sie angebrüllt hatte. Jetzt würde er alles tun, um diesen Fehler wiedergutzumachen. Er trug die Salbe auf alle Schnitte und Schürfwunden auf, die er finden konnte, und wischte sich dann die Hand an einem Handtuch am Waschbecken ab, bevor er zu ihr zurückkehrte.

»Philippa ...« Die Worte, die er sagen wollte, lagen ihm auf der Zunge, aber er brachte sie nicht heraus. »Es tut mir leid.«

Sie blinzelte langsam, wobei ihre langen Wimpern erst nach unten und dann nach oben flatterten. Sie hob ihre Hände und schlang ihre Finger um seine Handgelenke. »Bitte schrei mich nie wieder so an.«

»Das werde ich nicht.« Er neigte den Kopf, so dass sich ihre Nasen berührten und seine Stirn sich gegen ihre legte. Er umfasste ihr Gesicht und suchte in ihren unergründlichen, sprunghaften Augen nach etwas ... er wusste nicht, was das war. »Ich schwöre es.« Das Gelübde war in sein Herz gemeißelt. Er würde ihr nie wieder so etwas antun, auch nicht, wenn er Angst um sie hätte. Sie hielten einander schweigend fest, bis sie sich näher an ihn heranschob.

»Warum dieser Schmerz?« Sie stellte die Frage so unschuldig, dass es ihn fast umbrachte.

»Welche Art von Schmerz?«

Sie drückte eine Hand auf ihren Unterbauch. »Hier. Ein tiefer, starker Schmerz. Ist das ...?«

»Verlangen?«

»Ist es das?« Verwundert starrte sie zu ihm auf. »Ich wusste nicht, was es bedeutet, sich so zu fühlen. Ich habe mich von Gentlemen und Leidenschaft ferngehalten. Ich habe gesehen, was andere als Begehren in ihren Augen bezeichnen, aber für mich sieht es wie Besitzdenken aus. Als ob ich etwas wäre, das man besitzen müsste. Aber wenn du mich berührst ... wie ich mich dann fühle? Ich will mehr. Bitte, kannst du mich das lehren?«

Das süße Flehen in ihrem Ton brach ihn. Wie könnte er sie abweisen? Sie hätte ihm noch viel mehr befehlen können, er hätte alles für sie getan.

»Ja, ich werde es dir beibringen.«

Bei dem darauf folgenden Kuss befürchtete er, dass er für immer verloren sein würde.

KAPITEL 13

Philippa konnte nicht glauben, dass dies geschah. Der schönste Mann, den sie je gesehen hatte, war in ihrem Schlafzimmer und küsste sie auf eine Art und Weise, dass ihr Körper schmerzte und ihre Zehen sich vor Verlangen krümmten. Sein sexuelles Selbstbewusstsein hatte sie so leicht in seine Arme gelockt wie eine Motte in die Flamme, und es war ihr egal, ob sie sich dabei verbrannte.

Es war töricht gewesen, ihn darum zu bitten. Das konnte auf keinen Fall gut ausgehen. Aber sie war es leid, gegen ihr eigenes Verlangen anzukämpfen. Er unterbrach den Kuss und warf ihr einen prüfenden Blick zu, der ein Aufflackern von Hitze in seinem konzentrierten Blick auslöste.

»Vertraust du mir?«, fragte er, seine Stimme heiser vor Verlangen.

Sie nickte, ohne zu zögern. Sie traute *sich selbst nicht*, aber da ihr Körper heute Abend den Kampf gegen ihren Verstand gewonnen hatte, spielte das keine Rolle mehr.

Er half ihr, vom Bett zu rutschen, knöpfte dann die Vorderseite ihres Reitgewandes auf und streifte ihr den Mantel von den Schultern. Ihr Puls beschleunigte sich, als er den Rock aushakte und der Stoff zu einer Pfütze aus blauem Samt zu ihren Füßen fiel.

Er zwirbelte mit den Fingern, und sie drehte sich um und bot ihm ihren Rücken an. Ein spielerischer Funke kribbelte unter ihrer Haut, als seine Finger an den Schnüren ihres Korsetts zupften. Selbst die Berührung seiner Finger auf ihrem nackten Rücken, als er das Korsett entfernte, verlieh diesem Moment eine wilde und doch ruhige Intimität. Vor lauter Verlegenheit wollte sie ihre nackten Brüste mit den Handflächen bedecken, aber er hielt sie nicht auf. Er fuhr mit seinen sanften Berührungen und Bewegungen der langsamen, süßen Verführung fort, während er die Nadeln aus ihrem Haar zog. Es fiel in wilden Wellen herab, und er lehnte sich an sie und vergrub sein Gesicht in ihrem Haarschopf.

»Warum erinnerst du mich jedes Mal an einen Garten, wenn ich in deiner Nähe bin?«, murmelte er. Sein warmer Atem flüsterte über ihre Kopfhaut, und jedes Wort war ein brennender Hauch, der Wellen der Lust durch ihren Körper schoss. »Du bist mehr Traum als Frau.«

Er strich ihr das Haar von der Schulter und drückte sanfte Küsse auf ihren Hals. Der Atem von Beau war warm. Als ein Kribbeln ihre Wirbelsäule hinunterlief, senkte sie langsam die Hände und ließ sie an ihre Seiten fallen. Er umfasste ihre Taille von hinten, bevor er seine Handflächen auf ihre Brüste legte.

Philippa stöhnte auf, als er das weiche, sehnsüchtige Fleisch knetete und leicht in ihre Brustwarzen zwickte. Sie hatte nie gewusst, wie empfindlich ihr Körper sein konnte, bis er sie berührte. Es war, als ob jede Liebkosung eine Flamme in ihr entzündete, so dass sie sich wie ein Leuchtfeuer aus intensivem Licht fühlte. Sie hatte sich nicht vorstellen können, dass sie sich so herrlich und so lebendig fühlen könnte.

Sein harter Körper hinter ihr verschmolz mit dem Gefühl seines Mundes an ihrem Hals. Seine Erektion stieß sanft gegen ihren unteren Rücken, und sie wurde von der Neugierde auf seinen Körper überwältigt. Beau gab ihr ein Gefühl von ... Mut, wie sie es noch nie zuvor empfunden hatte, mutig genug, um sinnliche Forderungen an ihn zu stellen.

»Ich möchte dich berühren«, keuchte sie.

Er gluckste und drehte sie zu sich herum. Er knöpfte seine Weste auf, während sie gespannt und atemlos zusah. Langsam zog er sein Hemd aus und ließ sie sich an seinem Körper satt trinken. Sie hätte sich nie vorstellen können, dass es eine so kraftvolle und aufregende Erfahrung sein würde, einen Mann beim Ausziehen zu beobachten. Er öffnete die Vorderseite seiner Hose und ließ sie von seinen Hüften herabrutschen.

Es gab eine Pause, in der er mit seinen Hosen tief auf den Hüften stand, sein Körper verlangte so eindeutig nach dem ihren, während sie sich gegenseitig anstarrten. Philippa sah die Frage in seinen Augen. Durfte er weitermachen? Wollte sie, dass er weitermachte? Es war ihre Entscheidung, aber von dem Moment an, als sie ihn zum ersten Mal gesehen hatte, hatte es nie eine Wahl gegeben, nur Verlangen. Die Leidenschaft, die zwischen ihnen aufblitzte und brannte, war in gewisser Weise unvermeidlich gewesen. Sie biss sich auf die Unterlippe, als er sich bückte, um seine Hosen und Stiefel auszuziehen.

Philippas Augen wanderten südlich an seiner Brust hinunter zu der Spur aus dunklem Haar, die unterhalb seines Nabels begann und zu seinem Schaft führte. Er war hart, und sein Anblick faszinierte sie. Sie griff nach ihm, zögerte aber.

Er schien zu wissen, was sie wollte, ergriff sanft ihre Hand und verschränkte kurz ihre Finger mit seinen, bevor er ihre Handfläche an seine Brust legte. Er war glatt, bis auf einen winzigen Fleck dunklen Haars, der unterhalb des Nabels begann. Fasziniert fuhr sie mit ihrer Hand über seine Brust und fühlte jeden einzelnen Muskel, der seinen Bauch zierte, bevor sie es wagte, seine Erektion zu berühren. Als sie es schließlich tat, schlang sie ihre Finger um ihn. Er schloss die Augen, als sie ihn streichelte. Seine offensichtliche Lust und das Gefühl seiner weichen, heißen, samtigen Haut waren so verlockend für sie. Philippa holte tief Luft, um sich zu beruhigen, während sie sich zu ihm hinunterbeugte.

Er öffnete die Augen und schob ihr seine Hüften entgegen, während sie ihn weiter streichelte. Doch das Kräfteverhältnis wendete sich nun, als er eine ihrer Brüste umfasste und mit dem Daumen über ihre Brustwarze strich, bis sie ihre Schenkel zusammenpresste. Es hatte etwas Magisches, einander auf diese Weise zu berühren. Er lehrte sie, sich ihren Wünschen zu öffnen, und sie liebte ihn dafür.

Beau hob sie hoch, und sie keuchte, als sie ihn losließ. Er trug sie zurück zum Bett und legte sie darauf ab. Einen Moment lang starrten sie einander einfach nur an, denn beide wussten, dass dies kein Spiel mehr war, keine Erkundung oder gar eine Lektion, sondern eine Reise, die sie gemeinsam unternehmen würden.

»Du brauchst nur ein Wort zu sagen, und ich höre auf«, sagte er, aber das war das Letzte, was sie wollte. Sie warf den Kopf zurück und ließ die letzten Reste von Anstand und Verlegenheit fallen, um ihrem eigenen Verlangen nachzugeben.

»Niemals aufhören«, befahl sie. »Bitte, hör nie auf, mich zu berühren.«

Sein verschmitztes Lächeln hätte ihr Flügel verleihen können.

»Ja, Mylady«, antwortete er, und sie wusste, dass sie für ihn verloren war, jetzt und für immer.

Er strich mit einer Fingerspitze von ihrem Hals hinunter zu ihrem Schamhügel. Sie zitterte, als sein Finger ihre Falten öffnete. Sie errötete angesichts der Nässe, die sie dort spürte. Beau streichelte sie und zeichnete Muster in ihr heißes Fleisch, bis ihre Beine zitterten und sich ein zu starkes Bedürfnis in ihr aufbaute, um es zu ignorieren.

Philippa erwartete, dass er in sie eindringen, sie so nehmen würde, wie man es von Männern erwartete. Aber er tat es nicht. Er beugte sich über sie, küsste ihre Brüste, fuhr mit der Zunge über ihre Brustwarzen und saugte an den zarten Spitzen. Sie zischte vor schockiertem Vergnügen.

»Gefällt dir das?«, murmelte er gegen ihre Haut, und seine Stimme wurde vor Verlangen immer tiefer.

»Ja!«

Er ließ sich Zeit, küsste sich an ihrem Körper hinunter, erkundete ihre Täler, Spitzen und Kurven. Sie bemerkte ein Dutzend Stellen an ihrem Körper, von denen sie nie gedacht hätte, dass sie besonders sein könnten. Doch mit jedem Schnippen seiner Zunge und jedem Druck seiner Lippen erwachte sie in neuer Lust und Vorfreude.

Er spielte weiter mit ihren Brustwarzen, während sein Mund zu ihren Falten wanderte. Seine Zunge spielte mit ihr, bis ihr ganzer Körper heiß war und sie das Gefühl hatte, fast keine Luft mehr zu bekommen. Sie schwitzte und erstickte vor Lust.

»Bitte ... Ich brauche ...« Sie wusste nicht, was sie brauchte, aber *er* musste es wissen. Als sie an ihrem Körper hinunterschaute, sah sie das Wissen in seinem Blick.

Er spreizte ihre Beine weit, brachte sich an ihren Eingang und beugte sich über sie, während er eindrang. Er stieß hart zu, und der Schmerz pochte tief in ihr. Sie schrie leise, aufgeschreckt.

»Atme, mein Schatz, atme«, ermutigte er sie sanft.

Als er sich in ihr bewegte, beruhigte sie sich, und ihre kurzen Atemzüge wurden gleichmäßiger.

»Besser?«, fragte er.

»Ja, viel besser.« Sie blickte in seine whiskeyfarbenen Augen und bewunderte, wie sie sich im Schein des Feuers in ein tiefes, bräunliches Gold verwandelt hatten.

Dann begann Beau sich zu bewegen, zog sich zurück und stieß wieder vor. Erst langsam, dann immer stärker. Jeder Stoß ließ sie auf dem Bett hin und her rutschen und zwang ihn, ihre Hüften zu ergreifen, um die volle Kontrolle über sie zu erlangen, so dass ihr schwindelig wurde. Sie konnte nicht leugnen, dass sie das Gefühl der Sicherheit bei ihm genoss, auch wenn er so heftig mit ihr schlief.

Als ihr Hunger wuchs und der Höhepunkt der Lust, den sie nahen spürte, immer näher rückte, wurde ihr klar, dass er ihre Seele zerriss. Ein plötzlicher Schmerz brannte tief in ihrem Herzen. Er hatte sie an sich gefesselt, doch sie befürchtete, dass dieser Moment für ihn nur die Befriedigung eines körperlichen Bedürfnisses war.

Er war ein Wüstling. Und vom französischen Adel. Solche Männer verliebten sich nicht in Bedienstete.

»Bleib bei mir, Liebling.« Seine Worte durchbrachen ihre traurigen Gedanken, und sie begegnete seinem intensiven Blick. Das Gefühl, dass er sie ausfüllte, war einfach zu stark, um ihm zu widerstehen. Das darauf folgende Vergnügen war rein, hart und überwältigend, wie ein Wasserfall, der über dunkle, moosbewachsene Steine stürzt.

Sie holte tief Luft, als ihr Herz anschwoll. Ein Dutzend Emotionen fluteten ihre Augen mit Tränen. Es war, als ob alles um sie herum glühte und glorreich war. Beau beugte sich über sie und flüsterte süße Worte des Trostes. Wenige Augenblicke später, als sie sich beruhigt hatte, veränderte sich sein Gesichtsausdruck. Die Süße wurde durch Intensität ersetzt, als er begann, wieder in sie hineinzustoßen. Empfindliche Nervenenden erwachten wieder zum Leben, und sie schrie in exquisiter Folter auf, als er immer wieder in sie hineinpumpte. Seine Hände hielten ihre Hüften besitzergreifend in einer Weise, die ihr die Sinne vernebelte.

Beau keuchte ihren Namen, als sich sein Körper versteifte und er sich in ihr ergab. Sie hatte sich noch nie unvollständig gefühlt, doch als sie mit ihm zusammenkam und die Zärtlichkeit seiner Berührungen spürte, als er ihren Mund mit einem Kuss beanspruchte, fühlte sie sich voll und ganz. Sie war überwältigt, und lange Zeit sprach keiner von ihnen und bewegte sich nicht, außer, um den anderen zu küssen.

»Das ist es also, worüber alle so leise miteinander tuscheln?«, fragte sie, als sich ihre Münder endlich voneinander trennten.

»Ziemlich schön, nicht wahr?«, antwortete Beau und brachte sie mit seinem verschmitzten Grinsen zum Kichern.

»Ja, das ist es.« Sie schlang ihre Arme um ihn. Würde er jetzt gehen, oder würde er bleiben? Sie wagte nicht zu fragen. Er strich mit seinen Handflächen über ihren Rücken und kraulte ihren Nacken.

»Danke für das Geschenk«, sagte er, als sie ihre Augen schloss.

»Geschenk?«

»Dein erstes Mal mit einem Mann. Es war ein wunderbares Geschenk, und ich fühle mich durch dein Vertrauen geehrt.« Schließlich zog er sich soweit zurück, dass er sie anstarren konnte. »Du musst müde sein. Ich bin hierher gekommen, um zu sehen, wie es dir nach deinem Sturz geht, nicht, um dich auszunutzen.«

»Das hast du nicht.« Sie versicherte ihm das. »Das könntest du niemals tun. Ich werde dich immer wollen.«

Sein Blick begegnete dem ihren, als sie das sagte, und sie fragte sich, ob sie mit ihrem Geständnis einen Fehler gemacht hatte.

»Du solltest ins Bett gehen. Wir haben einen langen Tag mit gesellschaftlichen Besuchen vor uns, gefolgt von einer Dinnerparty morgen Abend.« Er rutschte zurück, ihre Körper lösten sich voneinander, und sie spürte sofort den Verlust ihrer innigen Verbindung.

»Könntest du ... Bleiben?«, fragte sie und biss sich auf die Unterlippe.

Er wandte seinen Blick von ihr ab. »Ich halte das nicht für klug.«

»Bitte«, flehte sie. »Ich werde nicht noch einmal fragen.

Nur heute Abend.« Sie nahm seine Hand in ihre, und er blickte auf ihre verschränkten Finger hinunter.

»Ich kann dir das nicht abschlagen«, murmelte er mit einem kleinen Lächeln.

Sie rutschte auf die andere Seite des Bettes, als er die Decke für sie zurückzog. Als er sich zu ihr gesellte, rollte sie sich an ihn heran und legte ihren Kopf auf seine Brust.

Als sie langsam einschlief, dachte sie darüber nach, dass alles, was sich für sie richtig anfühlte, sich immer als falsch herausstellte. Wie könnte es diesmal nicht dasselbe sein? Aber das wäre ein Problem für morgen.

THOMAS WINTHROP STIEG KURZ VOR MITTERNACHT außerhalb des kleinen Dorfes Islington aus seiner Kutsche aus. Ein kalter Wind zerrte mit seinen Krallen am Rücken seines dicken Mantels, und er bewegte sich unruhig und sah sich um.

Die Steinhäuser waren dunkel, und der abnehmende Mond über ihnen gab nur ein schwaches, milchiges Licht auf die Wipfel der Bäume und die Häuser an der Straße ab. Wolkenfetzen spannten sich dünn über die fernen Sterne. Es war die Art von Nacht, in der sich ein Mann sehr allein auf der Welt fühlte. Thomas erschauderte und zog seinen Mantel fester um sich.

Lord Lennox hatte nach langem Suchen den Aufenthaltsort der Hebamme entdeckt, die Roderick entbunden hatte. Er hatte Thomas informiert, dass die Frau, Lucy, in einem Haus mit einer hellblau gestrichenen Tür in Islington wohnte. Auf das Häuschen, das nun vor ihm aufragte, passte die Beschreibung. Er wies seinen Fahrer an zu warten, bevor er die kopfsteingepflasterte Straße überquerte und das weiß gestrichene Tor aufdrückte. Ein kleiner Garten zierte den Hof vor dem Haus, aber alle Pflanzen standen im Winterschlaf.

Er sah nur ein einziges Licht in einem der Fenster des Hauses. Er ging den kurzen Weg zur Tür hinauf und klopfte an. Es antwortete niemand. Er klopfte erneut an die Tür, aber es kam immer noch niemand.

»Entschuldigen Sie«, rief er durch das halb geöffnete Fenster. Immer noch nichts. Er hoffte, dass die Frau nichts dagegen haben würde, dass er den Türknauf herumdrehte. Die Tür öffnete sich mit einem langen Knarren. Ein kaltes Gefühl des Grauens erfüllte seine Brust, als er in die dunkle Hütte eintrat. Eine einzelne Kerze auf einem bescheidenen, grob behauenen Tisch flackerte.

Und dort, halb in Schatten gehüllt, lag eine Leiche. Die Röcke eines blauen Musselin-Kleides zeigten, dass es sich um eine Frau handelte.

»Mein Gott!« Thomas eilte zu der Leiche und kniete nieder. Er drehte die Frau um und hielt das Kerzenlicht auf ihr Gesicht. Über ihr Kleid war Blut gespritzt. Zwei Wunden, eine in der Brust und eine im Unterleib, zeigten deutlich, wo sie angegriffen worden war.

»Ahh ...«, keuchte sie leise. Thomas fiel vor Schreck fast nach hinten.

»Lucy?«

Ein Aufblitzen des Erkennens ging über ihr Gesicht, als sie die Augen öffnete. »St. Albans?«, krächzte sie.

»Sie kennen mich?«

»Albina ... sah aus wie Sie. Ich wusste, dass Sie kommen würden. Das ist die einzige Erklärung, warum ...« Er konnte nur vermuten, dass sie den Grund für diesen Angriff meinte.

»Wer hat Ihnen das angetan?«

»Ein Mann. Gut aussehend ... grausam.« Ihre Augen begannen sich zu schließen, doch Thomas rüttelte sanft an ihrer Schulter.

»Warten Sie, bitte. Ich muss es wissen. Hatte Albina Monmouth noch ein weiteres Kind? Abgesehen von Roderick?«

Lucys Augen waren kaum noch geöffnet. »Zwillinge ... Aber der kleine Junge ... armes Kind ... die Wilsons haben das Mädchen ... wegen ... der Zwillinge ...«

Ihr Körper wurde still, das Rauschen ihrer ringender Atemzüge fand endlich ein gnädiges Ende. Die Worte, die sie gesprochen hatte, waren ein chaotisches Durcheinander, aber eines war klar: Albina hatte nicht ein Kind bekommen, sondern zwei.

Thomas hielt die Hebamme in seinen Armen, als er auf dem Boden zusammenbrach. Er war sich nicht sicher, wie lange er so dagesessen hatte, bevor sich die Tür der Hütte öffnete. Als der Kutscher ihn sah, rannte der Mann in die Nacht und rief um Hilfe. Aber es war zu spät, viel zu spät für so viele Dinge.

Jetzt zählte nur noch eines: die Wahrheit. Und diese Wahrheit war, dass er eine Enkelin hatte. Eine, deren Leben in großer Gefahr war.

Monmouth weiß es. Aber das tue ich jetzt auch, und ich werde ihn aufhalten.

KAPITEL 14

Es gab nichts Schöneres und nichts Schrecklicheres, als in einem Bett neben Philippa aufzuwachen. Sie hatten die ganze Nacht durchgeschlafen, und die Morgendämmerung lugte durch die Vorhänge am Fenster mit Blick auf die Gärten im hinteren Teil von Boudreaux Hall.

Beau lag flach auf dem Rücken und ließ die verblüffenden Ereignisse der Nacht Revue passieren. Mit Philippa zu schlafen, das war der schönste Moment seines Lebens gewesen. Daran gab es keinen Zweifel. Sie hatte alle Erinnerungen an andere Frauen in seinem Kopf ausgelöscht. Er lächelte halb, als er auf sie hinabblickte. Sie lag neben ihm, tief schlafend, ihr Haar kringelte sich über seine Brust, den Arm fest um ihn geschlungen, als fürchte sie, er würde versuchen, sich zu entfernen.

Er seufzte, als er ihren Atem auf seiner Haut spürte und sah, wie ihre Wimpern zuckten, als sie träumte, hoffentlich von ihm. Es war zauberhaft. Er hätte sie ewig beobachten und sich die kleinsten Merkmale einprägen wollen, bis er sie nie mehr vergessen könnte.

Er wusste, dass er sich davonschleichen sollte, bevor sie aufwachte, aber er konnte nicht. Wenn er ehrlich war, wollte er dieses Bett *niemals* verlassen, solange sie hier bei ihm war. Seine Finger fuhren über ihren Rücken, und sie regte sich, wachte aber nicht vollständig auf. Er wiederholte den Vorgang, und sie seufzte leise, bevor sie etwas murmelte.

»Was sagst du, Liebling?«, fragte er und unterdrückte ein Lachen.

Ihre Nase kräuselte sich. »Noch fünf Minuten, Ruth«, brummte sie und vergrub sich tiefer an ihm.

Herr, was für eine schöne Katastrophe war diese Situation. Er bewegte sich ein paar Zentimeter und zog an der Klingelschnur, um das Dienstmädchen zu rufen. Sein Magen knurrte, und er stellte mit einem inneren Kichern fest, dass er und Philippa zu sehr von dem, was zwischen ihnen vorgefallen war, abgelenkt gewesen waren, als dass sie das Klopfen des Dieners mit den Abendbrottabletts hätten hören können. Der arme Mann hatte wahrscheinlich die Geräusche ihres Liebesspiels gehört und war in die Küche zurückgegangen.

Der gesamte Haushalt dürfte also inzwischen über diese neue Entwicklung informiert sein. Er konnte die Verbreitung von Klatsch und Tratsch in seinem Haus nicht verhindern, aber er wusste, dass seine Mitarbeiter gegenüber allen anderen schweigen würden.

Einige Minuten später öffnete sich die Tür, und Louisa erschien. Ihre Augen wurden groß, als sie ihn mit Philippa im Bett sah.

»Frühstück, bitte«, flüsterte er.

Sie nickte eilig und verschwand wieder aus dem Blickfeld. Einige Minuten später kam ein Lakai herein und stellte ein Tablett mit Essen auf das Bett in der Nähe von Beaus Hüfte. Er legte weitere Holzscheite in die Feuerstelle, bevor er den Raum diskret wieder verließ.

Der Duft des Frühstücks weckte seine schläfrige Geliebte, und sie rollte sich von ihm weg, ihre Augen blinzelten langsam, als sie sich streckte und gähnte, bevor sie sah, dass er sie beobachtete. Sie keuchte. Sie zog sich die Decke bis zum Hals hoch, ihr Gesicht rötete sich und sie schloss die Augen fest.

»Bitte sag mir, dass wir nicht ... Haben wir?«

»Das haben wir, Liebling.«

»Kein Traum ...«, sagte sie zu sich selbst und öffnete ein Auge, um ihn anzuschauen. »Und war es ... gut oder ... habe ich nicht ...?«, stammelte sie, ehe sie bezaubernd still wurde.

»Du hast es sehr gut gemacht.« Er strich ihr eine Haarsträhne hinters Ohr. Er wollte ihr nicht sagen, dass es das beste gewesen war, was er je erlebt hatte, denn das wäre viel zu gefährlich, um es zuzugeben.

Sie öffnete wieder beide Augen und schnupperte in die Luft. »Ist das Frühstück?«

»Das ist es. Wir haben gestern Abend das Abendessen verpasst.«

»Es tut mir leid, ich nehme an, das ist meine Schuld.« Philippa starrte sehnsüchtig auf die pochierten Eier, den Toast und einen Topf mit Marmelade.

»Nein, es war ganz allein meine.« Beau nahm das Tablett auf seinen Schoß, damit sie sich neben ihn setzen und einen Teller vorbereiten konnte. »Ich habe auf dich gewartet, um mit mir zu Abend zu essen. Als du nicht herunterkamst, sagte ich Stoddard, er solle uns etwas zu essen hochschicken.«

Philippas Hand hielt inne, als sie nach dem Toast griff. »Aber dann haben wir ...«

»Ja, und wir haben das Klopfen des Lakaien nicht gehört.«

»Oh je. Dann wissen sie also davon? Von uns?«

»Ich fürchte ja. Aber du brauchst dir keine Sorgen zu machen. Mein Personal ist loyal. Sie werden es niemandem sagen.«

Sie biss sich auf die Unterlippe. »Wenn ich in den Dienst zurückkehre, werden sie sich daran erinnern. Er könnte mir nach Lennox House folgen, wenn sie sich entschließen, zu reden, und was ist, wenn ...?« Sie starrte zu ihm auf. »Was ist, wenn ich ein Kind bekomme?«

Beau hätte beinahe geflucht. Daran hatte er gar nicht gedacht. Normalerweise benutzte er diese französischen Hüllen, und er war daran gewöhnt, dass auch seine Geliebten ihre Mittel hatten, um eine Empfängnis zu verhindern. Aber Philippa war noch Jungfrau, und er hatte letzte Nacht jede Kontrolle und jeden Gedanken verloren. Er allein war schuld, wenn ein Kind gezeugt worden war. Er war derjenige, der wusste, wie man ein Kind verhindern konnte, und seine Impulsivität hatte Philippa in Gefahr gebracht.

»Wenn du schwanger geworden bist, werde ich mich um dich und das Kind kümmern. Du brauchst dir keine Sorgen zu machen. Es ist nicht gesagt, dass du nach nur einer Nacht ein Kind bekommst, ja, es ist möglich, aber es ist nicht sicher.«

Sie runzelte die Stirn, aber nach einem Moment entspannte sie sich und bereitete ein Ei und Toast zu. Sie klopfte mit dem Löffel auf das Ei, so dass die Schale aufbrach, bevor sie das Ei pellte. Sie aßen in kameradschaftlichem Schweigen, und das gefiel ihm. Sie brauchten nicht zu sprechen, um die Gesellschaft des anderen zu genießen. Er schenkte ihr ein sanftes Lächeln, als sie mit dem Essen fertig waren, und sie erwiderte es.

»Nun, so gerne ich auch mit dir hier im Bett bleiben würde, wir müssen heute den einen oder anderen Besuch machen. Bist du bereit für die Herausforderung?«

Sie murmelte etwas von »keine Wahl haben«.

»Es wird nicht so schlimm sein.« Er tippte ihr auf die Nasenspitze, während er aus dem Bett schlüpfte und sich anzog. Dann beugte er sich vor und küsste sie innig, bis sie einen leisen, erfreuten Laut von sich gab. Erst dann zog er sich lange genug zurück, um das verträumte Grinsen auf ihrem Gesicht zu sehen, bevor er sich anzog.

Sein Kammerdiener erwartete ihn in seinem Zimmer, wo er sich rasierte und frische Kleidung anlegte. Er ging die Treppe hinunter in sein Arbeitszimmer, um sich über seine Angelegenheiten zu informieren, aber in dem Moment, in dem er den Türknauf in die Hand nahm, kam Stoddard auf ihn zugerannt, mit rotem Gesicht und keuchend.

»Da sind Sie ja! Sie haben eine dringende Vorladung von Seiner Gnaden erhalten.«

Sorge kribbelte unter seiner Haut, als er den Brief, den Stoddard ihm überreichte, eilig überflog.

»St. Albans weiß etwas über Philippa. Ich muss gehen. Sagen Sie ihr, sie soll warten, bis ich zurückkomme.«

»Natürlich, Sir.«

Beau nahm seinen Hut und verließ das Haus, wobei er die Pall Mall Street beinahe hinunterrannte, bis er das

Stadthaus des Herzogs erreichte. Er klopfte, und der Butler ließ ihn eintreten.

»Hier entlang, Sir. Sie werden erwartet.« Mr. Jarvis begleitete ihn direkt ins Arbeitszimmer von St. Albans.

St. Albans stand mit dem Gesicht zu den Fenstern, die auf die Straße hinausgingen, und drehte sich nicht sofort um, als Beau angekündigt wurde. Er schien konzentriert und gleichzeitig verloren zu sein.

»Euer Gnaden?« Beau sprach nach einer Minute.

Schließlich drehte sich der Herzog um, und Beau wich erschrocken zurück. Der Duke war bespritzt mit ... war das Blut?

»Großer Gott! Was ist passiert?«, verlangte Beau zu erfahren.

»Setz dich, mein Junge. *Bitte*«, bat der Herzog.

Beau ließ sich langsam auf den nächstgelegenen Stuhl sinken.

»Nach dem Ball bei der Familie Essex habe ich die Hebamme gesucht, die Albina bei der Geburt von Roddy geholfen hat.« St. Albans schien von seiner erschreckenden Erscheinung unbeeindruckt und unverletzt zu sein, so dass Beau schwieg.

»Ich fand heraus, dass sie Lucy heißt und in der Nähe von Monmouths Anwesen lebt. Ich kam nach Einbruch der Dunkelheit dort an und fand die Frau an der Schwelle des Todes. Das ist ihr Blut, nicht meins. Ich bin gerade erst zurückgekommen und hatte noch keine Zeit, mich umzuziehen. Du verstehst, was ich zu sagen habe, konnte nicht warten.«

»Euer Gnaden ...« Beaus Herz begann gegen seine Rippen zu klopfen. Was auch immer St. Albans ihm gleich anvertrauen würde, dürfte sein Leben für immer verändern, er wusste nur nicht, wie.

»Sie sagte, ein gutaussehender, aber grausamer Mann habe sie erstochen. Ich kann nur vermuten, dass es Lord Sommers war, der einen weiteren Auftrag von Monmouth ausführte, nachdem es ihm nicht gelungen war, Philippa zu töten.« Der Herzog sprach ihren Vornamen leise aus, was Beau überraschte. Die Tatsache, dass der Herzog das Dienstmädchen bei etwas anderem als ihrem Nachnamen genannt hatte, war schockierend. St. Albans war immer so auf Korrektheit bedacht, außer wenn es um Beau und seinen Kosenamen *mein Junge* ging.

»Sie glauben, dass Sommers die Hebamme getötet hat? Warum?«

»Weil sie eine Möglichkeit für Informationen war, die beseitigt werden musste.«

»Was hat sie mit Philippa zu tun?«

»Diese Frau hatte *alles* mit ihr zu tun. Ich hielt die arme Frau in meinen Armen, und ihr sterbender Atem stieß ein entscheidendes Wort aus.« Die Augen des Herzogs waren so voller Schmerz, dass es Beau weh tat, ihm in die Augen zu sehen.

»Was hat sie gesagt?«

»Zwillinge. Mein Junge. *Zwillinge*.«

»Zwillinge ...« Beau klingelte es in den Ohren. Er blinzelte, als sich die Dinge zu ordnen begannen. »Aber wie ...?«

»Philippa gehört mir, mein Junge. Meine Enkelin.«

Beaus Brustkorb zog sich zusammen und verhinderte, dass Luft eindrang. Er hielt sich an den Armlehnen des Stuhls fest, seine Knöchel waren weiß.

»Ihre Enkelin?«

»Ja. Irgendwie müssen sie und Roddy bei der Geburt

getrennt worden sein. Wir müssen die Eltern des Mädchens finden, diese Leute in der Bond Street.«

»Ja ... Die Besitzer des Textilgeschäfts«, sagte Beau mit schwacher Stimme. Er konnte kaum verarbeiten, was der Herzog ihm gesagt hatte. Wenn das, was er sagte, sich als wahr herausstellen würde, dann ...

Beau wich zurück. Er hatte die *Enkelin* von St. Albans verführt und ruiniert, nicht irgendeine Bedienstete. Das, was er gestern Abend mit ihr gemacht hatte, würde weitaus größere Konsequenzen nach sich ziehen. Nicht, dass er ein solcher Schuft gewesen wäre, der annehmen würde, dass Philippa als Dienstmädchen weniger zählte als sie als eine Lady, aber ihm wurde klar, dass der Zorn von St. Albans schwieriger zu bewältigen sein würde als der von Philippas Eltern.

Höllenfeuer und Verdammnis. Worauf habe ich mich da eingelassen?

»Wir müssen es Philippa sagen«, sagte Beau und versuchte, ruhig zu bleiben. Die Enkelin eines Herzogs, eine Frau, die sich immer noch in großer Gefahr befand, hatte als Dienstmädchen im Obergeschoss des Hauses Lennox gearbeitet.

»Wir müssen zuerst ihre Eltern finden. Ich werde mich umziehen. Warte auf mich.«

Nachdem der Herzog gegangen war, fand Beau seine taub gewordenen Beine wieder und wartete im Foyer. Jarvis war bereits da und beobachtete ihn ängstlich.

»Wissen Sie, worum es hier geht, Mr. Boudreaux? Seine Gnaden tut sehr geheimnisvoll, aber ich mache mir Sorgen um ihn«, gestand der Butler.

»Das tue ich auch, Jarvis. Das tue ich auch. Sobald er

uns sagen kann, was er weiß, wird wohl alles aufgedeckt werden.«

»Fertig?« St. Albans kam frisch angezogen die Treppe herunter.

»Ja.« Beau folgte ihm nach draußen, wo die Kutsche wartete.

»Euer Gnaden, wenn sie wirklich Ihre Enkelin ist ...« Beau war sich nicht sicher, was er sagen wollte.

»Wenn sie es ist, sollten wir beide, du und ich, ihre Zukunft besprechen«, sagte der Herzog von St. Albans, ohne zu zögern.

»Zukunft, ja.« Beau hatte das seltsame Gefühl, dass sich eine unsichtbare Schlinge um seinen Hals zog.

»Sie lebt schon seit Tagen ohne Anstandsdame bei dir.« Die Falle des Herzogs schloss sich um ihn.

»Das hat sie«, stimmte Beau zu.

»Du weißt, was ich davon halte, auch wenn ich in dem Glauben war, sie sei eine Dienerin. Jetzt, da ich überzeugt bin, dass sie mein Fleisch und Blut ist, wirst du das Ehrenhafte tun, mein Junge.«

»Ja, ja, natürlich«, antwortete Beau, während er einen Finger unter seinen Krawattenknoten schob. War es im Inneren der Kutsche übermäßig heiß? Ja, es war sehr heiß und verraucht.

Ich bin gestorben, und jetzt brenne ich in den Feuern der Hölle für das, was ich getan habe.

Der Wagen kam ruckartig zum Stehen.

»Verdammter Mist!« Der Herzog sprang aus der Kutsche, als draußen plötzlich Männer und Frauen anfingen, »Feuer!« zu schreien. Beau schaute aus der offenen Kutschentür und sah, dass eine Reihe von Geschäften in der Nähe tatsächlich brannte. Das Geschäft in der Mitte hatte ein Schild mit der Aufschrift *Wilson's*. Beau begann zu laufen und sprintete an dem anderen Mann vorbei, als er den Laden erreichte.

»Beau! Warte!« St. Albans war hinter ihm, fast auf den Fersen, aber es blieb keine Zeit zum Warten. Beau riss die Ladentür auf und eilte hinein. Er hob seinen Arm und bedeckte seinen Mund mit seinem Hemdsärmel. Mit der anderen Hand riss er sich das Halstuch vom Hals und hielt sich den Mund zu, damit er durch den Rauch, der die Luft erfüllte, atmen konnte. Die Flammen leckten an den Wänden und verzehrten die großen Stoffrollen, die im Laden ausgelegt waren. Eine Treppe führte in das obere Stockwerk. Beau stemmte sich gegen die Hitze, als er die enge Treppe hinaufstieg. Er fand eine geschlossene Tür und schlug mit der Faust dagegen.

»Wilson!«

»Ja?« Ein Schrei antwortete ihm über das Getöse des Feuers hinweg.

»Sie müssen hier raus. Ich kann Ihnen helfen.«

Die Tür öffnete sich, und Rauch strömte in den dahinter liegenden Raum. Ein Mann und eine Frau hielten sich aneinander fest. Das Gesicht der Frau war tränenüberströmt.

»Gibt es einen Ausweg? Wir wachten auf und sahen den Rauch ...« Wilsons Augen waren rot und seine Stimme rau vom Rauch.

»Ja, aber wir müssen jetzt gehen.« Beau half ihnen in den Flur, und als sie die Treppe hinunterstiegen, knarrte und ächzte das Holz um sie herum.

»Nur noch ein Stückchen weiter«, ermutigte Beau. Er legte einen Arm um die Mitte von Mrs. Wilson und stützte sie, während sie den Flammen auswichen. Das

Dach über ihnen knackte, und in den Holzbalken zeigten sich Brüche.

»Lauft!«, rief Beau. In der Sekunde, in der die Decke zu fallen begann, schubste Beau Mrs. Wilson vor sich her. Die Balken fielen direkt hinter ihr, wo sie in das Licht und die Sicherheit der Straße tauchte. Die Balken versperrten den einzigen Ausweg. Er und Wilson tauschten einen Blick aus.

»Danke, dass Sie meine Frau gerettet haben«, rief Wilson über das Feuer hinweg.

Beau nickte, da er nicht wusste, was er sonst sagen sollte. Sie waren im Begriff zu sterben. Das war das Ende, und er konnte nur noch an Philippa denken. Die Art und Weise, wie ihre Augen seine Seele zu verzehren schienen, als sie ihn kurz nach dem Sex anschaute. Es war ein Moment, den er immer bei sich tragen würde, dieses Gefühl von ... Vollständigkeit, von einer sanften, nicht enden wollenden Besessenheit, sie niemals verlieren zu dürfen. Und jetzt würde diese Erinnerung seine letzte sein. Wilson hustete und schirmte sein Gesicht gegen die Flammen ab.

»Warten Sie ...« Beau starrte plötzlich auf die Stoffrollen um sie herum. »Haben Sie Wolle?«

Wilson hustete und deutete auf eine Ecke gegenüber der Stelle, an der sie standen.

»Nehmen Sie das.« Er und Wilson hoben den schweren Stoffballen hoch. »Bringen wir den Ballen zur Tür und wickeln den Stoff über den Balken auf.« Sie arbeiteten daran, den schweren Stoff über den Stapel der brennenden Holzbalken zu rollen. Wie er gehofft hatte, entzündete sich der Stoff nicht. Wolle entzündet sich nicht so leicht oder gar nicht.

»Klettern! Schnell!« Beau schob Wilson vor sich her, als

sie den wackeligen, halb verbrannten Scheiterhaufen bestiegen. Zwischen dem oberen Ende des Türrahmens und den eingestürzten Deckenbalken waren nur wenige Meter frei, aber er und Wilson krochen hinaus, angesengt, aber lebend.

St. Albans war da, zerrte ihn aus dem Laden und schüttelte ihn kräftig. »Du verdammter Narr. Du hättest sterben können!« Und dann erstickte St. Albans ihn in einer Umarmung. Beau hustete. Er fühlte sich fast so, als könnte er Feuer spucken wie ein mittelalterlicher Drache. Er beugte sich vornüber und stützte seine Hände auf die Knie, während er nach Luft schnappte.

»Sie haben uns gerettet«, flüsterte eine weibliche Stimme. »Danke.«

Er blickte auf und sah Mrs. Wilson und ihren Ehemann, die ihn aufmerksam beobachteten. Wilson hatte einen Arm um die Taille seiner Frau gelegt.

»Wir verdanken Ihnen unser Leben, Sir. Wie können wir Ihnen das jemals vergelten?«

Beau teilte einen Blick mit St. Albans. »Mit Informationen. Wir müssen über Ihre Tochter sprechen.«

»Unsere Tochter? Philippa?«

»Ja«, sagte Beau. »Bitte kommen Sie mit zu mir nach Hause.«

»Wer sind Sie, Sir?«, fragte Wilson, der sich nicht sicher war, was er von dieser Bitte halten sollte. »Worum geht es denn?«

»Beauregard Boudreaux. Ich bin der Mann, der das Leben Ihrer Tochter retten wird.«

PHILIPPA KAM DIE TREPPE HERUNTER UND SUCHTE NACH Beau. Sie hatte sich heute Morgen mit Louisas Hilfe extra Mühe gegeben, ihr bestes Tageskleid in einem schönen Jagdgrün zu tragen, und ihr Haar war hochgesteckt und mit karmesinroten Bändern durchflochten. Sogar ihre Pantoffeln waren mit den gestickten Blättern an den Zehen wunderschön.

Sie fühlte sich wunderschön und war zugegebenermaßen gespannt, wie Beau auf sie reagieren würde. Nach der Nacht, die sie miteinander verbracht hatten, war sie so besorgt gewesen, dass er sich zurückziehen würde, dass der Reiz, mit ihr zu schlafen, verblasst war. Aber nach diesem Morgen war sie erfreut zu sehen, dass die Vertrautheit zwischen ihnen seit ihrer ersten Begegnung in Castleton Abbey nur noch gewachsen war.

Sie hatte gerade die untersten Stufen erreicht, als Stoddard die Eingangstür öffnete.

»Oh mein Gott, Sir!« Stoddards erschrockenes Keuchen ließ Philippa neben ihn eilen.

Beau stand da, sein Gesicht war rußgeschwärzt und seine Kleidung ebenso besudelt. Hinter ihm standen der Herzog von St. Albans und ... ihre Eltern?

»Mama! Papa!« Sie schrie auf und betrachtete das zerraufte Äußere der beiden.

Beau trat zur Seite, um ihre Eltern eintreten zu lassen. Philippa stürzte nach vorne und schlang ihre Arme um sie.

»Uns geht es gut, Liebes«, versicherte ihr ihre Mutter in einem beruhigenden Ton.

Philippa wich zurück. »Was ist passiert?«

Ihr Vater tauschte einen Blick mit Beau. »Jemand hat den Laden in Brand gesetzt. Wir saßen oben in der Falle.

Mr. Boudreaux hat uns gerettet, Pippa. Wir wären gestorben, wenn er nicht gewesen wäre.

Sie drehte sich zu Beau um, und ihre Augen füllten sich mit Tränen der unausgesprochenen Dankbarkeit.

Er nickte ihr zu, aber die Art, wie er sie ansah, ließ ihr Herz innehalten. Sie sah, oder vielleicht wünschte sie es sich nur, einen Blick voller weicher, zärtlicher Versprechen, der sie tief im Innern schmerzen ließ.

Als Beau sprach, war seine Stimme rau, und er hustete. »Stoddard. Bringen Sie uns eine Schüssel mit heißem Wasser und frische Handtücher. Wir brauchen auch Tee und Sandwiches.«

Stoddard verbeugte sich und ging, während Beau alle in den Salon führte. Philippa setzte sich neben ihre Mutter auf das Sofa und hielt eine ihrer zitternden Hände. Der Herzog stand neben dem Feuer. Er war der erste, der das unangenehme Schweigen brach.

»Mr. und Mrs. Wilson, ich muss wissen, wie es dazu kam, dass Sie Philippa als Kind angenommen haben.«

Philippa starrte den Herzog an. »Was?«,

Ihre Eltern schauten einander an, unsicher, wie sie ihm antworten sollten.

Der Herzog schüttelte den Kopf. »Die Zeit der Täuschung ist zu Ende. Wir sind keine Feinde Ihres Kindes, wie Sie deutlich sehen können, aber sie *hat Feinde*. Solange wir nicht alles wissen, wird sie nicht sicher sein. Also, jetzt die Wahrheit, wenn ich bitten darf.«

»Er sagt die Wahrheit.« Philippa bestand darauf, aber ihre Mutter drückte ihre Hand.

»Sei still, Kind«, sagte ihre Mutter sanft und nickte Philippas Vater zu. »Am besten, wir sagen es ihnen, Mason.«

Ihr Vater runzelte die Stirn. Nach einigem Zögern nickte er und räusperte sich. »Vor zwanzig Jahren lebten Beth und ich in der Mühle in der Nähe von Lord Monmouths Anwesen. Wir hatten gerade einen Sohn zur Welt gebracht.« Er blickte auf seine Füße hinunter. »Ein paar Tage nach der Geburt kam die Hebamme zu uns. Die Nacht war voller Stürme gewesen und der Himmel hatte sich gerade aufgeklärt, als sie gegen Mitternacht ankam.«

»Das wäre also Lucy gewesen?«, fragte St. Albans.

Ihr Vater nickte. »Das werde ich nie vergessen. Sie trat ins Mondlicht, und ich war schockiert. Sie hielt ein neugeborenes Baby in ihren Armen.« Philippa begann den Kopf zu schütteln, als sie ahnte, was er sagen wollte.

»Die Kleine warst du, Pippa. Sie hatte dich von Monmouths Anwesen zu uns gebracht, frisch aus dem Mutterleib. Du warst das schönste Baby, das wir je gesehen haben.«

»Nein ...« Philippas Sicht drehte sich ein wenig, und sie schüttelte den Kopf und versuchte, ihre Gedanken zu ordnen.

»Lucy sagte uns, dass dein Leben in Gefahr sei. Die Frau des Grafen hatte Zwillinge geboren ... Der Erstgeborene, ein Sohn, wurde tot geboren. Und dann kamst du. Philippa. Lucy sagte, du seist eine kleine Kämpferin, aber dein Vater, der Graf, brauchte einen Erben und hatte nur dich. Er drohte, dich noch an jenem Abend zu töten. Lucy hat uns angefleht, dich zu retten. Aber im Gegenzug ...« Ihr Vater verschluckte sich an den Worten.

»Der Preis war Ihr eigener Sohn«, sagte St. Albans. »Richtig?«

Ihre Mutter nickte und nahm die Geschichte auf. »Unser armer Roddy. Wir wollten unseren Sohn sehen, aber der Graf hat es uns verboten. Nach jener Nacht haben wir unseren Jungen nie wieder gesehen. Der Graf gab uns Geld, damit wir ein neues Leben weit weg von seinen Ländereien beginnen konnten. Lucy kam uns besuchen, bis du fünf oder sechs Jahre alt warst, dann hörte sie auf. Sie wollte nicht, dass der Earl erfahren würde, dass sie mit uns in Kontakt geblieben ist, damit dein Leben nicht wieder in Gefahr gerät.«

»Lucy ...«, flüsterte Philippa, als alte, von Liebe gefärbte Erinnerungen durch ihren Geist strömten. Die Frau hatte sie eine große Kriegerin genannt und ihr Puppen mitgebracht.

»Erinnerst du dich an die Halskette, die wir dir mit sechzehn geschenkt haben?«, fragte ihre Mutter sie.

»Lucy hat sie uns gegeben«, sagte ihr Vater. »Sie gehörte deiner Mutter, der Frau, die dich zur Welt gebracht hat. Sie hatte das Schmuckstück an sich genommen, als sie erfuhr, dass Monmouth die Juwelen und Kleider deiner Mutter einlagern wollte. Er hat nie bemerkt, dass die Kette verschwunden war.«

»Aber *du* bist meine Mutter«, sagte sie zu Beth, und ihre Kehle schmerzte, als sie gegen das Schluchzen ankämpfte.

»Du hast zwei Mütter, Philippa. Diejenige, die dich geboren und diejenige, die dich großgezogen hat, und wir beide lieben dich mit allem, was wir haben. Deine leibliche Mutter hat dich nie verlassen. Sie war die ganze Zeit an deiner Seite und hat dich zur anderen Hälfte deiner Familie geführt.« Beths Augen wanderten zum Herzog, und Philippas Blick folgte.

»Sie sind ...?« Aber sie wagte es nicht, zu Ende zu sprechen.

»Ich bin dein Großvater«, sagte der Herzog von St.

Albans. »Ich habe zwanzig Jahre darauf gewartet, dich kennenzulernen, mein Kind.«

Philippa konnte sehen, dass er sie unbedingt umarmen wollte, aber sie rührte sich nicht. Das war zu viel. Sie sah zu Beau. »Hast du es gewusst?«

»Wer du bist? Nein«, antwortete er. »Ich hätte mir die Wahrheit nie vorstellen können, obwohl sie mir ins Gesicht starrte.«

»Aber warum euren Sohn an sich nehmen?«, fragte Philippa. »Warum nicht wieder heiraten? Einen richtigen Erben zeugen?«

Philippas Vater fuhr sich mit der Hand über sein Kinn und seufzte. »Lucy hat uns erzählt, dass der Earl Probleme mit Frauen hatte. Es hatte etwas mit seinem Blutfluss zu tun. Sie sagte, er würde wahrscheinlich nie wieder heiraten, weil er nicht in der Lage wäre, ein weiteres Kind zu zeugen. Aber er war besessen davon, sein Vermögen und seinen Besitz nicht an einen entfernten Cousin weiterzugeben. Es war seine einzige Wahl, unseren Roddy zu nehmen. Er wollte, dass seine Ländereien und sein Geld an einen Jungen gehen, den er wie seinen eigenen Sohn aufgezogen hatte, auch wenn er nicht von seinem Blut war.«

»Haben Sie ihn gesehen, unseren Roddy?«, sagte Beth mit gebrochener Sehnsucht. »Wir haben nur so wenig von Lucy gehört.«

»Ja. Er ist ein guter Junge, freundlich und intelligent. Er hat nichts von Monmouth an sich, Gott sei Dank. Ich sehe jetzt, dass nur Sie beide in ihm stecken«, versicherte St. Albans ihnen. »Er ist ein sonniger junger Mann mit einem strahlenden Lächeln und einem warmen Herzen. Ich bin stolz darauf, ihn trotz allem immer noch als meinen Enkel zu betrachten. Sie sollten auch stolz sein.«

Beths Lippen bebten. »Ich wünschte, wir könnten ihn sehen.«

»Vielleicht, wenn das alles vorbei ist«, sagte Beau. »Aber im Moment müssen wir uns auf unsere Prioritäten konzentrieren. Monmouth muss für seine Taten zur Rechenschaft gezogen werden. Wenn wir ihn in Gewahrsam nehmen können, sind alle in Sicherheit.«

»Bis dahin«, fügte St. Albans hinzu, »sollten Mr. und Mrs. Wilson als auch Philippa in mein Haus einziehen.«

»Oh, das können wir nicht«, sagte ihr Vater.

»Ich bestehe darauf. Wir sind jetzt eine Familie, auch wenn sie etwas unkonventionell ist.«

Beau beobachtete Philippa, als sie errötete. Ihn verlassen? Könnte sie das tun, nach allem, was sie gemeinsam erlebt hatten? Sie wollte es nicht, da war sie sich sicher.

»Was machen wir jetzt?«, fragte Beth.

»Wir stellen eine letzte Falle, eine, die Monmouth ans Licht zwingen wird. Etwas Öffentliches, etwas Wichtiges, bei dem er befürchtet, dass wir seine Geheimnisse für den *Ton* ans Licht bringen.«

»Was soll das sein?«, drängte Mason.

Beau sah zu Philippa. Sie starrte ihn an, verwirrt von der plötzlichen Entschlossenheit in seinen Augen. Als er sprach, brachten seine Worte ihre Welt ins Wanken.

»Eine Hochzeit ... zwischen Philippa und mir.«

KAPITEL 15

»Eine Hochzeit ...«, wiederholte Philippa. Das Wort spukte ihr im Kopf herum, bis ihr Schädel zu pochen begann. Alle starrten sie an und erwarteten irgendeine Antwort. Das war zu viel.

Sie war die Tochter einer längst verstorbenen Frau, die sie nie kennenlernen würde. Sie hatte einen Vater, der versucht hatte, sie zu töten - zweimal. Und die Eltern, die sie aufgezogen hatten, waren gar nicht ihre Eltern.

»Nein«, flüsterte sie. Als sie ihre verwirrte Gesichter sah, wiederholte sie sich. »Es tut mir leid, Mylord, aber nein.« Dann wurde ihr klar, was sie gesagt hatte, und sie fühlte sich gedemütigt. Philippa sprang auf und floh aus dem Zimmer. Eine Sekunde lang stand sie im Korridor und wusste nicht, was sie tun sollte.

Verschwinden. Das war es, was sie tun musste.

Sie war schon auf halbem Weg die Treppe hinauf, als sie Schritte in Männerstiefeln hinter sich hörte. Sie beschleunigte ihr Tempo, aber ein Paar Arme legte sich um ihre Taille und hielt sie auf. Sie wehrte sich gegen den Griff.

»Philippa.« Die sanfte, beruhigende Stimme von Beau ließ sie trotz ihrer Panik stillhalten. Der Kampfesmut verließ sie, als er sie zu sich herumdrehte und sie ihr Gesicht in seiner Brust vergrub. Sie wollte nicht von ihm getröstet werden, aber sie brauchte es. Wenn sie in seiner Nähe war, fühlte sie sich wie in einem surrealen Traum, an einem Ort, an dem es überall wunderbare Dinge gab, die aber immer unerreichbar waren.

»Es tut mir leid. Wir haben dir gerade eine Menge zugemutet. Es ist nur natürlich, so zu reagieren.« Er streichelte ihren Rücken. Sie versteifte sich, aber dann sank sie erneut gegen ihn. Seine starken Arme gaben ihr den Halt, den sie brauchte, um nicht völlig zusammenzubrechen.

»Beau, wir können nicht heiraten.«

»Warum nicht? Ich mag dich sehr gern. Wir kommen recht gut miteinander aus. Du wärst in Sicherheit, und wir wissen beide, dass es klug wäre, falls du ein Kind bekommst.« Er fuhr mit seinen Fingern in ihr Haar, bis sie ihre Kopfhaut erreichten, und begann, sie auf wunderbare Weise zu massieren.

Philippa löste sich von ihm, um ihm offen ins Gesicht sehen und ihn zwingen zu können, ihr zuzuhören. »Wir sollten nicht heiraten, nur um Monmouth und Sommers aufzuhalten, oder weil ich ein Kind tragen könnte.« Sie holte tief Luft und bemerkte, wie er die Augenbrauen zusammenzog. Sein Blick wurde plötzlich hart. »Die Ehe ist ein Akt der Liebe, Beau. Es ist die Vereinigung zweier Herzen. Eine Ehe ist nicht für geschäftliche Vereinbarungen gedacht.«

»Wir können sie später annullieren lassen, wenn du das willst«, sagte Beau leise, doch der Vorschlag traf sie viel tiefer als der Gedanke, zu heiraten, nur um ihren potenziellen Mörder zu fangen.

»Das ist Wahnsinn«, antwortete sie.

Beau fuhr fort, ihre Kopfhaut zu massieren. »Nein, es ergibt Sinn.«

»Aber du würdest mich nicht heiraten wollen. Nicht ohne die Bedrohung durch Monmouth, die über mir schwebt, oder wenn ich nicht St. Albans' Enkelin wäre.«

»Ich *würde* es wollen.« Beau legte seinen Finger unter ihr Kinn, so dass sie ihr Gesicht zu ihm hob. »Ich würde mich nicht an dich binden, wenn ich es nicht wollte. Ansonsten hätte ich eine andere Option vorgeschlagen. Mein Vorschlag beruht nur auf dem Wunsch, dein Ehemann zu sein.«

In seinen Augen lag eine Emotion, halb verschleiert, die sie nicht lesen konnte. »Liebst du mich?«, fragte sie.

»Liebst du *mich*?«, entgegnete er.

»Ich ...« Sie wusste keine Antwort. Sie empfand *etwas* für ihn, etwas Tiefes und Beängstigendes. Etwas, das so stark war, dass, wenn sie ihm einen Namen geben würde, es vielleicht zu viel Macht hätte.

Wenn es noch keine Liebe war, konnte dann Liebe daraus werden? Wollte sie das?

»Passiert das wirklich?«, fragte sie. »Bin ich wirklich St. Albans' Enkelin?« Wenn das stimmte, dann war sie die Ursache für jede Gefahr, für Lucys Tod, für die Zerstörung des Ladens ihrer Eltern und für deren Beinahe-Tod. Sie war für all das verantwortlich. Die Erkenntnis war wie ein Schlag in die Magengrube, und sie konnte kaum atmen, weil die Last auf ihre Lungen drückte.

»Ganz sicher. Die Hebamme, die dich auf die Welt gebracht hat, wurde ermordet, und eines der letzten Dinge, die sie sagte, war, dass du einer von zwei Zwillingen bist. Sommers tötete sie auf Befehl Monmouths. Wir sind uns dessen sicher. Das Feuer, das heute früh im Geschäft deiner Eltern ausgebrochen ist, war ein Versuch, auch sie zu beseitigen. Sie kennen die Wahrheit, und sie sind die letzten, die die Antworten kennen.«

Er hob ihr Kinn an, sein Blick war vertrauensvoll, aber sie erinnerte sich daran, dass sie die Enkelin eines Herzogs war, sie war niemandem mehr untertan, nicht einmal Beau. Bevor sie irgendetwas zustimmte, musste sie erst etwas wissen.

»Ich würde gerne mit meinen Eltern sprechen. Alleine«, informierte sie Beau.

»Natürlich. Dein Großvater und ich werden dir alle Zeit geben, die du brauchst.« Beau begleitete sie zurück in den Salon. »Euer Gnaden, lassen Sie uns ihnen einen Moment den Raum überlassen.«

St. Albans verbeugte sich vor Philippa, ein trauriges Lächeln auf den Lippen. Sie musste an den Abend zurückdenken, an dem sie mit ihm zu Abend gegessen hatte, und an die Verbindung, die sie gespürt hatte. Es war, als ob ein Teil von ihr ihn schon an jenem Abend als Verwandten erkannt hatte. Als sie weg waren, wandte sie sich an ihre Eltern und sah sie mit neuen Augen. Sie waren nicht ihr Fleisch und Blut, aber sie waren auch keine Fremden. Sie hatten sie aufgezogen und liebten sie wie ihr eigenes Kind. Und doch ...

»Philippa.« Ihre Mutter öffnete ihre Arme, und Philippa war für einen Moment wie erstarrt, dann war es egal. Dies *war* ihre Mutter.

»Mama«, rief sie, als sie sie umarmte. Ihr Vater gesellte

sich zu ihnen und schlang seine Arme um sie beide. Sie rochen nach Rauch, aber auch nach Heimat.

»Oh je, wir haben dich beschmutzt.« Ihre Mutter stöhnte und bemerkte, dass die Asche des Feuers nun an Philippas sauberer Haut und ihrem neuen Kleid klebte.

Philippa schüttelte den Kopf. »Ihr seid in Sicherheit. Das ist alles, was zählt.« Die Realität des heutigen Morgens begann langsam zu ihr durchzudringen. Ihre Eltern wären fast gestorben, und sie hatte es nicht einmal gewusst.

»Was ist passiert?«

»Wir wachten durch den Geruch von Rauch auf.« Die Stimme ihres Vaters erhob sich ein wenig und war heiser. »Wir öffneten die Tür, aber der Flur zum Treppenhaus war schon völlig verraucht, und wir konnten das Feuer sehen. Wir blieben im Schlafgemach, wo wir Kleider unter die Tür legten, um den Rauch abzuhalten, aber ...« Er hielt inne, räusperte sich. »Wir wären gestorben, wenn Mr. Boudreaux nicht gekommen wäre. Wir verdanken ihm unser Leben.«

Philippas Augen füllten sich mit Tränen. Beau hatte sie gerettet.

»Vater, ist es wahr? Komme ich wirklich aus dem Haus von Lord Monmouth?« Sie konnte noch nicht aussprechen, dass dieses Monster ihr Vater war. Er war es nicht, auch wenn er sie gezeugt hatte.

»Ja.«

»Warum haben ihr dem zugestimmt? Ich gehörte euch nicht, und ihr habt durch diesen Handel euren Sohn verloren.«

Die Augen ihres Vaters waren sanft, als er ihre Wange berührte.

»Dein Leben war in Gefahr. Beth hat dich in den Arm

genommen, und du hast an ihrem Finger gelutscht. Du warst noch ganz neu auf der Welt. Noch nicht einmal eine Stunde alt, und schon warst du hungrig nach Essen und Liebe. Uns wurde die Möglichkeit geboten, ein neues Leben zu beginnen, und wir wussten, dass wir dich beschützen und von ganzem Herzen lieben konnten. Es war egal, dass du nicht von Geburt an zu uns gehörtest.«

»Aber euer Sohn ...« Philippa konnte nicht glauben, welches Opfer sie für sie gebracht hatten, ein Kind, das sie erst wenige Minuten gekannt hatten.

»Wir wussten, dass Roddy in Sicherheit sein und dass er ein Leben haben würde, das wir ihm niemals geben konnten. Lucy erzählte uns, dass er trotz Monmouth zu einem guten Mann herangewachsen ist, gut aussehend und fürsorglich. Aber wir wagten nicht, es zu glauben, bis Lord St. Albans es uns bestätigte. Eines Tages wird er ein Earl sein. Er wird Geld haben, ein Zuhause und die Chance, eine Frau zu heiraten, die er liebt. Eltern, also richtige Eltern, tun für ihre Kinder alles, was sie tun müssen. Als wir dich zu uns genommen haben ...« Ihr Vater hielt inne. »Ich gebe nur ungern zu, dass wir Geld von diesem Mann angenommen haben, aber wir haben das Geld benutzt, um dir ein Leben in London zu kaufen. Kleidung, ein guter Lehrer, alles, was wir tun konnten, ohne dass die Leute um uns herum Verdacht schöpften.«

»Wir haben noch einen Großteil des Geldes«, sagte ihre Mutter. »Wir hatten vor, es als Mitgift für dich zu verwenden. Fünftausend Pfund. Wir hatten gehofft, dass du eine schöne Aussteuer und alles andere bekommst, was sich eine junge Braut wünschen kann.«

Die Erwähnung dieses Themas erinnerte sie an ihren

Heiratsantrag, auch wenn dieser völlig unkonventionell gewesen war.

»Glaubt ihr, ich sollte Mr. Boudreaux heiraten? Ich verstehe, dass wir einen Weg finden müssen, Monmouth und Sommers aus ihrem Versteck locken, aber es muss einen anderen Weg geben, dies ohne eine Heirat zu tun.«

»Er hegt eine tiefe Zuneigung zu dir, Philippa. Er sprach von dir, als wir in der Kutsche des Herzogs hierher fuhren, und ...«

Das Gesicht ihres Vaters wurde rot, und ihre Mutter fuhr fort, als er keine Worte mehr finden konnte. »Seine Augen leuchteten, als er von deiner Tapferkeit und deiner Liebenswürdigkeit sprach. Ich glaube, er könnte in dich verliebt sein.«

»Das kann er nicht sein«, argumentierte Philippa. »Ich weiß, dass er mich mag und dass er Zuneigung empfindet, aber ...«

Ihr Vater gluckste. »Männer erkennen die Liebe oft erst, wenn sie kurz davor sind, sie zu verlieren.«

Ihr Herz flatterte, als sie zu träumen wagte, dass ihr Vater Recht haben könnte. »Ich habe nie geglaubt, dass die Ehe ein Teil meiner Zukunft sein würde«, gab sie zu.

Er berührte ihr Kinn, wie er es schon getan hatte, als sie ein kleines Mädchen gewesen war. »Ich glaube, dass er ein guter Mann ist und dass es eine gute Entscheidung wäre, ihn zu heiraten.«

»Liebe ist immer ein Risiko, meine Liebe«, fügte ihre Mutter hinzu. »Aber die Belohnungen können unendlich sein.«

Philippa spielte mit ihren Röcken, während sie darüber nachdachte, und straffte dann ihre Schultern. »Dann werde ich es tun.«

Ihre Mutter brach in ein Lächeln aus. »Eine Hochzeit, Mason. Eine Hochzeit!«

»Ja, Liebes, eine Hochzeit.« Ihr Vater stimmte zu und zog sie beide in seine Arme, um sie erneut an sich zu drücken.

Eine Hochzeit mit Beau Boudreaux, dem berüchtigtsten Junggesellen Londons.

ST. ALBANS RÄUSPERTE SICH. »BEAU, MEIN JUNGE.«

»Ja?« Sie standen vor dem Salon und schwiegen beide bis zu diesem Moment. Beau fühlte sich nervös ... Hatte er sich jemals so in der Nähe von St. Albans gefühlt? Nicht, dass er sich erinnern könnte.

»Bist du dir da sicher? Wegen der Ehe, meine ich.« St. Albans Zweifel schmerzten ihn mehr, als er erwartet hatte.

»Sie glauben, ich sollte sie nicht heiraten?« Er hatte zu viel Angst zu fragen, wo die Unsicherheit des Herzogs lag, ob es darum ging, dass Beau seine Enkelin heiratete, oder ob es richtig wäre, die Heirat als Falle vorzutäuschen, um Monmouth und Sommers zu ihnen zu bringen.

»Ich glaube, du solltest tun, was für sie, aber auch für dich das Beste ist.« Er berührte Beau an der Schulter. »Heirate aus Liebe, mein Junge, nicht um ein paar verdammte Schurken in eine Falle zu locken.«

»Aber Sie sagten, ich solle sie heiraten, da sie kompromittiert worden sei, weil sie ohne Anstandsdame unter meinem Dach gelebt habe.«

St. Albans wurde rot. »Nun, sie ist meine Enkelin. Mein Bedürfnis, sie zu beschützen, war stark, und vielleicht habe ich übereilt reagiert. Wenn du dich erinnern willst, war es mir unangenehm, dass sie bei dir wohnte, auch als ich sie noch für eine Dienerin hielt. Jetzt glaube ich, dass ich ein bisschen mehr Einfluss darauf habe, was mit ihr passiert, und deshalb werden sie und die Wilsons zu mir ziehen.«

Der Gedanke an Philippa woanders, selbst wenn sie nur am Ende der Straße war, ließ ihn sich seltsam eingesperrt fühlen, wie ein Wolf, der sich gegen die Trennung von seiner Gefährtin wehrt. Er mochte es nicht, wenn sie von ihm getrennt war, und das nicht nur, weil er um ihre Sicherheit fürchtete. Er war süchtig nach ihr geworden, nach dem Gefühl ihres Körpers in seinen Armen, dem Geschmack ihrer Lippen und der Art, wie sie seinen Namen sagte, wenn sie nach dem Sex im Halbschlaf neben ihm im Bett lag. Das wollte er nicht mehr loslassen. Doch St. Albans hatte Recht.

»Wir können die Hochzeit morgen bekannt geben«, sagte der Herzog. »Wir werden uns nicht um das Aufgebot kümmern. Das würde zu viel Zeit in Anspruch nehmen. Am besten wäre es, wenn wir eine Sondergenehmigung erhalten würden. Das macht heutzutage weiß Gott fast jeder.«

Beau hörte St. Albans zu, während er im Kopf schon Pläne für das Hochzeitsfrühstück bei sich zu Hause machte und dass Philippas Mutter Beth wahrscheinlich versuchen würde, eine Aussteuer zu besorgen, für die er etwas Geld spenden würde.

»Und dann ist da noch die Mitgift«, überlegte St. Albans. »Ich gebe dir zehntausend.«

»Euer Gnaden.« Beau schüttelte heftig den Kopf. »Ich werde nicht ein einziges Pfund nehmen. Sie wissen, was ich von diesem alten Unsinn halte. Ich habe mein eigenes Geld, und ...«, Beau brach ab. »Verdammt noch mal, ich muss Lennox kontaktieren. Er wird sich fragen, was zum Teufel los ist, wenn ich meine Heirat mit seinem Dienstmädchen bekannt gebe. Ich will nicht, dass er mich missversteht und zu einem Duell herausfordert.« Das war nur zum Teil ein Scherz.

»Dafür hast du genug Zeit, wenn wir weg sind.« Die Tür zum Salon öffnete sich, und Philippa trat heraus, ihre Eltern folgten ihr.

»Bist du bereit, mit mir nach Hause zu kommen?«, fragte St. Albans.

»Ja, aber ich muss meine Sachen packen.«

»Deine Kleidung kann heute Abend nachgeschickt werden.«

»Oh, aber ich möchte die Halskette meiner Mutter nicht zurücklassen.« Sie errötete und neigte verlegen den Kopf.

»Erlaube mir, dich nach oben zu begleiten.« Beau schloss sich ihr an, und sie gingen schnell die Treppe hinauf in ihr Schlafzimmer. Er brauchte wieder einen Moment allein mit ihr.

»Hast du eine Entscheidung getroffen? Wegen der Ehe, meine ich?«

»Ja.« Philippa ging zu ihrem Bett, das mit frischer Bettwäsche zurechtgemacht worden war. Es war, als hätte es die letzte Nacht nie gegeben.

»Und?« Er folgte ihr mit den Augen und beobachtete ihr unruhiges Gehen.

Sie blieb stehen und schenkte ihm ein hoffnungsvolles Lächeln. »Ja.«

Beau erwiderte das Lächeln, vielleicht zu schnell angesichts des misstrauischen Blicks in ihren Augen.

»Aber ich habe eine Bedingung.«

»Nenn sie.«

»Ich muss wissen, ob du versuchen wirst, mich zu lieben. Ich weiß, dass ich nicht das bin, was du dir gewünscht hast, dass du niemanden heiraten oder lieben wolltest ... Aber würdest du es mit mir versuchen?«

Es war, als kannte sie diese eine Sache, vor der er sich fürchtete, was er nicht zugeben konnte, ohne dass es eine Lüge war. »Ich ...«

»*Versuche es*. Das ist alles, worum ich dich bitte. Ein Versuch.« Das Bedürfnis nach Liebe war in ihrem hoffnungsvollen Gesicht zu erkennen, und er wusste, dass er ihr zustimmen würde. Er würde es versuchen. Auch wenn es ihn zu Tode erschreckte.

»Ich kann mich bemühen, es zu versuchen«, flüsterte er ihr ins Ohr, und er meinte es ernst. Er wusste nicht, ob die Liebe zu ihm kommen würde, oder ob sein Herz sie zulassen würde, aber er würde es versuchen. Dieses einzige Versprechen schien ihr die Kraft zu geben, sich umzudrehen und ihm gegenüberzutreten. Ihre Lippen trafen sich zu einem federleichten Kuss.

»Ich gelobe, dich auch zu lieben«, antwortete sie. »Obwohl ich vermute, dass ich schon auf halbem Wege dorthin bin«, fügte sie leise hinzu.

Beau nahm ihr Gesicht zwischen seine Handflächen und küsste sie wie ein Besessener. Er ließ sie erst los, als sie beide atemlos waren. Er drückte seine Stirn an ihre und genoss die intime Berührung, bevor er schließlich zurücktrat.

»Du gehst besser, bevor ich versuche, dich gegen den Willen des Herzogs hier zu behalten.«

Philippa packte hastig eine kleine Tasche und eilte an ihm vorbei. Er verharrte noch einen Moment dort, sein

Blick wanderte zu dem Gemälde von Leda und dem Schwan.

Ein Gott, der sich so verzweifelt nach einer Frau sehnte, dass er sich sterblich und verwundbar machte. Beau verstand nun die Entscheidung von Zeus. Nicht das Ergebnis oder die Gewalt, aber sicherlich der anfängliche Gedanke der Transformation und die damit verbundenen Risiken.

Beau hatte so sehr darauf hingearbeitet, Liebe und Ehe zu vermeiden, und doch ging er bereitwillig in letztere hinein, und es war wahrscheinlich unvermeidlich, dass erstere folgen würde.

Wenn nur der Schatten von Monmouth nicht über der ganzen Angelegenheit läge ...

PHILIPPA UND IHRE ELTERN KAMEN AN DIESEM Nachmittag als Gäste in das Haus des Herzogs. Der Butler, Mr. Jarvis, war erfreut, sie zu sehen. Sie wurde in ein Schlafgemach geführt, ebenso wie ihre Eltern, und alle durften sich bis zum Abendessen ausruhen. Sie hatte nicht gedacht, dass sie müde war, aber nach all den Enthüllungen von diesem Morgen war ihr Körper schwer vor Erschöpfung. Sie ließ sich auf das Bett fallen, schloss die Augen und schlief ein.

Einige Zeit später wachte sie durch den Gong im Esszimmer auf und lief eilig nach unten. Ihre Mutter und ihr Vater befanden sich bereits im großen Speisesaal des Herzogs und starrten alles mit großen Augen an. Es war leicht, ihren Schock zu verstehen. Sie waren noch nie in einem solchen Haus gewesen, geschweige denn in einem großen Raum mit vergoldeten Porträts und feinem Porzellan oder einem Mahagoni-Tisch, an dem zwanzig Personen Platz hatten.

Philippa war den größten Teil des Abendessens über abgelenkt und antwortete nur, wenn Fragen an sie gestellt wurden. Es war eine kleine Erleichterung, dass man sie in Ruhe ließ, um ihre Gedanken zu sammeln. In der einen Minute ein Dienstmädchen und in der nächsten die Enkelin eines Herzogs zu sein ... und in ein paar Tagen sollte sie verheiratet werden? Sie hatte eine Menge zu verarbeiten.

Sie schob ihren Stuhl zurück und stand auf. St. Albans und ihr Vater erhoben sich ebenfalls.

»Es tut mir schrecklich leid. Mir geht es nicht besonders gut. Darf ich zu Bett gehen, Euer Gnaden?«

»Natürlich, mein Kind. Jarvis, schicken Sie Mrs. Honeyweather hinauf, dass sie sich um ihre Bedürfnisse kümmert.«

Jarvis nickte und ging mit ihr zur Treppe. Er hielt sich höflich an ihrem Ellbogen, wodurch sie sich ein wenig albern vorkam.

»Vielen Dank, Mr. Jarvis, aber ich kann die Treppe hinaufgehen. Bitte machen Sie sich keine Umstände.«

»Wenn Sie etwas brauchen, Miss Wilson, stehen wir Ihnen zur Verfügung. Mr. Jarvis‘ verständnisvoller Blick ließ sie ein wenig zittern. Der Herzog hatte seinem Butler und seiner Haushälterin die Wahrheit über Philippas Geburt erzählt, aber sie waren auch vorher schon warmherzig und gnädig gewesen. Es schien sich nichts geändert zu haben, nachdem ihre Vergangenheit offengelegt worden war. Es war ein Zeichen der Persönlichkeit des Herzogs, dass er Diener ausgewählt hatte, die solche

Dinge akzeptierten. Sie kannte viele schöne Häuser in London, in denen die Bediensteten genauso arrogant waren wie ihre Herren, wenn nicht sogar noch arroganter.

Philippa hielt auf halbem Weg die Treppe hinauf inne, ihre Finger ruhten auf dem Geländer, als sie spürte, dass etwas nach ihr rief. Sie drehte sich um und ging, ohne zu wissen warum, in Richtung der Porträtgalerie. Sie war allein, als sie Albinas Porträt erreichte, und es wurden keine Kerzen für sie angezündet. Das Mondlicht beleuchtete die Frau, die sie in so vielen Dingen widerspiegelte.

Dies war ihre Mutter, eine Frau, die gestorben war, nachdem sie ihr das Leben und einen Namen geschenkt hatte. Als sie vor einer Woche hier gewesen war, hatte sie sich über die Ähnlichkeiten gewundert, aber sie hätte sich nie vorstellen können, dass sie die Tochter dieser Frau sein könnte. Philippa betrachtete die Gesichtszüge von Albina und wünschte sich so sehr, sie hätte sie wenigstens eine Zeit lang gekannt.

»Es tut mir leid, dass wir uns nie begegnet sind«, flüsterte sie dem stummen Gesicht zu, das sie anlächelte.

»Mir tut es auch leid.«

St. Stimme ließ sie zusammenzucken. Er lächelte, als er sich zu ihr gesellte.

»Sie hätte dich vergöttert. Ich weiß sogar, dass sie es getan hat. Sie kam mich besuchen, als sie im sechsten Monat schwanger war. Ihr Vater war wütend auf sie wegen dieser Reise, aber Albina bestand darauf. Sie stand hier in diesem Saal, die Hand auf dem Bauch, während sie mit so viel Liebe von ihrem Kind sprach.«

»Aber sie hatte zwei Kinder.« Der Zwillingsbruder, den Philippa nie kennenlernen würde, war ein Hohlraum in ihrem Herzen. Sie hätte alles dafür gegeben, mit einem Geschwisterchen aufzuwachsen.

»Die Zahlen hätten keine Rolle gespielt. Liebe ist nicht an Grenzen gebunden. Sie hat euch beide geliebt, schon bevor sie euch kannte.«

Philippa schlang ihre Arme um sich. »Euer Gnaden, was sollen wir tun? Wenn wir mein wahres Erbe aufdecken, wird Roderick nicht mehr der Erbe des Grafen von Monmouth sein. Er wird aus der Gesellschaft ausgestoßen werden.«

Der Herzog verschränkte die Hände hinter dem Rücken. »Ich habe auch über dieses Problem nachgedacht. Roddy ist mir lieb und teuer. Ich liebe den Jungen so sehr wie dich.«

Seine Worte ließen sie zusammenzucken.

St. Albans Brauen hoben sich. »Du bist überrascht, dass ich den Jungen liebe?«

Verlegen starrte sie auf ihre Pantoffeln hinunter. »Ich bin überrascht, dass Sie *mich* lieben.«

»Mein Kind, ich habe dich von dem Moment an geliebt, als Beau mir sagte, dass er dich gerettet hat, noch bevor ich dein Gesicht gesehen oder die Wahrheit über dich erfahren hatte.«

»Aber warum?«

»Wegen Beau. Du hast ihn nicht gekannt, meine Liebe. Er war in sich selbst verloren. Er war am Leben überhaupt nicht wirklich interessiert, aber dann kam er zu deiner Rettung. Ich wünschte, du hättest ihn sehen können, als er über dich sprach. Du hast ihn geweckt.« Das bittersüße Lächeln des Herzogs riss ihr am Herzen. »Nachdem er seinen Vater verloren hatte, hatte er nur noch seine Mutter, aber dann verlor er auch sie. Danach hat er sich verschlossen. Er hat sich verändert. Aber jetzt habe ich einen Mann mit Hoffnung gesehen. Ich glaube, diese Hoffnung macht ihm Angst, aber wenigstens hat er sie jetzt. Und du, mein Kind, bist seine Hoffnung. Dafür liebe ich dich.«

Philippa biss sich auf die Lippe, als der Herzog seine Arme ausbreitete. Sie trat in seine Umarmung und zitterte, als sie von Schluchzern geplagt wurde.

»Du wirst nie wieder Grund haben, traurig zu sein, nicht, wenn ich es verhindern kann«, versprach der Herzog. »Du hast deine Eltern. Du hast mich. Und du hast Beau.«

Sie war sich nicht sicher, wie lange sie in seinen Armen lag, den schwachen Geruch von Zigarrenrauch einatmete und dachte, dass es seltsam beruhigend war.

»Jetzt trockne deine Augen und geh ins Bett. Wir haben einen vollen Tag vor uns. Deine Hochzeit.«

»Glauben Sie wirklich, dass die Ehe eine gute Idee ist?«

»Das tue ich.« Der Herzog antwortete ohne zu zögern. »Beau hätte das nicht angeboten, wenn er nicht sicher gewesen wäre, dass er das tun wollte.«

»Aber nur, um Monmouth und Sommers zu erwischen.« Er hatte es natürlich abgestritten, aber das war vielleicht nur zu ihrem Vorteil.

»Nein, überhaupt nicht. Ich glaube, er hat die Ehe angeboten, weil er sie will, aber er hat Angst, das zuzugeben. Als Mann kann ich zugeben, dass wir manchmal Dinge vermeiden, die uns Angst machen. Wir kommen mit bizarren Rationalisierungen daher und handeln auf eine Art und Weise, die für vernünftige Frauen wie dich rätselhaft ist. Aber ich verspreche dir, dass Beau ein guter Mann ist und dass er bei einer Heirat das Richtige für dich tun wird.«

Philippa sah sich die Wand der Vorfahren an. Ihre Vorfahren.

»Euer Gnaden ...«

»Großpapa«, schlug er leise vor. »Wenn du das willst.«

»Großpapa.« Sie gestikulierte zu den Dutzenden von in Öl gemalten Figuren. »Würden Sie mir von ihnen erzählen?«

Der Herzog nahm ihren Arm in den seinen, und sie hielten vor einem Porträt neben dem von Albina inne. »Ich würde mich freuen.«

»Das war Marianne. Deine Großmutter. Sie war ein teuflischer Flirt. Sie liebte Tee und jene kalten Wintermorgende, an denen der Frost die Fenster zierte. Sie hat nie ein Pferd getroffen, das sie nicht reiten konnte.«

Er ging weiter zum nächsten Porträt eines ernsten Mannes mit silbernen Augen und einer leichten Hakennase. Sie mochte seine dunkle, grüblerische, maskuline Schönheit.

»Und er?« Philippa fiel auf, dass er ein feines Wams aus blauer Seide und hochhackige Schuhe trug, die vor hundert Jahren der letzte Schrei gewesen waren.

»Alexander, ein Großonkel von mir. Cleverer Bursche. Er machte immer Ärger mit verheirateten Frauen, wurde aber nie erwischt. Ein herrlicher Schurke, wie man mir sagte.«

Und so begann die Einführung in eine Familie, von der Philippa nie gedacht hätte, dass sie die ihre sein könnte. Hannoversche Prinzessinnen, Meistermaler, Herzöge, berüchtigte Schurken und talentierte Sänger. Die Familie war eine noble Familie mit Farbe und Leben. Zum ersten Mal hatte Philippa das Gefühl, dass sie zu diesen leidenschaftlichen Abenteurern passen könnte.

KAPITEL 16

Beau betrat den Salon von Ashton Lennox und fand den typisch geschäftstüchtigen Baron vor, der mit seiner zweijährigen Tochter Kuckuck spielte.

»Wo ist Rose?« Der Mann kicherte, als er sein Gesicht bedeckte und dann seine Hände auseinanderzog, um sich dem Kind zu zeigen.

»Hier!« Rose quietschte und strampelte vor Freude mit ihren pummeligen Beinen. Sie hatte das blassblonde Haar ihres Vaters, das ihr in natürlichen Locken bis über die Schultern fiel. Ihre Augen leuchteten mit einem Hauch von hinterhältigem Schalk.

Beau hustete höflich, und das kleine Mädchen hob einen kleinen Finger zu ihm.

»Schurke!«, rief sie und deutete immer noch auf ihn.

Beau hielt sich den Mund zu, um ein Lachen zu verbergen. »Wie bitte?«

Lennox richtete sich auf, hob das Mädchen von der Couch und setzte sie auf seine Hüfte, bevor er ihr einen Kuss auf die Wange gab.

»Geh und such deine Mutter.« Er setzte sie ab, und sie trottete in den Korridor hinaus.

»Miss Rose!«, rief der Lakai und jagte sie durch die Tür, während sie wild kicherte.

»Hast du dein Baby einfach so auf den Flur losgelassen?«, fragte Beau.

»Auf jeden Fall. Das hält meine Lakaien auf Trab, wenn sie den kleinen Wildfang jagen müssen.«

»Und hat sie mich gerade einen Schurken genannt?«

Lennox verdrehte die Augen. »Es ist ihr neues Lieblingswort. Ihre Mutter hat die Angewohnheit, alle meine Freunde als Schurken zu bezeichnen, und so glaubt Rose jetzt, dass jeder Mann, der einen Fuß in dieses Haus setzt, einer sein muss.«

»Ich verstehe.« Beau lächelte immer noch, als er Ashton aus dem Salon in ein Arbeitszimmer folgte, wo er die Tür schloss.

Lennox lehnte sich gegen seinen Schreibtisch. »Es hat sich einiges getan, wie ich höre?«

»Ja, woher wusstest du das?«, fragte Beau ein wenig misstrauisch.

»Das Feuer in der Bond Street war eine sehr öffentliche Angelegenheit. Ich habe den Laden der Wilsons von einem Mann meines Vertrauens überwachen lassen, und er hat mir sofort berichtet, dass du zusammen mit St. Albans die Wilsons sicher aus den Flammen gebracht hast.«

»Es ist also wahr. Du hast wirklich überall Spione«, murmelte Beau. Seit Jahren hatte er das Gerücht gehört, dass man sich mit Lennox niemals überwerfen sollte, und jetzt sah er, warum.

»Ich werde mich nicht entschuldigen«, sagte Lennox. »Also, was hast du entdeckt?«

»Um gleich zur Sache zu kommen«, sagte Beau. »Philippa ist die eheliche Tochter von Monmouth. Sie war eine Hälfte eines Zwillingspaares. Das andere Kind, ein Junge, starb. Da Monmouth somit keinen Erben hatte, bezahlte er die Wilsons für ihren Sohn. Im Gegenzug nahmen sie Philippa an, um sie als ihre eigene Tochter aufzuziehen. Das erfuhren wir von den Wilsons, aber erst nachdem wir festgestellt hatten, dass die Hebamme getötet worden war. Wir glauben, dass Sommers sie getötet und das Haus der Wilsons in Brand gesetzt hat.«

»Herrgott«, murmelte Lennox und schien sich in seinem Kopf ein größeres Bild zu machen. »Die Dinge, die Männer tun, um ein Erbe zu sichern ... und ich fange an, mich zu fragen, ob es irgendetwas gibt, das Sommers *nicht* tun würde, wenn es ihm Spaß macht. Der Mann ist ein Ungeheuer. Wann wird das mit den beiden aufhören?«

»Wenn Philippa tot ist oder sie verhaftet werden«, antwortete Beau ohne Umschweife. »Das bringt mich zu meinem nächsten Punkt.« Er hielt inne, aber Lennox unterbrach ihn nicht. »Ich werde Philippa heiraten. Wir setzen unsere Ankündigung morgen in die Morgenpost, und ich werde mir dafür heute eine Sondergenehmigung einholen.«

Lennox beäugte ihn. »Ist das nur, um die Schurken herauszulocken?«

Beau hielt einen Moment den Atem an. »Nein.«

»Ich nehme an, Philippa weiß davon?«

»Ja, sie hat zugestimmt.«

»Nun gut. Nicht, dass einer von euch meine Zustimmung brauchen würde, aber ihr habt sie.«

»Danke.«

»Wann ist die Hochzeit?«

»In ein paar Tagen. Je früher, desto besser, denke ich. Monmouth und wahrscheinlich auch Sommers werden versuchen zu handeln, sobald sie davon erfahren.«

»In der Tat«, stimmte Lennox zu. »Was soll ich tun?«

»Ehrlich gesagt, ich weiß es nicht. Vielleicht bewaffnet zu meiner Hochzeit erscheinen?«

Lennox nickte nachdenklich. »Und vielleicht ein paar andere Vorsichtsmaßnahmen.«

»Du glaubst doch nicht wirklich, dass sie in St. George's einfallen und sie erschießen würden?«

»Nein ... Zumindest nicht in Monmouth, und schon gar nicht direkt. Aber bei Sommers bin ich mir da nicht so sicher.« Lennox strich sich über das Kinn, und ein Schatten zog über sein Gesicht. »Man kann nie sicher sein, wie böse Menschen mit Gier im Herzen handeln werden, und es scheint, dass die Vorhersage von Sommers wie die Vorhersage des Wetters ist. Es ist besser, vorbereitet zu sein.«

»Einverstanden.« Beau seufzte. »Nun, ich denke, ich gehe jetzt los, um eine Lizenz zu besorgen und die Anzeige in den Zeitungen zu machen.«

Lennox verschränkte die Arme und lehnte sich gegen seinen Schreibtisch. »Oh, jetzt, wo sich deine Lebensumstände geändert haben, hast du immer noch vor, nach New Orleans zu ziehen, um das Schifffahrtsbüro Southern Star zu leiten?«

Beau hatte seit Tagen nicht mehr viel über seine eigenen Pläne nachgedacht. Nicht mehr, seit er Philippa gerettet hatte. »Ich ... Ja. Ich glaube, das werde ich.«

»Sag mir Bescheid, wenn sich das ändert. Unsere Geschäftsvereinbarung kann unverändert bleiben. Ich müsste lediglich eine Korrespondenz nach New Orleans schicken, um einen Ersatz für dich einzustellen, falls du dich doch entscheiden solltest, mit deiner Braut hier zu bleiben.«

»Danke, Lennox. Ich werde dich auf dem Laufenden halten. Wenn ich die Hochzeit überlebt habe, bin ich sicher, dass ich ein besseres Gefühl für meine Zukunft haben werde.«

Beau schüttelte Lennox die Hand, bevor er ihn in seinem Arbeitszimmer allein ließ.

Als Beau in das winterliche Licht des Oktobers hinaustrat, fragte er sich, was er tun sollte. Schon lange hatte er sich eine Abwechslung gewünscht. Er wollte nach New Orleans gehen, aber sie würde weder ihre Familie noch ihren Großvater verlassen wollen, nicht nachdem sie ihn gerade erst gefunden hatte. Es war ausgeschlossen, dass sie mit ihm nach New Orleans ziehen wollte.

Das bedeutete, dass er selbst vor der Entscheidung stand, ob er bleiben oder gehen sollte. Und während sein Herz nein sagte, beharrte sein Verstand darauf, dass Zeit und Abstand sein törichtes Herz in Sicherheit bringen würden.

AM NÄCHSTEN MORGEN löste die Ankündigung von Mr. Beauregard Boudreaux' Verlobung mit einer gewissen Philippa Wilson in London einen wahren Flächenbrand aus. Emily St. Laurent, die Herzogin von Essex, breitete die Zeitung vor sich aus, während sie mit ihrem Mann Godric frühstückte.

»Das ist ziemlich großartig.« Sie las die Ankündigung vor, die kurz, aber geschmackvoll verfasst worden war und niemandem im *ton* verriet, dass Philippa die Tochter von

Monmouth war. Sie war immer noch als Miss Wilson eingetragen, aber Emily stellte sich vor, dass es eine Menge Spekulationen über Philippas Hintergrund geben würde, jetzt, da sie dabei war, einen berüchtigten Junggesellen zum Mann zu nehmen.

»Was ist großartig, Liebling?« Godrics Blick ruhte auf seiner Frau, und Emily errötete. Selbst nach sechs Jahren Ehe und zwei Kindern fühlte sie sich immer noch wie eine junge verliebte Frau, wenn ihr Mann sie mit seinen bezaubernden grünen Augen ansah.

»Beau wird Miss Wilson heiraten. Du erinnerst dich doch, was für ein schönes Paar sie auf unserem Ball waren, oder?«

»Das tue ich. Ashton und Cedric hatten eine Wette laufen, wenn ich mich recht erinnere. Cedric wettete, dass es zwei Wochen dauern würde, Ash glaubte, es würde zwei Tage dauern. Ich hätte nie gedacht, dass ich Ash einmal eine Wette verlieren sehen würde.«

Emily warf einen Zuckerwürfel gegen die Brust ihres Mannes. »Ihr Männer und eure Wetten. Du hast auch eine Menge Geld wegen mir verloren, wenn ich mich recht erinnere.«

Godric grinste. »Stimmt, aber ich bereue es nicht. Nicht einmal einen Schilling.« Er bürstete sich die Krümel des zuckrigen Geschosses von der Brust und machte Emily höflich eine Tasse heiße Schokolade, der er eine ordentliche Menge Zucker hinzufügte, so wie sie es mochte.

»Danke.« Emily beugte sich vor, um ihn auf die Wange zu küssen, aber Godric drehte sich im richtigen Moment um, und ihre Lippen trafen sich zu einem heißen Kuss, der Emily für einen Moment alle Hochzeitsankündigungen vergessen ließ.

»Ich bin ziemlich überrascht, dass Beau das Mädchen heiratet«, sagte Godric.

»Oh? Warum?«

»Er war noch nie jemand, der auf eine Ehe aus war. Er hat sich immer offen dagegen ausgesprochen.«

Emily blätterte erneut in der Zeitung. »Vielleicht liegt es daran, wer die betreffende Dame ist.«

»Wer? Du meinst, die Enkelin des Herzogs? Beau kam mir nie wie ein Glücksritter oder ein Aufsteiger vor. Er hat selbst genug Geld.«

»Sie ist nicht nur die Tochter eines beliebigen Herzogs. Sie ist die Enkelin von St. Albans«, erinnerte Emily ihn. »Der Mann ist wie ein Vater für Beau. Ich kann mir vorstellen, dass der Herzog überglücklich über diese Aussicht ist.«

»Ich nehme an, da hast du Recht. Aber Ash ist nervös, was der Vater des Mädchens tun wird.«

Emily blätterte im Wirtschaftsteil der Zeitung, während Godric eine Scheibe Toast mit Butter bestrich.

»Godric, glaubst du, dass Lord Monmouth immer noch gefährlich für sie ist, nach allem, was passiert ist?«

»Leider ja.« Er lehnte sich in seinem Stuhl zurück. »Alles, was sich zwischen einen Mann und sein Geld stellt, ist gefährlich.«

»Aber es ist ja nicht so, dass es niemand weiß. Himmel, die ganze Liga weiß es, weil Ashton ihnen die Geschichte erzählt hat.«

»Ja, Liebling, aber wenn Mr. und Mrs. Wilson sterben würden, gäbe es keine Beweise mehr. Ashton hat Männer die Kirchenbücher der Gemeinden durchforsten lassen, in denen Philippa und Roderick geboren wurden. Die Aufzeichnungen enthalten keinen Hinweis auf das verstorbene Kind, was zu erwarten ist. Philippa wird als das Kind der Wilsons und Roderick als das Kind von Monmouth aufgeführt. Alles, was wir jetzt haben, ist das Wort der Wilsons gegen Monmouth, da die Hebamme, die alle drei Kinder entbunden hat, praktischerweise tot ist.«

Emily erschauderte. »Und das Wort eines Adligen gegen zwei Bürgerliche, ja, ich verstehe, was du meinst. Was ist mit Lord Sommers?«

»Es gibt einen Grund, warum dieser Dämon nie zur Rechenschaft gezogen wurde. In seinem Höllenfeuerclub ging es nie um die Anbetung des Teufels, sondern vielmehr darum, belastendes Material über eine Reihe widerwärtiger, aber mächtiger Personen zu beschaffen. Es wird gemunkelt, dass er Verbindungen zu einigen Leuten aus Prinnys innerem Kreis hat.«

Emily schaute finster drein. »Der König? Oh, Godric, ihr müsst alle vorsichtig sein.« Sie konnte immer noch nicht vergessen, wie sie ihn vor all den Jahren fast an Sir Hugo Waverly verloren hatte. Er und die anderen Mitglieder der Liga wären fast gestorben.

»Das werden wir, ich verspreche es«, sagte Godric.

Sie faltete die Zeitung zusammen und reichte sie ihrem Mann. »Wir nehmen doch an der Hochzeit teil, oder?«

»Ganz bestimmt.« Er lächelte, aber der Ausdruck war hart und gefährlich. »Und wenn Monmouth irgendetwas versucht, werden wir auf ihn vorbereitet sein.«

Emily schob ihren Stuhl zurück und stand auf.

Godric hielt ihr Handgelenk fest. »Willst du etwa schon gehen? Die Kinder sind noch im Bett.«

»Überhaupt nicht«, antwortete sie, als sie sich auf seinen Schoß setzte und er seine Arme um ihre Taille schlang. »Ich bin genau an dem Ort, an dem ich sein möchte.« Sie beugte sich vor und flüsterte ihm ins Ohr. »Ich schätze, wir haben eine halbe Stunde, bevor sie aufwachen.«

Godric gluckste leise. »Das letzte Mal, als du das gesagt hast, waren unsere kleinen Engel wach und haben mit Kreide an den Wänden des Kinderzimmers gemalt. Die Lakaien haben stundenlang die Wände geschrubbt.«

Emily kicherte. »Nun, dann dürfen wir keine Zeit verlieren.« Sie strich mit einer Hand über seine Brust und freute sich darüber, wie Godrics Augen vor Hitze und Verlangen aufleuchteten.

»Nein, das dürfen wir nicht«, sagte er und zog ihren Mund zu seinem hinunter.

CORNELIUS SELKIRK, DER EARL OF MONMOUTH, LAS DIE Hochzeitsankündigung, und sein Frühstück wurde im Magen zu Asche. Panik stieg wie ein Knoten in seiner Kehle auf. Wenn das Mädchen Boudreaux heiraten sollte, bedeutete das, dass sie wahrscheinlich inzwischen auch bereits St. Albans kennengelernt hatte, ihren eigenen Großvater, und es würde nicht lange dauern, bis der Mann die Dinge zusammenfügte. Er war nicht blind. Er würde Albina in dem Mädchen sehen, und Cornelius' sorgfältiger Schutz von Roddys Zukunft wäre in Gefahr.

»Boudreaux wird heiraten? Ich hätte nie gedacht, dass ich den Tag erlebe!«, rief Roddy aus, als er sich über die Schulter seines Vaters beugte, um die Ankündigung zu sehen.

Cornelius zuckte zusammen. Was, zum Teufel, hatte der Junge hier zu suchen? Er hätte auf dem Land bleiben sollen.

»Roddy, warum bist du nicht im Herrenhaus geblieben? Ich bin früher aufgebrochen und wollte nicht, dass du mit mir zurückkommst«, sagte Cornelius.

Roddy grinste, als er auf den Stuhl neben seinem Vater rutschte und sich an dem Frühstück bediente, das vor ihnen aufgebaut worden war.

»Ich habe gehört, dass du in der ersten Nacht nach unserer Abreise aus London einen unerwarteten Besucher hattest. Ich war besorgt, als du am nächsten Morgen abgereist bist. Ist alles in Ordnung, Vater?«

Cornelius klappte die Zeitung zu und versuchte, seine Nerven zu beruhigen. »Ja, alles ist in Ordnung.«

Das Mädchen sollte Boudreaux morgen in der Kirche des Heiligen Georg heiraten. Eine *sehr* öffentliche Angelegenheit. Dies war der Auftakt zu einer Art öffentlicher Enthüllung, das konnte er spüren. Und ein solcher Ort würde alles noch schwieriger machen, aber das war zweifellos die Absicht von Boudreaux und Lennox. Keiner von ihnen war dumm.

»Aber ich bin es auch nicht«, murmelte er.

»Wie bitte?«, fragte Roddy.

»Nichts, es ist nichts.« Er konzentrierte sich auf seinen Sohn. »Ich dachte, du würdest beim Verwalter bleiben und die Konten überprüfen.«

Roddy zuckte mit den Schultern. »Ich verbrachte ein paar Tage mit Mr. Featherstone, und wir haben einen vollständigen Bericht verfasst. Kein Grund zur Sorge. Den Pächtern geht es gut, und uns auch.«

In jedem anderen Moment wäre Cornelius stolz gewesen. Roddy war alles, was er sich von einem Sohn und Erben gewünscht hatte. Er war intelligent und gutmütig, und trotz seines Reichtums schien er zufrieden zu sein, mit seinen Mitteln auszukommen. Es gab Monate, in denen Cornelius gar nicht mehr darüber nachdachte, dass Roddy nicht wirklich sein Fleisch und Blut war.

Sein eigener Vater hätte Cornelius für schwach gehalten, weil er sich einen Erben gekauft hatte, aber Cornelius hatte nur sicherstellen wollen, dass sein Erbe an einen Mann weitergegeben wurde, der es verdient hatte, einen Mann, der es *zu schätzen wusste*. Sein entfernter Cousin war ein Narr, der sein Geld nur für Kleider, Frauen und Pferde ausgab. Sollte er erben, würde er Monmouths Vermögen in wenigen Monaten aufbrauchen, und sein Erbe wäre ruiniert. Cornelius hatte schon zu viele Männer gesehen, die ihre Häuser verkauft hatten, nachdem sie durch Glücksspiele und gefährlich hohe Einsätze in den sprichwörtlichen Ruin getrieben worden waren.

»Vater, *wer* kam in jener Nacht ins Haus?«, fragte Roddy. Sein sonst so heiteres Gesicht war jetzt ernsthaft. »Sie kamen nach Mitternacht an. Ich hörte die Dienerschaft auf dem Korridor. Es muss ein wichtiger Gast gewesen sein, warum wurde ich dann nicht informiert?«

»Eine einfache Bekanntschaft, nichts Wichtiges. Er brauchte einen Rat, und ich habe ihn ihm gegeben.«

Roddy warf ihm einen Blick zu, der eindeutig sagte: *Ich bin kein Kind. Ich weiß, dass du Geheimnisse hast.* Aber er drängte nicht auf Antworten.

»Nun, ich lasse besser meinen Kammerdiener meinen besten Anzug bügeln, wenn wir morgen zur Hochzeit gehen wollen. Großvater wird begeistert sein. Er versucht schon seit Jahren, den Mann zu verheiraten.« Roddy beendete sein Frühstück und stand auf. »Sollen wir heute Abend im Club zu Abend essen, oder hast du noch etwas Geschäftliches vor?«

»Geschäftlich, fürchte ich.« Er beobachtete, wie sich das Gesicht seines Sohnes vor Enttäuschung verzog, bevor dieser Cornelius allein ließ.

»Ich tue das alles für dich, mein Junge«, murmelte er, als die Tür zufiel.

Dann verließ er den Speisesaal und begab sich in sein Arbeitszimmer zurück. Er würde sich ein letztes Mal an Sommers wenden. Leben zu nehmen, schien dem Mann nichts auszumachen, und Cornelius brauchte Sommers' tödliche Talente ein letztes Mal. Der Mann hatte die Hebamme ohne zu zögern getötet. Jetzt gab es nur noch drei lose Enden. Das Mädchen und seine Eltern. Lennox und Boudreaux kannten die Wahrheit, aber ohne die Wilsons hatten sie keine Beweise.

ALISTAIR LAS SICH MONMOUTHS BRIEF DURCH UND runzelte die Stirn. Eine Hochzeit. Morgen. Boudreaux arbeitete verdammt schnell, aber Alistair konnte schneller arbeiten. Er ging zu einem hohen Bücherregal in seinem Arbeitszimmer, griff unter die Kante und fand darunter eine kleine raue Schlaufe. Er zog daran, und das Bücherregal knarrte und gab nach, als er es zu sich heranzog und einen kleinen, dunklen Raum dahinter freigab.

Alistair zündete eine Kerze an und nahm sie mit in den Raum. Dann stellte er die Kerze auf den Tisch und öffnete eine nahe gelegene Vitrine mit verschiedenen Flaschen. Er griff nach einer Reihe von Flaschen mit passenden Schlangenbildern, von ihm eigenhändig gezeichnete Etiketten. Er stellte die Flaschen auf den Tisch und näherte sich einer Wand, an der ein Dutzend Dolche hingen. Er nahm einen kleinen, scharfen Dolch, legte ihn auf den Tisch, entkorkte eine der Flaschen und tauchte die Spitze des Dolches in die Flasche. Als er ihn herauszog, sah er, wie die Flüssigkeit von der Spitze tropfte. Sein trübes Spiegelbild in der silbernen Klinge zeigte sein dunkles Lächeln.

Er würde Boudreaux das Mädchen heiraten lassen. Doch eine glückliche Hochzeitsnacht würde es nicht geben. Alistair trocknete die Klinge mit einem Tuch, bevor er den Geheimraum verließ und die Tür schloss. Er warf das Tuch ins Feuer und verstaute den Dolch in seinem Mantel. Heute mussten noch einige Dinge in Gang gesetzt werden, um Boudreaux' Untergang zu gewährleisten, aber das war leicht zu bewerkstelligen. Er berührte die noch immer heilende Wunde in seinem Gesicht, der stechende Schmerz erinnerte ihn daran, was dieses Mädchen ihm schuldete. Es wäre ihm auch egal gewesen, wenn sie die Tochter des Königs gewesen wäre. Sie würde für ihre Taten bezahlen, und Boudreaux auch.

KAPITEL 17

I m Berkley's, Beaus Gentleman's Club, war es am späten Nachmittag ruhig. Die Männer lasen entweder die Zeitung oder entspannten sich in den Raucherzimmern, um einen ruhigen Moment abseits des Trubels auf den Straßen zu genießen. Beau lehnte sich in seinem Lieblingssessel im Hauptsalon zurück und beobachtete das Kommen und Gehen der Männer von seinem etwas versteckten Platz in der entfernten Ecke des Raumes aus.

Mehr als einer dieser Gentlemen, die es sich auf diesen überfüllten Stühlen bequem gemacht hatten, war bereits von älterem Kaliber, und wenn er besser gelaunt gewesen wäre, hätte Beau über das gelegentliche Schnarchen des Mannes gelächelt, der ihm am nächsten saß und eine Teetasse auf einem Knie balancierte, während er schlief. Aber Beau war viel zu abgelenkt, um es wirklich zu bemerken. Lennox' Frage nach New Orleans hatte ihn in die Enge getrieben, und er war in einen Konflikt geraten.

»Boudreaux?« Eine Stimme lenkte Beau von seinen

inneren Gedanken ab. Der Earl of Lonsdale, Charles Humphrey, einer der engsten Freunde von Lennox, stand in der Tür des Salons.

Er hob sein Kinn zur Begrüßung. »Lonsdale.«

Lonsdale ging gerade an dem schnarchenden älteren Mann vorbei, als er böse grinste, sich vorbeugte und dem Mann etwas ins Ohr flüsterte.

»He! Bonaparte kommt!«, brüllte der alte Mann und sprang von seinem Stuhl auf. Die Teetasse klapperte auf dem rot-schwarzen Orientteppich, ging aber zum Glück nicht zu Bruch.

»Dafür sind Sie etwa ein Jahrzehnt zu spät dran, alter Knabe.« Lonsdale klopfte dem Mann auf die Schulter und setzte ihn zurück in seinen Stuhl. »Und Sie bestellen sich besser eine frische Tasse Tee.«

Dann setzte sich Lonsdale zu Beau auf einen Stuhl in der Nähe und beugte sich flüsternd vor. »Tut mir leid, ich kann es nicht ertragen, wenn sie hier im Hauptsalon schnarchen.«

Beau musste trotz seiner getrübten Stimmung lachen.

»Ich höre, dass Glückwünsche angebracht sind. Ich habe die Ankündigung gesehen.«

»Danke«, sagte Beau, aber seine düstere Stimmung kehrte nun zurück.

»Du scheinst nicht gerade voller Glücksgedanken zu sein, mein Freund«, bemerkte Charles. »Hat St. Albans dich etwa dazu gezwungen?«

»Was? Nein ... nicht ganz. Es war meine Idee.«

»Was bedrückt dich denn dann? Lennox sagte, das Mädchen sei außerordentlich schön, freundlich und intelligent. Das sind keine schlechten Eigenschaften für eine Ehefrau.« Lonsdale stichelte, aber in seinem Blick lag eine ernste Besorgnis, die Beau dazu brachte, seine Sorgen bei dem Kerl abzuladen.

»Ich will nicht ... Meine Güte, das klingt dumm. Ich habe Angst, mich in Miss Wilson zu verlieben.«

»Die Liebe ist in der Tat eine beängstigende Sache«, stimmte Lonsdale zu.

Beau schüttelte den Kopf. »Ich bezweifle, dass du verstehst, was ich meine. Ich möchte mein Junggesellendasein nicht einfach wie eine Trophäe der persönlichen Freiheit festhalten. Ich habe gesehen, wie wunderbar die Liebe ist, aber ich habe auch gesehen, wie sie einen Menschen zerstören kann, wenn sie verloren geht.«

»Nein, ich verstehe. Liebe reißt einen auf, das Herz und alles andere, und man macht sich verwundbar. Das sollte man nicht auf die leichte Schulter nehmen.«

»Meine Mutter ...« Er hielt inne und versuchte, seine Gefühle unter Kontrolle zu bringen. »Meine Mutter starb innerlich an dem Tag, als mein Vater nach dem Terror hingerichtet wurde. Sie war jahrelang eine lebende Hülle. Natürlich hat sie mich geliebt, aber es fehlte so viel von ihr, nachdem sie ihn verloren hatte. In gewisser Weise fühlte ich mich, als hätte ich sie verloren, lange bevor sie tatsächlich starb.« Er sah seinen Freund an. »Das ist die Lektion, die mich das Leben gelehrt hat. Liebe ist Verlust. Liebe ist Schmerz. Liebe ist unendlicher Kummer.«

Lonsdale lehnte sich in seinem Stuhl zurück und schloss einen Moment lang die Augen, bevor er sprach.

»Was für ein Haufen Unsinn.«

»Wie bitte?«

»Die Liebe ist nichts von alledem. Der Schmerz über ihre Abwesenheit definiert nicht, was Liebe *ist*, Boudreaux. Du musst selbst entscheiden, was du vom Leben willst.

Wer nichts riskiert, hat nichts gewonnen. Ich habe deine Mutter nicht gekannt, aber ich kann mit einiger Sicherheit sagen, dass sie ein halbes Leben mit deinem Vater einem ganzen Leben ohne ihn vorgezogen hat. Sich damit abzufinden, niemals Liebe zu erfahren, bedeutet, ein halbes Leben zu leben, egal, wie lang die Jahre sind.« Lonsdale stand auf und berührte sanft seine Schulter. »Aber wenn du nicht der Mann sein kannst, der trotz aller Widrigkeiten liebt, dann lass sie gehen. Binde sie nicht ohne Liebe an dich. Sie hat mehr verdient.«

Beaus Kehle schnürte sich zu. Er hatte sein ganzes Leben lang versucht, ein tapferer Mann zu sein, aber er war sich nicht sicher, ob er tapferer sein konnte als seine Mutter. Er wusste nicht, ob er es überleben würde, eine Hülle zu sein, wenn er eine Frau verlieren sollte, die er über alles liebte.

PHILIPPA STARRTE AUF IHR SPIEGELBILD IM GESCHÄFT der Modistin. Die blassblaue Seide war exquisit, und die belgischen Spitzenbesätze kosteten mehr, als sie jemals zu bezahlen vermochte. Aber ihre Mutter sagte der Modistin, sie solle keine Kosten für ihre Aussteuer scheuen. Philippa drehte sich ein wenig auf dem Sockel, während zwei Näherinnen Teile des Kleides mit Nadeln fixierten.

»Autsch.« Sie keuchte, als sie einen kleinen Schmerz in ihrem Arm verspürte.

»Es tut mir so leid, Miss, Sie haben sich bewegt.« Das Mädchen, das ihren Ärmel feststeckte, entschuldigte sich und setzte die Nadeln weiter ein.

»Das Kleid wird heute Abend fertig sein. Wir werden es

an die Residenz von Lord St. Albans schicken«, informierte die Modistin Beth, die die Anprobe mit übermäßig leuchtenden Augen beobachtete.

»Das wird perfekt sein.« Beth schniefte und sah dann Philippa an. »Nicht wahr, Schatz?«

»Ja«, stimmte Philippa zu.

»Der Rest von Miss Wilsons Garderobe wird in zwei Tagen für ihre Flitterwochen fertig sein«, fügte die Schneiderin mit Stolz hinzu.

»Hast du darüber schon mit Mr. Boudreaux gesprochen?«, fragte Beth Philippa.

»Mama, ich war heute Nachmittag kaum fünf Minuten mit ihm allein, als er zu mir kam.«

»Nun, fünf Minuten waren skandalös genug«, erklärte ihre Mutter.

Philippa verdrehte die Augen. Fünf Minuten waren nicht genug Zeit für irgendetwas gewesen. Beau hatte sich lediglich nach ihrem Befinden erkundigt, bevor das Wetter zur Sprache kam und sie die Nacht des Balls von Lady Essex Revue passieren ließen. Es war weder von Monmouth noch von Sommers noch von irgendetwas anderem von Belang die Rede gewesen. Beau war auf eine Weise kühl und distanziert gewesen, die sie beunruhigte. Sie wollte nicht, dass sie heirateten, wenn er sich ändern oder zurückziehen würde.

»Nun, vielleicht kannst du ihm heute Abend beim Abendessen die Einzelheiten entlocken. Ich bin sicher, dass er etwas Großartiges für euch beide geplant hat. Vielleicht eine Tour durch den Kontinent?«

Philippa hörte ihrer Mutter zu, doch nach einigen Augenblicken schloss sie die Augen und versuchte, sich wieder zu beruhigen. Vielleicht war Beau genauso nervös wie sie. Es war durchaus möglich, dass er es sich anders überlegt hatte. Sie stand ja selbst ständig kurz davor. Sie mochte Beau mehr als sie sollte, aber war das genug? Leidenschaft konnte verblassen. Was, wenn das, was zwischen ihnen lag, nicht stark genug war, um eine lebenslange Verpflichtung wie die Ehe aufrechtzuerhalten?

Als sie und ihre Mutter wieder im Haus von St. Albans ankamen, war es fast Zeit für das Abendessen. Sie zogen ihre Abendkleider an, und als Philippa die Treppe hinunterging, fand sie Beau im Foyer.

»Beau?«, Sie ging auf ihn zu, und er lächelte, aber der Ausdruck wirkte gezwungen.

»Guten Abend, Miss Wilson.«

Philippa starrte ihn an, verletzt und fassungslos über die plötzliche Höflichkeit, die sich in den letzten Tagen zwischen ihnen aufgebaut hatte. Wenn das eine Ehe werden sollte, konnte sie das nicht zulassen. Sie ergriff seine Hand und zog ihn in einen leeren Salon. Sie schloss die Tür, damit sie unter sich waren, und versperrte mit ihrem Körper den Weg nach draußen.

»Beau, wir müssen reden. Wenn du mich nicht heiraten willst, dann sag es mir um Himmels willen jetzt. Es ist noch nicht zu spät. Niemand weiß, was zwischen uns vorgefallen ist, und ...« Sie holte tief Luft, als sie merkte, dass sie vor Nervosität zitterte. »Wenn diese Leidenschaft für dich nur eine flüchtige Sache ist, dann tu bitte das Ehrenhafte und lass mich gehen.«

Beau schwieg einen Moment, seine whiskeyfarbenen Augen bohrten sich intensiv in sie.

»Ist das für dich so? Eine flüchtige Leidenschaft, die so schnell verwelkt, wie sie blüht?« Er trat näher, seine

Stimme wurde leiser; ihr Körper reagierte sofort. Was sie für ihn empfand, war keineswegs verblasst.

»Natürlich nicht«, sagte sie trotzig, und ihr Körper erhitzte sich vor Verlangen, als er sie gegen die geschlossene Tür drückte.

»Für mich ist es das auch nicht«, versprach er, doch sie sah ein Zögern. Nein, es war *Angst*, die sie in seinen Augen sah.

»Warum stellst du dann diese Distanz zwischen uns her? Wir haben die zivilen Umgangsformen und die Höflichkeit hinter uns gelassen, als wir ...« Sie wagte es nicht, den Gedanken zu Ende zu sprechen.

»Miteinander geschlafen haben? Ja, das dachte ich auch, aber dann habe ich entdeckt, dass du die Enkelin von St. Albans bist, und ich durfte dich nicht ausnutzen.«

Sie legte eine Hand auf seine Brust, und er verkrampfte sich. »Aber du *nutzt* mich ja nicht aus.« Seine Hand schloss sich um ihr Handgelenk, aber er zog ihre Handfläche nicht von seiner Weste. Seine Finger rieben über den Pulsschlag unter ihrer Handfläche.

»Ich bin es nicht gewohnt, ein Gentleman zu sein, Philippa. St. Albans wäre der Erste, der dir erzählen würde, dass ich in der Vergangenheit ziemlich skandalös gewesen bin.«

»Das ist mir egal«, betonte sie.

»Oh, aber das sollte es nicht, mein Schatz«, flüsterte Beau. »Es ist sehr gefährlich für dich, mit mir allein zu sein.«

Philippa sah eine verführerische Dunkelheit in seinem Blick, und zum ersten Mal sah sie auch den Wüstling, der er zu sein vorgab. Vorher hatte er sich um sie gekümmert, sie beschützt, aber jetzt sah sie die Seite, die *sie wollte*.

»Ich dachte, du hättest Angst vor mir«, gestand sie und starrte auf seine Lippen.

»Angst vor dir? Nein, Liebling, ich habe Angst *um* dich. Seit der Nacht, in der ich dich für mich beansprucht habe, werde ich von deinem Wesen heimgesucht. Dein Duft, deine süßen Seufzer, als ich dich geküsst habe, das Gefühl, wie du mich umarmt hast, als unsere Körper im Feuerschein zusammenkamen.« Er ließ ihr Handgelenk los, aber nur, damit er seine Hand um ihre Taille schlingen konnte.

»Ein Mann wie ich hat Begierden. Ich habe Bedürfnisse, die vielleicht zu stark für dich sind, um sie zu befriedigen.« Seine Hand glitt tiefer und begann, an ihren Röcken zu ziehen. Atemlose Erregung durchströmte sie bei dem Gedanken, dass sie nur diese wenigen Minuten allein hatten, bevor jemand nach ihnen suchen würde.

»Hast du keine Angst, Philippa?« Aus Beaus Tonfall sprach eine raue Leidenschaft unter der verführerischen Süße.

»Nein«, sagte sie, aber in Wahrheit war sie nervös. Es war neu für sie, neu, sich für solche Erfahrungen zu öffnen.

»Als meine Frau würdest du all meinen Wünschen unterworfen sein. Ich kann dich nehmen, wo und wann ich will, auf jede *Art und Weise*, die mir gefällt.« Beau strich mit seinen Fingerspitzen über ihren nackten Schenkel oberhalb der Strümpfe, und ein plötzliches, verzweifeltes Verlangen ließ sie wimmern. Aber er hörte nicht auf. Stattdessen senkte er seinen Kopf in ihren Nacken und küsste sie bis zur Ohrmuschel, während er mit einem Finger an ihren Falten rieb. Er streichelte sie sanft, dann stieß er den Finger in sie hinein und trieb sie vor Lust in den Wahnsinn. Er hörte nicht auf, sie mit kleinen Bissen in ihr Ohrläppchen zu necken, während er sie mit seiner intimen Liebkosung bis an den Rand des Schmerzes trieb.

»Beau, bitte ...«, flüsterte sie.

»Bitte aufhören?« Die Zufriedenheit in seinen Augen verwirrte sie. Er wollte, dass sie ihn zum Aufhören brachte? Er wollte, dass sie Angst vor ihm hatte?

Er zog sich zurück, seine Hand glitt unter ihrem Rock hervor, und er lächelte sie an, als hätte er eine Schlacht gewonnen, von der sie nicht wusste, dass sie sie gekämpft hatten. Aber sie hatte keine Angst vor ihm oder ihrem Verlangen. Sie wollte alles von ihm, wenn sie ihn heiraten sollte, aber es schien, dass er sie nicht auf die gleiche Weise wollte. Der Schmerz stach ihr ins Herz, so stark, dass sie einen Moment lang nicht zu Atem kam. Sie hatte geglaubt, dass er sie begehrte und ihr versprechen würde, zu versuchen, sie zu lieben, aber selbst das war anscheinend zu viel von ihm verlangt.

»Ich sehe also, dass du zu sehr ein Gentleman bist, um diese Sache abzusagen, also erlaube, dass ich das für dich tue. Du bist von unserer Verlobung und von allen Versprechen, die du mir gegeben hast, entbunden.«

Der triumphale Glanz in seinen Augen verschwand augenblicklich. »Philippa, ich habe nicht ...« Er hielt kurz inne, schloss die Augen und atmete dann schwer aus. »Es tut mir leid.«

»Das muss es aber nicht. Ich war dumm genug, mich in dich zu verlieben. Ich wusste von Anfang an, dass du mich nicht zurücklieben würdest. Das ist meine Schuld. Ich kann Verantwortung übernehmen.«

In seinen Augen entstand ein neuer Glanz, der ebenso intensiv, aber irgendwie weicher war. »Du ... liebst mich?«

»Wie könnte ich nicht?« Sie unterdrückte ein bitteres

Lachen und versuchte, ihn von sich zu stoßen. Er stand zu nahe. Sein großer Körper weckte in ihr das Verlangen nach Dingen, die ihr nur das Herz brechen würden.

Beau ließ sie jedoch nicht entkommen. Er drückte sie sanft wieder gegen die Tür und nahm ihr Gesicht zwischen seine Hände.

»Du liebst mich, auch wenn ich versuche, dich wegzustoßen?«, fragte er.

»Liebe ist Liebe, Beau. Sie gehorcht nicht den Beschränkungen, die ihr von anderen auferlegt werden. Ein Herz liebt, wen es liebt, trotz aller Widrigkeiten. Gegen jede Vernunft.« Sie wollte ihm das alles nicht gestehen, aber die Worte sprudelten nur so aus ihr heraus.

»Liebst du mich wirklich? Trotz meiner Fehler und meines törichten Verhaltens?«

Tränen hingen an ihren Wimpern. »Bitte, quäl mich nicht weiter. Geh einfach. Ich werde mich beim Herzog entschuldigen und ihm sagen, dass er die Hochzeit absagen soll.«

Beaus sinnlicher Mund verhärtete sich. »Wir sagen das nicht ab. Du und ich werden morgen gemeinsam am Altar der Georgskirche stehen und unsere Leben miteinander verbinden.«

»*Nein*. Du hast schon einmal gesagt, du könntest auch einen anderen Weg finden, Monmouth aus seinem Versteck zu locken, also mach es auf eine andere Weise.« Sie drückte gegen seine Brust, aber er bewegte sich keinen Zentimeter. »Ich werde nicht zulassen, dass du unsere Ehe zu einem edlen Opferstein machst, auf dem du dich kreuzigen kannst.«

»Du verstehst das nicht. Dich zu heiraten, das ist alles andere als ein Opfer. Ich fühle mich sogar unglaublich egoistisch, weil ich dich so begehre, wie ich es tue. Ich hatte von Anfang an die Befürchtung, dass du mich nur heiraten würdest, weil du glaubst, dass du mir etwas schuldest.«

Vielleicht war das der Anfang gewesen, aber nach allem, was passiert war, fühlte sie sich durch etwas viel Stärkeres an ihn gebunden.

»Es ist unmöglich, einen Mann wie dich nicht zu lieben, auch wenn du ein ziemliches Ärgernis sein kannst.« Sie versuchte, den Blick abzuwenden, aber er hielt ihr Gesicht immer noch in seinen Händen.

»Dann liebe mich. Ich will dir meinen Namen geben, sogar mein Leben.« Beau atmete ein, und seine Worte erfüllten ihr Herz mit verräterischer Hoffnung. »Ich habe versprochen, zu versuchen, dich auch zu lieben, und in diesem Moment scheint es einfacher denn je, dieses Versprechen einzuhalten.«

»Keine Rückzüge mehr? Keine Spiele mehr?«, wollte Philippa wissen.

Er strich mit seinen Daumen über ihre Wangen. »Keine Spiele mehr. Ich ergebe mich.«

»Dann heiraten wir morgen.« Sie ergriff seine Handgelenke, und er senkte seinen Mund auf den ihren und forderte ihre Lippen in einem Kuss ein, der alle Gedanken bis auf einen wegschmelzen ließ: Sie war unwiderruflich in ihn verliebt, und das war weitaus gefährlicher als die dunklen Pläne, die ihr verbitterter Vater für sie auf Lager hatte.

KAPITEL 18

Auf dem Weg zur Kirche riefen ihr ständig Leute zu, dass es ein schöner Tag für eine Hochzeit sei, aber Philippa war zu nervös, um die Wärme der Sonne zu genießen. Ihre Nerven hatten sie erschöpft und kurzatmig gemacht. Sie wusste, dass Beau bereits vor dem Altar wartete, denn ihr Großvater hatte gezwinkert, als er es beiläufig erwähnte, während sie und ihre Eltern nach St. George's fuhren. Sie hatten sich darauf geeinigt, zu behaupten, dass ihr Vater als ein weiterer alter Freund ihres Vaters vom Lande sei und sie zum Traualtar führen würde.

»Du siehst ein bisschen blass aus«, sagte ihre Mutter und berührte ihre Wange. »Mach dir keine Sorgen wegen der Hochzeit. Sie gehen ziemlich schnell vorbei.«

»Ja, das stimmt«, stimmte ihr Vater zu.

Die Augen des Herzogs füllten sich mit Sorge. »Du willst doch aber sicher nicht noch einen Rückzieher machen?«

»Nein, ich will ihn heiraten«, versicherte sie St. Albans. Sie strich mit ihrer Hand in nervösen Mustern über die

Samthandschuhe, die sie noch nicht angezogen hatte. Als sie die Kirche erreichten, half ihr Vater ihr und ihrer Mutter hinaus. Die Herzogin und ihre Mutter gingen hinein. Philippa stand allein mit ihrem Vater vor der Kirche und versuchte, ihren Atem zu kontrollieren.

»Liebst du diesen Mann?«, fragte er, nicht zum ersten Mal.

»Ja. Mehr als klug ist, da bin ich mir sicher.« Sie lehnte sich auf seinen Arm, als sie gemeinsam in die Kirche gingen. Das Stimmengemurmel verstummte, und schon bald begann eine Orgel zu spielen, während sie den Gang hinuntergingen. Die Kirche war fast voll, und sie entdeckte bekannte Gesichter in der Menge.

Dann fiel ihr Blick auf den einen Mann, von dem sie nie erwartet hätte, dass er hier sein würde: Lord Monmouth. Sie erstarrte. Er starrte sie an, seine intensiven, dunklen Augen ließen ihre Adern zu Eis werden. Sie erwartete fast, dass er in diesem Moment eine Pistole ziehen würde, aber er machte keine Anstalten, sich zu bewegen.

Sie wusste, dass Lennox und Beau erwartet hatten, dass er mit seinem Sohn kommen würde, aber sie hatte insgeheim gehofft, dass er es nicht tun würde. Ihr verzweifelter Blick suchte Lord Lennox, der zwei Reihen hinter Monmouth stand. Im Gegensatz zu allen anderen im Raum schaute Lennox sie nicht an, seine Augen waren auf Monmouth gerichtet.

Lord Lennox wird nicht zulassen, dass Monmouth dir wehtut, versuchte sie sich zu erinnern. Beau hatte ihr versichert, dass Lennox und einige seiner Freunde bewaffnet und bereit waren, Monmouth aufzuhalten, falls der etwas versuchte. Sie war nicht dumm. Sie wusste, dass Lennox hoffte, Monmouth würde genau das tun, damit sie eine weitere Anklage gegen ihn erheben konnten.

Philippa richtete ihren Blick auf Beau, der auf sie wartete. Einen Moment lang waren sie nur zu zweit in der vergoldeten, alten Kirche. Sie verlor sich in ihm, verlor sich in der Vision seiner whiskeyfarbenen Augen, seines dunklen Haares und seiner sinnlichen Lippen, die ihr erschüttertes Herz mit Sicherheit heilen würden. Sie erinnerte sich an eine sonnige Zeit, als sie in der Lennox-Bibliothek ein paar Augenblicke allein gewesen war, um ein Buch mit Gedichten zu lesen. Byron war zu ihrem Lieblingsdichter geworden, und seine Worte drangen nun an die Oberfläche ihrer Erinnerung.

»But once I dared to lift my eyes,
To lift my eyes to thee;
And, since that day, beneath the skies,
No other sight they see.«

Er war das Einzige, was sie in diesem Moment sehen konnte. Er war alles, was zählte. Er würde zu ihr gehören und sie zu ihm, und eine Vereinigung ihrer Leben würde sie einander näher bringen, und vielleicht ... vielleicht könnte er sie eines Tages zurücklieben. Sie konnte nicht zulassen, dass dieser Moment durch irgendetwas anderes getrübt wurde.

Sie musste darauf vertrauen, dass Monmouth nicht gegen sie vorgehen würde, weder jetzt noch nach der Hochzeit.

Ihr Vater küsste sie auf die Wange, und sie trat mit Beau vor den Altar. Ihr blaues Seidenkleid mit belgischer

Spitze ließ sie für einen Moment glauben, dass sie die aristokratische Dame war, die sie nie sein konnte.

Der Geistliche leitete den Gottesdienst, und Philippa wusste, dass sie sich an jedes Detail der Zeremonie erinnern würde. Sie konzentrierte sich auf Beaus Augen und darauf, wie das Licht der Glasmalerei in Mosaikmustern auf seinem dunkelblauen Mantel spielte. Sogar die Art, wie er lächelte, als er ihr den Ring an den Finger steckte und sein Gelübde ablegte, war für immer in ihr Herz eingebrannt. Sie war von ihm so gefesselt wie in jenem Moment, als er durch die Tür von Castleton Abbey getreten war, um sie zu retten.

Und genau wie ihre Mutter es vorausgesagt hatte, war es viel zu schnell vorbei. Beau drückte ihr einen heißen Kuss auf die Lippen, der die Damen zum Staunen und die Herren zum Kichern brachte. Ihr Kopf drehte sich, und ihre Knie gaben nach. Beau fasste sie um die Taille, bevor sie fallen konnte.

»Geht es dir gut?«

»Ja, ich glaube schon. Ich brauche nur ein bisschen frische Luft.« Sie nickte in Richtung einer Tür an der Seite der Kirche, die zu einem Innenhof mit einigen Grabsteinen führte.

Beau begleitete sie, und Lord Sheridan schloss sich ihnen an.

»Alles in Ordnung, Boudreaux?« Sheridans besorgter Blick wanderte zwischen ihr und Beau hin und her.

»Brautnerven, Mylord«, entschuldigte sie sich. »Ich brauche einfach etwas frische Luft.«

»Durchaus verständlich.« Er folgte ihnen in den Innenhof hinaus. »Übrigens: Ich gratuliere euch beiden.«

Sheridan strahlte sie an, bevor er Beau zuzwinkerte. »Dank dir habe ich eine ganze Menge Geld gewonnen.«

Beau gluckste und schüttelte den Kopf. »Das habe ich gehört.«

Philippa zog sich vorsichtig frei, um auf die Grabsteine zuzugehen. Sie setzte sich auf einen von ihnen. Sie fühlte sich schuldig, weil sie heute nicht stärker war, und betrachtete den Namen, der in den verblassenden, regenglatten Stein geätzt war.

Mr. Edward Morris - Der lebte, wie er liebte ... großartig.

»Ich bitte um Entschuldigung, Mr. Morris, aber ich kriege keine Luft mehr«, murmelte sie zum Grab. Sie beobachtete Beau, der lachte und mit Lord Sheridan sprach.

Verheiratet. Ich bin mit einem der berüchtigtsten Junggesellen Londons verheiratet. Sie lächelte und schüttelte bei dem Gedanken den Kopf.

Eine leichte, aber kühle Brise wehte über den Friedhof. Die fallenden Blätter purzelten und tanzten auf dem trockenen Gras, bis sich einige im Saum ihrer Röcke verhedderten. Sie stand auf und bückte sich, um die Blätter aus dem frostblauen Satin zu schütteln, stolperte aber, als eine weitere Welle von Schwindelgefühl sie überkam. Sie versuchte, nach Beau zu rufen, aber etwas traf sie hart von hinten, und sie stürzte zu Boden. Ihre Finger umklammerten das tote Laub und zerknitterten es, während sie verzweifelt versuchte, sich aufzurichten, aber mit einem Wimmern sackte sie wieder auf den Boden.

Sie klammerte sich an das Bewusstsein, als starke Arme sie hochhoben und hinter ein großes Grabmal trugen. Sie rollte den Kopf hoch und versuchte zu erkennen, wer das getan hatte, um einen Sinn in dem unübersichtlichen

Chaos um sie herum zu finden. Es musste Lord Monmouth sein …

»Die sind nicht wirklich clever, oder?«, sinnierte Lord Sommers und blickte in die Richtung von Beau und Sheridan. Dann blickte er zu einer Kutsche, die auf der Straße in der Nähe des Grabes geparkt war. Er trug sie dorthin, als sich die Tür öffnete und der Diener mit der blassen, wütenden Narbe im Gesicht Sommers half, sie hineinzuschieben. Der Lakai richtete eine Pistole auf sie, und sie sank in die Kissen zurück, da ihr die Kraft zum Kämpfen fehlte. Der Wagen setzte sich ruckartig in Bewegung, während sie verzweifelt versuchte, ihren Blick auf Sommers zu richten.

»Hat mein Vater Sie beauftragt, mich zu entführen?«

»Du kennst jetzt also die Wahrheit? Gut. Das ist eine Sache weniger, die ich erklären muss. Nein, Cornelius weiß nicht, dass ich hier bin. Nachdem ich mich um ein paar unerledigte Dinge gekümmert hatte, beschloss er, dass er meine Dienste nicht mehr benötigte. Der Narr denkt, er könnte mich für seine Drecksarbeit anheuern und dann einfach gehen, aber jetzt habe ich dich, und ich mache mit dir, was ich will.«

Hatte Lord Monmouth das nicht geplant?

Kurze Zeit später hielt die Kutsche an, und sie wurde in ein schäbig aussehendes Gebäude gezerrt. Sommers packte ihr Handgelenk fest, und sie wurde eine Treppe hinauf in ein schmutziges Zimmer gezerrt.

»Du kannst die Pistole weglegen, Jean. Sie kann nicht entkommen.« Sommers lächelte grausam, als er ihr Handgelenk losließ. »Fühlen wir uns nicht gut?«, fragte er. »Vielleicht ein bisschen schwindlig? Kurzatmig?«

Panik flatterte in ihr auf, als sie ihn entsetzt anstarrte,

während ihr die Erkenntnis dämmerte. Wie konnte er das wissen? Es sei denn …

»Gift, meine Liebe.« Er holte etwas aus seiner Manteltasche und hielt es ihr vor die Nase. Es war eine kleine blaue Flasche, auf deren Etikett eine Schlange abgebildet war.

»Wie?« Sie war seit Tagen nicht mehr in der Nähe von Sommers gewesen.

Sommers grinste, als er eine unscheinbare silberne Stecknadel hochhielt. »Stell dir mal vor, wie lange es dauert, bis das Gift in einer so geringen, aber mit Sicherheit tödlichen Dosis wirkt … Wenn du zum Beispiel von einer Nadel gestochen worden bist.« Er warf die Nadel achtlos zu Boden.

»Die Näherin«, flüsterte Philippa. Es war ein Unfall gewesen, zumindest hatte sie das gedacht.

»In der Tat. Das Küken war leicht zu kaufen. Und du hast die ganze Zeit gedacht, dass du in Sicherheit bist. Ich hatte eigentlich geplant, dich während deiner leidenschaftlichen Hochzeitsnacht in Boudreaux' Armen sterben zu lassen, aber je mehr ich daran dachte, wie er dich berühren würde und wie ich dieser Freude beraubt worden war … Nun, das konnte ich nicht zulassen. Hier sind wir also.« Er wedelte mit einer Hand zwischen ihnen beiden hin und her.

»Ich habe keine Angst vor dem Tod«, sagte sie, obwohl sie Angst hatte und traurig war, nicht zu wissen, wie es sein würde, wenn Beau ihre Liebe erwiderte. Sie hatte sich an so große Hoffnungen geklammert, aber jetzt fühlten sie sich so unerreichbar weit weg an.

»Wovor du Angst hast oder nicht, das ist mir gleichgültig. Aber ich habe die Macht, dich zu retten.« Er tätschelte seine Manteltasche. »Man sollte niemals ein Gift herstellen, das kein Gegenmittel hat. Unfälle passieren nun mal.«

»Sie haben ein Gegenmittel?« Sie stürzte sich mit letzter Kraft auf ihn. Aber er gab ihr eine harte Ohrfeige, so dass sie zurücktaumelte und gegen das Bett fiel. Ihr Gesicht brannte, aber sie starrte ihn mit all ihrer aufsteigenden Wut an, obwohl sie immer schwächer wurde.

»Die Frage, die du dir stellen solltest, lautet: Was wirst du *dafür tun?*«

Philippa versuchte, ihre Gedanken zu beruhigen. Lord Sommers liebte es, mit seinen Opfern zu spielen wie eine gelangweilte Katze mit einer Maus. Sie musste mitspielen, wenn sie überleben wollte.

»Ich werde alles tun«, antwortete sie, und ihr Blick begegnete dem seinen. Das würde sie auch tun, nur war das, was er sich vorstellte, weit von dem entfernt, was sie plante. Er hatte keine Ahnung, wie gefährlich sie sein konnte, wenn sie nur die Kraft dazu hatte. Zu lange hatte sie sich als Opfer ihres eigenen Lebens und ihrer Umstände gesehen. Jetzt hatte sie alles, wofür sie kämpfen konnte, und sie würde bis zum Tod dafür kämpfen.

Und dieser Tod würde nicht der ihre sein.

»FÜNFHUNDERT PFUND?«, RIEF BEAU AUS. »DAS IST EINE verteufelt gute Wette, Sheridan.«

Sheridan lachte. »Glaub mir, ich habe schon auf weitaus skandalösere Dinge gewettet, zu einem weitaus höheren Preis. Wenigstens bin ich nicht so ein Besessener wie Brummel. Dieser Teufel hat auf Regentropfen gewettet, die an einer Glasscheibe herunterlaufen.«

Beau lachte. »Das habe ich noch nie gehört.«

»Dieser Mann wettete auf die lächerlichsten Dinge, aber er war ein Dandy und ein Dummkopf noch dazu. Jeder Mann, der seine Kleidung über den gesunden Menschenverstand stellt, ist es wert, dass man ihn kennt.« Sheridan griff in seine Tasche und holte eine Taschenuhr heraus. Er schaute darauf und blickte sich dann um.

»Boudreaux ...« Sheridan wurde blass.

»Was?«, Beau drehte sich zum Innenhof herum, und sein Herz blieb stehen.

Philippa war weg.

»*Philippa!*« Er lief durch den Hof, suchte hinter den großen Gräbern und sah einen ihrer Samthandschuhe auf dem toten Gras liegen. Er kniete nieder, um ihn aufzuheben, und ließ seinen Blick die Wege hinunter schweifen. Es gab keine Spur von ihr.

»Wie konnte sie uns vor der Nase weggeschnappt werden? Es war niemand hier draußen«, wollte Sheridan wissen. »Monmouth ist noch drinnen; Ash und Godric beobachten ihn.«

Beau blieb wie angewurzelt stehen, der Schrecken packte ihn. Sie war weg. Er wusste nicht, wo er sie finden konnte. Er war ... *verloren*.

Sheridan klopfte ihm kräftig auf die Schulter. »Reiß dich zusammen, Mann. Wir werden sie finden.«

»Das werden wir«, wiederholte er, aber das tiefe Grauen drückte auf seine Lunge und machte das Atmen fast unmöglich.

CORNELIUS SASS IN DER LEEREN KIRCHENBANK UND starrte auf den Altar, wo er noch vor wenigen Minuten die Hochzeit seiner Tochter miterlebt hatte. Ein kalter Schauer war ihm über den Rücken gelaufen, als er sie bei ihrem Gelübde beobachtet hatte. Es war, als ob der Geist von Albina durch das Mädchen zu ihm gesprochen hätte.

»Ich gelobe, zu ehren und zu gehorchen, zu lieben und zu achten ...«, sagte Albina, während sie zu ihm aufblickte ...

So vertrauensvoll, so verliebt, und so zuversichtlich, dass er sie auch liebte. Sie hatte sich zu ihm hingezogen gefühlt, zu der grüblerischen, verführerischen Falle, die er ihr gestellt hatte, und erst als es für einen Rückzug zu spät gewesen war, hatte sie herausgefunden, was für ein Mann er wirklich war. Dennoch hatte sie die Verlobung nicht aufgelöst. Sie hatte geglaubt, er würde sie lieben lernen.

Er hätte es fast geschafft.

Aber sie hatte ihn enttäuscht. Mit ihrem letzten Atemzug hatte sie einem Mädchen das Leben geschenkt, das in seinem Haus keinen Platz hatte, weil sie nicht erben konnte. Dafür hatte er Albina verflucht, und Sekunden später war sie tot gewesen. Das Bild des Blutes, das sich zwischen ihren Schenkeln auf dem Bett sammelte, konnte er nie wieder aus seinem Gedächtnis streichen. Er konnte auch nicht vergessen, wie es sich angefühlt hatte, den totgeborenen Sohn in die Gärten zu tragen und das Kind selbst zu begraben. Andrew.

Cornelius hatte nicht geweint. Seine Trauer war von der Art, die ihn auffraß und sich in seine Seele grub, während er spürte, wie er im Laufe seines Lebens langsam ausblutete.

Roddy hatte ihn gerettet, soweit das überhaupt möglich war. Der fröhliche Junge mit dem guten Herzen war in gewisser Weise die Essenz von Albinas liebenswertem Geist, auch wenn das Kind nicht von ihr geboren worden war.

Und jetzt würde er auch noch Roddy verlieren. Lennox saß in der Kirche, und der Herzog von Essex direkt hinter ihm. Sie flüsterten leise miteinander, während sie darauf warteten, dass er sich bewegte. Er konnte immer noch nicht begreifen, warum Lennox ihn nicht längst wegen seines Angriffs auf das Mädchen hatte verhaften lassen. Was auch immer Lennox vorhatte, Cornelius war am Ende seiner Kräfte und spürte, dass es immer enger wurde.

»Vater, wir sollten gehen«, sagte Roddy, als er am Ende der Kirchenbank auftauchte. »Ich habe veranlasst, dass unsere Kutsche hergebracht wird.«

»Äh ... Ja. Ich danke dir.« Cornelius stand auf und nahm seinen Hut von der Bank. Er begegnete Lennox' Blick, als er sich auf den Weg zur Tür machte. Doch eine Sekunde später lenkte das Erscheinen von Boudreaux und Sheridan aus dem Seitenhof Lennox' Aufmerksamkeit von Cornelius ab.

»Lasst den Mann nicht gehen!« Sheridan keuchte auf, als er mit Lennox und Essex im Mittelgang zusammentraf. »Sie ist weg!«

»Was?«, zischte Lennox, als sich alle Augen auf Cornelius richteten.

Beau hatte Cornelius bereits gepackt und ihn gegen den nächsten Pfeiler geschleudert.

»*Wo ist sie?*« Das grimmige Licht in den Augen des Mannes erschreckte Cornelius nicht, aber er schüttelte den Kopf.

»Ich weiß es nicht. Ich habe nicht ...«

»Beau, was machst du da?« Roddy stieß Beau an, der

Cornelius losließ. Cornelius zupfte seinen Mantel und seine Weste zurecht und glättete den zerknitterten Stoff, während er finster dreinblickte.

»Tu nicht so, als ob du nicht dahinter steckst«, warnte Beau, und diesmal machte die unausgesprochene Drohung Cornelius große Angst.

»Vater, wovon spricht er?«, wollte Roddy wissen.

Cornelius schüttelte den Kopf. Zu seiner Erleichterung berichtete Beau Roddy nicht sofort von seinem Interesse an Philippa. Cornelius kam zu der einzig möglichen Schlussfolgerung. »Sommers muss sie haben.«

»Auf Ihren Befehl hin«, sagte Lennox.

»Nein, nicht meinen. Ich habe gestern meine Verbindung zu ihm abgebrochen.«

»Wir wissen von der Hebamme«, sagte Lennox. »Und vom Laden der Wilsons.«

»Die Angriffe geschahen auf *Ihren* Befehl hin«, sagte Lennox.

»Ich habe nichts dergleichen zugegeben. Ich hatte mit dem Mann zu tun, und das ist jetzt vorbei. Aber Sommers ist labil, und er ist von dieser Frau geradezu besessen. Ich würde ihm alles zutrauen«, warnte Cornelius.

»Sie können um die Wahrheit herumtanzen, so viel Sie wollen«, knurrte Beau. »Aber *Sie* haben ihn auf diesen Weg gebracht. Sie haben das in Gang gesetzt und meine Frau zum Tode verurteilt.«

»Es tut mir leid«, murmelte Cornelius, und das tat es auch. Es gab nur eine Möglichkeit, wie er die Sache hätte angehen sollen. Er war der Einzige, der ihren Tod schnell und schmerzlos hätte gestalten können. Er hatte nie gewollt, dass sie leiden müsste, aber er war ein Feigling und hatte ein Monster angeheuert, das ihr niemals einen schnellen Tod gönnen würde.

»Dafür haben wir keine Zeit«, sagte Lennox, als er Beau wegzog. »Wir können ihm nicht einmal den Vorsprung lassen, den er bereits hat. Wir versammeln die anderen und teilen unsere Kräfte auf, um die wahrscheinlichen Orte zu durchsuchen.«

Cornelius war nun allein mit seinem Sohn.

»Vater? Bitte sag mir, was hier los ist.«

»Ich habe keine Zeit für Erklärungen. Du solltest nach Hause zurückkehren und dort auf mich warten.«

»Wohin gehst du?«, fragte Roddy.

»Bitte, tu, was ich sage.« Das Misstrauen seines Sohnes verletzte ihn, aber Cornelius hatte keine andere Wahl. Er musste gegen Sommers vorgehen. Und er konnte sich gut vorstellen, wohin der Mann gegangen sein könnte.

Cornelius floh aus der Georgskirche und fuhr mit einer Droschke zur Rimmel Street. Es war ein berüchtigter Tummelplatz für die schlimmsten Diebe und Beutelschneider, wo schon so mancher unvorsichtige Mann seine Brieftasche oder sein Leben verloren hatte. Sommers hatte dort mehrere Zimmer gemietet, wenn er sich richtig erinnerte. Cornelius fürchtete sich davor, sich vorzustellen, was der Mann in diesen Zimmern tun könnte.

Der Kutscher schaute ihn misstrauisch an, aber Cornelius zahlte ihm das Doppelte des normalen Fahrpreises. Als er die Slums erreichte, war er schon ganz verschwitzt. Er musste Sommers gegenübertreten und ihn dazu bringen, ihm ein letztes Mal zu vertrauen. Nur so konnte er tun, was getan werden musste.

KAPITEL 19

Philippa saß müde und benommen auf der Bettkante, als Sommers seinen Mantel auszog und ihn über den Stuhl legte. Als er sich ihr zuwandte, tat sie ihr Bestes, um ihre Gefühle zu verbergen.

»Es ist schon erstaunlich, wozu ein Mensch bereit ist, wenn er glaubt, dass die Rettung in greifbarer Nähe ist. Das ist zum Beispiel dein Gegengift.« Er holte eine zweite blaue Flasche aus seiner Manteltasche und stellte sie auf den Waschtisch hinter ihm. Ihr Blick war auf die Flasche gerichtet, und sein Lächeln wurde breiter.

»Ich sehe, dass du es dir schnappen willst, aber du bist schwach. Bald wirst du kaum noch atmen, geschweige denn dich bewegen können. Du solltest also besser zuhören, meine Liebe.«

Draußen stand Sommers Lakai Wache, und sie wusste, dass sie nicht die Kraft hatte, gegen die beiden zu kämpfen.

»Geh auf die Knie. Ich möchte dich betteln sehen,

diese silbernen Augen mit schönen Tränen gefüllt sehen. Wenn du mir gefällst, kann ich dir das Gegenmittel geben.«

Philippa war keine, die bettelte, aber der Wunsch zu überleben, machte jeden Stolz zunichte. Bevor sie sich auf die Knie fallen lassen konnte, öffnete sich die Tür, und Monmouth trat ein.

»Was machen Sie hier?«, schnappte Sommers. »Warum hat Jean Sie reingelassen?«

»Er hat mich reingelassen, weil ich Sie dafür bezahlt habe, sie zu töten. Ich dachte, es wäre das Beste, der Tat beizuwohnen, meinen Sie nicht auch?« Monmouth warf ihr einen kalten Blick zu. »Bitte, fahren Sie fort, Lord Sommers. Ich bin nur ein Zeuge Ihrer Taten.«

In Sommers Augen blitzte ein Hauch von Unsicherheit auf, bevor er Philippa grausam anlächelte.

»Nun gut. Auf die Knie, meine Liebe.« Er zeigte zu Boden. Philippa sah nur Monmouth an, als sie auf die Knie fiel. Es musste einen Weg geben, ihn aufzuhalten oder an das Gegenmittel zu kommen. Der Holzboden tat weh, und sie klammerte sich an das Bett neben ihr, um sich gegen den Schmerz abzustützen. Ihr eigener Vater, dieser schreckliche Fremde, verurteilte sie zum Tode und wollte dies miterleben.

Sommers trat vor und grinste. »Und jetzt betteln«, wiederholte er seinen Befehl. Sie wollte ihm ins Gesicht spucken oder ihm ein Knie in die Leiste rammen, aber sie traute sich nicht, nicht wenn sie dieses Spiel besser spielen musste als er.

»Bitte«, flüsterte Philippa. Sie sah, wie Monmouth hinter Sommers auftauchte, zweifellos um einen besseren Blick auf sie zu werfen, während sie ihrem Untergang entgegensah.

»Bitte *was?*«, fragte Sommers.

Monmouth öffnete seinen Mantel und zog lässig eine Pistole heraus. Philippa starrte schockiert, als Monmouth die Mündung auf Sommers Rücken richtete.

Knall!

Sommers grunzte. Sein Gesichtsausdruck war fassungslos und verwirrt. Er versuchte, sich umzudrehen, doch die Kraft verließ ihn, und er fiel zu Monmouths Füßen zu Boden.

»Was hat er dir angetan, Kind?«, fragte Monmouth.

»Gift«, flüsterte sie.

Er nahm sich Zeit, um seine Pistole nachzuladen. »Das habe ich befürchtet. Ich hätte ihn nie anheuern sollen. Das war immer eine Sache zwischen dir und mir. Ich bin nicht so grausam. Ich kann versprechen, dass es schnell und schmerzlos sein wird.« Er begegnete ihrem Blick nicht, und da drangen seine Worte zu ihr durch. Er war nicht hier, um sie zu retten. Es war genau so, wie er gesagt hatte. Er wollte sehen, wie die Tat vollbracht wurde.

Monmouth sah sie endlich an, sah sie wirklich an. »Ich wünschte, es müsste nicht so sein. Hätte dein Bruder überlebt, wäre dir dieses Ende erspart geblieben. Aber ich brauche einen Erben, und das kannst du nicht sein. Hätte ich dich nur nie in jener Nacht in Lennox' Haus gesehen. Ich geriet in Panik und wurde von meiner eigenen Vergangenheit verfolgt. Lennox hätte sich nie damit befasst. Woher du stammst. Es war dumm von mir, so etwas auch nur zu denken.« Er räusperte sich, und Schuldgefühle verdunkelten seine Augen.

»Aber die Würfel sind gefallen. Bitte schließe deine Augen«, flüsterte er fast zärtlich. »Es wird bald vorbei sein.«

Philippa schloss nicht die Augen, sie starrte ihn an.

»Vater, bitte ...«, flüsterte sie und hoffte, dass ihn das daran erinnern würde, dass sie blutsverwandt waren, dass sie seine Tochter war. Das musste doch etwas bedeuten ...

»Vater?« Eine Stimme von der Tür her ließ Monmouth sich von ihr abwenden. Roderick stand dort, sein Gesicht bleich, als er die Szene betrachtete. »Sie nannte dich *Vater* genannt ...« Er betrat den Raum, betrachtete die reglose Gestalt Sommers auf dem Boden und richtete dann seinen Blick auf die Pistole.

»Geh jetzt, mein Sohn. Du solltest gar nicht hier sein«, sagte Monmouth. »Das hier hat nichts mit dir zu tun.«

»Ich denke, das tut es, viel mehr als es sollte.« Roderick kam auf sie zu; die Hände halb erhoben, trat er langsam vor Philippa.

»Sie ist nicht meine Tochter. Sie ist im Delirium und gefährlich ...«, sagte Monmouth. »Geh«, befahl er nochmals, während er die Pistole hob. »Ich werde alles später erklären.«

»Vater, das kannst du nicht tun. Das lasse ich nicht zu, egal, wer sie ist.« Roderick behauptete sich.

Monmouths Hand zitterte. »Du verstehst das nicht. Sie wird dich *zerstören*. Sie ist das Ende von allem.«

Roderick schaute zu Philippa, die an der Bettkante lehnte und zu schwach war, um sich zu bewegen. Sie konzentrierte sich darauf, sich am Bettzeug festzuhalten, um nicht auf den Rücken zu fallen.

»Das kann ich nur schwer glauben, Vater. Alles, was ich sehe, ist ein Mann, der tot auf dem Boden liegt, und du bist gerade dabei, eine hilflose Frau zu ermorden.«

Monmouth starrte Roderick an. »Du willst die Wahrheit? Gut. Das Anhören erfolgt auf eigene Gefahr. Du bist kein Sohn von meinem Blut. Dieses Kind starb im Leib meiner Frau. Aber sie gebar ein zweites Kind, das Mädchen, das du hier gerade so tapfer beschützt. Ich habe sie dem Müller und seiner Frau gegeben und dich von ihnen gekauft. In jedem Moment, in dem sie atmet ...« Er nickte Philippa zu. »... steht dein gesamtes Erbe auf dem Spiel. Ich muss sie beseitigen.«

Roderick war einen Moment lang still. »Es ist zu spät, Vater. Lord Lennox und Beau kennen die Wahrheit, nicht wahr?«

»Aber sie werden keine Beweise haben. Dafür werde ich sorgen. Es steht mein Wort gegen ihres. Wenn es sie und ihre Eltern nicht mehr gibt, bist du in Sicherheit. Dein Erbe wird sicher sein.«

»Mein Erbe? Bezahlt mit dem Blut von Unschuldigen? Nein, es tut mir leid, Vater«, sagte Roderick leise. »Wenn du ihr etwas antun willst, musst du erst an mir vorbei.«

»Verdammt noch mal! Wir werden alles verlieren!«, rief Monmouth. »Es wird alles umsonst gewesen sein!«

Philippa keuchte auf, als Beau und Lord Lennox in der Tür auftauchten. Sie hatten sie gefunden. Beau hielt eine Pistole auf Monmouth gerichtet.

»Es ist vorbei, Lord Monmouth«, sagte Beau. »Ihr Sohn kennt jetzt die Wahrheit. Wir alle stehen gegen Sie.«

Monmouth senkte seine Pistole und ließ sie zu Boden fallen. Beau und Lennox stürzten sich auf ihn, schlugen ihn zu Boden und warfen den Stuhl um, auf dem Sommers' Mantel lag. Monmouth fiel mit einem Grunzen zu Boden, und dann war Beau über ihm.

»Such ein Seil«, rief Beau. Lennox durchsuchte den Raum. Roderick drehte sich zu Philippa um und wollte ihr auf das Bett helfen, aber es war zu spät.

»Was ist los, was hat mein Vater mit Ihnen gemacht?«

»Nicht er ... Sommers ...« Sie deutete mit zitternder Hand auf die Flasche auf dem Waschtisch, bevor sie wieder auf dem Bett zusammensackte. Als ihr Geist in Dunkelheit versank, glaubte sie, Beau ihren Namen rufen zu hören. Vielleicht war das alles nur ein Traum ... ein schrecklicher, beängstigender Traum.

»IRGENDETWAS STIMMT NICHT MIT MRS. BOUDREAUX«, sagte Roderick. »Sie ist bewusstlos.«

Beau blickte auf. »Philippa?« Er rief ihren Namen, aber seine Frau war still wie der Tod.

»Sehen Sie, Sie haben das Unvermeidliche nur hinausgezögert«, sagte Monmouth. »Sommers hat sie vergiftet.«

»Verdammter Mist!« Lennox fluchte, als er sich zu Monmouth drehte. Beau setzte sich auf und verlor den Grafen aus seinem Griff, während er seine Frau weiterhin entsetzt anstarrte. Er hatte sie *wieder* im Stich gelassen. Dieses Mal konnte er sie nicht retten. Er ...

Ein Schmerz durchzuckte seinen Arm, und er blickte wie betäubt nach unten und sah, dass Monmouth ihn mit einer kleinen Klinge geschnitten hatte. Monmouth schubste ihn, und Beau stürzte zurück. Lennox bewegte sich schnell, schleuderte den Grafen erneut zu Boden und streckte ihn mit einem gezielten Schlag auf den Kiefer nieder.

»Bist du in Ordnung, Beau?«, fragte Lennox.

»Ja, mir geht es gut. Er hat mich nur mit der Klinge gekratzt.« Beau machte zwei Schritte auf das Bett zu, um Philippa zu erreichen, aber die Welt kippte, er stolperte und schlug mit den Knien auf das Bett auf.

»Lennox ... Ich kann meine Beine nicht spüren«, keuchte er. Sein Blick trübte sich, und er klammerte sich schwach an Philippas Kleid, das vom Bett herunterhing. Der weiche Stoff des Kleides fühlte sich an wie seidiges Wasser und glitt über seine Fingerspitzen.

»Ist das Gift?«, fragte Roderick langsam und keuchte dann. »Diese Flasche! Vielleicht ist es ein Gegengift!« Roddy schnappte sich die Flasche vom Waschtisch und ging auf Beau und Philippa zu, aber Lennox rief.

»Warte! Gib ihnen das nicht. Sommers war alles andere als ein ehrlicher Mann.« Lennox durchsuchte Sommers' Körper mit einem grimmigen Blick und brachte eine zweite Flasche hervor, die fast identisch mit der war, die Roddy in der Hand hielt. Er stand auf und eilte zu Roddy am Bett hinüber.

»Ist das Gift in allen beiden?«, fragte Roddy.

Beau blinzelte und versuchte verzweifelt, sich auf das zu konzentrieren, was sie sagten, aber es klang, als wäre er tief unter Wasser und würde ihre Stimmen durch die Wellen hören.

»Lass mich sehen.« Lennox studierte die Flaschen nebeneinander. »Die Zeichnungen sind beide von Schlangen, aber sieh mal, eine liegt da, zusammengerollt. Der andere bäumt sich auf, bereit zuzuschlagen.«

»Angriff und Frieden?«, murmelte Roddy. »Gift und das Gegengift, vielleicht?«

»Ich glaube schon.« Lennox entkorkte die Flasche mit der aufgerollten Schlange und hielt sie Beau an die Lippen. Aber Beau schüttelte den Kopf.

»Philippa ... zuerst. *Bitte* ...«

Lennox nickte schnell und schüttete etwas von dem

Inhalt über ihre geschürzten Lippen, bevor er zu Beau zurückkehrte und ihm etwas davon gab.

»Was machen wir jetzt?«, fragte Roddy.

»Wir warten.« Lennox' grimmige Worte waren das Letzte, was Beau hörte, als er auf dem Bett einschlief und seine Hand noch immer den blassblauen Seidenrock des Hochzeitskleides seiner Frau umklammerte.

Stunden später, so schien es, wachte er müde auf und fand sich auf dem kleinen Bett in dem beengten Zimmer in der Rimmel Street wieder. Lennox stand neben dem Bett und lehnte eine Schulter an die Wand.

»Willkommen zurück«, sagte Lennox.

Beau blinzelte und leckte sich über die trockenen Lippen, als seine Erinnerungen wieder auftauchten. »Meine Frau ...«

»Hier«, kam ihre sanfte Stimme von neben ihm. Er drehte sich um und sah sie neben sich im Bett liegen. Ihr Gesicht war weniger blass, aber ihre Augen waren immer noch ein wenig glasig.

»Gott sei Dank«, seufzte er. Etwas anderes fiel ihm nicht ein. Er sah wieder zu Ashton. »Monmouth wurde von den Bow Street Runners mitgenommen. Sommers ist tot. Das ist zumindest eine kleine Gnade.«

Philippas Hand legte sich auf seine Brust. »Geht es dir besser, Beau?«, fragte sie.

»Ja. Und dir?« Er sah keine Anspannung oder Anzeichen von Schmerz in ihrem Gesicht, nur eine leichte Müdigkeit.

»Viel besser.« Sie blickte ernst zu Lennox auf. »Sommers hat mich mit einem Gegenmittel für das Gift gelockt. Er stellte die Flasche auf den Waschtisch. Lord Lennox hat aber noch rechtzeitig vermutet, dass es sich tatsächlich um das Gift handelte und dass das wahre Gegenmittel in seinem Mantel steckte. Er hatte nie die Absicht, es mir zu geben. Er hatte auch einen Dolch mit Gift auf der Klinge, mit dem Monmouth dich verletzt hat.«

Beau versuchte, sich auf dem Bett aufzusetzen, und überprüfte seinen bandagierten Arm. »Aber wie hat er dich vergiftet?«

Philippa berührte ihren Ärmel. »Er hat eine Näherin dafür bezahlt, dass sie mich bei der gestrigen Anprobe mit einer im Gift getränkten Nadel sticht. Er wollte mich mit der Dosis in unserer Hochzeitsnacht töten.«

»Warum hat er dich dann aus der Kirche entführt?«, fragte Lennox.

»Stolz«, sagte Philippa, ohne näher darauf einzugehen. Beau ging nicht weiter darauf ein. Ihm wurde schlecht, wenn er nur daran dachte, was hätte passieren können.

»Was passiert jetzt?«, fragte Philippa.

Lennox lächelte die beiden an. »Jetzt lebst du.«

Aber so einfach würde es nicht sein ... Beau hatte Philippa heute fast verloren, und er konnte kaum über seine eigenen Ängste hinwegsehen. Der Schmerz, sie jetzt zu verlieren ... Es wäre so, als würde er seinen Vater und seine Mutter noch einmal verlieren.

»Warum lassen wir nicht eine Kutsche kommen, die euch beide nach Hause bringt, damit ihr euch ausruhen könnt?«, schlug Lennox vor. »Wir haben viel zu bereinigen. Bow Street wird Aussagen von Philippa und ihren Eltern benötigen, um die richtigen Beweise gegen Monmouth zu sammeln.«

»Richtig.« Beau seufzte, als er Philippa auf die Beine half. Sie bewegte sich schwach, und er legte einen Arm um ihre Taille, während er ihr half, aber tief in seinem Inneren fühlte er sich wie ein Verräter an sich selbst und an ihr. Er kannte seinen Weg bereits. Sobald sie geheilt war, wollte er ohne sie nach New Orleans aufbrechen.

Er war heute Abend zu nahe daran gewesen, sie zu verlieren, und er hatte diese Angst gespürt, diesen Hauch der leeren Hülle, die er ohne sie sein würde.

Ich bin nicht stark genug, um das zu überleben. Ich kann nicht bleiben ...

KAPITEL 20

Irgendetwas war falsch. Beau war viel zu still, als Philippa mit ihm sein Haus betrat. Eine Flut von Menschen begrüßte sie: ihre Eltern, ihr Großvater, Roderick, die Familie Lennox und ein Dutzend anderer. Das Hochzeitsfrühstück war weggeräumt worden, da niemand es hatte essen können. Philippa versuchte, den Anflug von Enttäuschung darüber zu ignorieren, dass sie ein so wichtiges Ereignis wie ein Hochzeitsfrühstück verpasst hatte. Lord Sommers hatte ihr zwar ihren glücklichen Hochzeitstag geraubt, aber wenigstens nicht ihr Leben.

»Wir sind dankbar für die guten Wünsche«, erklärte Beau der Menge. »Meine Frau ist in Sicherheit, und die Bedrohungen für ihr Leben haben endlich ein Ende. Ich bitte um Entschuldigung, dass wir keine Speisen und Getränke mehr bereit haben, aber wir werden morgen dafür sorgen, wenn Sie teilnehmen können.«

Die Gäste akzeptierten diese Änderung der Ereignisse höflich und gingen. Nur ihre Eltern, ihr Großvater und

Roderick blieben zurück. Roderick beobachtete ihre Eltern ... *seine* Eltern mit verwirrtem Zögern. Philippa berührte sanft seinen Arm.

»Soll ich Sie vorstellen?«, fragte sie.

Rodericks Augen leuchteten auf. »Ja, sehr sogar.« Er lehnte sich an sie und flüsterte ihr entschuldigend zu. »Mrs. Boudreaux, ich verstehe nicht, wie Sie so mitfühlend sein können, nach dem, was mein Vater Ihnen angetan hat.«

Sie drückte Rodericks Arm. »Wie ich schon oft von Ihrem Großvater gehört habe, sind Sie ganz und gar nicht wie er. Ich könnte Sie niemals für seine Handlungen verurteilen. Sie sind genauso ein Opfer wie ich, wenn es um unsere vertauschten Umstände geht.« Sie sah ihre Eltern an, die sie beide mit nervöser Hoffnung anblickten. »Sie hatten nie das Vergnügen, Ihre wahren Eltern zu kennen, aber jetzt dürfen Sie sie kennenlernen.«

Als sie gemeinsam ihre Eltern erreichten, brach Beth in Tränen aus, und Mason legte einen Arm um seine Frau und brachte sie sanft zum Schweigen.

»Es tut mir furchtbar leid«, gestand Roderick. »Ich wollte die Dame nicht verärgern und ...«

»Es ist ... eine Freude, Sie kennenzulernen.« Beth keuchte zwischen erstickten Schluchzern, verzweifelt bemüht, ihren Sohn nicht in Verlegenheit zu bringen.

Roderick sah zwischen Beth und Mason hin und her und räusperte sich. »Es ist mir eine Ehre, Sie kennenzulernen.«

Masons Stimme war rau vor Emotionen. »Die Ehre ist ganz auf unserer Seite ... mein Sohn.« Er streckte die Hand aus, und Roderick schüttelte sie. Als er zu seiner Mutter schaute, warf Beth einfach ihre Arme um Roderick und hielt ihn fest. Roderick erschrak einen Moment, bevor er sich entspannte und seine Arme um sie schlang.

Philippa entfernte sich, um der wiedervereinigten Familie etwas Raum zu geben. Ihre Kehle schnürte sich zu, als sie in einem plötzlichen Anfall von Trauer erkannte, dass sie keine Eltern hatte, mit denen sie wiedervereint werden konnte. Ihre Mutter lag kalt in einem Grab, und ihr Vater war im Gefängnis. Ihre Lippen zitterten, und sie holte mehrmals tief Luft, um den Schmerz zu verdrängen, den diese Gedanken verursachten. Sie erinnerte sich daran, dass sie ihre Eltern nicht verloren hatte. Sie hatte einen Bruder und einen Großvater bekommen.

»Mein liebes Kind.« St. Albans sprach sie an, und sie drehte sich um und sah wie er seine Arme ausstreckte. Sie eilte zu ihm, zu diesem vertrauten Fremden, der ihr in so kurzer Zeit so wichtig geworden war. Er schien ihren Schmerz zu verstehen und hielt sie eine ganze Weile fest. Als er sie schließlich losließ, wischte er ihr mit seinem Taschentuch die Tränen von den Wangen.

»So, jetzt hast du dich ordentlich ausgeweint. Das ist durchaus verständlich, meine Liebe, bei der Tortur, die du durchgemacht hast. Aber das ist jetzt vorbei. Warum gehst du nicht nach oben und ruhst dich aus? Wir treffen uns morgen, wenn es dir besser geht.«

»Danke, Euer Gnaden.«

»Großpapa«, erinnerte er sie. Sie lächelte, wenn auch mit einem etwas wässrigen Ausdruck. Er wandte sich an die anderen. »Mr. und Mrs. Wilson, Sie und Roddy sind herzlich eingeladen, mit mir nach Hause zu kommen und Ihre Bekanntschaft fortzusetzen.«

Ihre Eltern stimmten zu und kamen beide zu ihr, um

sie fest zu umarmen. Ihre Mutter küsste sie auf die Wange, und ihr Vater tat dasselbe.

»Ruh dich aus, meine Pippa. Wir sehen uns dann morgen.« Sie sah, wie sie mit ihrem Sohn zur Tür hinausgingen, und ihr Herz brach ein wenig. Ein leichtes Antippen, und es würde in tausend Scherben zerspringen, die nie wieder repariert werden könnten.

»Philippa«, murmelte Beau hinter ihr. Sie wirbelte herum und vergrub sich an ihm, wobei sie ihre Finger in sein Hemd krallte. Sie schloss die Augen und hielt den Atem an, denn alles, was sie erlebt hatte, drohte sie zu ersticken.

»Es tut mir so leid, mein Schatz. *Es tut mir so leid*«, flüsterte er wieder und wieder. Was eigentlich ein Trost für sie hätte sein sollen, schien nur ein unsichtbares Messer noch tiefer in sie zu stoßen, denn seine Entschuldigungen warnten sie, dass ein neuer Liebeskummer bevorstand.

»Du musst dich ausruhen«, sagte er.

»Du auch.«

Beau schenkte ihr ein charmantes Lächeln und küsste sie auf die Stirn. »Lass uns ins Bett gehen, Ehefrau.«

Ehefrau. Das Wort klang so fremd für sie, obwohl es jetzt ihr Weg war. Eine Ehefrau für einen Gentleman. Sie war nicht länger ein Dienstmädchen, nicht länger dienstverpflichtet. Ein Teil der Welt, die ihr verschlossen gewesen war, hatte sich geöffnet, aber sie hatte einen hohen Preis dafür bezahlt. Ihr Mann hielt Abstand zu ihr. Ihre wahren Eltern waren fort, und die Eltern, die sie aufgezogen hatten, hatten ihren wahren Sohn wieder. Sie würde ihre Dienstboten-Freunde verlieren und musste lernen, ein neues Leben zu führen, an das sie nicht gewöhnt war.

Mein Wunsch nach Freiheit und Abenteuer ist zum Fluch geworden.

Philippa schwieg, als Beau sie in das Leda-Schlafgemach begleitete.

»Das ist jetzt dein Zuhause. Deine Kammern werden immer hier sein«, sagte Beau, als sie eintraten.

»Wir werden kein Zimmer teilen?« Sie hatte gehofft, dass er in dieser Hinsicht mit der Tradition brechen würde.

»Du möchtest, dass wir ein Schlafgemach teilen?«, fragte er sichtlich überrascht.

»Du denn nicht?«

»Ich ... habe nicht viel darüber nachgedacht. Ich bin davon ausgegangen, dass du deine Ruhe haben willst, so wie es die meisten Ladys wünschen.«

Philippa legte ihren Kopf schief. »Seit wann bin ich denn so wie die meisten Frauen?«

Er gluckste. »Ein gutes Argument. Nun gut. Welches Gemach wäre dir denn am liebsten?«

»Dieses Zimmer gefällt mir sehr gut, aber ich denke, ich würde deine Gemächer vorziehen.«

Beau zuckte mit den Schultern. »Warum bleiben wir heute Abend nicht hier? Wir können uns dann morgen endgültig entscheiden.«

Sie sank auf das Bett und starrte ihn an, unsicher, was sie tun sollte. Als Dienstmädchen hatte sie so viele Pflichten, dass sie nur selten einen Moment zum Durchatmen hatte, aber jetzt war sie eine Frau der Muße und hatte viel zu viele Momente des *Nichts* zu tun. Sie überwand ihr Gefühl der Verlorenheit und sah ihn an.

»Philippa, geht es dir gut?« Beau kam zu ihr und nahm ihr Gesicht in seine Hände.

»Mir geht es gut«, flüsterte sie. »Wahrlich.«

Er starrte ihr tief in die Augen. »Es ist nicht schlimm, wenn es dir *nicht* gut geht. Sprich mit mir.«

»Ich fühle mich ... verloren.« Sie sprach die Worte, und ein schrecklicher Druck übte seine unsichtbare Kraft auf ihre Brust aus.

»Verloren?«, erwiderte Beau.

»Verloren. Ich habe so viel verloren, und deshalb fühle ich mich *verloren*.« Sie rieb sich die Augen, als ihr die Tränen kamen. Das Letzte, was sie wollte, war weinen, aber im Moment schien es unvermeidlich. Das Gewicht ihrer Emotionen war einfach zu groß, um es auszuhalten.

»Du hast nichts verloren. Du hast St. Albans und deine Eltern.«

Er verstand es nicht, und sie war zu müde, um es zu erklären.

Er neigte seinen Kopf zu ihr, und so erschöpft sie auch war, so sehr begrüßte sie seine weichen, warmen Lippen auf den ihren. Es fühlte sich so gut an, wenn er sie küsste. Er hob sie sanft vom Bett und stellte sie dicht neben sich, während er ihre Einsamkeit wegküsste. Sein Herz schlug kräftig und gemessen gegen ihre Brust, als sie sich näher an ihn drückte und ihre Arme um seinen Hals schlang. Das hatte sie seit ihrer ersten und einzigen gemeinsamen Nacht vermisst. Die Verbindung zwischen ihnen war nicht verloren gegangen, wie sie befürchtet hatte. Sie war genau hier, wie ein Dutzend unsichtbarer und doch hauchdünner Fäden, die sie zu einem Herzen, einer Seele zusammenhielten. Er murmelte sanfte, süße Worte gegen ihre Lippen und streichelte eine lose Locke ihres Haares, die sich aus ihrer Frisur gelöst hatte.

»Besser?«, fragte er.

»Ein wenig«, gab sie zu. Seine Küsse schienen eine heilende Wirkung auf ihr müdes Herz zu haben.

»Gut. Ich sollte gleich mal gehen und nachsehen, ob Stoddard sich um alles gekümmert hat. Du brauchst Zeit, um dich auszuruhen.«

»Ich nehme es an ...« Insgeheim hatte sie gehofft, dass er hier bei ihr bleiben würde, aneinander gekuschelt im Bett, und dass sie sich gegenseitig trösten würden.

Beau beobachtete sie immer noch und legte seine Stirn in Sorgenfalten. Sein dunkles Haar schimmerte im Licht, das durch die Fenster hinter ihr einfiel. Die schwachen Lachfalten um seine Augen und seinen Mund betonten seine schönen Gesichtszüge. Diese Linien erinnerten sie daran, dass er ein Mann war, der schon viel länger auf der Welt war als sie, der viel gesehen und gelitten hatte, so dass er wusste, dass dieser Weg, auf dem er sich befand, genau der war, den er so verzweifelt zu vermeiden wünschte.

Dennoch gehörte er jetzt zu *ihr*, so sehr, wie ein Mensch einem anderen gehören konnte, zumindest nach dem Gesetz der Menschen und Gottes. Aber sein Herz gehörte ihr nicht, seine Seele gehörte ihr nicht, nicht in der Weise, wie er sich die ihren angeeignet hatte. Ihre Liebe zu ihm hatte sich so langsam an sie herangeschlichen. Sie hatte sich davor gefürchtet, doch sie hatte immer gewusst, dass es irgendwann passieren und sie keine Waffe haben würde, mit der sie diesen Moment bekämpfen konnte. Jetzt war es zu spät. Sie liebte ihn mit allem, was sie war und jemals sein würde, aber sie konnte in seinen Augen das Bedürfnis nach Distanz zwischen ihnen sehen.

»Du brauchst nicht zu bleiben«, sagte sie. »Getrennte Räume sind für mich akzeptabel.«

Beau öffnete für einen Moment den Mund, sagte aber

nichts. Ein Schatten zog über sein Gesicht. »Wie du willst. Ich werde dich ausruhen lassen, aber zuerst müssen wir reden.«

Eine neue Welle der Vorahnung schwoll in ihr an und krampfte ihren Magen vor Angst zusammen. »Ja?«

»Bevor ich dich kennenlernte, bevor all dies geschah, hatte ich Pläne, nach Amerika zu gehen, um eine Reederei in New Orleans zu leiten, die ich von Lord Lennox gekauft hatte.« Sie wagte nicht, ihn zu unterbrechen, also fuhr er fort. »Ich muss bald abreisen, und nach allem, was passiert ist, halte ich es für besser, wenn du hier bleibst. Deine Freunde sind hier, deine Eltern und St. Albans. Ich kann nicht von dir verlangen, dass du mir zuliebe auf den Komfort und die Leichtigkeit deines Lebens hier verzichtest. Mein Haus und mein Reichtum würden dir zur Verfügung stehen, und du hättest alle Freiheiten, die eine verheiratete Frau haben sollte.«

Der Tag hatte sich irgendwie auf eine Weise verschlechtert, die sie nicht für möglich gehalten hatte.

»Du fragst mich nicht einmal, ob ich mitkommen möchte? Du hast das einfach für mich entschieden?«

»Philippa, Ozeanüberquerungen sind lang und manchmal gefährlich.« Seine entspannte Körperhaltung wurde plötzlich steif. »Ich habe in New Orleans noch kein Haus eingerichtet und keine Bediensteten eingestellt. Als Mann kann ich gut ohne derartige Annehmlichkeiten auskommen, aber das möchte ich meiner Frau nicht zumuten.«

»Wie lange würdest du weg sein?« Sie hatte zu viel Angst, um zu fragen, ob er überhaupt jemals zurückkommen würde.

»Ein Jahr vielleicht«, sagte er abwartend. »Es hängt

davon ab, wie gut die Dinge laufen, bevor ich mich sicher genug fühle, um nach England zurückzukehren.«

»Du hast mich angelogen.« Ihre Stimme war so hohl wie ihr Herz.

»Wie bitte?«

»Du hast gesagt, du würdest dich bemühen, mich zu lieben, aber ...« Sie hielt kurz inne, biss sich auf die Lippe und schloss dann die Augen. »Das war immer deine wahre Absicht.«

»Philippa, es tut mir leid. Ich habe das alles nicht geplant und ich will nicht ...« Er hielt inne, seine Augen waren dunkel. »Ich will dir nicht wehtun. Wenn ich jetzt gehe, ist dieser Schmerz alles, was uns bleibt. Wenn ich bleibe, wird es noch schlimmer sein.«

»Schlimmer? Inwiefern?«

»Ich kann nicht ... Ich bin nicht stark genug, um mich in dich zu verlieben und dich dann zu verlieren. Ich kenne diesen Schmerz nur zu gut, und ich möchte ihn nie wieder erleben. Es tut mir leid.«

Er wandte sich zum Gehen, blieb aber in der Tür stehen. »Ich werde morgen nach dem Hochzeitsfrühstück abreisen. Du wirst mir nicht mehr gegenüberstehen müssen, und du hast hier so viel, wofür es sich zu leben lohnt. Lass dich von mir nicht zurückhalten.«

Aber der Schmerz, den sie in seinen Augen sah, war nicht ein Bruchteil dessen, was sie in ihrem Herzen fühlte. »Ich habe mein ganzes Leben damit verbracht, etwas mehr im Leben zu wollen. Du hast mich glauben lassen, es sei möglich. Aber du verlässt mich, du verlässt mich aus deinen eigenen Ängsten heraus, denen du dich nicht stellen kannst. Du bist ein Feigling, Beau.« Sie drehte sich um, um ihm den Rücken zuzuwenden.

»Ich nehme an, damit hast du recht«, flüsterte er, und mit dem Klicken der sich schließenden Tür war ihr Mann verschwunden.

PHILIPPA HATTE VÖLLIG RECHT. ER WAR EIN verdammter Feigling. Aber er konnte seine Meinung nicht ändern. Nicht jetzt. Das Letzte, was er wollte, war, ein solcher Feigling zu sein, aber wie könnte er hier bleiben? Er durfte sich nicht in seine tapfere, schöne Frau verlieben. Es würde ihn zerstören, wenn er sie jemals verlieren würde, und er wusste, dass er es eines Tages tun würde. Der Verlust von Menschen, die man liebte, war ein unausweichlicher Teil des Lebens. Aber wenn er sie nicht liebte ... Sie zu verlieren, wäre dann hart, aber nicht unerträglich.

Du bist ein Feigling, Beau.

Ihre Worte hallten in seinem Kopf nach, die Anschuldigung drang immer tiefer in ihn ein. Er musste weg, musste für ein paar Stunden aus dem Haus gehen. Er musste nachdenken.

Er schnappte sich Hut und Mantel von einem Lakaien und ging zu Lennox House in der Half-Moon Street. Er wurde in einen Salon geführt und begann im Raum auf und ab zu gehen. So fand Lennox ihn.

»Korrigiere mich, wenn ich falsch liege, aber solltest du nicht mit deiner Braut im Bett sein?«, fragte Lennox.

»Ja, aber ...« Er stolperte über die Worte. »Ich habe alles durcheinander gebracht. Ich muss morgen nach New Orleans reisen. Ist das Schiff, das du mir verkauft hast, bereit zum Auslaufen?«

»Die *Moonlight Marvel*? Ja, ich kann eine Nachricht an

den Kapitän schicken. Er sollte in drei oder vier Tagen in See stechen, aber es ist ein Leichtes, es auf morgen vorzuverlegen, da sie keine Fracht mitnehmen.«

»Gut. Ich möchte vor Sonnenuntergang aufbrechen«, antwortete Beau.

»Beau ...«, begann Lennox. »Wir sind schon lange befreundet. Ich hoffe, du wirst mir nicht böse sein, wenn ich ehrlich bin.«

Beau lächelte reumütig. »Sag, was du zu sagen hast.«

Lennox nickte vor sich hin, bevor er sprach. »Du läufst weg. Nicht nur vor ihr, sondern vor dem Leben. Du glaubst, dass du vor deinen Ängsten davonlaufen kannst, wenn sie dir zu nahe kommen, und am Ende verlierst du mehr, als du gewinnst. Wenn du sie aufgibst, gibst du alles auf.«

Ein Knoten des Schmerzes blieb Beau im Hals stecken. »Ich weiß, Ash, ich weiß.« Er wusste, dass er den Ruhm und die süßen Ekstasen hinter sich lassen würde, aber er würde den Tiefen der wahren und dunkelsten Verzweiflung entkommen, was er viel mehr fürchtete.

»Ist es das, was du wirklich willst? Ein halb gelebtes Leben? Eine Existenz nur an der Oberfläche?«, fragte Lennox vorsichtig. Seine Sorge machte es für Beau nur noch schwerer.

»Wenn es mir hilft, dem Schmerz des Verlustes zu entkommen, dann ja.«

Beau entging der verletzte Blick in Lennox' Augen nicht. Es war selten, dass der Baron eine solche Emotion in seinem Blick zeigte. Er war sehr zurückhaltend mit seinen Gefühlen, aber er vermied sie auch nicht wie Beau.

Du, Lennox, bist viel besser und mutiger als ich, dachte er.

»Ich wünsche dir Glück, alter Freund. Ich werde dir

eine Reihe von Briefen und Urkunden an verschiedene Immobilien in New Orleans mitgeben. Wenn du dir noch keine Wohnung gekauft hast, habe ich eine, die zu dir passen würde. Es ist gerade erst gebaut worden, ein großes Haus mit viel Platz zum Ausbauen. Es ist etwa drei Stunden mit der Kutsche von New Orleans entfernt.

»Danke, das nehme ich gern von dir an.«

Lennox streckte eine Hand aus, und Beau nahm sie in die seine.

»Danke, für alles«, antwortete Beau. »Besonders für Philippa. Du hast ihr das Leben gerettet.«

Lennox' Lippen zuckten. »Eigentlich glaube ich eher, dass du es warst.«

»Aber du hast ihr das Gegengift gegeben ...«

»Ein Leben zu retten ist nicht immer so einfach wie Gifte und Gegenmittel. Manchmal geht es um so viel mehr. Es bedeutet, einem Menschen ein Zuhause, eine Familie, ein Leben zu geben, von dem er sein Leben lang geträumt hat. Sie lag innerlich im Sterben, Beau, bis sie dich traf.«

»Ich wünschte, ich wäre ein besserer Mann für sie«, flüsterte Beau. Er nickte Lennox noch einmal zu, bevor er den Raum verließ. Er konnte es sich nicht leisten, heute noch jemanden zu enttäuschen. Der Schmerz, den er fürchtete, war näher, als er es sich wünschte, und drückte gegen die Mauern seines eigenen geschützten Herzens.

ROSALIND GING ZU ASHTON IN DEN SALON. »WAR DAS Beau?«

»Ja.« Ashton kam zu seiner Frau und zog sie in seine Arme. Sein schottischer Wildfang lachte vor Vergnügen.

»Warum ist er nicht geblieben? Geht es Philippa gut?«, fragte sie ihn, während er ihre Wange küsste.

»Ich fürchte, er reist morgen nach New Orleans. Philippa wird nicht mit ihm gehen.«

Rosalind wich zurück. »Was? Warum nicht?«

»Das ist eine komplizierte Frage, mein Herz. Beau glaubt, wenn er jetzt geht, wird es ihm nicht wehtun, wenn er sie verliert. Er denkt, er kann es vermeiden, sich zu verlieben.«

Rosalind runzelte die Stirn. »Aber er weiß doch sicher ...«

»Er ist der Einzige, der *nicht* weiß, dass er bereits wahnsinnig in seine Frau verliebt ist.«

»Oh Ash, wir müssen ihn das sehen lassen«, bettelte Rosalind.

»Mehr als alles andere wünschte ich, ich wüsste wie. Aber jeder Mann erkennt seine Liebe als das, was sie ist, wenn er selbst dafür bereit ist. Wir können nur beten, dass Beau seinen Fehler erkennt, bevor er nach New Orleans aufbricht, damit er direkt nach Hause zurückkehrt und seine Frau um Vergebung bittet.«

Rosalind drückte ihre Wange an seine Brust, und er schlang seine Arme fester um sie. »Wir waren gar nicht so anders als sie«, erinnerte sie ihn.

»Nicht sehr«, stimmte Ashton zu. »Aber ich bin zur Vernunft gekommen, bevor es zu spät war. Beau ist auf der Flucht, und ich fürchte, er wird seine Meinung nicht ändern.«

Rosalind hob den Kopf, ein kluges Funkeln in den Augen. »Weil *er* rennt, ist er nicht derjenige, der jagen muss. Verstehst du nicht?«

Plötzlich sah Ashton, was seine Frau ihm sagen wollte.

»Ah. Ja, ja, das tue ich, meine Liebe. Und wenn wir noch Zeit haben, können wir sie beide vor weiteren Schmerzen bewahren.«

Seine Frau lächelte. »Das ist, neben vielen anderen Gründen, der Grund, warum ich dich liebe.«

Lennox zog eine Augenbraue hoch. »Weil ich mich in das Leben anderer einmische?«

»Nein, weil du für die Liebe kämpfst.«

Ashtons Herz schwoll noch mehr an vor Liebe zu seiner Frau. »*Immer*.«

Wenn das gestern doch nur ein schrecklicher Traum gewesen wäre. Philippa wünschte sich diesen Gedanken immer wieder, während sie so tat, als würde sie ihr Hochzeitsfrühstück genießen. Die ausgelassene Stimmung der Gäste im Raum hätte nach allem, was in den letzten Wochen geschehen war, eigentlich willkommen sein müssen, aber sie fühlte sich leer im Vergleich zu den fröhlichen, strahlenden Menschen um sie herum. Ihre Freunde aus Lennox House waren hier, ebenso wie die Freunde von Beau. Kein einziger Gast war unwillkommen, und doch konnte Philippa kaum ein schwaches Lächeln zustande bringen, wenn jemand mit ihr sprach.

Ihr Großvater reichte ihr ein Glas Champagner. »Ich bin so froh, dass es dir gut geht.«

»Ich danke dir. Wir hatten Glück, dass Lord Lennox das richtige Gegenmittel für dieses furchtbare Gift entdeckt hat.« Die ganze Situation hatte sie in einen Schockzustand versetzt, von dem sie sich noch nicht ganz erholt hatte. Es fühlte sich wirklich so an, als wäre alles nur ein böser Traum gewesen, aber die Realität wurde ihr nach und nach immer klarer.

St. Albans' Gesicht verfinsterte sich. »Wenn ich daran denke, dass du gestern hättest sterben können und keiner von uns es wusste ... Meine Liebe, das wird mich für immer verfolgen.«

Philippas Herz sank bei seinem traurigen Gesichtsausdruck, und sie umklammerte seinen Arm. »Bitte, Großpapa, das darfst du nicht.«

Er schenkte ihr ein melancholisches Lächeln. »Jetzt sehe ich, dass dir dein Frühstück nicht schmeckt. Du und Beau, ihr habt kaum miteinander gesprochen.«

Sie erkannte den Moment, in dem ihr Gesicht ihren Schmerz verriet, weil er sie in den Korridor hinausführte, weg von den anderen Gästen.

»Mein Kind, was ist denn los?«

»Es ist so eine dumme Sache«, log sie. Als ob der Weggang von Beau nicht etwas Monumentales wäre.

»Was ist es?«

»Beau reist noch heute Abend nach New Orleans. Er hat vor, mindestens ein Jahr dort zu leben, und er möchte nicht, dass ich mitkomme.«

St. Albans zog die Brauen zusammen, und sein Mund verzog sich vor großväterlicher Wut. »Was? Das ist Blödsinn. Ich werde sofort mit ihm sprechen.«

»Nein!« Sie ergriff seinen Arm, um ihn daran zu hindern, wieder in den Salon zu gehen.

»Aber er denkt nicht mit seinem Herzen.«

»Ich glaube, das Problem ist, *dass* er mit seinem Herzen denkt ... dem Herzen, das zweimal gebrochen wurde, bevor ich ihn überhaupt kannte.«

»Er ist töricht«, murmelte ihr Großvater. »Verdammter

Idiot.«

»Ja, aber das ist seine Entscheidung. Das Letzte, was ich will, ist, ihn dort zu festzuhalten, wo er am wenigsten sein will.« Sie versuchte, ruhig zu bleiben, aber die ganze Situation machte sie nervös.

»Mein liebes Mädchen.« St. Albans nahm ihr die Sektflöte aus der Hand und stellte sie auf einen Beistelltisch an der Wand, dann nahm er sie in die Arme und hielt sie fest. Sie würde für immer Ehrfurcht vor diesem sanften Mann haben, der sie so heftig beschützte. »Und du bist ganz sicher, dass du nicht willst, dass ich ihm die Ohren langziehe?«

Sie antwortete mit einem kleinen Kichern, auch wenn das Gefühl von Traurigkeit hindurchschimmerte. »Nein, bitte. Ich will nicht, dass du dich meinetwegen mit ihm streitest.«

Der gekränkte Seufzer des Herzogs sprach Bände. »Ich dachte, er hätte mehr Verstand, aber es scheint, er ist so stur wie immer.«

»Warum gehst du nicht wieder rein? Roderick scheint ziemlich niedergeschlagen zu sein, und ich bin sicher, dass er deine Unterstützung gebrauchen kann.«

St. Albans nickte. »Ich nehme an, da hast du Recht. Der Junge hatte ein ziemlich unangenehmes Erwachen, was den Charakter seines Vaters angeht.«

»Hast du schon entschieden, was mit ihm geschehen soll?«, fragte Philippa. »Ich weiß, dass wir noch keine Gelegenheit hatten, darüber zu sprechen, aber ich möchte, dass du weißt, was ich von dieser Sache halte.«

Ihr Großvater neigte den Kopf und hörte zu.

»Erzähl bitte niemandem, wer ich bin oder wie Roderick und ich dorthin gekommen sind, wo wir jetzt sind.

Roderick hat nichts Falsches getan, und ich weiß, dass du dir wünschst, dass er der nächste Earl of Monmouth wird.«

»Und da bist du ganz sicher?« Der Herzog rieb sich den Kiefer und überlegte. »Aber das würde bedeuten, dass niemand weiß, dass du meine Enkelin bist.«

Sie umschloss seine Hände mit den ihren. »Das ist ein kleiner Preis, der zu zahlen ist. Wir beide kennen die Wahrheit, und wir müssen uns jetzt, da Beau und ich verheiratet sind, nicht mehr voneinander trennen. Aber Roderick verdient es, ein Earl zu sein. Er stand zwischen mir und einer geladenen Pistole. Er zeigte Mut gegen den Mann, den er wie einen Vater liebte, gegen eine Frau, die er nicht kannte, weil er es für richtig hielt. Das spricht für seinen Charakter, findest du nicht auch?«

»Das tue ich.« St. Albans' Stimme war leicht rau. »Aber ich möchte dich nicht verletzen, indem ich ihn nicht über dich stelle.«

»Das musst du ja auch nicht«, versicherte sie ihm. »Er soll weiterhin Monmouths Erbe sein.«

»Wir müssen aufpassen, dass wir dies nicht an die Behörden weitergeben. Deine Eltern müssen angewiesen werden, darüber zu schweigen.«

»Ich werde es ihnen sagen.«

»Monmouth hat an dir etwas verloren, mein Kind. Deine Mutter wäre so stolz auf die Frau, die du geworden bist.«

Philippa blinzelte die Tränen weg. »Danke, Großpapa.« Sie begleitete ihn zurück zum Hochzeitsfrühstück, doch bevor sie weiter sprechen konnten, nahm Rosalind Lennox sie sanft am Arm und führte sie den Weg zurück, den sie gekommen war.

»Könnte ich Sie kurz unter vier Augen sprechen?« Es

schien eine rhetorische Frage zu sein, denn unabhängig von ihrer Antwort würde sie wohl kaum etwas dagegen tun können.

»Natürlich, Mylady.« Philippa trat mit Rosalind zurück in den Korridor.

»Es tut mir leid, dass ich Sie von Ihrem Hochzeitsfrühstück fernhalten muss, aber was ich zu sagen habe, kann nicht warten.« Rosalind ergriff eine ihrer Hände. »Sie wissen, wie sehr Ashton und ich uns um Sie sorgen.«

»Ja, Mylady.«

»Und wir sorgen uns auch um Beau. Er und mein Mann sind seit langem befreundet.«

Philippa schluckte schwer, als sie sich fragte, was die Frau als Nächstes zu sagen gedachte.

»Ich werde zum Kern der Sache kommen. Beau hat Ashton gesagt, dass er nach New Orleans aufbricht. Sie sollten mit ihm gehen.«

Philippa brauchte einen Moment, um sich von der Tatsache zu erholen, dass Rosalind von Beaus Plänen wusste, England zu verlassen. »Ich kann nicht. Er hat mir deutlich zu verstehen gegeben, dass er nicht will, dass ich mitkomme.«

Rosalind drückte ihre Hand. »Lieben Sie ihn?«

»Das tue ich. Sie wissen das. Jeder tut das, so scheint es.«

»Dann gehen Sie mit ihm. Vertrauen Sie mir. Als ich Ashton verließ, dachte ich, ich wolle nicht, dass er mich verfolgt, aber als er auf dem Schloss meiner Brüder in Schottland auftauchte, wurde mir klar, dass ich vor meiner Liebe zu ihm nicht davonlaufen konnte.«

»Aber was ist, wenn sich dadurch nichts ändert? Wir würden zwei Monate lang zusammen auf einem Schiff und in einer einzigen Kabine eingepfercht sein. Er könnte anfangen, mich zu verachten.«

Rosalind gluckste. »Mein Mann wäre wütend, wenn er erfährt, dass ich Ihnen je so etwas erzählt habe, aber wenn eine Frau beschließt, ihre Wünsche selbst in die Hand zu nehmen, kann ein Mann, dem sie etwas bedeutet, nicht widerstehen. Verstehen Sie, was ich meine?«

»Ich bin mir nicht sicher, ob ich das tue ...« In Wahrheit konnte Philippa ihr überhaupt nicht folgen.

»Ich sage, Sie müssen Ihren Mann *verführen*«, sagte Rosalind leise flüsternd. »Diese zwei Monate allein in einer Kajüte können *sehr anregend* sein, wenn man weiß, was zu tun ist. Wenn Sie ihm Ihr Verlangen zeigen, wird er Sie genauso begehren. Sie bedeuten ihm etwas, und das liegt in der menschlichen Natur. Es ist unvermeidlich.«

Philippas Gesicht wurde heiß. »Oh! Himmel, ich weiß nicht, ob ich das kann ...«

»Ich verspreche Ihnen, wenn Sie ihn lieben, können Sie das schaffen. Er wird vergessen, dass er jemals von Ihnen getrennt sein wollte.«

Beau verführen? Wie könnte sie einen erfahrenen Wüstling wie ihn verführen? Sicherlich wusste er genug über Verführung, um sich davor zu hüten, dass sie, die Unerfahrene, dieses Wissen gegen ihn verwandte.

»Liebe ist es wert, dafür zu kämpfen. Beau hat Angst vor dem, was er für Sie empfindet, aber Sie dürfen nicht zulassen, dass er diesen Kampf gewinnt. Um seinetwillen, nicht nur Ihretwillen, müssen Sie tapfer sein. Sie haben schon so viel überlebt. Das hier wird viel einfacher sein, als einem Verrückten mit Gift zu begegnen.«

Philippa nahm sich eine Minute Zeit zum Nachdenken. Rosalinds warme Hände hielten ihre, während sie tief in sich selbst suchte. Könnte sie das tun? Um ihre Liebe kämpfen?

Ja, ich kann mutig sein. Ich kann um Beaus Herz kämpfen.

»Ich muss Vorbereitungen treffen, wenn ich heute Abend abreisen will.« Ihre Koffer mussten gepackt und Verabschiedungen vorgenommen werden.

Rosalind lächelte strahlend. »Ich werde helfen. Ich kenne den Namen des Schiffes, mit dem er auslaufen will, und ich werde dem Kapitän eine Nachricht schicken und ihm mitteilen, dass Sie ebenfalls an Bord sein werden.«

»Danke«, flüsterte Philippa ernst, und ihr Herz raste. Sie konnte nur beten, dass dies der richtige Weg war. Sie wusste, dass ihre Eltern damit einverstanden wären, auch wenn es hieß, sich zu verabschieden. Und sie konnte nicht umhin, zu glauben, dass die Mutter, die sie zur Welt gebracht hatte, sie ebenfalls angefeuert hätte.

Rosalind führte sie zurück in den Salon. »Jetzt ist das geklärt, da sollten Sie endlich Ihr Frühstück genießen.«

Bald war sie wieder von ihren neuen Freunden umgeben, und der Gedanke, sie alle zurückzulassen, tat ihr weh. Ihr Blick wanderte zu Beau, der mit Lord Sheridan und Lord Essex sprach. Ihre Blicke trafen sich und blieben aneinander haften, und sie wusste, dass Rosalind recht hatte. Sie musste um ihre Liebe kämpfen. Sie musste daran glauben, dass sie zusammen glücklich sein würden. Das einzige, was Beau zurückhielt, war Beau.

Ich werde für dich kämpfen, so wie du für mich gekämpft hast. Jetzt bin ich an der Reihe, mutig zu sein.

»RODERICK, KANN ICH MIT DIR SPRECHEN?« BEAU wandte sich an den kürzlich eingetroffenen Gentleman. Er war zu spät zum Hochzeitsfrühstück gekommen und seine Kleidung war leicht zerknittert, als hätte er darin geschlafen.

»Ja?« Seine Stimme war wachsam, aber nicht unfreundlich.

»Wie geht es dir?«

»Nicht so wirklich gut«, gab der junge Mann zu. »Ich komme von einem Besuch bei meinem Vater in Newgate. Sie behandeln ihn gut genug. Er kann es sich ja leisten, aber … ich bin so hin- und hergerissen. Er ist mein Vater. Er hat mich großgezogen, geliebt, mir alles beigebracht, was ich weiß … Aber was er deiner Frau angetan hat … Das kann ich ihm nicht verzeihen.«

Beau berührte seine Schulter. »Ich kann mir den Konflikt nicht vorstellen, in dem du dich gerade befindest.«

»Er hat nie … Beau, du musst mir glauben. Er war nicht so ein Monster, nicht immer.« Er schüttelte den Kopf. »Ich drücke mich nicht gut aus. Was ich damit sagen will, ist, dass ich nicht um Vergebung für ihn bitte, aber ich möchte, dass du weißt, dass er nicht immer so war. Der Mann war zur Liebe fähig.« Roderick schwieg einen langen Moment, bevor er Beau mit überraschender Angst ansah. »Was ist, wenn ich, weil er mich erzogen hat, einen ähnlichen Weg einschlagen werde? Was ist, wenn die dunkle Saat, die das alles ausgelöst hat, auch in mir gepflanzt wurde?«

»Ich verstehe deine Bedenken, aber du hast dich zwischen meine Frau und eine geladene Pistole gestellt. Das ist der am weitesten entfernte Punkt von einem Pfad der Dunkelheit, den ich sehen kann«, versicherte ihm Beau.

Er hatte keine Zweifel an der Reinheit von Rodericks Charakter. Die Tatsache, dass der Mann sich überhaupt Gedanken darüber machte, zeigte, dass er im Gegensatz zu dem Mann, der ihn aufgezogen hatte, bewusst gut sein wollte.

Roderick schaute quer durch den Raum und erblickte Philippa. »Wie geht es ihr? Wir haben nicht mehr viel miteinander gesprochen, seit ...«

»Sie heilt, ist noch ein wenig erschüttert, aber sie ist stark und tapfer. Ich glaube, sie wird das gut überstehen.«

»Ich bin froh, das zu hören«, sagte Roderick. »Ich dachte, sie würde nicht mehr aufwachen, und befürchtete das Schlimmste. Dann bist du zusammengebrochen ...« Roderick erschauderte. »Lord Sommers war ...«

»In vielerlei Hinsicht war er viel schlimmer als dein Vater«, sagte Beau leise. »Zumindest hat Monmouth aus Zuneigung zu dir gehandelt. Sommers war einfach ein Wahnsinniger, der Leben und Tod als ein Spiel betrachtete, das nur er gewinnen durfte.«

»Du bist ein besserer Mann als ich, Beau«, sagte Roderick. »Wenn das mit meiner Frau passiert wäre ...«

Beau sah Philippa an, wie er es in der letzten halben Stunde schon ein Dutzend Mal getan hatte. Etwas hatte sich verändert. Heute Morgen hatte sie kaum mit ihm gesprochen. Sie war höflich, aber so zurückhaltend, als wolle sie sich vor der Welt in heimlicher Scham verstecken. Doch jetzt hielt sie ihren Kopf hoch, und ihre Augen leuchteten. Sie sah stark aus, wenn das das richtige Wort war. Hatte sie seine Entscheidung, nach Amerika zu gehen, akzeptiert? Der Gedanke, dass sie sich so schnell von ihm trennen könnte, stach mehr, als ihm lieb war.

Du warst es selbst, der diese Distanz zwischen dich und sie gebracht hat. Du wolltest das, erinnerte er sich.

»Roderick, ich fahre bald nach New Orleans. Ich bitte dich nur ungern darum, aber kannst du auf sie aufpassen, während ich weg bin?«

Roderick sah verwirrt aus. »Es wäre mir natürlich eine Ehre, aber warum musst du überhaupt gehen?« Einen Moment lang hatte Beau vergessen, dass der Mann erst zwanzig war.

»Ich muss mich um ein neues Geschäft kümmern und möchte meine Frau nicht ihrer neu gewonnenen Familie und Freunde berauben.«

»Äh, ja, natürlich. Das ist ziemlich merkwürdig. Philippa ist nicht meine Blutsschwester, aber ich fühle mich ihr jetzt verbunden wie ein Bruder. Sie hat mich zu meinen Eltern zurückgebracht, und dafür hat sie meine Dankbarkeit und Loyalität bis zu meinem letzten Atemzug.«

Beau lächelte, auch weil sie die gleiche Wirkung auf ihn gehabt hatte. Sie zog die Menschen zu sich. Ihr beständiges, treues Herz und ihr tapferer Geist waren unwiderstehlich. Selbst jetzt hatte sie darauf bestanden, dass ihre Freunde aus dem Kellergeschoss im Hause Lennox an diesem Morgen zum Frühstück kommen durften, und alle anwesenden Gäste hatten angenommen, dass es sich bei den sonntäglich gekleideten Dienern um Bekannte von Philippa vom Lande handelte.

Beau störte das nicht im Geringsten. Er mochte Philippas edles Herz und würde gerne die Gerüchteküche zum Brodeln bringen, solange Philippa glücklich war. Und er wusste, dass er das vermissen würde. Er würde sie vermissen. Das war ein Grund mehr, um zu gehen.

Als das Frühstück beendet war, traf er die letzten

Vorbereitungen für die Abreise. Seine Koffer waren bereits auf dem Weg zum Hafen, und sein Diener war an Bord, um die Kabinen vorzubereiten. Da sie auf einem feinen Handelsschiff unterwegs waren, würden sie während der gesamten Reise hervorragend untergebracht sein. Der Gedanke hätte ihn trösten sollen, aber er wusste, dass die Kabine ein sehr einsamer Ort sein würde. Vielleicht könnte er der Besatzung helfen, um sich während der Reise irgendwie zu beschäftigen?

»Sir, was kann ich sonst noch tun?«, fragte Stoddard. Als Beau seinen Wunsch nach Abreise geäußert hatte, hatte er die Traurigkeit in den Augen des Butlers gesehen. Sie waren schon so lange zusammen. Er würde Stoddard und Mrs. Gronow vermissen, aber sie mussten sein Heim für Philippa weiterführen. Es war ja nicht so, dass er für immer weg sein würde. Vielleicht würde er nach einem Jahr den Mut finden, der ihm jetzt fehlte, um sich in seine Frau zu verlieben, aber das setzte voraus, dass seine Frau ihn überhaupt noch würde haben wollen. Daran sollte er jetzt nicht denken, zumal er in New Orleans so viel zu tun hatte.

»Ich glaube, das ist alles, Stoddard. Ist meine Frau oben?«

»Äh ... Nein, Sir. Sie ist kurz nach dem Frühstück weggegangen.«

»Weggegangen?«

»Ja, Sir.«

Das war merkwürdig. »Wissen Sie, wo sie hin ist?«

»Nein, das weiß ich nicht. Sie hat niemandem gesagt, wohin sie wollte, als sie das Haus verließ.«

Beau starrte auf seine Stiefel und biss sich auf die Lippe. Sie war weg, und er hatte keine Zeit mehr, sich zu verabschieden. Er hatte früher am Tag mit St. Albans gesprochen und diese Diskussion nur knapp überlebt. Der Herzog war wütend auf ihn, weil er gehen wollte, und er hatte gewusst, dass das passieren würde. Und nun würde er Philippa ein Jahr lang oder länger nicht mehr sehen können.

»Sir, Sie sollten gehen, wenn Sie Zeit haben wollen, sich auf dem Schiff zurechtzufinden.«

»Richtig ... Nun ...« Noch immer versuchte er, einen Grund für einen Aufschub zu finden, aber er wusste, dass er nicht auf die Rückkehr von Philippa warten konnte, so sehr er sich das auch wünschte.

Er nahm seinen Hut von Toby, dem Lakaien, entgegen und machte sich auf den Weg zu seiner wartenden Kutsche. In den Docks herrschte am frühen Abend reger Betrieb, da die Männer Waren auf die Schiffe verluden. Die Sonne war nun eine rote Kugel, die am Horizont versank. Er hatte ein schlechtes Gewissen, weil er den Kapitän um eine so späte Abfahrt gebeten hatte, aber er wollte keinen Moment länger warten.

Beau kletterte aus der Kutsche und ging den langen hölzernen Steg zu seinem Schiff entlang, wobei seine Schritte mit jeder Sekunde schwerer wurden. Er konnte sich von seinen Schuldgefühlen nicht aufhalten lassen; er tat, was das Beste für ihn und Philippa war. Mit der Zeit würde sie es verstehen.

Am Landungssteg traf er auf einen Schiffsoffizier, der ihm mitteilte, dass sein Gepäck in seiner Kabine verstaut sei und dass sein Kammerdiener an Bord und zur Abfahrt bereit sei. Er bedankte sich bei dem Mann, bevor er zur Reling ging und seine Handflächen auf dem Holz abstützte. Er starrte in den sich verdunkelnden Himmel über dem Wasser.

Der Bootsmann neben Beau hörte auf, ein Stück Seil aufzurollen. »Alles in Ordnung, Sir?«

»Nein«, antwortete Beau ehrlich. »Nicht im Geringsten.«

Der Bootsmann blinzelte, erschrocken über Beaus unverblümte und ehrliche Antwort. »Kann ich Ihnen irgendwie helfen, Sir?«

»Beantworten sie mir eines«, sagte Beau. »Wenn sich das Leben eines Mannes dramatisch verändert und er Angst hat ... Angst, alles zu verlieren, was ihm lieb und teuer ist, was soll er dann tun? Soll er fliehen, oder soll er bleiben?«

Der Bootsmann ließ seine Seilrolle fallen und trat zu ihm an die Reling.

»Wenn sich auf offener See ein Sturm zusammenbraut und der Wind dreht, muss der Mensch sich entscheiden, ob er ihm trotzen oder ausweichen will. Wie auch immer, der Mann muss sein Segel drehen. Nur so kann er verhindern, dass sein Schiff verloren geht.« Der Mann sah ihn ernst an. »Das soll nicht heißen, dass es keine Unfälle gibt, Sir. Schiffe können verloren gehen, obwohl jeder Seemann sich bemüht, über Wasser zu bleiben, aber ein Mensch kann den Sturm überleben. Er kann sich an den Trümmern festhalten, bis er einen Weg nach Hause findet. Die Frage, die Sie sich stellen müssen, ist, ob Sie mutig genug sind, die Segel zu setzen, wenn Sie den Sturm kommen sehen. Sind Sie mutig genug, sich dem Sturm zu stellen, komme, was wolle, und sich an das zu klammern, was die Wellen und den Wind überlebt?«

Dann bückte sich der Seemann, hob sein Seil auf, wickelte es zu Ende und ging zurück an Deck, während

Beau über seine Worte nachdachte und sich fragte, ob er jemals mutig genug sein würde.

Beau stützte sich mit den Armen auf der Reling ab und sah zu, wie die Sonne weiter am Horizont versank. Alles, woran er denken konnte, war, was er verlor, wenn er sich von Philippa entfernte. Er würde vermissen, wie sie die Nase rümpfte, wenn sie lachte, und wie sie tanzte, und wie die Augen von St. Albans aufleuchteten, wenn er sie und Beau zusammen sah.

Ich habe alle enttäuscht. Alle, die von Bedeutung sind.

Eine plötzliche Brise wehte über das Deck des Schiffes und trieb die Segel am Mast hoch, so dass sie sich leicht bauschten.

»Ein Mann muss sein Segel drehen«, sagte er zu sich selbst.

Dieser Spruch hätte Philippa gefallen. Er wollte es ihr sagen und sich anhören, was sie dazu zu sagen hatte. Er wollte ...

Sein Herz machte einen schmerzhaften Ruck, als ihm die Erkenntnis kam.

Er würde sie niemals *nicht* vermissen.

Denn er war bereits in sie verliebt.

Trotz seiner besten Absichten, trotz all seiner sorgfältigen Pläne ... Irgendwie hatte er sich verliebt, ohne es zu merken. Mein Gott, er war wahrscheinlich seit dem Walzer auf dem Essex-Ball verliebt. Er konnte fast seinen Vater in seinem Kopf sehen, wie er Beau auslachte, weil der das Offensichtliche nicht gesehen hatte.

Beau wurde plötzlich von Panik ergriffen. Wenn er sie jetzt verließ, würde er nur den Schmerz erleiden, sie für das nächste Jahr zu verlieren, genau den Schmerz, den er vermeiden wollte. Und in einem Jahr, nachdem er sie so behandelt hatte, befürchtete er, dass ihre Gefühle für ihn erlahmen würden, und das zu Recht.

Er war bereits dem Sturm ausgesetzt. Das sah er jetzt so klar wie den Himmel über sich. Philippa zu verlassen, würde ihn zerstören, ihn ertränken. Er musste von dem Schiff runter ... er musste seine Frau zurückbekommen. Er musste das gebrochene Herz der Liebe seines Lebens zurückgewinnen.

»Ich bin ein verdammter Narr!« Er fluchte und rannte zum Achterdeck. »Captain?«

Der Kapitän lehnte sich über die Reling des Oberdecks. »Ja, Mr. Boudreaux?«

»Könnten Sie noch warten? Ich muss von Bord gehen. Ich werde nun doch nicht nach New Orleans fahren, zumindest noch nicht. Ich brauche Zeit, um meine Sachen von Bord zu bringen.« Er rannte die Treppe hinunter in das Innere des Schiffes. Er musste sofort seinen Diener und seine Koffer von Bord bringen.

Er riss seine Kabinentür auf und erstarrte. Eine Gestalt stand am Fenster, während die letzten Strahlen der untergehenden Sonne ihre Silhouette erstrahlen ließen. Die Gestalt drehte sich langsam um, und eine Kerze beleuchtete Philippas Gesicht.

»Beau, ich komme mit dir. Du kannst mich nicht von diesem Schiff werfen. Lady Rosalind hat ihre Anteile an der Reederei an mich verkauft. Daher besitze ich jetzt einen Teil dieses Schiffes und ...«

Beau gab seiner lieben Frau keine weitere Gelegenheit zu sprechen. Er durchquerte den Raum zwischen ihnen, zog sie in seine Arme und küsste sie innig. Er hatte keine Ahnung, wie sie hierher gekommen war, aber bei Gott, er war dankbar, dass sie hier war. Sie keuchte auf, als er den

Kuss schließlich unterbrach, und berührte halb schwindlig ihre Lippen.

»Nun, das ist nicht die Reaktion, die ich erwartet habe«, sagte sie.

Sie fühlte sich in seinen Armen wunderbar an, und seine Augen brannten, als er gegen eine Flut von Gefühlen ankämpfte. Er wollte sie nie wieder loslassen. »Was hast du denn erwartet?«

»Ich hatte erwartet, dass du wütend sein würdest«, sagte sie. »Und dass du eine lange Rede darüber halten würdest, dass du nur zu meinem Besten gehen willst.«

Er beugte sich vor und berührte mit seiner Stirn die ihre. »Ich bin hier herunter gekommen, um meine Koffer von Bord zu bringen und nach Hause zu fahren. Mir wurde klar, dass ich dich nicht verlassen kann, weil ich dich liebe, und dich zu verlassen, hieße, mir das Herz aus der Brust zu reißen.«

»Du hast es dir anders überlegt?« Ihre Augen tränten, und er wischte die Tränen mit seinem Daumen weg, während sie sich lange ansahen, voller stiller Versprechen, die sie beide bisher nicht zu geben gewagt hatten.

»Ich war so blind, so ängstlich. Wie kannst du mir verzeihen, meine Liebe? Wie kannst du mich nicht hassen?« Seine Stimme brach. »Ich ... dachte, ich könnte einfach gehen. Dass es keinem von uns schaden würde. Aber wenn ich jetzt darüber nachdenke, habe ich das Gefühl, dass ich innerlich zerbreche.« Er redete in verzweifelten Sätzen.

Sie legte eine Fingerspitze auf seinen Mund und brachte ihn zum Schweigen. »Hast du gerade gesagt, du liebst mich?«

Er nickte, und sie ließ ihre Hand auf seine Brust sinken

und spielte mit den Knöpfen seiner Weste. »Ich liebe dich schon seit einer Weile. Ich war nur zu blind, um zu sehen.« Er drückte sie fest an sich, dann ließ er sich zurückfallen und blickte auf sie hinab.

»Und was hat dir jetzt die Augen geöffnet?« Sie schaute auf seine Brust, ihre Wimpern flatterten, während sie versuchte, ruhig zu bleiben.

»Ich habe gemerkt, dass du mir schon jetzt fehlst, und das wird nur noch schlimmer, je länger wir getrennt sind. Ein Jahr ohne dich würde sich wie ein ganzes Leben anfühlen. Das ist ein Teil dessen, was Liebe für mich bedeutet. Mein Herz sehnt sich nach dir, brennt für dich. Ich musste ständig an all die Dinge denken, die ich dir sagen will, über die ich dich sprechen hören will. Wenn ich wegginge, würde das alles aufhören, und ich konnte den Gedanken nicht ertragen. Ich weiß, dass das nicht alles ist, was Liebe ausmacht.« Er seufzte. »Es ist so viel mehr als das, aber als mir das klar wurde, wusste ich, dass ich nicht einfach weggehen kann. Ich musste nach Hause kommen ... ich musste zu dir zurückkommen.«

Philippa sah ihm in die Augen, und seine Knie fühlten sich seltsam schwach an. Er hatte nie daran geglaubt, wenn die Dichter von diesem stillen, glühenden Feuer der Liebe sprachen, das durch den Körper brennt und einen Menschen so schwach und doch auf andere Weise stark macht. Das Gefühl war in der Tat beängstigend. Jetzt, wo er von der Liebe gekostet hatte, würde er sie um nichts in der Welt mehr hergeben.

»Ich hätte mir nie vorstellen können, dass ich ein Leben wie dieses haben würde, oder dich«, sagte Philippa. »Aber jetzt, wo du mir gehörst, kann ich mir ein Leben ohne dich nicht mehr vorstellen.« Sie lächelte traurig. »Ich denke, ich muss meinem Vater zumindest für eine Sache danken. Hätte er nicht versucht, mich in jener Nacht in Lord Lennox' Haus zu töten, hätte ich dich nie kennen gelernt.«

Sie fuhr mit den Fingern über seine Krawatte und zog dann seinen Kopf zu einem weiteren brennenden und unglaublich süßen Kuss zu sich herunter. Er hatte sich so lange zurückgehalten, die Liebe vermieden, und die ganze Zeit über hatte er die Wahrheit übersehen. Die Liebe war es immer wert. Bei allem Risiko von Schmerz und Kummer war die Liebe doch so unendlich viel mehr, als er sich je hätte vorstellen können.

»Wir müssen dem Kapitän sagen, dass wir beide von Bord gehen wollen«, murmelte er, während er sie festhielt und ihren Duft einatmete.

»Nein. Wir fahren nach New Orleans«, sagte sie und überraschte ihn damit.

»Was? Aber deine Familie und deine Freunde ...«

»Sie wissen schon von meiner Entscheidung, London zu verlassen. Großvater kommt uns besuchen, nachdem er seinen Erben nach London gebracht hat, um seine Angelegenheiten zu regeln. Meine Eltern werden Zeit mit Roderick verbringen. Zwanzig Jahre lang habe ich ihre Liebe genossen, jetzt ist er dran. Ich habe mich beim Frühstück von allen verabschiedet, und Lady Lennox hat mir geholfen, vor dir hier einzutreffen.«

Beau gluckste. »Ich habe dich gesucht, um mich zu verabschieden. Stoddard sagte, du hättest niemandem gesagt, wohin du wolltest.«

Philippa lachte. »Ich hoffe, du ärgerst dich nicht, aber ich habe Mr. Stoddard und Mrs. Gronow gebeten, mit uns nach Amerika zu ziehen. Die Hälfte des Personals erklärte sich bereit, ebenfalls mitzukommen. Sie sollen uns eine

Woche, nachdem Stoddard das Haus geschlossen hat, folgen. Dein Verwalter wird dein Vermögen verwalten.«

»Das hast du alles an einem Tag geschafft?« Er konnte es nicht glauben.

Philippa grinste. »Mit der Hilfe von Lady Lennox. Wir haben uns aufgeteilt und erobert.«

Beau strich mit seinen Händen über ihren Rücken. »Willst du wirklich nach New Orleans kommen? Ich würde dir das niemals aufzwingen. Ich würde genausogut in London bleiben.«

»Ich *will* gehen. Mein ganzes Leben lang wollte ich das Abenteuer, wollte etwas mehr. Ich wusste nicht, was das Schicksal für mich bereithielt, bis ich dich traf.«

Beau zog sich bei ihren Worten das Herz zusammen. »Dann schwöre ich auf den Pfad unserer Sterne, dass du und ich immer gemeinsam Abenteuer erleben werden.«

Immer. Dieses eine Wort enthielt alles, was er ihr jemals sagen wollte.

»Sir?« Ein Matrose stand in der Tür. »Der Kapitän möchte wissen, ob Sie Hilfe beim Verlassen des Schiffes benötigen?«

»Sagen Sie ihm, dass meine Frau und ich an Bord bleiben werden und bereit sind, in See zu stechen, wann immer er es für richtig hält.« Beau sah Philippa an, und sie nickte zustimmend.

»Wie Sie wünschen, Sir.« Der Matrose schloss höflich die Kabinentür und ließ sie allein.

»Fünfzig Tage sind eine lange Zeit, in der wir miteinander allein sind«, sinnierte Beau, während er mit einer Locke ihres Haares spielte.

»Oh ja«, stimmte sie mit gespielter Ernsthaftigkeit zu. »Weißt du, ich hatte den großen Plan, diese Tage damit zu verbringen, dich zu verführen und dich davon zu überzeugen, dass du ohne mich nicht leben kannst.«

»Ist das so? Ich würde gerne den kalten und gefühllosen Ehemann spielen, wenn du mich immer noch verführen willst«, schlug Beau vor und grinste sie schelmisch an.

Philippa kicherte und schob ihn auf das Bett. Er stolperte und fiel mit dem Hintern auf die Matratze. Sie raffte ihre Röcke und setzt sich rittlings auf seinen Schoß, um ihn zu küssen. Er stöhnte vor Vergnügen, als sich ihre Körper in die perfekte Position für die Liebe brachten.

»Ich dachte, vielleicht fange ich damit an ...«, sagte sie kokett, während sie sich gegen ihn wiegte.

»Mein Gott ... Ja.« Er griff zwischen ihre Körper und kämpfte mit seiner Kleidung, bis er sich aus seiner Hose befreite. Sie küsste ihn weiter und lachte, als er fluchte, als er sich bemühte, ihre Unterwäsche auszuziehen. Dann glitt er in sie hinein, und es fühlte sich an, als käme er nach Hause, sobald sich ihre Körper berührten.

Philippas graue Augen blitzten silbern vor Leidenschaft, und er hielt sie fest. Ihre Münder wetteiferten um die Vorherrschaft, während er sie in einen sanften Rhythmus auf ihm führte. Das Vergnügen steigerte sich langsam, aber immer mehr, bis sie beide erlöst wurden und er spürte, wie sein Körper und sein Herz zusammen mit den ihren auseinanderbrachen.

Er war so dumm gewesen, die Liebe zu fürchten, und er hatte sie fast verloren, bevor er überhaupt begriffen hatte, wie wunderbar sie war. Er knabberte an ihrem Hals, küsste ihre Haut und schmeckte den Schweiß, der sich mit ihrem natürlichen, süßen Duft vermischte. Sie kam wieder zu Atem und keuchte leise in seinen Armen. Er fühlte sich wie aufgeschnitten, roh, und doch hatte er mit ihr an seiner Seite irgendwie keine Angst mehr.

»Ich hatte Angst vor der Liebe«, gestand er leise an ihrem Ohr, während er sich einfach in der Freude sonnte, seine Frau im Arm zu halten. »Aber ich hätte Angst davor haben sollen, überhaupt niemals geliebt zu haben.«

Sie streichelte sein Kinn, und ihre Blicke trafen sich. »Du brauchst keine Angst zu haben. Du wirst über alle Maßen geliebt.«

Seine Augen brannten, und er erwiderte ihren Kuss, diesmal heftig, während er seine Arme fest um sie schlang. »Das wirst du auch, meine Liebe. Jetzt und für immer.«

EPILOG

New *Orleans, drei Monate später …*

Philippa stand am Ende eines langen, unbefestigten Weges, der zu einem Herrenhaus mit weißen Säulen führte. Als sie angekommen waren, war das Haus schon fast fertig gewesen, damit sie darin wohnen konnten. Ashton Lennox hatte für denjenigen vorbereitet, wer auch immer die Leitung der Reederei übernehmen würde. Vor ihr stand Beau neben einem hochgewachsenen Mann mit blondem Haar, einem der Architekten, die Beau kürzlich mit dem Bau ihres neuen Hauses beauftragt hatte. Beide waren aufgrund der Wärme ohne ihre Mäntel. Der Winter in New Orleans war weitaus angenehmer als in England. Zwischen sich trugen sie einen Holzbalken, der bald Teil des neuen Kinderzimmers auf der Rückseite des Hauses sein würde.

Philippa legte eine schützende Hand auf ihren Bauch, als sie durch die Allee von hohen Eichen ging, die den Weg zu ihrem Haus säumte. Der Wind bewegte sich durch den Laubtunnel und sorgte für eine kühle Brise, und der nahe gelegene Fluss brachte eine weitere Brise vom Wasser her. Er gefiel ihr, dieser Tunnel aus Bäumen, der alle Elemente der Natur zu kanalisieren schien und sie zurück zum Haus führte.

Sie waren erst vor einem Monat in New Orleans angekommen, aber schon jetzt fühlte sie sich hier wie zu Hause. Sie konnte sich Generationen von Kindern und Enkeln vorstellen, die durch das Haus und über das Gelände liefen, Dutzende von Boudreaux-Nachkommen, die wie Beau aussahen, mit dunklem Haar und whiskeyfarbenen Augen. Sie war sich sicher, dass dieses Schicksal eintreten würde, wenn auch vielleicht erst in Jahrhunderten.

Mit einem Brief in ihrer Hand erreichte Philippa das Haus.

»Beau?«, rief sie aus.

Ihr Mann kam sofort zu ihr und wischte sich mit einem Taschentuch den Schweiß von der Stirn. »Alles in Ordnung, meine Liebe?« Er umarmte sie sanft und schmiegte sein Gesicht an ihren Hals.

»Wir haben einen Brief.« Sie hielt das Schreiben hoch. Er grinste, als er das schwere Wachssiegel auf der Rückseite erkannte. Das Wappen von St. Albans.

»Hast du ihn nicht geöffnet?« Aufregung tanzte in seinen Augen.

»Noch nicht.«

Beau nahm sie in seine Arme, trug sie wie eine keltische Braut über die Schwelle und setzte sie auf dem Sofa im Salon ab. Sie brach das Wachssiegel und las den Inhalt des Briefes.

PHILIPPA UND BEAU,

Ich freue mich, euch mitteilen zu können, dass ich auf dem Weg nach New Orleans bin. Es besteht sogar eine kleine Chance, dass ich schon kurz nach diesem Brief ankomme. Ich habe dafür gesorgt, dass mein Nachlass in Ordnung ist, und ich habe vor, mit euch beiden eine Zeit lang in New Orleans zu bleiben.

In aller Liebe, Thomas Winthrop, Seine Gnaden, der Herzog von St. Albans.

»ER KOMMT SO BALD?« BEAU SETZTE SICH ZU IHR AUF DIE Couch. »Bei Gott, es wird gut sein, sein Gesicht wiederzusehen.«

»In der Tat, das wird es.« Philippa schaute aus dem Fenster und sah eine Kutsche die lange Auffahrt herauffahren. Sicherlich hatten sie nicht so viel Glück, dass St. Albans tatsächlich gleich nach seinem Brief eintreffen würde.

»Bleib hier«, sagte Beau und eilte der Kutsche entgegen, doch Philippa ignorierte ihn und folgte ihm zu dem ankommenden Fahrzeug.

»Mein Junge!«, rief St. Albans, als er aus der Kutsche stürzte.

»Euer Gnaden.« Beau umarmte den Herzog. Seine Freude spiegelte die Freude von Philippa über den Anblick ihres Großvaters wider.

»Ahh, mein Kind.« Er zog sie in eine Umarmung.

»Vorsichtig, Euer Gnaden. Sie erwartet Nachwuchs«, mischte Beau sich ein.

»Oh, pst. Ich bin erst im dritten Monat schwanger. Ich bin kein zartes Geschöpf«, erinnerte Philippa ihren Mann, doch der sah nicht im Geringsten gemaßregelt aus.

»Herzlichen Glückwunsch!« St. Albans umarmte sie

erneut, und in diesem Moment wusste sie, dass sie sie wieder ganz war.

»Wie geht es meinen Eltern, und wie geht es Roddy?«

»Wunderbar. Sie planen, im Frühjahr zu uns zu segeln und nach einem Monat nach England zurückzukehren.

»Dann ist es ja gut, dass wir weitere Zimmer an das Haus anbauen.« Beau winkte zum Haus.

»Gute Idee, mein Junge. Nun, dann führ mich mal herum. Zeig mir, was du so getrieben hast.«

St. Albans betrat das Haus nach Beau, und Philippa lachte vor Freude. Sie wusste, dass ihr Großvater hier war, um zu bleiben. Sein Herz gehörte, wie ihres, der Familie. Sie drei gehörten zusammen. Jedes ihrer gebrochenen Herzen hatte bei einem anderen Heilung gefunden.

Beau wandte sich ihr im Foyer zu und reichte ihr die Hand. »Liebling, komm mit.« Philippa beeilte sich, sie einzuholen. Sie sah den Ausdruck auf dem Gesicht ihres Großvaters, einen Ausdruck stiller, aber unendlicher Zufriedenheit. Die Welt schien in Ordnung zu sein, wenn man mit denen zusammen sein konnte, die man von ganzem Herzen liebte.

Sie verschränkte ihre Finger mit denen von Beau, und er drückte ihr einen Kuss auf die Lippen, bevor sie St. Albans in den Salon führten.

Sie strahlte ihn an. »Willkommen zu Hause, Großpapa.«

»Danke, mein Kind. Nun, es scheint, dass ihr beide euch schon richtig eingelebt habt?«

»Das haben wir«, sagte Beau stolz. Er hatte unermüdlich an dem Haus gearbeitet, und das sah man ihm an.

»Und, was hat dich dazu gebracht, die Liebe zu entdecken, mein Junge? Ich sehe, dass du endlich erkannt hast, dass du meine Enkelin liebst.« St. Albans sanfte, ehrliche

Frage überraschte Beau und Philippa nur einen Moment lang.

Philippa blickte ihren Mann unter ihren Wimpern hervor an und war gespannt, was er sagen würde. Beau hob ihre Hand an seine Lippen und drückte einen Kuss darauf, der sie erröten ließ.

»Mir wurde klar, dass mein Herz bereits in dem Moment gebrochen war, als ich beschlossen hatte, sie in London zurückzulassen, Euer Gnaden. Ich änderte meine Meinung und fand sie in meiner eigenen Kabine an Bord unseres Schiffes, wo sie auf mich wartete. Sie hatte mich überlistet, und ich freute mich, ihr mitteilen zu können, dass ich keine Angst mehr vor der Liebe hatte. Ich habe gelernt, dass es das größte Geschenk ist, jemanden zu lieben, das man sich nicht vorstellen kann, und dass ich über alle Maßen beschenkt bin.« Beau hielt inne, seine Stimme wurde weicher und seine Augen leuchteten, als er fortfuhr. »Ich habe nie an das Schicksal geglaubt, bis ich sie traf. Aber es war Schicksal, von dem Moment an, als wir uns begegneten. Das Leben hat mich schließlich auf eine Weise gesegnet, die ich mir nie hätte träumen lassen.«

Philippas Herz krampfte sich zusammen, als sie Beau ansah. Das Schicksal hatte sie beide gesegnet. Sie hatten beide Angst vor der Liebe gehabt, Angst zu lieben und zu verlieren. Sie hatten sich beide so sehr geirrt. Das Schicksal hatte sie zusammengeführt und ihnen alles gegeben.

»Und du, meine Liebe?« St. Albans Stimme wurde vor Rührung leicht rau.

Philippa lächelte. »Es ist, als ob ich dazu bestimmt gewesen wäre, ihn zu lieben ... für immer.«

• • •

VIELEN DANK, DASS SIE *EINE LADY FÜR BOUDREAUX* gelesen haben! Blättern Sie um, um das erste Kapitel von *Die Flucht vor dem Earl* zu lesen, das nächste Abenteuer in der Serie um die Liga der Schurken.

DIE FLUCHT VOR DEM EARL

Auszug aus der *Quizzing Glass Gazette*, 21. September 1821, in der Rubrik Lady Society:

Der Lady Society ist zu Ohren gekommen, dass ein neuer Adliger in London eingetroffen ist. Meine Damen, hören Sie auf meine Worte. Er ist dreißig Jahre alt, unverheiratet, ohne Geliebte - zumindest nach dem, was diese kluge Zuhörerin herauslesen kann - und märchenhaft wohlhabend. Er ist auch ziemlich gutaussehend, mit Augen wie blasser Bernstein und Haaren so schwarz wie die Flügel eines Wanderfalken. Wie passend, da sein Name ...

Was vielleicht am meisten überrascht, ist die Tatsache, dass dieser Gentleman genau das ist: ein Gentleman. Es ist schon eine Weile her, dass ich einen Mann mit Charme und Anmut und Selbstlosigkeit erlebt habe, der keinen einzigen bösen Knochen in seinem Körper hat. Vielleicht liegt es daran, dass er nie erwartet hat, ein Graf zu werden? Wenn Sie auf der Suche nach einem Ehemann sind, sollten Sie diesen Mann aufsuchen, bevor es eine andere kluge junge Frau tut.

»Es muss einfach etwas wegen dieses Mädchens *unternommen* werden.«

Das gedämpfte, hasserfüllte Flüstern hallte die Treppe hinauf, wo Sabrina Talleyrand saß. Sie zog die Knie bis zum Kinn und lauschte angestrengt auf die Antwort der anderen Person unter ihr.

»Ja, ja, Prudence, ich weiß. Aber als sie volljährig wurde, konnten wir es uns nicht leisten, sie für eine Saison nach London zu schicken, und jetzt ist sie zweiundzwanzig. Es ist zu spät für sie, um für eine anständige Partie in Frage zu kommen.« Ihr Bruder Jereym stieß einen gequälten Seufzer aus.

Prudence, Jereyms Frau und Sabrinas Schwägerin, schimpfte. »Sie ist kostspielig. Wir kommen schon jetzt kaum über die Runden. Wir können es uns nicht mehr leisten, sie zu behalten. Du musst einen Weg finden, sie zu verheiraten, am besten mit jemandem, der viel Geld hat und unsere Schulden begleichen kann.«

»Nun, ich habe diesbezüglich gute Neuigkeiten«, sagte Jereym. »Ich habe heute einen Mann in meinem Club getroffen. Er sagte, er wäre daran interessiert, sie heute Nachmittag zu treffen, aber er ist ein sehr wählerischer Mann. Sie ist vielleicht nicht ganz das, was er sich vorstellt.«

»Unsinn. Sie ist hübsch genug - zumindest, um einen Mann lange genug an sich zu fesseln, dass er ihr ein Kind macht.«

Prudence' kalter Tonfall traf Sabrina tief. Wie konnten sie so achtlos, so gefühllos über ihre Zukunft sprechen? Sie schniefte, als ihr die Tränen über die Wangen liefen.

»Wann wird dieser Herr hier sein, Jereym?«

»Irgendwann heute Nachmittag. Halte den Tee bereit, und sag meiner Schwester, sie soll sich hübsch machen.«

Sabrina stand auf, als sie hörte, wie das leise Flüstern lauter wurde, als Jereym und Prudence sich auf die Treppe zubewegten. Es dauerte einen Moment, bis sie ihre Emotionen im Griff hatte und den Kloß in ihrem Hals hinunterschluckte. Sie musste sich etwas Zeit verschaffen, um herauszufinden, was sie tun sollte. Sie wischte sich die Augen und eilte zurück in ihr Zimmer. Sie versuchte, sich an ihrem kleinen Schreibtisch zu beschäftigen, als Prudence an ihre Tür klopfte. Das Letzte, was sie gebrauchen konnte, war, dass Prudence herausfand, dass sie zu einer geschickten Lauscherin geworden war.

»Sabrina, meine Liebe?« Ihr Tonfall war kränklich süß.

»Ja, Prudence? Komm doch herein.«

Ihre Schwägerin war eine große Frau mit einer schlanken Figur und porzellanblauen Augen. Sie wäre hübsch gewesen, wenn sie mehr gelächelt und weniger die Stirn gerunzelt hätte, aber seit Jereym sie geheiratet hatte, hatte Sabrina Prudence selten in guter Stimmung gesehen.

»Oh, Sabrina, guten Morgen.« Die kleine Haube, die Prudence trug, ließ sie viel älter aussehen als ihre fünfundzwanzig Jahre. Sabrina schwor sich, dass sie niemals eine solche Haube tragen würde, selbst wenn sie neunzig Jahre alt werden würde.

»Guten Morgen.« Sabrina wartete und betete, dass ihre Augen nicht immer noch rot waren.

»Dein Bruder hat in London jemanden getroffen, der dich unbedingt kennenlernen möchte. Ich habe gehört, dass er ziemlich gut aussieht und auch ziemlich wohlhabend ist. Er kommt uns heute besuchen.« Prudence zupfte ein wenig unsichtbaren Staub aus dem aufgebauschten

Ärmel ihres rosa-weiß gestreiften Kleides. »Ich glaube, du solltest dein bestes Kleid tragen, das orangefarbene.«

Das war nicht Sabrinas bestes Kleid, aber Prudences schlechter Sinn für Mode war in diesem Fall eine gute Sache, denn Sabrina hatte keine Lust, für diesen Mann gut auszusehen. Wenn Jereym ihn in seinem Club kennengelernt hatte, sprach das nicht gerade für ihn. Sabrina liebte ihren Bruder, aber sie mochte ihn nicht besonders.

Nach dem Tod ihrer Eltern war Jereym ihr Vormund geworden, aber Jereym konnte sich kaum um sich selbst kümmern, geschweige denn um sie. Wenn es möglich gewesen wäre, hätte Sabrina dieses Haus verlassen und wäre in die Welt hinausgezogen, um für sich selbst zu sorgen, aber sie besaß so wenige nützliche Fähigkeiten. Ihre mangelhaften Nähkenntnisse ließen den Traum von einer Stelle als Hutmacherin oder Näherin nicht zu. Und sie durfte gar nicht an die Berufe denken, die sie *ausüben konnte*, vor allem nicht an solche, die erniedrigend waren.

»Danke, Prudence. Ich ziehe mich um und komme runter, um zu warten.«

»Gut, gut.« Prudence verließ sie mit einem selbstgefälligen Lächeln auf den Lippen, als sie das kleine Schlafgemach verließ.

Sabrina ging zu ihrem Kleiderschrank und strich mit ihren Händen über das Holz, von dem der Lack abblätterte. Es war eines der letzten Möbelstücke, die ihr Bruder nicht verkauft hatte, um seine Schulden zu begleichen. Das Wohnzimmer sah ganz passabel aus, das Schlafzimmer von Jereym natürlich auch, aber der Rest des Häuschens war in einem schlechten Zustand. Das meiste anständige Silber und die Möbel waren schon vor Jahren verkauft worden.

Die Paneele des Schrankes waren mit Wildblumen

verziert, die ihre Mutter gemalt hatte, als Sabrina noch ein Kind gewesen war. Sie fuhr mit den Fingerspitzen über die Schneeglöckchen, Hundsrosen, Kornblumen und Glockenblumen. Ihre Mutter war ein Jahr nach dem Tod ihres Vaters auf einem Jagdausflug erkrankt. Jereym war damals ein junger Mann gewesen, kaum zwanzig, und sie nur ein Mädchen, und das hatte alles verändert. Er hatte Prudence geheiratet und gehofft, dass das bisschen Reichtum seiner neuen Frau sie ernähren würde, aber Jereyms Liebe zu feinen Anzügen und Spieltischen hatte dazu geführt, dass es den dreien schlechter ging, als sie es sich erhofft hatten. Anstatt ihre Frustration über ihre Situation an Jereym auszulassen, wandte sich Prudence stattdessen an Sabrina.

Sabrina nahm das orangefarbene Kleid aus dem Schrank und zuckte angesichts seiner grellen Farbe zusammen. Es war eines, das Prudence aus ihrem eigenen Schrank aussortiert hatte. Der Stil war ein wenig veraltet, und der Saum musste geflickt werden. Sabrina hatte es bereits viermal geflickt, aber ihre mangelhaften Nähkünste führten dazu, dass das Kleid immer wieder repariert werden musste.

»Miss?« Ihr einziges Hausmädchen, Louisa, betrat das Zimmer. »Der Herr sagte, Sie könnten Hilfe brauchen?«

»Oh ja, danke.« Sabrina war froh, Hilfe zu haben, als sie aus ihrem blassblauen Musselin-Kleid in das orangefarbene Seidenkleid wechselte. Sie kämmte ihr Haar mit Louisas Hilfe, bis es hoch aufgetürmt und festgesteckt war. Ihr dunkles Haar und ihre braunen Augen passten zwar gut zu dem Kleid, aber das brachte Sabrina tatsächlich zum Stirnrunzeln. Sie wollte für denjenigen, den Jereym zu ihr bringen würde, nicht ansprechend aussehen.

»Danke, Louisa.« Sie entließ das Dienstmädchen, das

noch eine Menge Arbeit zu erledigen hatte. Das war eine weitere Sache, über die Sabrina nicht erfreut war. Sie waren gezwungen gewesen, bis auf eine Handvoll alle ihre Bediensteten zu entlassen. Ihr Ärger darüber lag nicht daran, dass sie es mochte, von vorne bis hinten bedient zu werden, sondern daran, dass die meisten Mitarbeiter Freunde gewesen waren und es wehgetan hatte, sie gehen zu sehen, um anderswo Arbeit zu finden. Und für die Zurückgebliebenen verdoppelten sich die Pflichten. Louisa war als Dienstmädchen und Haushälterin im Obergeschoss geblieben, und ein Lakai war geblieben, der auch die Aufgaben des Butlers übernahm. Sie behielten auch ihre Köchin und einen Gärtner.

Als Sabrina den Mut aufbrachte, nach unten zu gehen, war ihr speiübel. Die nächsten Stunden wurden zu einer schmerzhaften Lektion in Geduld und Ausdauer, während sie im Salon saß und versuchte zu lesen.

Das war alles so ein Unsinn. Sie saß da und wartete auf einen Mann, der ihr Leben verändern sollte, wahrscheinlich nicht zum Besseren. Sie hatte tausend andere Dinge, die sie in diesem Moment hätte tun können. Sie war noch nie gern untätig gewesen, es sei denn, sie las, was sie in letzter Zeit ziemlich oft getan hatte. Bevor sie den Großteil ihres Geldes verloren hatten, hatte sie Brot gebacken und andere Lebensmittel in Körben für die älteren Nachbarn und die ärmeren Bauern in der Umgebung vorbereitet.

Sie hatte sogar dem örtlichen Schulmeister geholfen, einige der kleinen Mädchen im Dorf zu unterrichten, deren Eltern es sich nicht leisten konnten, sie zur Schule zu schicken. Mr. Wilson war so freundlich gewesen, ihr einen separaten Raum zur Verfügung zu stellen, damit sie die Mädchen unterrichten konnte, und sie tat dies, ohne eine Bezahlung zu erwarten. Sie glaubte an die Bildung von Jungen und Mädchen, und wenn sie ihre Hilfe anbieten konnte, unterrichtete sie unentgeltlich.

»Herr, Sie haben einen Besucher«, verkündete der Diener.

Jereym stand auf, die Aufregung stand ihm in den Augen, als er dem Diener sagte, er solle den Besucher hereinführen. Einen Moment später betrat ein hochgewachsener Mann den Salon. Er war blond, schlank und für einen Mann eher zierlich, aber auf eine Art und Weise, die ihn für manche Damen recht attraktiv machte.

Ihr Bruder blähte sich vor Stolz auf, als er dem Mann die Hand schüttelte. »Simon, willkommen. Bitte lassen Sie mich Ihnen meine Frau Prudence und meine Schwester Sabrina vorstellen. Prudence, Sabrina, das ist Simon Booker.«

»Willkommen, Mr. Booker«, schnurrte Prudence. »Kommen Sie doch bitte herein. Wir wollten gerade einen Tee trinken.« Sie griff nach der silbernen Glocke neben ihrem Stuhl und läutete sie ein wenig übereifrig. Unter anderen Umständen hätte Sabrina gelacht, aber nicht in diesem Moment.

»Danke für den herzlichen Empfang.« Er setzte sich neben Sabrina auf das Sofa, und sie versuchte, sich von ihm zu entfernen. Ihr Bruder warf ihr einen bösen Blick zu.

»Miss Talleyrand, Ihr Bruder sprach in den höchsten Tönen von Ihnen, aber er versäumte es, mir von Ihrer Schönheit zu erzählen.« Mr. Booker sprach mit einem Eifer, der ihr Unbehagen bereitete. Sein Blick war beunruhigend, so als würde er ein Pferd begutachten, das er unbedingt kaufen wollte. Es war ein besitzergreifender Blick, der ihr den Magen umdrehte.

»Oh, danke.« Sabrina fühlte sich äußerst unwohl, wollte aber trotzdem nicht unhöflich zu diesem Mann sein. Sie war nicht die Art von Frau, die ungnädig sein würde, selbst wenn sie etwas Abscheuliches erblickte.

»Ich weiß, dass es eine Dame sehr erfreut, wenn ihr Aussehen so gelobt wird«, sagte Mr. Booker mit einem stolzen Lächeln.

Sabrina ballte ihre Fäuste in den Rock und zerriss dabei fast den fadenscheinigen Satin. Er gab zu, ihr Komplimente zu machen, nur um sie in eine gute Stimmung zu versetzen?

»Also, Simon, wie lange wirst du in diesem Teil des Landes bleiben?«, fragte ihr Bruder.

»Ein paar Tage, dann muss ich nach London zurückkehren.« Aber sein Blick glitt bedeutungsvoll zu Sabrina, und sie konnte sich vorstellen, wie ihr Bruder und dieser Mann in seinem Club in London genau dieses Zusammenspiel geplant hatten.

»Oh, Himmel, mir ist gerade eingefallen, dass ich unserer Köchin noch etwas sehr Wichtiges über das heutige Abendessen sagen muss.« Sabrina sprang auf, wodurch ihr Bruder und Mr. Booker gezwungen waren, ebenfalls aufzustehen.

»Ich bin sicher, was auch immer es ist, es ist *überhaupt nicht* wichtig«, sagte Jereym entschieden.

»Oh doch, das ist es. Ich werde in Kürze zurückkehren. Bitte entschuldigen Sie mich.« Sie duckte sich in den Korridor und hielt den Atem an, als sie plötzlich in Panik geriet bei dem Gedanken, das Haus zu verlassen. Einen

Moment lang hatte sie gedacht, ihr Bruder würde versuchen, sie aufzuhalten, aber er hatte es nicht getan.

Sabrina eilte aus dem Haus und in den Garten hinter dem Haus, so schnell sie konnte, ohne tatsächlich zu rennen. Sie wollte auf keinen Fall dasitzen und *mehr* davon ertragen. Ja, das war das richtige Wort für die Folter, die dieser Besuch bedeutet hätte. Sie hatte erst die Hälfte des Gartens hinter sich gebracht, als sie hörte, wie jemand hinter ihr herlief. Sie drehte sich um und sah, dass es Mr. Booker selbst war.

»Verflucht«, murmelte sie, als sie langsamer wurde, damit er sie einholen konnte.

»Miss Talleyrand, ich hoffe, Sie haben nichts dagegen, dass ich mich zu Ihnen geselle. Das gibt uns die Möglichkeit, uns besser kennenzulernen, wenn wir ...« Er hörte plötzlich auf zu sprechen.

Sie hörte ganz auf zu gehen. »Wenn wir was tun sollten, Sir?«, fragte sie ruhig.

»Nun, Sie wissen sicher, warum ich hier bin. Ich brauche eine Frau, und Ihr Bruder hat mir versichert, dass Sie in Anbetracht Ihrer finanziellen Lage dazu bereit wären.«

Sabrina schloss die Augen und kniff sich in den Nasenrücken. »Mr. Booker, es mag sein, dass wir Schwierigkeiten haben, aber ich bin nicht bereit, Sie zu heiraten - oder offen gesagt, irgendjemanden. Bitte verstehen Sie, dass dies keine Beleidigung sein soll. Ich möchte einfach nicht heiraten.«

Eigentlich wäre sie gerne verheiratet gewesen, aber mit einem Mann, der sie so verehrte, wie sie war, und für den sie dasselbe empfand.

»Oh, ich verstehe. Aber ich brauche einen Erben, um

meine Linie fortzusetzen, und Sie werden es nicht bereuen, mir einen zu geben.«

Ein Erbe? War es ihm ernst? Sicherlich nicht.

Sie versuchte, ihr Temperament im Zaum zu halten. »Sir, ich bin keine Zuchtstute.« Sie war keine Frau, die dazu neigte, zu schreien oder sich offen aufzuregen, aber dieser Mann schien genau zu wissen, was er sagen musste, um sie zu provozieren.

Sein Gesicht rötete sich. »Ich bin anderer Meinung. Das Wichtigste, was eine Dame bieten kann, sind ihre Fähigkeiten zur Vermehrung.«

»Ich bin keine Kreatur für die Fortpflanzung, Sir. Mehr gibt es dazu nicht zu sagen.« Sie sagte dies mit einer solchen Endgültigkeit, dass sie hoffte, die Angelegenheit wirklich beendet zu haben.

Stattdessen verschwand der letzte Funke Höflichkeit aus Mr. Booker. »Sie werden meine Frau sein. Sie werden mir einen Erben gebären, oder ich werde die Schulden Ihres Bruders einfordern. Er schuldet mir eine ganze Menge Geld, wissen Sie.«

Einen Moment lang starrte sie ihn nur fassungslos an. Wollte er sie erpressen?

»Ich verstehe, in der Tat, und er ist es, der Ihnen etwas schuldet, nicht ich.«

Mr. Booker hielt sie am Arm fest, als sie versuchte, wegzugehen. »*Sie* sind die Art der Bezahlung, die ich erwarte«, warnte er. »Ich habe versucht, höflich zu sein, aber Sie beweisen mir hier gerade, dass Sie mein bestes Benehmen nicht verdienen.« Er riss sie an sich und presste seinen Mund auf ihren.

Sabrina erstarrte einen Herzschlag lang, dann stieß sie

ihn zurück und schwang die geballte Faust. Sie schlug ihm so fest auf den Kiefer, dass er von ihr abließ.

»Oh, du kleine ...«

Sabrina rannte davon, bevor sie hören konnte, was er noch sagte. Sie sprintete in den Wald hinter der Hütte. Er folgte ihr nicht, aber sie wagte es trotzdem nicht, stehen zu bleiben.

Als sie schließlich zu rennen aufhörte, brannten ihre Lungen, ihre Augen waren trüb vor Tränen und ihr Haar floss in wilden Wellen herab. Sie ließ sich gegen einen Baum fallen und sank zitternd zu Boden. War sie wirklich gerade von diesem Mann belästigt worden?

Sabrina wartete mindestens eine Stunde, bevor sie den Weg nach Hause antrat, und sie bereute es zutiefst, als sie es tat. Ihr Bruder wartete auf sie.

»Wo, zum Teufel, hast du gesteckt?«, schnappte er. »Mr. Booker hat mehr als eine Stunde auf dich gewartet, und als du nicht zurückkamst, ist er wütend von hier weggegangen.«

»Das sollte er auch. Dieser Mann - er ist kein *Gentleman* - hat mich belästigt, Jereym. *Gegen* meine Wünsche.«

Ihr Bruder sah einen Moment lang unsicher aus, bevor sich sein Blick verhärtete. Er war einmal ein so gut aussehender Mann gewesen, aber das Leben am Rande der Gesellschaft hatte ihn in den letzten Jahren altern lassen.

»Du hast keine Ahnung, in welche Lage du mich damit gebracht hast. Meine Wünsche sind hier ausschlaggebend, und sie sind zu befolgen. Ich schulde diesem Mann eine ziemlich große Summe Geld. Jetzt, wo er dich gesehen hat, hat er sich entschieden, dass er dich haben will. Wenn ich dich ihm gebe, begleiche ich meine Schulden vollständig.«

Sabrinas Mund wurde trocken, als sie ihren Bruder

entsetzt anstarrte. »Nein, nein, Jereym! Du kannst mich nicht zwingen, ihn zu heiraten.«

»Das kann ich auf jeden Fall. Du hast keine Wahl. Ein Arzt wird morgen früh hier sein, um den Zustand deiner Jungfräulichkeit zu untersuchen, wie Mr. Booker es verlangt hat.«

»Meine Jungfräulichkeit ...« Sabrina war sprachlos. Der Mann wollte, dass sie eine Jungfrau war?

»Ja. Er besteht darauf, dass er nur eine Jungfrau heiraten wird. Ich habe ihm versichert, dass du noch unberührt bist, aber er hat darauf bestanden, dass ein Arzt dies bestätigt. Morgen früh wirst du also zur Kontrolle erscheinen.«

»Vater hätte mir das nie angetan«, sagte Sabrina leise. »Niemals.« Sie war hin- und hergerissen zwischen Wut und Verzweiflung darüber, dass ihr eigener Bruder sie auf diese Weise *verkaufen* wollte.

»Vater ist tot.« Die Worte waren härter als jede Ohrfeige, die Jereym ihr jemals hätte geben können.

»Wie konntest du nur?« Sabrina hasste die frischen Tränen, die ihr in die Augen stachen. Nach fünf Jahren hatte sie geglaubt, sie hätte sich daran gewöhnt. Aber das hatte sie nicht, nicht wirklich.

Ein Schatten des Zweifels zog über Jereyms Gesicht, der aber schnell wieder verschwand. »Geh auf dein Zimmer. Ich möchte dich nicht beim Essen sehen.«

Sabrina eilte die Treppe hinauf in ihr Zimmer und schlug die Tür so fest zu, dass sie im Rahmen klapperte. Dann warf sie sich auf ihr Bett und vergrub ihr Gesicht in den Decken. Lange Zeit später, als sie erschöpft dalag, hörte sie Stimmen von unten. Die dünnen Wände des Hauses waren ihre Verbündeten, so schien es. Sie hatten sie immer vor Gefahren gewarnt. Jereym und Prudence waren irgendwo ein Stockwerk tiefer und unterhielten sich.

»Ich dachte, wir wollten heute Abend auf den Ball bei Lady Germain gehen«, jammerte Prudence.

»Nicht heute Abend. Ich habe schlechte Laune«, knurrte Jereym.

»Aber mein Liebling, es ist ein Maskenball. Du weißt, wie sehr ich das genieße ...«

Das Gespräch versiegte, als Jereym und Prudence außer Hörweite gerieten. Aber das spielte keine Rolle. Sabrina hatte einen Ausweg gefunden. Zuerst hatte sie daran gedacht, einfach wegzulaufen, aber jetzt hatte sie eine Möglichkeit, dafür zu sorgen, dass sie morgen früh keine *kostbare* Jungfräulichkeit mehr hätte und Mr. Booker sie für immer in Ruhe lassen würde.

Sie glitt aus dem Bett und öffnete noch einmal ihren Kleiderschrank. Sie besaß ein Kleid, das eines Maskenballs würdig war, nämlich das Hofkleid ihrer Mutter. Es war aus silberner Seide und Perlen und hatte ein mit Silberfäden besticktes Mieder. Sie zog an der Klingelschnur, um Louisa zu rufen. Als das Dienstmädchen eintraf, nahm sie die Hände des Mädchens in ihre eigenen.

»Louisa, ich brauche deine Hilfe. Ich muss heute Abend für ein paar Stunden weg. Wenn mein Bruder oder Prudence nach mir fragen, kannst du ihnen dann sagen, dass ich krank bin?«

»Ja«, sagte Louisa.

Sie umarmte das Dienstmädchen. »Danke.«

»Lassen Sie mich Ihnen beim Umziehen helfen, Miss.« Louisa half Sabrina beim Anziehen des silbernen Satinkleides. Sabrina hatte das Glück, eine Maske zu besitzen, die auch ihrer Mutter gehört hatte. Es war ein glitzerndes

Ding aus Gold und Silber, das mit herrlichen Verzierungen bemalt war. Die Maske bedeckte auch den größten Teil ihres Gesichts, mit Ausnahme von Mund und Kinn. Eine perfekte Verkleidung.

Als sie bereit war zu gehen, hielt Louisa im Korridor Wache, damit Sabrina zur Eingangstür des Hauses flüchten und das Haus verlassen konnte. Es würde ein langer Spaziergang zum Anwesen der Germains werden, aber wenn sie früh genug aufbrach, sollte sie das prächtige Herrenhaus gerade noch rechtzeitig erreichen, bevor der Ball begann.

ÜBER DEN AUTOR

Lauren Smith ist tagsüber eine amerikanische Anwältin. Bei Nacht schreibt die Autorin abenteuerliche Liebesgeschichten im Lichte ihrer Smartphone-Taschenlampe. Sie wusste, dass sie dazu bestimmt war, eine Romanautorin zu sein, als sie versuchte, den gesamten Titanic-Film neu zu schreiben, nur um Jack vor dem Ertrinken zu bewahren. Sich mit ihren Lesern zu verbinden, indem Sie emotional bewegende, realistische und sexy Romanzen schreibt – egal in welchem Zeitraum diese spielen – ist ihre Leidenschaft. Lauren hat mehrere Preise in verschiedenen Romantik-Subgenres gewonnen.

Um mit Lauren in Verbindung zu treten, besuchen Sie sie unter:
www.laurensmithbooks.com
lauren@laurensmithbooks.com

facebook.com/LaurenDianaSmith
x.com/LSmithAuthor
instagram.com/laurensmithbooks